魏满十四碎

著

人民东方出版传媒
People's Oriental Publishing & Media
东方出版社
The Oriental Press

图书在版编目（CIP）数据

只对你心动 / 魏满十四碎著. -- 北京：东方出版
社, 2022.12
ISBN 978-7-5207-2995-6

Ⅰ.①只… Ⅱ.①魏… Ⅲ.①短篇小说- 小说集- 中
国- 当代 Ⅳ.①I247.7

中国版本图书馆CIP数据核字(2022)第180347号

只对你心动
(ZHI DUI NI XIN DONG)

作　　者：	魏满十四碎	
责任编辑：	杭　超	
出　　版：	东方出版社	
发　　行：	人民东方出版传媒有限公司	
地　　址：	北京市东城区朝阳门内大街166号	
邮政编码：	100010	
印　　刷：	北京中科印刷有限公司	
版　　次：	2022年12月第1版	
印　　次：	2022年12月北京第1次印刷	
开　　本：	880毫米×1230毫米　　1/32	
印　　张：	11.125	
字　　数：	310 千字	
书　　号：	ISBN 978-7-5207-2995-6	
定　　价：	45.00元	
发行电话：	（010）85924663 85924644 85924641	

目 录
CONTENTS

断痒

1.

秦烨的初恋女友和他分手了。

他家一出事，柳安安果断抛下他跟富二代去了国外，上飞机前给他发了一条分手信息。他应该很颓丧，不然也不会走在路上莫名其妙摔了一跤，把头磕破了。

我马不停蹄地拎着果篮去看他，秦烨打开门，额头贴着一块纱布，俊俏的脸上没什么表情。他低头看见我脚边的巨型豪华果篮，眼皮子微微一跳，但还是伸手接过，侧身把我让了进去。

"秦烨……"我尝试安慰他，"你不要太难过了。"

他"嗯"了一声。

看见他桌上的泡面桶，我心里涌现出一股怜惜："你就吃这个呀？"

他回到书桌前坐下："应付一下。"

泡面桶一旁摆着简历，电脑停留在某网站的招聘界面，他爸出事后，他应该过得很辛苦。

我忍不住握住他的手："以后让我照顾你吧。"

秦烨缓慢地抬起头，眼神有些难以形容。

我红着脸，轻声说："其实……我一直都喜欢你。"

他眉头微挑，没有立刻回话。

我期待地望着他。

"宋晨。"他叫了我的名字，我心里涌现出一股不好的预感。

就在这时，他手机响了一下，弹出了银行的催债短信。

我灵机一动："不然这样吧，只要你愿意跟我在一起，牵手、亲亲、抱抱我都给你钱，牵一次给一次，我不会乱来的。三个月后要是还不行，我们就分手。"

说完我又觉得有点后悔，怕他觉得我侮辱他，又怕他觉得我好色。

秦烨看了我半晌，估计是想到了他那个拜金劈腿的前女友，牵了牵唇，竟然答应了。回家后我激动得一整夜没睡着，猫都被我撸炸毛了。我终于可以顺理成章地亲近他了，这是我整个少女时代的梦想。

和秦烨在一起后的第一个情人节，我忐忑又期待地把他约出来，想要找机会使我们的关系更进一步。

秦烨看穿了我的小心思，但还是同意了。

他整个人都瘦了一圈，看起来有些憔悴，据秦烨的哥们儿说，柳安安的离开对他打击很大。我替他难过的同时又有点庆幸，如果不是这样，我怎么能拥有得到他的机会呢？

我真是个坏女人。

第一次在大街上被我牵手，秦烨皱着眉，克制了很久才没把手抽回去。他的掌心干燥温暖，手指修长有力，再往前推二十天，这是我想也不敢想的事情。看到别的小情侣甜甜蜜蜜地走过，我暗搓搓地羡慕，什么时候我们也能这样呢？

看完电影出来已经很晚了，秦烨把我送回家。

眼看他毫无动作，我有点着急，脱口而出："能不能亲一下？"

秦烨又是那个表情，眉头微微一挑，看得我心口一颤。

我连忙掏出手机，二话不说给他支付宝转了一笔钱，然后把转账记录举给他看。秦烨不声不响地俯下身，朝我贴近。

妈呀，我的心脏好像停了。

他又蓦地顿住，眉头微微蹙起。我生怕他反悔，踮起脚在他唇上啄了一下。亲完，我脸颊滚烫，过了好一会儿才敢偷偷抬头看他一眼。我满心以为他多少也会有点害羞，结果人家却平静得很，仿佛什么也没发生。

好吧，是场交易罢了。

"我先走了。"他说。

我点点头，又叫住他："等等。"

然后拿出准备好的情人节礼物，一条价值小万元的 GUCCI 皮带。

秦烨伸手接过，往袋子里看了一眼："谢谢，破费了。"

虽然在一起了，秦烨依然对我不冷不热，我不找他，他就不理我，回复我的内容永远言简意赅，能在十个字以内表达清楚绝对不会多加一个标点符号。

聊多了还会不耐："宋晨，你很闲吗？"

我说："对呀对呀，我很闲，下了班要不要来我家吃饭？我做给你吃。"

他说："我在公司楼下吃就好。"

我说："我很会做饭的，真的，你告诉我你想吃什么。多跟我约几次会，你一个月工资就有了。"

可能是被我骚扰得不行了，他最后回了一句："我下了班过来。"

我立马激动地爬起来冲进厨房打开冰箱。

冰箱里全是他爱吃的。

下午七点，秦烨才姗姗来迟，他穿着黑色连帽衫和牛仔裤，一眼看上去还像个大学生："对不起，路上堵车。"

然后看着地上的男士拖鞋，表情一顿。

"专门给你买的，还是新的。"我讨好道。

他意味深长地瞥了我一眼。

饭桌上，我试探着跟他提起同居的事情："你现在住的地方太偏了，通勤时间太长很影响幸福感的。我这里离你公司很近，骑单车十几分钟就到了，省得天天高峰期堵车。"

家里的房子被银行收走后，他就开始自己租房，这样也能给他省下一笔房租。最主要不同居的话，我连见他一面都困难，还怎么得到他？

秦烨盯着手机屏幕看了一会儿，神情有些阴郁，忽然抬头对我一笑："好。"

我没想到他这么快就同意了，张着嘴愣了半天。

吃过饭，我打开手机，也看到了柳安安那条朋友圈，背景是清晨的日光，她的富二代男友趴在枕头上睡觉，画面美好安宁，配文：傻猪猪。

2.

周末，秦烨真的搬过来了。

他的东西很少，一个背包外加一个行李箱就是他的全部家当。

不过没关系，我什么都有。

"我住哪儿？"他环视了一圈屋内。

"侧卧杂物太多还没清出来，要不然你先跟我住吧。"我给他看我收拾得整齐又温馨的主卧，暗示道："我床很大的。"

睡我们两个绰绰有余。

秦烨静静看着我，没说话。

"好吧。"

我只能拿钥匙打开侧卧的门，替他把行李拿进去。

此时此刻，我多么希望我住的是一室一厅。

"杂物很多？"秦烨淡淡质问。

我可怜巴巴地看着他。

他没再跟我计较，收拾东西去了。

看到秦烨出现在我家，还成了我的男朋友，真是像做梦一样。我格外珍惜这来之不易的三个月。

为了让秦烨喜欢上我，我煞费苦心。

以前爱赖床的我现在每天七点钟不到就爬起来，跟屁虫似地守着秦烨刷牙洗脸，然后攀着他的脖子，得到一个清新的吻。秦烨显然还不太适应，绷着脸忍辱负重，好像被小狗舔到一样，舌头都是僵硬的，导致我有种强暴良家妇女的犯罪感。但是为了值回票价，我每次都忍受着良心的煎熬亲够三分钟。

某一天，因为亲得太过认真险些超时，秦烨猛地推开我抹了抹嘴："宋晨，你谈过几次恋爱？这么熟练。"

他是夸我技巧好吗？其实我都是在他身上练出来的。

半个月了，秦烨对我还是很疏远，从来没有主动亲近过我，不过我没有受挫，依然竭尽所能地对他好。小可怜，家里出了这样的变故，他肯定很难受，性子闷一点儿我也能理解。

我买来各种名牌潮牌把他打扮得帅气逼人，和从前没有什么两样，下雨天撑着伞在外面冻得瑟瑟发抖等他下班，怕雨天他打不到车，回家晚了肚子饿。至于为什么不进去等，因为他说不想让公司的同事看到我。

深夜，我起来喝水，正好看见秦烨在客厅冲咖啡，房间里电脑还开着。

我问他怎么还不睡？

他捏了捏眉心，神情很是疲惫："公司的一个项目，甲方要得急，在赶进度。"

这一刻，我切实感受到了他的压力。

临近毕业，他父亲的生意出了问题，合伙人携款跑路。承接的项目由于没有政府批文成了一块废地，面临大笔赔偿款，他父亲只能跑去南非追债筹款。于是他从衣食无忧、前途明朗的高富帅，变成了背负巨债、不知道父亲什么时候能回国团聚的小可怜。

我趴在桌子上，强忍着睡意："那我陪你。"

他笑了一下："觉得我可怜？"

我摇摇头："你很棒，比过去的你还要闪闪发光，我真的超喜欢你。"

他敛了笑意，没说话。

后半夜我哈欠连天，不知道什么时候睡了过去，睁开眼的时候人躺在我房间的床上。然而并没有什么柔情款款的公主抱，清晨的时候秦烨把我叫醒，我自己走回去的。

渐渐地，秦烨对我的态度似乎软化了一点，跟我亲亲时会扶着我的后脑，也没那么抗拒和我在外面牵手了。有一次，我们差点被人群冲散，还是他握紧我的手把我拉了回来。

过生日那天，秦烨问我想要什么礼物？

我害羞地说："我想要摸你的腹肌，可不可以？"

秦烨嘴角一抽，硬邦邦地说："不可以。"

我有点失望："哦，那就亲亲吧。"

我以为秦烨还是会拒绝，没想到他答应了："好。"

我一愣："不收费吗？"

他搂过我的腰，唇在我脸颊上贴了一下："不收。"

好敷衍。

不过他摸我腰了，赚了。

晚上吃烛光晚餐，因为气氛太好，秦烨今天又格外好看，我没忍住亲了他。只是他不知怎么的有些不太高兴，拧着眉不满地盯着我。

就在我以为我和秦烨的关系越来越好的时候，秦烨的前女友从国外回来了。

3.

柳安安回来的第一件事不是找秦烨，而是发消息约我去咖啡店，她想跟我谈谈。

我一看就知道她不怀好意，果断拒绝，结果她一句话就让我破防了："你和秦烨的交易我都听说了。"

"得不到就用钱买，你把他当什么？他根本就不喜欢你，你这样根本就是在强迫他。"她说，"如果不是为了报复我，你觉得他会接受你吗？"

我沉默了。

突然觉得有些难堪，我发了很久的呆，认真反省自己是不是做错了。强迫来的感情还是我想要的感情吗？

柳安安是秦烨的初恋，他有多喜欢她，我很清楚。因为柳安安的离开，他酗酒把自己喝进了医院。说真的，我好羡慕她。就算到现在，秦烨真正喜欢的还是她吧。

在我思考的这段时间，我开始有意识地和秦烨保持距离，既不和他拉手，也不和他亲亲了。

其实也没有必要了，起初他同意跟我在一起，就是因为他需要钱。而不久前，他爸那边传来好消息，合伙人找到了，也追回了款项，那块废地因为新政策扩招又成了香饽饽。问题已经解决了，只等三个月的期限一到，他就会跟我分手吧。

早上七点，我默默拖着沉甸甸的身体爬下床。

长期的早起让我养成了生物钟，每天一到点自动睁开眼睛，不得不跟在秦烨的屁股后面刷牙洗脸。捯饬好自己，我发现秦烨站在我身侧，像是在等待什么。

"怎么了？"我问。

他抿了抿唇，转身回房间换衣服。

夜里，我躺在沙发上看了看时间。

以往无论多晚，我都会坐在客厅等秦烨下班，然后扑到他怀里给他一个拥抱。我很喜欢我们之间的身高差，每次都觉得自己特别小鸟依人。秦烨是不是这么觉得我就不知道了，我后来想了想，他应该是更喜欢高挑的女生，毕竟柳安安就有一米七二。

直到八点，秦烨才从公司回来，我打了个哈欠，没有离开沙发："又加班到现在，你吃过饭了吗？"

他顿了一下才说："吃过了。"

我"哦"了一声："桌子上有哈密瓜。"

秦烨点点头，脱下外套进浴室洗澡。

男生洗澡一向很快，没多久他就一身水汽地出来了。今天格外犯规，睡衣的扣子都没有好好系，袒露着锁骨和一小片胸膛，看得我眼睛都直了。他擦着头发走向我，从茶几上叉起一小块哈密瓜放进嘴里。

"换沐浴露了？"他问。

"嗯，清爽柠檬味的。"

"你洗过澡了吗？"他问。

怕自己做出什么无法挽回的事情，我胡乱点点头，匆匆起身进了房间。

周末去游乐园约会，人很多，有些拥挤，他很自然地牵起我的手，我一僵，像触电一样地甩开。

秦烨蹙眉，疑惑地望着我。

我找借口："这个月零花钱不够了。"

意思就是我们保持距离吧。反正他家的麻烦已经得到解决，不需要我再提供经济支持了。不过最近我也真的是很穷，家里开始克扣我零用钱了，禁欲势在必行。

秦烨的脸色似乎有些难看。

……

秦叔叔回国在即，秦烨却病倒了。

他这段时间为了项目加班加点，无论是身体上还是精神上，都是极大的负荷，更别说有时候还要被领导强拉去应酬。

晚上接到他的电话，声音里带着醉意，我连忙开车去会所门口接他。秦烨高大的身体倚向我，堪堪地靠在车上。他一喝醉，桃花眼就会泛起水光，活脱脱的秀色可餐，我真怕他那个女老板对他下手。

"小秦最近辛苦了，这笔单子能谈下来多亏了他。回家好好照顾他，明天休息一天，不用上班了。"老板态度还算和蔼，把秦烨的外套递给我。

我道了声谢，在助理的帮助下把他扶进后座，开车回家了。

我凭着瘦小的身躯艰难地将他扛进电梯，还没松口气，秦烨伏在我耳边低低地说了一句："宋晨，你怎么长不高？"

他果然嫌我个子矮！

我气愤地嘟囔："你懂什么，这叫娇小。"

他笑了一声。

好不容易将人拖到床上，我看着他略微发白的脸色和额头渗出的冷汗，一测体温 38.2℃。

完蛋，发烧了。

秦烨眉头紧蹙，嘴里念着什么。我靠近一听，好样的，在喊妈妈。他母亲过世得早，在我记忆里很模糊。

我拍了拍他的帅脸："妈妈爱你。"

接下来的一整夜，我充分发挥了母爱的伟大，又是喂他吃药，又是给他擦脸换衣服。其间他要上厕所还不让我看，我让他撑着墙，躲到外面捂住耳朵，在心里祈祷他不要摔倒。一晚上折腾了两三次，这孩子到底被灌了多少酒。

好在年轻人恢复能力很强，第二天他就好得差不多了。

秦烨有洁癖，受不了自己的邋遢样子，一恢复力气就去浴室冲了澡。我蔫了吧唧地给他煮了碗粥，打算等他吃完就去补觉。

秦烨说："我今天，换了个口味的牙膏。"

我满脸疑惑："嗯？"

他摸摸我的脑袋，俯下身轻轻吻住我的唇。

哦，西柚味，甜甜的。

我思索了三秒，好像明白了什么："你最近很缺钱吗？"

秦烨嘴角一抽，像看傻子一样看着我。

4.

柳安安和富二代分手了，据说分得很不体面。

不是每个条件好的男人都像秦烨一样，是想认真跟她谈恋爱的。

秦烨应该也知道了，他这几天变得很奇怪，心不在焉，总是不停地看手机，有时候还会避开我出去和别人打电话。

我装作不在意的样子，随口问他："是谁呀？"

秦烨摇摇头，没说话。

他不喜欢说谎。

下午，我收到一个朋友的消息，说他看见秦烨和柳安安在半岛酒店附近，问我他们是不是旧情复燃了。

说实话，我也想知道。

半岛酒店离我家不远，开车用不了多久。我去的时候，恰好看见秦烨把她送到酒店门口，柳安安情绪似乎很低落，两个人说了什么，她突然回身抱住秦烨的腰。秦烨背对着我，我看不清他的表情，但想必是很温柔的。

真羡慕呀，不需要任何条件就可以得到他真心实意的拥抱。三个月就要到了，他已经做好了选择。

晚上，秦烨回到家，我的大橘猫跑到他脚边蹭了几圈，他弯腰把猫抱了起来。

眼看我抱不了三秒就挣扎着要跑的胖猫，在他怀里像小娇妻一样温顺，我顿时就生气了。真是双标的男人，连猫都可以得到免费的抱抱，到了我这里就要收钱。我走过去狠狠撸了一把猫头。

秦烨的脸莫名红了："……怎么穿成这样？"

以往考虑到秦烨的感受，我都是比较规矩的，连短一点的裤子都很少穿，今天纯粹是懒得在意了。

我说："在家穿吊带凉快。"

他的视线滑过我的肩膀和锁骨，竟然嗯了一声："确实。"

我故意说："那我以后天天穿。"

管你介不介意。

他弯了弯唇："好。"

夜里，我翻来覆去睡不着，跑去翻柳安安的微博。

刚注册的时候，这里只是她吐槽和发泄生活中一些不满的地方，就是普通小女生的感觉，和富二代在一起后，基本都在炫富和秀恩爱了。我很久没看她的微博了，再上来，发现她把以前的微博全清空了。

最新一条，她晒出了两张聊天截图，时间线跨越两年。一张是大学时期，她问："无论如何你都会陪着我吧？"秦烨的回答是："我会。"还有一张是两天前，她说："你还在等我吗？"秦烨："嗯。"

我盯着那个"嗯"字，攥紧了手机，忽然觉得喘不过气。

他从来没有放下过柳安安。

第二天吃早餐的时候，我下定决心，先他一步提了分手。

秦烨拿三明治的手倏地停住，唇角紧绷，抬头盯着我，眼神冷峻得有点吓人："为什么？"

我没想到他还会问为什么，一下子有些无措，含混道："腻了吧。而且我们约定好的，三个月还不行，就算了。"

他没再说话，最后三明治也没吃，害得我一个人吃了两个。

天黑了，秦烨迟迟没有回来，我觉得他是不会回来了。

我发消息跟发小说："我失恋了，难受。"

发小当即表明要带我去蹦迪，物色新帅哥，在对方健硕的胸肌上忘掉所有不开心。不想留在家里睹物思人，我翻出小吊带战袍，努力化了个浓艳的妆容，力图让别人能在变换的灯光下找到我的五官。结果两杯酒下去，我才有点感觉，发小就醉了。没办法，我让服务生找了个包房把他扶进去。

去洗手间的路上，我碰见了秦烨和他的同事。他看见我，眯了眯眼。我假装不认识，打算无声无息地路过。反正他说过，不想让同事知道我和他的关系。

秦烨却不识趣地挡在我面前，质问道："你来这里做什么？"

我郁闷地呛声："你能来，我不能来吗？"

发小醉醺醺地从包间里出来，勾住我的肩膀，醉眼蒙胧地说，"宝贝，怎么自己走了？"

我嘴角抽了抽。

他摸了摸我赤裸的肩膀头，嘟囔："怎么穿这么少……快把我的大衣披上……"

发小是我的男闺蜜，正正经经一米八高个的大帅哥。

秦烨表情阴沉沉的，一拳挥向他。

发小被撂翻在地，捂着脸眼泪都出来了，哭嗒嗒地说："啊……你怎么打人啊？"

我心疼地跑过去，把他扶起来："秦烨你有病吧！"

秦烨长腿一迈，逼近我们，发小吓得躲在我身后。

秦烨冷眼盯着我，一开口，却像是有一丝委屈："你护着他？"

我蹙眉："这是我朋友，我当然护着。"

秦烨的同事在一旁喷了一声："什么朋友啊比男朋友还重要……"

我没理会他，抓着发小的手准备离开："明天，把你的东西收拾走。"

隔天早上，秦烨来了。

他进屋后四处张望，不易察觉地松了口气。

"昨晚那个是我发小。"我说。

我可不会和他一样，暗度陈仓。

秦烨眼神柔和了些许，他微微低头，沉默了一阵："对不起。"

我没什么表情："你的东西不多，一上午应该能搬完。"

他抿了抿唇。

秦烨走了，以前习惯了不觉得有什么，现在却觉得家里一下子变得冷清了。

我缩在沙发上，开始思考要不要出去找个班上。我不喜欢 996 的生活状态，毕业后选择做了动画编剧，时间随性，一天只用工作两个小时，当然赚的钱也只够零花。就在我迷茫空虚的时候，家里给我安排了相亲，对方还是个比我小两岁的弟弟。

陆炘哲，连名字都透露着年轻又火热的气息。

换作以前我可能会拒绝，但是现如今经历过情伤的我觉得还是长辈的眼光靠谱点，靠自己我快不行了。

见了面，对方一笑："年龄没有虚报吗？怎么看上去比我小很多的样子？"

我谦虚道："个子矮，个子矮。"

他说："那就好，不然我会有种和高中生相亲的罪恶感。"

我说："我努力长高点。"

他站过来和我比了一下，我鼻尖堪堪抵上他的胸口，突然拉近的距离让我心口一跳。

陆炘哲退后半步，调侃我："一米五六？"

我血压一下子就上来了："一米五八！"

跟陆炘哲相处的几天，让我明白一个道理：有钱就应该包养这种帅气又乖巧的小奶狗。

我想开了。

主要是想不开又能怎么样呢？

我刻意屏蔽了和秦烨有关的一切，也不去关注我们分手后，他有没有跟柳安安复合。朋友有时候不经意地提起，都会被我打断。渐渐地，他们也都明白了，不再在我面前提到那两个人。

可这座城市太小，那天我和陆炘哲在超市买东西，竟然就遇到了秦烨。

他正在挑选货架上的东西，一抬头，与我四目相对。我强作镇定，但已经想走了。他看了我一会儿，一步步朝我走过来。

好在这时陆炘哲从背后拍了拍我的肩膀："挑好了吗？"

我"嗯"了一声："我们走吧。"

接下来，我们去了一家餐厅吃饭，刚坐下没十分钟，秦烨也进来了，还坐在了我隔壁桌。这次，他旁边还跟着柳安安，他们果然在一起了吗？

我低下头，麻木地用吸管搅动着杯子里的冰块。

陆炘哲问："怎么了？"

他很敏锐，从超市就察觉出了我情绪不对。

我摇摇头："前男友。"

陆炘哲眨了下眼："那个女生呢？"

我闷不作声地看着他。

他却笑了，提议道："天这么热，想不想去游泳？"

才刚认识就这么刺激吗？

"啊，我不会……"

"我可以教你。"他像是在喜欢的女孩面前炫耀的小男生，语气里透出小小的得意，"我之前是游泳校队的。你们女生不都喜欢八块腹肌吗？要不要看看？"

他腰好像确实很细……这下我的脸是真的红了。

"阿烨，怎么了？"柳安安略感意外的声音传来。

我下意识转了下头，看见秦烨微蹙着眉，杯子里的水洒出来一些，他用纸巾擦干手背："没事儿。"

我想了想，还是觉得不好意思："今天太晚了，以后吧……"

陆炘哲也没生气，弯着唇说："好。"

秦烨从座位上起身，对柳安安说："你自己吃吧，我还有事，先走了。"

语毕，他真的就离开了，柳安安表情有些难看。

吃饱喝足，散步消食。

送我回家的路上，陆炘哲慢慢牵住了我的手。可能是太久没有谈过正常的恋爱，不给钱他都愿意主动亲近我，让我有点受宠若惊。天色昏昏暗暗的，快要黑了，他俯下身略微靠近我，嗓音压得很低："要不要请我上去坐坐？"

我想说你还小，不大合适吧，他扶住我的腰，低头亲了过来。刚被他的唇蹭到，我就被一股巨力拉开了。

秦烨攥着我的手，脸色难看，冷冷开口："你是不是傻，白白让人家占便宜。"

我又讶异又恼怒："他长得比你差不到哪里去，难道不是我占他便宜？"

秦烨气得用力捏我的手，好疼。

我的眼泪都要流下来了，挣扎着说："这是你主动的，我没有牵你……"

秦烨脸都气绿了。

5.

陆炘哲站在一旁，若有所思地望着我们。

"你喜欢他？"秦烨问。

"对呀，我就是喜欢这种帅气可爱的小年轻。"我瞪着他，说话不自觉带出了点儿鼻音，"比你体贴，比你温柔，比你会哄人，还不带收费的。"

最关键的是不会劈腿前女友。我在心里补充。

秦烨眼底掠过一抹黯然，缓缓松开了手。

陆炘哲拉过我："我们该回家了，姐姐。"

他这声"姐姐"叫得又轻又软，莫名其妙。我耳根子一热，故作镇定地跟着他走了，也不管秦烨会怎么想。

电梯门开了，陆炘哲却没有一起进来："还要我上去吗？"

我愣了一下才明白过来他的意思，然后就有些不知道该怎么回答，隔了两秒才说："对不起，我好像还需要点时间……"

他一笑："没关系，等你觉得可以的时候，再联系我。"

这孩子，是真想得开啊。

两天后，打开电脑准备修稿的我却怎么也找不到原稿了。为了更直观更方便，我有把稿子打印夹订再做批注和删改的习惯。找了半天也一无所获，我焦头烂额，没办法只能打电话试探性地问问秦烨。

他语气淡定："在电脑桌左边第二个抽屉里面。"

我打开一看，非常震惊："哎？你怎么知道？"

他叹了口气："我记得我跟你说过。"

我这个人记性不太好，经常丢三落四，秦烨住进来以后，很多东西都是他帮我收着的。

"还有，你生理期快到了。"他说，"止疼药应该吃完了，记得提前备好。"

我脸一红："你怎么记得那么清楚？止疼药吃完了吗？应该还有才对……"

"去检查一下，别等到时候疼了才想起来。"他顿了顿，"晚上尽量别熬夜了。"

挂断电话，我心里有些酸酸的。

我痛经有点厉害，血量又大，好几次弄脏了床单被套，都是秦烨把我抱起来放在沙发上，动手替我换的。他那么爱干净的一个人，看到那些暗红的血渍，竟然没有半分嫌弃。他还会给我煲汤，在我头冒冷汗手凉脚凉的时候，抱着我用手掌给我暖肚子。

那时，我望着他耐心温柔的脸，心里想的是：如果他喜欢的是我，该有多好。

交稿日眼看就要到了，我通宵改稿，发过去后长吁了一口气，吃了点东西就开始补觉。这一觉睡得十分踏实，再醒来天又黑了。我下意识想摁亮床头灯，按下开关却没有反应。

怎么回事？

打开微信，看到业主群里的消息，才知道原来全小区都停电了。我心都凉一大截：完了，我有夜盲症，晚上没有灯基本看不见东西。我默默在床上躺了五分钟，最终还是架不住咕咕作响的肚子，摸索着下床想去冰箱找点吃的。

才走了没两步，却被什么绊了一下，差点摔了。毛茸茸的，是胖橘，它甜甜地"喵"了一声，暗示我给它加猫粮。我弯腰把它抱起来，打开手机的手电筒，又看了眼不大充足的电量，快马加鞭冲到冰箱前。

很好，只剩一盒酸奶和几根大葱了。

我把酸奶拿出来，坐在沙发上心酸地喝了两口，竟然品出了酒的苦涩。我当即发了一条朋友圈，希望大家给我带来爱和温暖：停电了，没吃没喝，家里黑漆漆的，感觉哪哪都有人，只有怀里同样挨饿的胖猫还有一点温度。

发出去五分钟，回复都是哈哈哈哈哈，还有讲鬼故事的，我讪讪地关了微信。最后只有我妈给我打了个电话，劝我早点睡觉，睡前先把猫给喂了。

我难过了。

就在我倒完猫粮，坐在沙发上干巴巴地陷入沉思之际，房门被敲了敲。我浑身一震，汗毛都立起来了。

手机收到一条消息。

秦烨：是我，开门。

我带着一脸他怎么来了的表情，打开手机的手电筒去给他开了门。

秦烨手里拎着袋子，散发着食物的香气，他躬着腰微微喘息，像是才跑完三千米的外卖小哥。

"茄子炒肉？"

"你不是说你饿了。"

我看着他额头渗出的汗水，突然想到什么："电梯也停了？"

他看了我一眼，没说话。

"你爬楼梯上来的？"我惊悚道，"我住 23 楼。"

他越过我进门，把东西放在餐桌上："吃饭。"

此刻，秦烨没什么表情的脸竟然显得格外亲切，我连上个5楼都腿软，他竟然为了给我送饭爬了23层楼。秦烨太感人了。

"你快喝口水吧。"我从外卖袋子里拿出矿泉水。

他摇摇头："只买了一瓶，你喝。"

"我才喝了一大瓶酸奶。"我惭愧地说。

"没吃没喝？"

"嗯，只剩酸奶了。"

就在此时，手机的手电筒忽然暗了下去，我吓得一下子蹦跶到秦烨身边，抓住他的胳膊："呜呜呜，手机没电了。"

他像是有些无语，但还是安抚性地拍了拍我的手："我带了应急照明灯。"

吃完茄子盖饭，秦烨还帮我把垃圾分类收拾进了垃圾桶。

"电好像明天早上才来。"我哀叹，"今晚怎么办呀？"

"昨晚赶稿了？"

我"嗯"了声，看他仍然站在那里，小心翼翼地问："你要走了吗？"

他沉默了一下："你想要我留下吗？"

我有点纠结："要不然你把应急灯留下吧。"

半昏暗的光线里，他看着我，像是磨了磨牙。

"腿累了，我要休息一会儿。"他说。

"嗯嗯，好。"

毕竟是23层楼，他虚一点儿，我也是能理解的。

过了三分钟，我问："秦烨，你这个应急灯的电池够管多久啊？"

"……两三个小时吧。"他淡淡道。

我惊讶道："那我后半夜怎么办啊？"

"睡觉。"

"可是白天睡了一天，我睡不着了。"

他似乎弯了弯唇："趁我还在，把灯关了，省着点用。"

只能这样了。

灯灭了，我下意识往他身边凑了凑，两个人一起挤在沙发上，身边有个会说话会喘气的活物，能让我有点儿安全感。黑暗放大了人的感官，我什么也看不见，只能感觉到秦烨清浅的呼吸扑打在我脸上，他似乎正在看我，手搭在了我腰间。

"你是看了我朋友圈才赶过来的吗？"

"嗯。"

我突然想起来一件事："你跟柳安安复合了吗？"

"没有。"

我一抬头，嘴唇擦过一个凉凉软软的东西，不由得一愣。秦烨搭在我腰间的手紧了紧，呼吸也停了。即便看不见，我也能感受到他落在我脸上的那道视线，滚烫又带着几分克制。我犹豫了好久，没忍住问出自己最关心的事情。

"分手了，还要收费吗？"我实在囊中羞涩，害羞道，"我妈说我大了，该自己挣钱了，把我零花钱给停了。"

6.

一阵寂静过后，秦烨深吸了一口气："……不用。"

我刚想把屁股往旁边挪挪，就听秦烨低声问："那你呢？你跟那个男生在一起了吗？"

"没有。"我老实交代，"我们才认识没几天。"

而且昨天被你一搅和，有点快黄了的感觉。

秦烨闷闷的："那你就让他牵你的手……"

我纳闷地说："秦烨，你怎么酸溜溜的？"

他还没说话，室内突然大亮。我一喜，等眼睛适应光亮后看向秦烨，发现他正望着我。

我说："来电了！"

他倒没有什么特别惊喜的反应："嗯。"

我起身去给宝贝手机充上电，贴心地对秦烨说："你早点回去吧，明天还要上班。"

他却走到我身后，拉住了我的手腕。我扭头，对上他的视线。

"不要分手好不好？"我很意外这句话会从秦烨嘴里说出来。

"那柳安安呢？"我说，"你不是忘不了她吗？"

我那么努力地想让他喜欢上我，可柳安安一出现，就让这一切变成了徒劳。

秦烨眉头一蹙："谁告诉你我忘不了她？"

"她刚分手那段时间，你失魂落魄的，天天跟她发消息，还背着我给她打电话。"

秦烨思索了三秒，无奈地叹了口气："那时候合作方钻了合同的漏洞，临时加价，怀疑是对家在搞鬼，我一直在想办法协商解决。

"我并不是在跟她发消息，也没有给她打电话。之所以不告诉你，是觉得没必要让你担心，没想到反而让你误会了。"

"可是我后来还撞见你们约会，你还送她回酒店，还抱在一起……"我有点委屈。

秦烨微微一顿："你还有什么误会，一起说出来，我一条条跟你解释。"

我给手机开了机，调出柳安安那条微博的截图给他看。秦烨盯着截图看了一阵儿，下颌骨有收紧的痕迹："就是看了这个，你才决定和我分手？"

我点点头。

他连忙说："第一张截图我不知道是怎么回事，我不记得我有跟她许下过这种承诺，至于后面那张……"

他从口袋里掏出手机，几下翻到和柳安安那天的聊天记录，递给我看。

原来全貌是这样的，柳安安被男友家暴，惊恐之下她求助秦烨，秦烨答应把她从富二代家里接出来，然后给她安排了酒店。聊天记录很简短，秦烨的回应也很简练。当时的情景是，柳安安迟迟没有动静，已经过了约定好的时间，所以问了一句："你还在等我吗？"

秦烨回了一句"嗯。"

我当时不是没有想过这个可能，可是前后发生的事情，加上另一张截图的内容，直接让我丧失了信心。我太过笃定在秦烨心里，柳安安的分量一定是大于我的。

"所谓的约会，就是她拜托我帮她摆脱前男友，我带她在外面吃了点东西。"秦烨说，"那天她说想跟我复合，我拒绝了，把她送到酒店门口我就走了。"

他像是在跟我道歉："是她要抱我的，我一下子没躲开。那之后，她又找过我几次，我没有理会她，在餐厅吃饭那次，也只是单纯的巧合。"

好吧，这个解释我还能接受。

我忍不住说出我心中最压抑的部分："我一直觉得，如果不是为了报复柳安安的背叛，你不会跟我在一起。"

秦烨默了默，没有否认："一开始，或许真的有一些，但不是为了柳安安。我家出事后，我见识到了许多人不一样的嘴脸，虽然明白人性大抵如此，可落在自己身上，还是没办法泰然处之。

"我以为你和那些人差不多，所以起先，没有在这段感情里投入太多心思。但是后来，不知道从什么时候起，就不受我控制了。"他捏了捏我的手，"就算明知道你只是小女生的新鲜感，得到了，也就厌倦了。"

我大感冤枉："我什么时候厌倦了？"

秦烨望着我，低声道："分手的时候，你自己说的。"

我大声嘟囔："你好记仇，我说了那么多次喜欢你，你不信。我就说了那么一次腻了，你就放心上了。"

秦烨弯了弯唇："所以没有腻吗？"

我还没想好怎么回答，手机突然弹出一条微信，是陆炘哲的。我点开一看，发现他发了好几条关心我的消息，还给我打过一通电话。我抬头看了一眼秦烨，给他回了一条过去：我没事，电已经来了，手机刚才关机了。

陆炘哲：那就好，我还担心你晚上吓得睡不着，赶紧吃点东西吧。

我：嗯嗯，好。

想了想，还是加了一句：秦烨已经把吃的给我送过来啦。

陆炘哲：恭喜。

其实他还挺有风度的。

秦烨看我和他有来有往，在一旁语气生硬地说："他不适合你。"

"何以见得？"

"那天在超市，我看见他拿了一盒安全套，提前结账了。"

我恍然大悟，怪不得他看见陆炘哲送我回家会那么生气。

"现在的小男生都这么不得了的吗？"我说，"他还邀我去游泳呢。"

秦烨把我抱了起来，大步走向房间："喜欢游，我可以陪你游。"

这……这是我想的那个游吗？嘤嘤，秦烨好像变坏了。

他低头亲了下来，我娇羞试图阻止："别……我没钱了。"

秦烨咬了咬牙："先欠着。"

1.

我的秘密被男朋友发现了。

他翻出了我曾经在哔哩哔哩厚颜无耻地狂舔某位健身区 up 主的激情记录。此刻他拿着 iPad 坐在我对面的沙发上，语调没多大起伏，一字一句念出我留在评论区的话："哥哥，我这里的雨下得好大，你那里大吗？"

念到后面几个字的时候，他刻意放缓了声音，缓缓抬头睨着我。

我弱小无助地缩紧了肩膀，不敢直视他的眼睛。

"长大后，乡愁是一块小小的屏幕，我在外头，老公在里头。"他冷冰冰地牵动了下嘴角，"行啊，程语，都会叫别人老公了。"

我羞耻得全身发抖："呜呜呜，别念了……"

他淡淡道："连我都没能从你嘴里听到这两个字。"

"不、不是的，我那是学别人的……"

我斯文俊秀的男朋友顺着我的动态点开那个 up 主的视频，微低着头，神态认真地盯着那些健硕美好的肌肉，那画面让我两耳滴血，恨不得立马翻窗跳楼结束自己年轻的生命。

一条视频看完了，他若有所思："你喜欢这种身材？"

面对这种送命题，我何等机智："没有你身材好。"

"你见过？"

"……没有。"

他轻吸了口气："程语，在我面前你可不是这副样子。你妈说你老实本分，从小到大都是乖乖女，大学毕业前没有谈过一次恋爱，我连牵一牵你的手都要深思熟虑，铺垫了半个月。"

我惭愧地绞着手指："我也只敢在网上说说……而且那都是大半年之前的事了，认识你之后我都没有留过这种评论了……"

"认识我之后你都只是随便看看，对吗？"

我一噎，"呜呜呜"，他好懂我。

我就不该随便把手机放在桌子上，让他看到了我的账号，又找到了我的主页，真是飞来横祸。

"只是刚好刷到了，才点进去的。"我小声辩解。

贺禹没说话，继续刷着我以前的动态。

他一不说话，我就紧张。想把 iPad 夺过来，又不敢。看着看着，贺禹的眉心跳了跳，我惊讶地发现，他耳朵竟然也红了。终于，他放下 iPad，起身看向我，表情非常冷漠。

完了完了。在他心里，我的人设铁定崩塌了。

贺禹之所以选择和我交往，是因为我和他从小到大的女神有几分相似。吕柔人如其名，是现在少有的那种温文尔雅的女孩子，举手投足都款款动人。可以说吕柔影响了他择偶观的形成。

至于我，只是在我妈的压迫下活得比较憋屈而已，却让他误以为我乖巧恬静，在家里的安排下和我走到了一起。如今，他看透了我的真面目，我估摸着他是要跟我分手了。

"贺禹。"我充满感情地呼唤了一声他的名字，"你别告诉我妈……"

他凉凉地瞥了我一眼，拿着 iPad 摔门而去，而我痴痴地望着他离开的方向。

走就走，为什么要顺走我的 iPad ？

2.

怀着悲切的心情，我一整晚都没有睡好。

隔天上班的时候，同事看出我状态不对，好心给我泡了一杯咖啡："脸色怎么这么差？眼袋都出来了。"

我更难过了，我才二十三就有眼袋了。

"我失恋了。"我忧伤地说。

同事露出"原来如此"的表情，拍了拍我的肩膀，叹着气离开。

不到一个下午，我被分手的消息就传遍了整个部门，我沐浴在大家怜悯的目光中，连上洗手间都有人让我先蹲。一天的工作结束了，好心的女同事提议让我蹭车，并且很有经验地劝我不要太伤心，她早就看出贺禹靠不住了，幸好我这棵小白菜还没被他拱到。

"小语，下班了。"熟悉的男声自前方响起。

一身西裤衬衫的贺禹走到我面前，晚霞的余晖里，他俊得有点扎眼："饿了吗？"

女同事的表情明显恍惚了一下，估计在重新定义谁才是那棵幸免于难的白菜。

他跟我身边的人点了点头，自然地接过我的包："走吧，带你去吃饭。"

于是，我就在几个同事驻足凝望的视线中，硬着头皮上了他的车。

贺禹一直不说话，我只好小声开口："有点热。"

他眼皮都不抬："热就把外衣脱掉……"

以前的他都会为了迁就我把空调调低一点的。我委屈地闭上嘴巴。他就是对我不耐烦了，哼，渣男。

贺禹带我去了常去的日本料理店，我有预感，这是一顿散伙饭。思及此，我一阵酸涩，多点了几瓶酒。贺禹蹙了下眉，没阻止。其实我不会喝酒，但只是看着它们，我就觉得我醉了。

一顿饭吃得安静如鸡，两个人都没有说话的欲望，食不知味地吞下了最后一块生鱼片，我觉得贺禹是时候开口了。贺禹盯着我的眼睛，语调淡淡地说："要不要再去看场电影？"

我一愣，犹豫道："可是看完电影时间很晚了。"

"晚一点也没关系，我会送你。"

我以为是什么应景的伤感爱情电影，坐下来看到片头才知道，好样的，竟然是泰国恐怖片。他明知道我最怕鬼！还给我看鬼片！我扭头看向贺禹，打起了退堂鼓。

"嘘。"他轻声说，"开始了，认真看。"

见我还是一副想走人的样子，他安慰道："其实是搞笑片，不怎么吓人。"

好吧，暂且信他一回。

……我真傻，竟然相信男人。

影片到了高能部分，我缩着脖子，很怂地闭上眼睛不敢看。耳畔有温热的呼吸浮动，贺禹的声音响起："好了，没事了。"

我放心地睁开眼，立刻被突然出现的鬼脸吓得起了一身鸡皮疙瘩，寒毛倒竖。

身侧响起一声闷笑。

太过分了，他是故意的。还我温柔体贴的贺禹来！

散场的时候，灯光缓缓亮起，我惊魂未定地从座位上站起来，看到一对对小情侣依偎着走出去，满以为贺禹也会牵起我，他知道我胆子有多小。

却听他冷酷地说："走了，再不走你就得一个人留在这里了。"

……真可恶。

我只能收回探向他的手，紧紧跟在他后面。回家的路上，我闷闷不乐。

贺禹握着方向盘，似乎没有察觉到我的情绪。

他变了。

以前无论怎么样，他都会赶在八点之前把我送回家。有时候我和朋友玩得晚了一些，他还会放心不下专程跑去接，知道我怕黑，胆小，会紧握着我的手走过小区里那段路灯坏掉的路，后面灯修好了，我还有点失落。现在发现我和他想的不一样，态度就差了十万八千里。难道他以前的温柔都是给吕柔 2.0 的吗？

半小时后，车子停在小区外。

贺禹转头，看见我眼圈红红的，在我眼角拭了一下，有些失笑："吓哭了？"

我控诉道："我晚上会睡不着的。"

他说："那怎么办？我陪你睡？"

我睁大眼。

他拍拍我的脸，眼里藏着笑："好了，我看着你进去。"

我傻呆呆地下了车，久久无法平静。

贺禹这算耍流氓吗？

到了家门口的我，却发现一件大事。早上因为太过忧伤，我都忘了带钥匙出门，唯一的备用钥匙在贺禹那里。没办法，我只能又把贺禹叫回来。

语音通话拨过去，那头过了片刻才接起："怎么了？"

"我没拿钥匙，被锁在家外面了。"我弱弱地说，"你还没走远吧，能不能把你的那把给我送过来……"

贺禹沉默了两秒，叹了口气："你怎么这么笨？"

"可以吗？"我小声哀求。

那头传来一个低低柔柔的女声："是程语吗？"

我忽然意识到，吕柔在他身边。心口传来紧缩感，我努力隐藏起慌乱："要不然你原地打个车，让司机送过来吧。"

他"嗯"了一声，挂了。

几分钟后，贺禹发来消息：到了。

我：车牌号多少？我下去拿。

刚走到电梯口，电梯门就开了，里面站着贺禹。

我惊讶道："咦？你怎么亲自来了？"

他开口："钥匙丢了？"

我摇摇头："落家里了。"

他径直走向我家，手伸进裤子口袋，从里面摸出一把钥匙："你要庆幸我有带在身上。"

"贺禹，你是不是瘦了？"我望着他劲窄的小腰，"最近在举铁吗？"

他淡淡地说："一直都有。"

"那你也有腹肌吗？"

他语气中带了一丝了然："你想看？"

好像自从贺禹知道我的真面目，我们的对话就尴尬了起来。他拿着钥匙站在门口，不知道在想什么，迟迟没有动作。

"快点插进去。"我说完，脸上就是一红。

他意味深长地看了我一眼。

3.

贺禹插入钥匙，轻轻一拧。

门总算开了。我垂着脑袋，十分低调地从他面前走过。

在我关门的前一刻，贺禹说："不让我进去喝口水吗？"

我一愣，心里不大乐意，但是人家辛辛苦苦地给我送钥匙，又不好拒绝……

贺禹长腿一迈，踏入我家，视线扫过客厅的沙发，眼神起了些变化，估计是又想起了昨天的情形。他刚要开口，一通电话突然打了过来。我一看他蓦然柔和的表情，就知道那头的人是谁。

果然，他放下手机对我说："算了，下次再喝。"

然后，又深深瞥了一眼沙发，转身离开了我家。

哼，当着我的面去找别的女人，还通知我下次再来。当我程语是什么？

睡前渣男发来消息：睡了吗？

我没有回复。

贺禹：还在害怕？

过了两分钟，他发来一条封面很可爱的视频，有了前车之鉴，我胆战心惊地点进去。是条搞笑猫咪合集，还好不是吓我的。虽然看完视频我心情好了一点，不过还是不打算理他。

隔天，他就没有再给我发信息了。

一连三天，贺禹都没有联系我。我从朋友那里听说，吕柔和她未婚夫闹矛盾，一个人跑去了别的城市，行踪不明，家人正火急火燎地找她。据说肚子里还有宝宝，大家都担心她想不开。贺禹一定是最着急的，难怪没有工夫理会我。我正惆怅自己男朋友的真爱另有其人，我妈打电话过来，问我为什么不回人家小贺消息。

她说的小贺是我认识的那个小贺吗？

我很诧异："你怎么知道？"

我妈冷哼一声，说她昨天生日，贺禹大老远特意拎着礼物上门，哪里去找这么孝顺又懂事的女婿。让我好好和他处对象，不要三心二意。

我大感冤枉："您老有所不知，三心二意的压根不是我。"

我妈不听，责令我立刻答应贺禹的约会，人家出差多辛苦，还忙里抽闲去给她过生日。是出差吗？不是为了找吕柔？我妈的电话才挂，贺禹就发来消息，约我晚上见面。碍于老妈威逼，我不得已同意了。

以前每次见他，我都会顺应他的喜好把自己打扮得像个小淑女，这次顶着套灰色运动服，头也没梳就下来了。我插着口袋走到他面前，一副慵懒中又透着点倔强的样子。他将我从头到脚打量了一遍，唇角微微一勾，倒是没说什么。

结果，这人订的是一家一看就特别上档次、特别烧钱的西餐厅，烛光晚餐，鲜花红酒，别人都是正装出席，服务生盯得我满脸通红。贺禹倒是气定神闲，丝毫没有觉得我丢了他的脸。

我气得偷偷在他胳膊上掐了一把："你怎么不提醒我？"

他疼得闷哼一声，不知从哪里掏出根皮筋替我把头发撸顺扎了起来："这样也很好。嗯，很随性。"

喝着餐前酒，我突然想起来，觉得自己应该表示一下关心："吕柔怎么样了？她没事吧？"

贺禹脸上看不出表情："人已经找到了，没什么问题。"

关心表达到位，我"哦"了一声，开始安心等待牛排。

贺禹说："你就没有别的想问的吗？"

可能是觉得我关心得还不够，于是我又问："她瘦了吗？"

贺禹的脸抽搐了一下，吐出两个字："胖了。"

怀孕了嘛，胖了也正常。

"胖了几斤啊？"我眨巴着眼睛继续问。

贺禹望着我："不清楚。"

连心上人的崽发育情况都不了解，渣男。

没想到贺禹转移火力，视线停在我略显丰满的下巴上："但是你应该胖了有三四斤。"

因为他这句话，我决定要先声夺人，跟他分手。我酝酿着台词，酝酿着气势，目光逐渐锐利逼人。

"胖一点，抱起来舒服。"贺禹温柔地说道。

我脸上腾地一热，把准备好的话忘得一干二净。

他又开始了！

吃完饭，贺禹又说附近有家密室逃脱是人气 top，问我想不想体验一把。我果断拒绝，并表示他刚出完差应该好好休息，一下飞机就玩这么刺激的，对心脏不好。他盯了我一会儿，同意了。

可能是被我拒绝了心情不大好，回去的一路上贺禹都没有说话。到了小区外，没想到他跟在我身后下了车。

"你干吗？"

"路灯又坏了。"

……行吧，虽然我已经习惯了。

一路平安无事地到了家门口，我和他挥手告别："再见，贺禹。"

他"嗯"了一声，将手搭在我腰间，我一下子很不适应。过去在我面前他都是规规矩矩的，绅士到了极点，没得到我的同意从来不会进行肢体接触。

贺禹他变了！

变轻浮了！

我慌乱又害羞，惊恐又期待。他缓缓低下头，两个人距离贴得很近，我甚至能感受到他胸膛起伏的频率和温度。

他捧起我的脸，温柔地捋了捋头发："这样也好，以前太乖了，我都舍不得碰。"

我天灵盖一麻。

他亲了我。

我心都要跳出来了，原来接吻的时候体温真的会升高，我浑身麻麻的，连痛意都不太能感觉得到。

终于，他放开了我。

我努力睁大眼睛，眼前雾蒙蒙的，看不清楚东西。他又在我唇上蹭了一下，才松开我的腰。

"进去吧。"他捏了捏我的脸，声音有些哑，"不可以不回消息。"

然后就走了。

我满脸通红，才想起来，怎么回事？我不是吕柔那款，他也不在乎了吗？

晚上十点，贺禹给我打来语音通话。

我本来不想接的，不过害怕他又去跟我妈告状，还是接了。

"喂？"他好像在笑。

我现在一听到他的声音就脸红："打给我干吗？"

"我不在这几天，有没有看那种视频？"

什么叫那种视频！

"没有！"

"少看那些。"他一本正经地说，"不利于身心发展。"

我"哼哼"两声，心里不以为然。

"你要是实在想看。"他说，"我平常也有健身，可以录成视频发给你。"

我咽了下口水："真的吗？"

他慢悠悠地说："就这么想看？"

意识到自己被耍了，我气鼓鼓地回道："挂了！"

下一秒，收到他发来的一张图，是他解开睡衣扣子，站在镜子前的自拍。贺禹竟然！给我发！他的肌肉照！天啊！他什么时候背着我把身材练得这么性感了！！

"喜欢吗？"贺禹问。

我艰难地忍着尖叫，沉重地"嗯"了一声。

"把那些对他们说过的话，也跟我说一遍。"

4.

我放大招："哥哥，我这里雨下得好大，你那里大吗？"

此话一出，贺禹果然安静了。

我乐开了花，叠声追问："大吗大吗？"

贺禹忍无可忍："闭嘴。"

我不干了："是你要我问的，我现在问了，你又让人家闭嘴。大吗大吗大吗……"

那头传来深呼吸的声音，他冷笑："你很想看是不是？可以啊。"

不到三秒钟，又一张照片发了过来。

我一哆嗦，手机掉到了床上，粉红色的后壳对着我，像极了我此刻躁动的内心。

我整张老脸滚烫，终于抵抗不住诱惑，把手机捡了起来。像是电影中的慢镜头一般，我小心翼翼……忐忑又谨慎……翻过来一看……

一只长鼻子小象坐在贺禹床头咧嘴冲我笑。

贺禹低沉含笑的声音传来："好看吗？"

对于男人，我只想说，倦了。

我把贺禹的那张照片设置成了我和他的聊天背景，然后又去买了张防窥屏手机膜，从此以后我就能在上班之余，望着他的腹肌解乏，连带着和他聊天都积极不少了，好感值蹭蹭蹭涨。

可吕柔始终是横亘在我们之间的一根刺。

一想到他可能只把我当作吕柔的替代品，我就心塞，难过得吃不下饭。这种低落烦躁的情绪在姨妈期达到了顶点，我开始想各种办法试探贺禹。

"当你窘稀时手上只有吕柔送你的领带和我送你的定情手纸，你会怎么做？"

他无语地看着我："谁会送手纸定情？"

"快回答问题，不要模糊重点。"我催促。

他思考了几秒，蹙了下眉："用手纸。"

好啊，他果然爱她不爱我，连女朋友送的定情手纸都舍得用。

我萎靡了两天，等姨妈一走，我决定振作！他俩只不过是青梅竹马，比我多了十几年的情分罢了。我只要抓紧时间多和贺禹培养感情，用我的美貌和灵魂深处的人格魅力让他体会到快乐和幸福，舍不得离开我。好的，经过一通分析，我果然没有什么胜算……

周末，我和贺禹逛名创优品，他不喜欢逛街购物，觉得浪费时间，我知道后争取每周都带他来一次，努力改掉这个坏毛病。经过饰品区，我随手取下一个猫耳发箍戴在头上，对着他"喵~"了一声。

贺禹脸一红，拉着我把发箍买了。

我很蒙。

男人都吃这一套吗？

因为减肥不吃晚饭，我低血糖在公司昏倒了。我也没想到我这么柔弱，可能是为了赶方案，我昨晚熬夜到两点，好像早饭也忘了吃，就中午随便吃了点东西将就了一下。虽然很快就缓过来了，贺禹知道后还是很生气，下班回家的路上，一直黑着脸，周身散发着低气压。

他把我带回了自己家，我被安置在沙发上，手里被塞了一个苹果和一块慕斯蛋糕。

他冷冰冰地训斥我："为什么不好好吃饭？"

"你说我胖了。"我委屈地说。

"……"他无语得不行。

贺禹去给我做饭，我不甘寂寞，巴巴地跟在他屁股后面转悠。他很凶地让我回去躺下，可能是人一生病情绪就比较敏感，我眼泪"吧嗒"一下掉下来了。我自己都不太理解，我哭个什么劲儿。贺禹愣了一下，过来揽住我，低头亲了亲我。

他一哄我，更不得了，我的眼泪潮乎乎地往外涌。他只好抱着我，跟我一遍一遍地说对不起。嗓音低低的，像在叹气一样。

把他胸口哭湿一片，我才颤巍巍地抬起头："贺禹……我饿了。"

贺禹厨艺不错，这顿饭吃得格外撑。看着自己圆滚滚的肚皮，我知道，之前几天的努力都白费了，一夜回到解放前。

"以后不许胡乱减肥了。"他认真地看着我，"你不胖。"

我害羞道："嗯，你也不胖。"

他翻了个白眼。

"你身材超级好。"我真诚地夸赞。

他深吸了口气："又开始了？"

一直待到快八点，我告诉贺禹，我好像该回家了。

他看了眼时间，起身走进房间，然后拿了套他的睡衣给我："今晚在这里睡吧，我晚饭喝了酒，没办法开车。"

"啊！我妈知道会骂我的。"

"你在网上调戏肌肉男她就不会骂你吗？"

"我现在不在网上调戏了……"心里想，"我都是面对面调戏。"

"我什么都不会做的。"他放轻声音，"听话，明天监督你吃早餐。"

我难掩失望地"哦"了一声，贺禹被我气笑了。

洗过澡出来，贺禹的睡衣太大了，我感觉自己像武大郎，见客厅没人，走过去敲了敲他的房门。怕我觉得尴尬，他都是待在房间里的。

没反应，我推门进去了。

贺禹在电脑前处理工作，听到动静抬头看了看我："洗完了？"

我点点头。我现在，从头到脚都是他的味道。他对我招招手，让我过去，替我将多余的袖子卷起来，我把想法对他说了。

他笑了一声："的确有点像。"

忽然间，我瞟见床头柜上有个东西，小四方形，样子有点像……

我准备过去查看，贺禹捉住我："洗完就去睡觉。"

他把我往外推。

"那你呢？"

"我一会儿也去洗。"

"我可以看吗？"

"……不可以。"

"只看上半身。"我打商量。

可恶，他把我锁在房间里了。真小气，我又不会怎样。

第二天大早，我说我要去上班。

贺禹想让我请假，他觉得我身体太差了，最好能上医院做个检查休养一阵。

他的关心很暖，可是工作还是要做的，我也是个有理想的人儿。贺禹还是蹙着眉。怕他骂我，我禁不住眼眶一红，昨晚好像打开了泪腺，眼泪说来就来。贺禹好像很受不了我哭，他立马就同意了，还去厨房给我忙活早餐。

"有什么不舒服，一定要告诉我。"

我软软地说："好。"

我都要喜欢上他了，这回是货真价实的。可贺禹这样到底是为了我，还是喜欢我身上吕柔的影子？我把对爱情的困惑传达给了闺蜜，闺蜜给我支了一招，说可以让我搞明白吕柔和我在贺禹心目中分别是什么地位。

5.

于是乎一周后，我二十四岁生日那天，是我预备好和贺禹分手的日子。

我从睡觉前就开始酝酿情绪，生怕到时候发挥不好。生日当天，吕柔也来了，她整个人散发着恬静又美好的气质。没说两句话，我感觉我都要爱上她了。难怪贺禹会把她当成择偶标准，我甚至觉得自己不够格当她的替身。

是我碰瓷了。

在心里默念了五遍"我也是妈妈心爱的小宝贝"，我才没有继续自卑下去。不知道是不是我先入为主，总觉得贺禹看她的眼神浸着淡淡的遗憾，态度也格外不同，还亲手给她剥橘子。他都没有给我剥过橘子，我酸溜溜地想。闺蜜也看到了这一幕，递给我一个"情敌好强，你多保重"的眼神。

我酝酿一晚上也没酝酿出来的情绪，瞬间就饱胀了。

聚会结束，贺禹送我回家。

在车上，我用严肃的口吻说："我觉得我们之间存在一些问题，要不我们分开一段时间，冷静一下？"

正好是红灯，贺禹顿了顿，握着方向盘睨向我，语气不太好："你想冷静？"

不按套路出牌啊，这时候不是应该问我什么问题吗？

"我的意思是，我们都冷静一下……"我解释。

贺禹眼神凉得惊心，不说话。把我送到家后，他一声不吭地开车走了。

本命年生日这天，我和初恋黄了，我没敢告诉我妈。

这就是我单身二十八年的闺蜜出的主意，让我先发制人和贺禹提分手，冷落他，不理他，让他痛哭流涕，煎熬不已，最终意识到我的重要性和不可替代性。

同时也借着这个机会测试他的真心，看他会不会去找由于婆媳问题同样处在分手边缘的吕柔。给他们空间，我主动退场。

这个招支得很有水平，很符合她的智商，我也真是病急乱投医。

跟贺禹分手后，我陷入了寂寞，空虚，冷。生平第一次觉得，男人对我这么重要。每天睁开眼第一件事，想他、想他、想他。可能是相思成疾，有时候在外面走着走着，甚至会错觉自己看见了他。再定睛一瞧，只不过是一个相似的人影。

可是我在这里为情所困，人家却说不定在和白月光再续前缘。不然怎么这么多天，一个消息都没给我发过。

当晚，猛灌三两白酒的我，晕晕乎乎地给他打了个语音。

贺禹很快就接了起来，却没说话。

我生气地骂骂咧咧："你个傻子。"

贺禹声音当即就冷了下来："你说什么？"

我"哼"了一声，不屑于重复。

"你什么时候会骂人了？"

我都能想象到贺禹在那头蹙眉的样子。很稀奇吗？我可太会骂人了。

"你人在哪里？"他问。

"关你什么事？"我说。

"那我现在去你家。"

我一惊："你来干吗……不许来！"我嘟囔，"我没穿内衣……"

他语气缓和不少："不许喝了，去洗个脸，上床好好睡一觉。"

"喝了酒好热啊。"

"……被子盖好。"

第二天酒醒的我，回忆起昨晚的经过，蒙了。

再一看聊天记录，好样的，我们连续通话了三个多小时。我发誓再也不胡乱喝酒，顺道把贺禹拉黑了。

下午的时候，我突然记起一件事，又把他从黑名单放了出来。我让他把当初顺走的 iPad 和备用钥匙还给我。贺禹态度冷漠，让我自己上门取。分手了还去前男友家，多不好。我还没来得及拒绝，贺禹再次开口，让我把他上次送的生日礼物还给他。

可恶……我气得浑身发抖。没想到贺禹竟然是这种小气之人！

我悲愤地抄起还没拆封的礼品盒，气势汹汹赶往他家。门开了，贺禹神色莫测，让我在客厅等着，人进了书房。我等了好半天也没见他出来。

恰好闺蜜打来电话，她沧桑地告诉我，她终于吃到爱情的苦了。这阵子她谈了个小男朋友，人帅，就是太黏人，天天吃飞醋，连女生的醋都吃，今天因为她和别人逛街没带他又生气了。她年纪大了，有点作不动了。

我教育她："我和你说，新交的男朋友不能惯着，一哭就抱，肯定是不行的。"

闺蜜虚心求教："那该怎么办呢？"

"先冷落一下，然后教他喊爸爸，让他爸伺候他。"

话音刚落，贺禹从书房走了出来，手里拿着我的 iPad，眼神有些古怪。

6.

"钥匙在我卧室床头柜上，你自己去拿吧。"他说。

真懒，我唾弃。然后我迈着矜持的步伐走进他的卧室，正待从床头柜拿起我的钥匙，却被旁边那个小小的四方形包装盒吸引了。直到确认那是什么，我禁不住心头大震，连小腿肚子都是一软。

贺禹一个单身失恋人士，怎么会有这个？既然不是和我用的，那就是……我眼睛酸酸的，鼻子也堵了，下一秒眼泪就要掉出来。他们竟然发展到这一步了。

身后有脚步声靠近，我强收起情绪，垂着头拿起钥匙要走。贺禹用身体拦住我，他手里捧着个四四方方的盒子，我定睛一看，是我刚刚还回来的礼盒。他将礼盒打开，里面躺着一条……白色的男士内裤。

这内裤好像有点不一样……

"你哭什么？"他疑惑。

震惊之下，我短暂地忘记了刚才的悲伤，他一问又想起来了："你床头的那个东西……你和谁用过？"

"还没用。那个是新的。"

废话，我能不知道是新的吗？

"那你打算和谁用？"

贺禹沉默了片刻："你生日那天，我本来打算带你来的。"

我好像懂了。我生日那天，他本来是想把自己送给我的？还附赠新包装？我懊悔不已。

"但是你却说，想跟我分开一段时间。"他语调淡淡的。

"那我们分开的这段时间，你有没有去找吕柔？"我有点紧张地问。

他皱了下眉："我找她做什么？"

"你不是从小暗恋她？"

"谁告诉你我暗恋她？"贺禹似乎明白过来，满脸阴霾，"你说的问题是这个？"

"对呀。"我敞开心扉，"你跟我在一起不是因为我有点像她吗？"

贺禹捏住我的两腮左转右转："你鼻子、眼睛、眉毛，哪一点像她？"

"我是说性格……"

贺禹表情微妙。

"算了……"我决定不自取其辱了，"那既然你和吕柔没什么，怎么一直都不来找我？"

贺禹语气平静，平静之中又透着一丝委屈："因为你说想一个人冷静，怕你烦我。所以我都是偷偷跟着你。"

原来那几天我看见的人影都是真的，还以为是自己眼花了，我没想到贺禹也有这痴情的时候。

"你为什么会以为我喜欢吕柔？"他很认真地问。

这次轮到我委屈了："那天晚上我打电话找你要钥匙，听到她在你身边。你们怎么会在一起？"

"恰好在路上遇到而已。"他耐心解释，"她刚检查出怀孕，看起来情绪不太好。出于朋友的关心，我把她带到了旁边的一家茶店，然后把位置发给了她老公。"

"可是后面你说要进我家坐坐，她一通电话打过来就把你勾走了。"我郁闷地说。

"我赶过来给你送钥匙，把她一个人留在茶店，顾维过来，她无论如何都不愿意跟他走。没办法，只能又给我打电话。"他摊手，"我在那里，当了半小时的家庭矛盾调解员。"

我心里稍微舒服了一点。这理由，好像还可以。

"那你还给她剥橘子。"我自己都觉得太酸了，不大好意思地降低了音调。

贺禹一愣，随即弯唇："她做了指甲，不太方便。"他捏捏我的下巴，语调微软："以后只给你剥好不好？"

我受不了他这么说话，尾椎都酥了。

"和好吗？"他低声问。

"和好！"

他一笑，想要抱我，又像是有些生气似地咬了咬牙："你对我一直不太上心，也就是看了我的身材后，才慢慢好一点。"

说得我好像见色起意的渣男……我对他不上心吗?

"我明明超上心!"

他眼睛一弯:"是吗?"

"是!"

他拿出盒子里的东西:"要试试吗?"

我抽噎:"还来得及吗?"

贺禹真是司马昭之心!在外面一本正经彬彬有礼的,私底下竟然偷偷准备这种东西,对于这种男人我只想说……我太喜欢了。

我表面嫌弃:"会不会不太好,我可是很保守的女孩子……"

他沉吟:"的确,是我考虑不周。"

他从床头柜上拿起那个四方形的小东西,用牙撕开:"那就先求婚吧。"

什么,拿着这个东西跟我求婚,日后我该怎么跟孩子们讲述老爸老妈从恋爱走入婚姻的浪漫过程……我非常不甘心,可他还是压了过来。我只是口嗨而已,压根没想过可以实战。

"贺禹!你好轻浮!"我大声斥责他,试图唤醒他的良知。

"那你呢?"他不理会,"某站上那些内容,不是你自己打的字吗?"

他要把我在评论区发过的话都做一遍,这是什么人间疾苦。

"人家害怕,人家不要。"

"……好好说话。"

前男友只有八岁

1.

大晚上的，顾媛领着顾桉来到我家门口，把医院诊断书往我手里一交："我弟弟被砸后昏迷了三十天，醒来就发觉他丧失了大部分记忆，智力也退化到了八岁小孩的水平。"

我大惊："找我干吗？！不是我干的！"

"我弟弟是在你家楼下被砸的。"

"那也不能证明是我干的！"

"他来找你肯定有原因的，也许是想跟你复合什么的。"

我冷静下来："不可能。"

顾桉是一个在情感上很淡漠的人，虽然说我们恋爱了一年多，实际却跟普通朋友没什么两样。他从来没有主动亲近过我，接吻、拥抱这些情侣会做的事情，在我们之间屈指可数。

几个月前我哭哭啼啼地说："你心里根本没有我，你看你连我生日都不知道。你肺炎住院了半个月，我还是从你朋友嘴里听说的，我都不明白你要女朋友干什么？"

那时的顾桉蹙眉看着我，似乎不明白我为什么小题大做，突然发脾气。我瞬间觉得自己怪矫情的，就抹抹眼泪说："我不喜欢你了，我们分手吧。"

顾桉没有说一句挽留的话。这样的一个人，怎么可能来找我复合呢？

"医生说他脑部有大块淤血，淤血影响了他的大脑活动，等淤血消散也许就能恢复正常。在这期间最好有能刺激到他的人或事物出现，加快这个过程。"顾媛说，"我想到了你，毕竟他昏迷前最后想见的人就是你。"

"那啥，也许他只是路过。"

"怎么说你们也曾经是恋人关系，你就不希望他恢复健康吗？"

我犹豫着开口："呃……我当然希望，可是……"

顾媛拿出一张卡："里面有十万，照顾好他，两个月后钱就是你的。"

我接过卡："好的。"

顾媛微笑着把行李箱递到我手里，又将人往我面前推了推："里面有他的一些日常用品和换洗衣物。其他有什么需要，随时跟我说，都可以报销。"

我望着顾桉安静的脸，点了点头。

……

关上门，屋里就只剩下我和我智商仅有八岁的前男友。我打量他好一会儿，顾桉都没有什么反应。脑子坏了就是这样吗？看着蛮正常的啊。

我试探性地问："你知道我是谁吗？"

"阿姨。"

"不是，我是你的主人。"

他明显一顿："主人？"

"就是以后你要听我的话，要服侍我，我让你做什么你就要做什么。"

他抿了抿唇，似乎有点难以接受。

我拍拍他的肩安慰道："放心吧，我不会欺负你的。"

他笑了一下："好。"

真好骗。

我翻出不用的枕头和薄被丢在沙发上："你就睡这儿吧。"

他看了看狭小的沙发，没有表示异议。

我刚回到床上躺下，房门就被敲了敲。

顾桉站在门口："我要洗澡。"

我很不耐烦："今天不洗。"

"姐姐说，每天都要洗澡，不然身体会臭。"

"臭就臭呗，反正你一个人睡。"他执着地望着我，得，我把浴室门一开，"那你洗吧。"

他看了看我，开始脱衣服。脱 T 恤的时候我很淡定。脱裤子的时候我也很淡定。等到脱最后一件的时候……我没法淡定了，捂着眼睛就往房间跑，一边跑一边斥责他："下次当着女生的面不能随便脱光光！"

把房门一关，我就不管他了。

第二天早上，我火急火燎地穿衣洗漱。

顾桉还穿着昨天的衣服，从沙发上站起来茫然地看着我。

"我要赶地铁……你自己点外卖。"我突然想起什么，"你会点外卖吗？"

他摇摇头。

我烦躁道："哦，那你有手机吗？"

他从裤子口袋里掏出手机："有。"

"会用微信吗？"

他点点头，又摇摇头。我拿过他的手机，点开微信，把我自己置顶。可恶，他给我的备注是"小肚子"。我有小肚子吗？？？

我顺手给改成了"屁股翘翘身材超好"，然后教他发语音："有事就用这个跟我说话，知道吗？我有空就回你。"

地铁上，我给他点了个早餐，发语音提醒他拿，并告诉他以后一日三餐就这么解决。

顾桉："好。"

2.

中午和同事在茶水间闲聊的时候，我收到顾桉的语音："翘翘，我口渴。"

翘翘是谁？哦。

我回："冰箱里有牛奶。"

半小时后，我又收到他的语音："翘翘，我饿了。"

我给他点了个外卖。

"翘翘，你什么时候回来？"

"无聊就睡觉。"

"翘翘，我睡不着。"

"睡不着就刷抖音。"

"那个没意思。"

"翘翘，手机快没电了。"

"充。"

"找不到充电器。"

我把手机一放，懒得再搭理他。他又坚持骚扰了我一阵，后面就消停了，看来是手机没电了。

下班回家，拿钥匙一开门，顾桉立刻就从沙发上站了起来，眼巴巴地看着我，显然是等了很久。我把打包回来的食物放在餐桌上，他比砸坏脑子前好伺候多了，乖乖吃完了。我让他把垃圾收拾好，他也认真做了。我拍了张他的照片给闺蜜，让她评估这件事情的真实性。

我：你说顾桉会不会是装的？

闺蜜：这样看挺正常的……他图啥啊？

我：也是哦。

闺蜜：总不会是为了跟你复合才演的这么一出。

我：有可能。

闺蜜：哈哈哈哈哈哈哈哈哈哈哈哈哈哈哈。

我：行了，我知道你在嘲笑我。

闺蜜：你可以想办法测试下他。

于是，我上网抄了两道小学奥数题摆在顾桉面前，他困惑地望了我一眼。我琢磨了一下，尝试自己解题，三分钟后把笔一丢，觉得这个方法可能不行。

我总不可能是弱智吧？

我决定换个角度思考，拿出刮胡刀（夏天用来给自己脱毛的），并且命令顾桉挽起自己的裤腿。

真男人肯定不愿意失去自己的腿毛。

顾桉听话照做，好奇地看着我吭哧吭哧地给他刮腿毛。男人的腿毛毛真的很粗很浓密呀，哪怕是顾桉这样的帅哥。我连大腿都没放过，刮到大腿内侧的时候，他的肌肉抽搐了一下，看样子是他的敏感区。

我望他两条光溜溜的大白腿陷入沉思。

他姐看到会怎么想我？两个月能再长起来吗？顾桉也蹙眉望着自己的腿："你在做什么？"

生气了？装不下去了？

我高兴地说："没有毛毛的光滑美腿，才是好腿。"

顾桉的手突然放到我腿上来回摸了摸："是很光滑。"

我起了一层鸡皮疙瘩，一蹦三尺高，警惕地盯着他。顾桉一副小孩子单纯不懂事的样子，疑惑地望着我。我大怒："女孩子的腿怎么可以随便乱摸！"

以前的顾桉都没有摸过我的腿！

"可是你也摸了我的……"

"我摸了吗？我那是看扎不扎手！"

顾桉抿了抿唇："对不起。"

我冷哼，用手指着墙角残酷地说："去罚站！以后做错了事都要罚站！"

他放下裤腿，老老实实地去了墙边。我很生气地洗了澡，很生气地上了床。半夜起来上厕所，迷迷糊糊看见客厅角落有个人影。

"顾桉？"我小声叫道。

他"嗯"了一声，我一下子清醒了。看了看时间，凌晨一点。他就这么傻乎乎地站了几个小时？正常的顾桉会这样吗？我心情复杂地让他坐到沙发上，给他倒了杯水。

顾桉握着水杯，看我的眼神有些委屈，他说："你不生气了吗？"

我点点头。他这才安心地躺下来，盖着被子疲惫地睡着了。看着他蜷缩着躺在狭小的沙发上，我琢磨着在屋里给他加张床。

3.

就这么到了周末，我正悠哉地躺在沙发上，顾媛突然打了一通视频过来。

当然，是打在顾桉手机上。

"今天过得怎么样？"她问。

我才知道，原来顾媛每天都会打电话询问顾桉的情况。我一下子有点紧张。顾桉说自己很好，顾媛又问他今天吃了什么，他报了几个菜名。我松了口气，还好没说是外卖。

"你胡子都这么长了，她没给你剃吗？"顾媛的声音里有明显的不悦。

顾桉转头看着我，我只好从他手里接过手机："……我现在给他剃。"

卫生间里，我挥舞着剃须刀艰难地操作着，生怕把顾桉俊俏的小脸刮花了。顾桉倒是很放松，眼睛一动不动地盯着我。我以为今天的我格外漂亮，侧头看了眼镜子，大失所望。

他问："你也每天刮胡子吗？"

"我是女生，没有胡子。"

他摸了摸我的唇角，迟疑道："可是……"

大胆！

"没有可是！"

……

自从知道顾桉每天都要向顾媛汇报日常，我就不敢太放肆地对待顾桉了。我不得不偶尔亲自下厨，给顾桉做一顿像样的饭菜。他很喜欢吃我做的饭，哪怕只是简单的鸡蛋青菜面，连汤他都会喝得干干净净。我说姨妈来了不能碰凉水，他就乖乖去把碗刷了。然后问我姨妈是谁？

过会儿，他去了趟卫生间，出来后忧心忡忡地问我是不是受伤了，要给我检查伤口。我说我要流七天，快死了，他一个人在沙发上难受了一个下午，而我快笑死了。

他一脸难过："怎么样才能止血？"

我不屑地说："你去知乎发个帖子问问吧。"

半小时后，他捧着手机告诉我："他们说怀孕就行了，还说我可以帮忙。"

然后看着我，面露期待。他真的不是装的吗？

我骂骂咧咧地关上房门。

4.

我和顾桉的关系逐渐和谐，降智后的他褪去了从前的冷淡，全天候围着我转，我穿什么他都会说好看，扯多离谱的谎他都无条件相信。我都开始期待起回家了。女人，你总是心太软。

直到我在小区里遇见宋暖柒。

她化着全妆，穿着宽松休闲的连帽衫和短裤，就属于生活中那种漂亮又不失亲和力的精致小姐姐。她没有发现我，快步出了小区。我蹙了蹙眉，心里涌现出一股奇怪的感觉。

她是我和顾桉分手的原因之一。

回了家，顾桉正巴巴等着我，一见我进门立刻站了起来，把拖鞋拿给我。我忍不住摸了摸他的脑袋,他顺从地低下头方便我摸。我愣了一下,使坏地加大力气把他头发揉乱了。顾桉扒拉下我的手,埋怨地看着我。

我好心情地说:"明天带你去理发吧。"

他有半个多月没出门了,闻言眼睛一亮,把我的手放回去随便我揉,我被他逗笑了。

第二天出门前,我特意给他打扮了一下,胡子也刮得干干净净。

顾桉真是衣架子,简单的T恤和牛仔裤穿在他身上就是特别好看,再加上我给他配的耳钉和银色项链一眼看上去就很酷。我真是太愿意跟他出门了。

周末,街头人流量大,熙熙攘攘间,顾桉握着我的手没有松开过。

以往出门约会,顾桉往往只是静静地跟在我身后,仿佛任何事情都难以唤起他的兴趣,陪我逛街、看电影只是例行公事。我曾做过很多努力,一起去迪士尼,一起听演唱会,计划过短途旅行。可是最终却发现,他并没有太多时间可以花费在我身上。看着顾桉低下头认真听我说话,眼睛自始至终没离开我,我的心情不由得有些复杂。

如果不是被砸坏了脑子,他这辈子可能都不会这样对待我。

理完发,我带他喝个奶茶准备打道回府。没想到顾桉指着一旁小孩手里拿着的玩具车说:"我也要。"

"你都多大了还要玩具?不行。"我拒绝。

顾桉握着我的手,哀求地看着我。要死哦,谁把他打扮得这么帅的?

"行吧,给你给你。"我投降了。

他弯唇,然后拉着我一路逛到了……成人用品店。店员热情地询问他喜欢什么款式。顾桉望着一件粉红色护士服:"布料怎么这么少?不会冷吗?"

我连忙把他拉走,通红着脸训斥他:"问那么多干吗?又不要你穿。"

顾桉问:"那种衣服有谁会穿?"

"穿的人不要太多。"

他喋喋不休："你会穿吗？"

"会会会。"我敷衍。

"穿给谁看？"

"反正不是穿给你看的。"

顾桉甩开我的手，抿着唇，似乎有些不高兴。

对于他突如其来的小孩脾气，我并不打算纵然。他不理我，我也懒得搭理他。

回到小区，我又看见了宋暖柒，她匆匆走进了和我同栋的单元楼。我猛然意识到一点，她是我邻居？

5.

她是什么时候搬到我这里的？是为了顾桉吗？我脑中隐隐生出一个念头。

电梯里，顾桉背对着我，不声不响的，还在怄气。本来想做点他爱吃的菜哄哄他，看到他身上穿的牛仔外套，一下子想起宋暖柒好像送过他一件差不多的，突然间就什么都不想做了，最后只草草弄了点意面填饱肚子。

吃面的时候，顾桉一直偷偷瞄我，欲言又止的样子。我假装没看见。他抿了抿唇，起身帮我收拾碗筷，还顺道把地给拖了。我绷着俏脸在沙发上看电影。他笨拙地把芒果切好放在我面前的茶几上，然后坐到我身侧。

"翘翘，吃水果吗？"他轻声问。

"不吃。"

他顿了一下，依然放低声音哄我："我喂你好不好？"

我不置可否。他把果盘拿在手里，叉起一块芒果送到我嘴边。我勉为其难尝了一口，还成，挺甜。两口，三口。

我冷不丁开口："我芒果过敏，你不知道吗？"

顾桉脸上闪过一抹惊慌，倏地从沙发上站了起来，果盘一放就要拉着我上医院。

"骗你的，哈哈哈。"

顾桉怔了怔，先是松了口气，脸色随即变得很差。这下换我过意不去哄他了，我小声地说："对不起嘛。"

他不为所动。

"小顾，顾顾，顾宝，"我往他身上靠了靠，"别生我气了嘛。"

他偏头看了我一眼，然后降下身子，把脸放到和我差不多的高度。我愣了一下，识趣地上去用脸贴了贴他的脸。费了老大劲儿，他的表情才开始缓和，恰好这时电影放到一个男女主角接吻的镜头。

顾桉看得认真，问我："他们在做什么？"

我有点尴尬，含蓄地解释，"哦，接吻。"

他忽然低头亲了我一下："是这样吗？"

眼神很纯真。

为什么他变傻了反而开始会撩了？我张了张口，发现自己竟然不忍心责怪他。我堕落了！

入睡前，顾桉拉着我的衣角，得寸进尺地要听睡前故事。

我无语："你都是从哪里学来的？"

顾桉说："电影里的小朋友，睡觉前妈妈都会给他讲故事，还会抱抱他，这样他才不会做噩梦。"

"那你做噩梦了吗？"

他点点头，望着我说："梦见我在楼下给你发消息，等了很久你都没有回，然后一个花盆从上面掉下来砸中了我的脑袋，眼前都是血……"

我听得浑身发毛，原来这件事给他留下了这么大的阴影啊……为了安慰这个小可怜，我给他讲了一段暖心的童话故事，最后给了他一个爱意满满的拥抱。顾桉额头的刘海垂下来，看上去非常温顺。

就在我母爱泛滥的时候，顾桉攥着我的手说："还有晚安吻。"

我感觉自己的脸颊在发热，这不是什么好征兆。被他抓着手，被他索吻，我竟然有点害羞。要知道这人现在的心智只有八岁啊！

察觉到自己的状态有点危险，我严词拒绝："不行。"

"为什么不行？"

"不能随随便便亲人知道吗？"

他语气有些紧绷："我不随便。"

"还不随便？"我气哼哼地抽出手回了房间。

……

或许这就是命中注定吧。

加完班回家，我又碰见了宋暖柒，这回直接是在电梯里。她也有些意外，尴尬而礼貌地朝我笑笑。可能是时间比较晚了，电梯就只有我们两个人，她主动搭话："你也住在这里啊？我刚搬过来。"

我本来准备"嗯""啊""哦"应付过去，结果她提起了顾桉："听说他被砸伤了脑袋，昏迷了好多天才醒，不知道现在恢复得怎么样，有没有后遗症。"

她略带愧疚地说："他受伤那天还给我打过电话，但是我忙着搬家没有接到，现在也没办法知道那天他想对我说的是什么了。"

我食指指尖微微一颤，愣愣地瞧着她，脑海中的线索被串联起来。

我想起顾媛说的：

"——我弟弟是在你家楼下被砸的。

——他来找你肯定有原因的，也许是想跟你复合什么的。"

也许他并不是来找我的。

他是来找宋暖柒的。

回到家，顾桉又是一副等我很久的样子，替我拿包拿拖鞋，还蹲下身轻轻揉了揉我的脚踝。可是这次我没法心安理得地接受了。

我从宋暖柒朋友圈翻出一张她的自拍，询问道："她漂亮吗？"

顾桉看了片刻："还行。"

还行在他这里等于很好。要知道顾桉给我的评价也只不过是"看得过去"。

我说："我把你送去她家好不好？"

顾桉半晌没说话，他凝视着我，下颌骨的弧度似乎有些紧绷。

6.

思前想后，我打了电话给顾媛，将在楼里遇到宋暖柒的事情和自己的猜想告诉给她："你可能找错人了，能帮助顾桉恢复神智的人不是我。"

顾媛那头有些迟疑："啊！这……也说不好。"

"延误病情就不好了。"我瞄了一眼旁边的顾桉，"而且你弟弟在我这里都待那么久了，还是没有一点要恢复的样子，连自己的胡子都刮不利索。你还是赶紧和宋暖柒联系一下吧，看她愿不愿意帮忙。"

隔天，顾媛和宋暖柒出现在了我家门前。

她们是来接人的。今天是顾桉的生日，原计划我要给他做个小蛋糕，再穿着他最喜欢的那条薄荷绿的小裙子，带他去天文台看星星的，大概是没有机会了。被带走前，我问顾桉有没有想要的礼物。他的唇抿成一条线，抓住了我的手。我试着挣了挣，但他攥得很紧。

顾媛讪笑："小桉怎么还舍不得走了……"

宋暖柒挽住他的胳膊，笑眯眯地说："媛姐放心，我会照顾好顾桉的。"

我说不清心里是什么滋味，抬头望了望他，把手一点点从他掌心抽了出来。

……

得知我把十万块钱还了回去，闺蜜大力赞扬了我不被金钱蒙蔽双眼的高尚情操。而我现在心里只有后面那个字。

一天后，我发消息给宋暖柒，问他还适不适应。听到宋暖柒说他还挺适应的，我忍不住在心里骂了顾桉几句。什么黏我，什么舍不得，都是假的。他喜欢的是宋暖柒，哪怕傻了都更喜欢宋暖柒。

"呜呜呜"，渣男。

我低潮了两天，好在老家邻居哥哥的到来冲淡了我的悲伤。

去机场接人前，我用尽毕生所学给自己化了个甜美的妆容，看着镜子里青春靓丽的自己，非常自信。果然邻居哥哥一见到我就露出了和蔼的笑容，直到坐进车里，他才告诉我短 T 恤上那串英文字符令人尴尬得含义。

我脸涨得通红，紧紧护住胸口，恨不得当场把衣服脱下来。

他憋笑憋得很辛苦，故意装得一本正经地安慰我："没关系，下次记得看仔细再买。"

成年后见的第一面，就是我社死的开始，我恨。在到他下榻的酒店前，我都奄奄一息，全程驼着背，拿包包挡胸。

韩嘉遇揉了把我的脑袋，从行李箱里找出一件他的 T 恤递给我："大了一点，但你穿应该好看。"

我勉强振作精神，去洗手间换衣服。

出来后他打量了我几眼，弯着唇道："小姑娘长大了。"

我等着他夸我两句，没想到韩嘉遇说："鼻子是鼻子，眼睛是眼睛的。"

……能说人话吗？

我有气无力地拿起包："远到是客，你难得来一回，我妈让我带你四处逛逛。说吧，想吃啥？"

"我在飞机上吃过了。比起外面，我更想去看看你住的地方，你现在的生活环境。"

于是，我们去了我家。

进门后，韩嘉遇四处看了看，为了照顾我的自尊心，含蓄道："嗯，还是挺温馨的。"

我略微羞赧。顾桉来了以后家务基本都是他在做，他不在，屋子就有点乱。想到他，我又开始难过了。

韩嘉遇摸了摸沙发，往上面一坐，温和开口道："对于目前的工作还满意吗？"

"还成。"

"我听陈绵说……"

陈绵就是我闺蜜，我打断他："……你不是我妈派来劝我回家的吧。"

他笑了一下："我不是来劝你回家的。"他还想继续说什么，眼神一滞，"这是什么？"

韩嘉遇从沙发缝隙里扯出了一条内裤，摊开一看，是条深灰色的男士四角内裤。他脸上忽青忽白好不精彩，不夸张地说，我臊得耳朵都快冒烟了。今天怎么净出这种事？顾桉平常看着挺好一孩子，竟然把这种私密物品乱丢，我连忙伸手把内裤抢过来。

韩嘉遇抬头睨着我，语气冷冰冰的："这是谁留下的？"

……

韩嘉遇太聪明了，以我的智商糊弄不过去。没办法，我只能把顾桉的事情跟他和盘托出，包括后来发觉真相，他被宋暖柒接走。

韩嘉遇听后眼睛微微眯起，定定地看了我半响，突然笑了："你还真是没怎么变。"

为什么感觉他在说我傻？

他换了个口气："一样美丽善良。"

这还差不多。

"周末休息吗？"

我点点头。

"那好，明天我和医院谈完合作，就来接你。"

"接我干吗？"

"不是说要尽地主之谊吗？"

"……哦。"

送韩嘉遇出小区，上车前，他回身说："明天穿漂亮一点。"

我不乐意地道："给谁看啊！"

他好气又好笑："给我看啊。"

人走后，我往回走，不经意地抬了下眼睛，竟然看见了顾桉。他站在不远处，身姿挺拔得像棵小白杨，神色冷静，不说真看不出是脑子有问题的。担心他是一个人不小心跑出来的，我停下来多观察了一会儿。不多时，宋暖柒就从单元楼里出来了，两个人说了些什么，一起往外走。

转身的刹那正好对上我的视线，他的眼神微微一动。

我若无其事地撇过脸，打算假装路过。

经过两人面前时，顾桉开口了："身上的衣服是谁的？"

我低头看了一眼，是噢，我好像忘记把韩嘉遇的T恤还给他了。见我没说话，顾桉蹙起眉头。宋暖柒笑着和我打了声招呼，然后扯了扯顾桉的衣角。

哼。秀恩爱吗？

虽然很不情愿，但为了不表现得太刻意，我还是和他们共乘了一个电梯。我独自站在前面，能感觉到顾桉的目光始终凝结在我背上。他看起来蛮正常的，脑子里的淤血是不是消了？我怀着一腔疑问回到家里，临睡前突然想到一个问题。

顾桉怎么看出我的衣服不是自己的？女生夏天穿宽大一点的T恤也很正常吧？

7.

熟睡到半夜，模模糊糊间，似乎有个人站在我床边，安静地注视着我。慢慢的，脸颊上传来轻柔的抚触，是那个人在摸我的脸。我头皮发麻，瞬间清醒，又惊又恐地摸索旁边的开关。

灯一亮，发现是顾桉。

他的眼睛被突如其来的强光刺激，微微眯起。

他有病吗？

我裹紧小被子："你怎么进来的？？"

顾桉摊开手，掌心赫然是我家房门的钥匙，走之前竟然忘了让他还回来！

我忍不住骂他："你这样深更半夜地偷溜进来，我要报警了。"

他抿了抿唇："对不起。"

我余怒未消："你是痴汉吗？差点吓死我知不知道。"

他轻声说："我想你。"

我一下子说不出话了。收拾好情绪，我跳下床，没收了他的钥匙，将他带到宋暖柒家门前，要将人还回去。

按了几下门铃，宋暖柒睡眼蒙眬地打开门，看看我又看看顾桉，有点蒙："怎么啦？"

"他偷跑出来了，跑进了我家。"

"啊？"宋暖柒似乎有点想笑，又绷住脸，"这小子怎么这样啊？"

"你带回去好好教育吧。"我转头对他说，"进去吧。"

顾桉低着头，没动，宋暖柒把他拉了进去。在她门前站了一分多钟，我才回家。

……

隔天我睡到日上三竿，韩嘉遇打电话告诉我，他刚拜访过医院的设备科长，晚上还有个饭局，吃完估计得七点以后了。虽然白天没空，但是他看新闻说今晚有一场摩羯座流星雨，适合在无光害且视野开阔的郊区观看。他的意思是，要带我去爬山。我已经开始累了。

晚上，韩嘉遇来接我的时候，竟然开着一辆奔驰大 G。

我惊奇道："你车哪里来的？不会为了去爬山买了辆车吧？"

"借的。"他言简意赅，"你不是一运动就会昏倒吗？"

我嘿嘿笑着上了车。

他抬手看了一眼表："最佳观赏时间是晚上八点到十一点月出前，还来得及。"

通往山顶的大路尽头已经聚集了一些天文爱好者和小情侣。我们下车步行，不知道是不是我太自恋，总感觉有谁盯着我。韩嘉遇又故意讲了个鬼故事来吓唬我，我气得骂了他一顿，然后颤抖着拽住了他背包的带子。

韩嘉遇哈哈大笑。

我抬头看了看天空，不由担心："乌云这么厚，是不是要看不成了呀？"

韩嘉遇说："效果可能要打折扣。"

我失望道："我好不容易爬上来的。"

他塞给我一袋薯片，我又开心了。

抵达顶峰，山风吹过来，非常凉爽，从这里能看到整座城市的灯火。

韩嘉遇站在我身边，握住了我的小手。察觉气氛有点怪怪的，我偷偷把手抽走了。其实读中学的时候我暗恋过他，嘉遇嘉遇，多好听的名字，光是叫着就有种悸动的感觉。但是后面他和别的女生在一起了，又考去了别的城市的大学，我的这段喜欢也就伴随着青春期的结束无疾而终。

雨丝丝缕缕地飘下来，落在我脸上。不一会儿，越下越大了。还好韩嘉遇装备齐全，还带了雨披和伞。流星雨是看不成了，他替我套上雨衣的帽子，准备下山。

回去的路又黑又滑，我隐约在前方看见一个熟悉的人影。本来觉得不可能，结果离得越近，越确信是他。顾桉穿着黑色连帽衫，几乎和夜色融为一体，他站在雨里，像条被淋湿的大狗，在黑暗中抿唇看着我。

"你怎么又一个人跑出来了？"我惊疑不定，四处张望，"你怎么上来的？是宋暖柒带你来的吗？"

他摇摇头。

韩嘉遇望着他，挑了下眉。

将人带进车子后排，我翻出一条毛巾罩住他的脑袋，给他擦拭脸上和头发上的水珠。

"这里离市区有十多公里。"韩嘉遇问，"你是怎么过来的？"

"打出租。"顾桉垂着眼睛。

之前为了防止他不小心走丢，我确实教过他，还让他背熟了家里的地址。

"所以你是在跟踪我们。"韩嘉遇笑着问道。

顾桉轻轻攥住我的手，他的手很凉。

车子停在小区外，我跟顾桉一前一后下了车，很好，一回来雨就停了。

韩嘉遇打开车门走下来："要我一起进去吗？"

"这么晚了，算了吧。"我说，"我把顾桉送回去就睡了。"

韩嘉遇沉默了两秒，嘴角又掀起笑意："好。"

8.

电梯里，我刚要联系宋暖柒，顾桉抓住我的手："不要，我要和你在一起。"

我心情复杂，要是他清醒着说这句话就好了。

我还是拨了电话过去，没想到那边很大度："他这么费神劳力地要跟着你，说明很喜欢你，就留在你那里好啦。"

然后就挂了。

回到家，我把浑身湿透的顾桉赶进浴室，翻出一套他之前忘记带走的衣服，将门打开一条缝递给他。之后又和老妈子一样给他吹干头发，顾桉配合地低下头，表情温驯还带一点点享受。我洗完澡出来，察觉他好像发烧了。喂完药，他病恹恹地缩在沙发上，脸贴着我的手心，有点萌。

陪了他一会儿，我正打算起身。顾桉拉住我，不让我走。

"干吗？"

"我白天看了恐怖片，怕黑。"

要死，突然想起韩嘉遇跟我讲的那个瘆人兮兮的鬼故事。我说实话，我也怕。

"那就开着灯睡！"

"开着灯睡不着。"

好烦呀。没办法，只能让他跟进房间睡了我的床。我跟他约法三章，只能蹭点边边，不许抢被子，半夜掉下去别怪我。

"还有，不许乱来。"

他连连点头，忽然开口："乱来是什么？"

我扭头瞪他。

他点点头；"我知道了。"

然后睡着睡着，他把手搭在了我腰上……我忍了。再折腾下去今晚不用睡了。隔天醒来，顾桉还躺在我身侧，目光安静而温柔。我探了探他的额头，烧好像退了。不愧是年轻人，体格真不错。

"还难受吗？"

他摇摇头。

我放下心来，爬起身准备下床，感觉胸口凉飕飕的，低头一看，大怒："我睡衣纽扣怎么开了？是不是你干的？"

顾桉茫然道："我没有。"

看着他一脸坦诚，可能是我想多了，翻身的时候自己开的吧。

随便弄了点早餐，蛋还煎煳了，顾桉很给面子地吃完了。

"怎么跟你姐交代呢？"我发愁，"要不还是把你送回去吧，让她和宋暖柒协商解决。"

顾桉的脸阴沉下来，起身去了墙角，一言不发地站了很久。

我奇怪地问："你在做什么？"

他闷闷地说："对不起，你不要生气了好不好？"

"我没有生气。"

他看着我的眼睛："如果你没有生气，为什么要送我走？"

我突然明白过来，他是在罚站。

我的心口麻麻胀胀的。

9.

最终是顾媛率先给我打了电话。

"看来我弟弟可能喜欢上你了。"她叹息着说，"这种事情有一就有二，还是拜托你再照顾他一段时间吧。本来脑子就坏了，再一淋雨一生病……"

我还没来得及说什么，他姐大手一挥："报酬再加一倍！"

顾桉家里原来这么有钱的吗？利欲熏心的我没有拒绝。

回来后的顾桉变得更黏人了，或者说，变得更明目张胆了。之前挺安静的一个人，现在会哄着我给他做饭了，我在厨房忙活，他从后面轻轻揽住我。虽然知道他脑中的画面可能是一个八岁小孩抱着妈妈的腰撒娇，但他生理上毕竟是个成年男性，高大的身躯靠过来，修长的手臂环在我腰间，我可耻地脸红了。

韩嘉遇在 C 市待了两天，项目谈成后就准备回去了。

我去送他，我们在机场咖啡厅里聊了聊。得知顾桉又重新搬回我家的消息，他笑了笑，意味不明地说："我猜到会这样。"

韩嘉遇从纸袋里拿出我的白 T 恤摇了摇："T 恤就送给我了。"

"你要我 T 恤干吗？"

"以后心情不好的时候拿出来看一看，想到你穿着它神气十足地朝我走过来的样子，我就会很有动力。"

我刚要有一丢丢感动。

他叹了口气："毕竟还有什么能比这更丢人的呢？"

对于韩嘉遇的离开，顾桉似乎很开心。晚上把自己洗得香喷喷的，抱着枕头要跟我睡。养成习惯了还得了？我一指沙发："那才是你的归宿。"

他抿抿唇，自己找了一块毯子铺在床边："我睡这里。"

我硬着心肠说："哦，随便你。"

结果凌晨起夜的时候，我脑子睡昏了，没注意脚下踩到了一个硬邦邦的东西，直到听见顾桉闷哼一声，才反应过来自己踩中了他的胳膊，连忙开灯。

"你没事吧？"我吓了一跳。

顾桉捂着手臂，摇了摇头。

见他一副逆来顺受的小可怜模样，我心生愧疚："你还是上床睡吧。"

他坐起身，轻轻"嗯"了一声。等我从卫生间回来，他已经在床上躺好了。

床是单人床，有点挤，我说："你往里面去去，我要掉下去了。"

他动了一下。压根没有什么变化嘛。

"你再往里面去去。"

他突然翻身抱住我，脸贴在我脖子上，说话时的呼吸热热的："这样就不挤了。"

我的身子瞬间软了："你干吗？放开！"

他支起胳膊，由上至下地望着我，声音放得很低："翘翘。"

我被他压着，脸上的温度不自觉地升高，威胁道："再这样就去睡沙发！"

他老老实实地放开了我，我把他赶出了房间，锁上门。

总觉得怪怪的，看来以后要离他远点才行。

10.

八月十日是我生日。

作为孤身在外务工的社畜，闺蜜给我订了个蛋糕，苦兮兮地告诉我晚上要加班，她争取十二点之前给我打个视频陪我度过难熬的夜，等明天周末再好好玩。我表示了同情以及理解。不当回事的我当晚取了蛋糕回家，准备插几支蜡烛让顾桉给我唱首生日歌，也算是庆祝过了。

结果一进门我看到了什么？一棵发光的圣诞树！还是棵挂满礼物的圣诞树！

顾桉站在淡淡的光晕里，侧着身子往树上挂礼物。

差点怀疑走错门的我问道："你做什么？"

顾桉偏头看向我，微微一笑："生日快乐。"

我被他击中了。

怎么会有这么好的人？他真的好帅，好可爱。

我蹦蹦跶跶地走过去，伸出手够挂在上面的袜子："哇！我小时候最羡慕电影里的外国小孩有圣诞树和礼物了！我做梦都想有一棵全是礼物的圣诞树！"

他轻声说："我知道。"

从里面掏出一个圆圆的红苹果，我咬下一口，很冲动地亲了他的脸。

他弯起嘴角："这么喜欢苹果？"

我大声道："是喜欢你！"

他笑得更开心了。

我们俩傻乎乎地把他辛苦挂上去的礼物一样样拿下来拆，有吃的也有女生喜欢的单品、蝴蝶、发卡、头箍、项链、手表，甚至还有包包，我怀疑他是把地摊包圆了。他委屈地解释，这都是他姐姐在专柜帮忙挑好一起打的包，有两个还是顾媛的私藏。

我拿起那个香奈儿包包："所以这个是真的吗？"

他点点头。我吓得撂亮灯，拿着平板上官网查这个包需要多少钱。看完价格，我决定把它供起来。

顾桉摸了摸我的脑袋："你喜欢最重要。"

我抬头看他，想起去年的今天，怕他忘记是我生日，还偷偷在前一天提醒过，可一直等到时针指向十二点一刻，才等来他的回复：抱歉，我不小心睡过去了。

虽然知道他有酒局，脱不开身，也理解他的疲惫，但还是会失落。如果记得，说一声生日快乐也好。

"你上次忘记了。"我说。

顾桉微微抿唇："以后不会了。"

我不置可否地点点头，说不定没有以后了。从地上起来，我拍拍屁股去洗了澡，顾桉已经换好睡衣坐在床边。

我皱眉道："你洗澡了吗？"随即意识到不对，"你不能在这里睡，快去睡沙发。"

"为什么？"

我语气凶凶："没有为什么！"

他老老实实去了客厅。半夜迷迷糊糊间，我被一个熟悉的身躯环进了怀里。太困了，我就没有抵抗。

早上我是被亲醒的。

一睁眼发现我的手在他睡衣里，摸着他的胸肌。

顾桉无辜道："是你自己放进来的，你还捏我……"

我难以接受现实："闭嘴！"

他乖巧地没有继续说下去。他肯定是怕我骂他，所以才诬赖我！

我发消息给闺蜜：事情是这样的，我感觉顾桉有点变了，没有以前那么单纯了。

闺蜜：……他从来都没有单纯过，谢谢。

是吗？我疑心顿起。对哦，如果他被砸坏脑袋失忆了，怎么会记得我生日呢？

可恶，敢情我才是傻掉的那个！趁着他在浴室洗澡，我气冲冲地到沙发前寻找蛛丝马迹。拿开他的枕头，本来只是想找他的手机，结果却在下面发现了我的丝袜！还是黑丝！明显穿过的那种！

我震怒了。

浴室的门开了，顾桉擦着头发走出来，看见我手里拿的东西，脸上的表情一顿。我压抑着怒气："这是你从我衣柜里偷偷拿的吗？"

顾桉沉吟了半秒，点了点头。

"你怎么变态了？"我痛心疾首。

我无法想象顾桉用丝袜做了什么，脑子里的画面不堪入目……

"……你偷这个干吗？"我还是问了出来。

顾桉坦然道："喜欢。"

没想到他竟然是这种人！我真是看错他了。

我酝酿了一肚子的话骂他，最终只颤抖着吐出两个字："色狼！"

他丝毫不觉得羞耻，反倒是低下头，对着我的唇亲了下来。这个吻持续的时间比过去都长，我的头都被他亲晕了。等他松开，我气得不行，伸出手一指墙角，让他去罚站。他站在原地没动。

我怒了："现在就是我说话都不管用了是不是！"

他用实际行动告诉我，是。然后攥住我的手指，又亲了过来……这会儿连装也懒得装是不是？我真是太傻了，竟然一直相信他。

我崩溃得差点离家出走，不过想到这是我家凭什么便宜他，又躲进房间里把门反锁了。顾桉在外面轻声叫我的名字，我没有理他。中午，我换好衣服，看都没看做好午餐在桌边等我的顾桉，板着脸出了门。

11.

出了电梯，我一眼瞧见单元楼门外站着个熟人。

宋暖柒站在一个文质彬彬的年轻男人面前，脸红红地说着什么，腼腆文静的模样和平常很不一样。离得近了，我听到她说，她是五月下旬搬过来的，只不过何医生工作太忙，早出晚归，很少有机会遇到。

一抬头，目光与我相撞，她脸上的笑容一下子僵了。

小区门口的早餐店里，我问宋暖柒为什么要骗我。按照顾媛的说法，顾桉的脑袋是四月份被砸伤的，她五月下旬才搬进来，顾桉怎么可能是为了找她才出的事？时间对不上，她为什么要说那番话诱导我？

宋暖柒支支吾吾不肯说。

"我已经知道顾桉是装的了。"

宋暖柒见事情败露，干脆摊牌了："是顾媛让我这么做的。"

"她觉得你和顾桉的进展太慢了，一个装傻，一个真傻，拖拖拉拉的不知道何时能坦白。又知道你对我和顾桉的关系有点误解，想利用我刺激一下你，让你愤怒之下跑去跟顾桉对质，解开误会。"她有点好笑，"没想到你这么正直不阿，会把顾桉送来我这里治疗。这下好了，搬起石头砸自己的脚，顾桉知道后脸都黑了。"

我的脸也黑了，大脑下意识地捕捉住重点："误解？这么说你不喜欢顾桉？"

"他是我表弟，我怎么可能喜欢他？"

"……没有骗我吗？"

宋暖柒翻出她相册里的家族合照，指着其中一个挺有气质的阿姨说："顾桉的妈妈是我亲小姨。"

他俩有亲戚关系为啥不早说？

进入公司，我忍着一天没联系顾桉，他发消息询问我也没回。看来宋暖柒已经把遇到我的事情告诉他了。挨到下班的时候，顾桉憋不住开车来接我了。

我冷哼："不装了？"

他替我打开副驾驶的车门，难得羞赧地抿了抿唇。

顾桉说，他那天来，的确是想找我复合的，也确实被砸伤了脑袋，只不过并没有大碍，调养了一个月就恢复了。

"那你为什么要骗我说你的心智只有八岁？"

顾桉沉默了片刻："你那时对我心灰意冷，普通的挽留和解释，不足以让你接受。

"你说我不在意你，不愿意花时间和心思在你身上，所以那天我被砸伤后想出了这个办法，让我有借口能够赖在你身边。"他语调渐缓，"我只是想告诉你，我喜欢你，你对我很重要。过去的我过于笨拙，找不到合适的方式表达。"

在他变傻的那段日子里，我们之间反而没有了隔阂。他的时间，他的全副心思，通通以我为主。

"那这两个月你的工作怎么办？"我不禁疑惑，以前的他可是个工作狂。

他顿了顿："你不在家的时候，我会开电脑处理一下。"

"……哦。"

"你之前肺病住院，是宋暖柒忙前忙后照顾的你，比起我，她更像你女朋友。"我委屈地说。

顾桉找了个位置停好车子，解开安全带，侧过身来面向我，语气很柔和："你那段时间为了应付检查忙得焦头烂额，又要考职称，晚上觉都睡不好，我哪里舍得给你增加负担。至于宋暖柒，她想追我的主治医生，才跑得那么勤快。"

主治医生，就是那个何医生吧，长得是不错。

我故作平淡地"哦"了一声。他慢慢握住我放在一旁的手，软声道："消气了吗？"

"有一点。"

他探过身子，脸突然间凑得很近，眼带笑意："那让我亲一下？"

心脏漏跳了一拍，我勉强恢复理智，觉得还是太便宜他了："以前总是一副对我很疏远的样子，怎么现在又要亲要抱了？"

他沉吟道："刚开始是洁癖，不习惯和人太过亲近。"

我瞪他："你嫌弃我？"

"后来尝试过，发现很喜欢。"

"哼。"

"但是你要知道，男人比女人容易冲动。"

"……"

"我怕你会吓到，就一直克制着。"

"我为什么会吓到？"我超级期待好吗？！

"刚在一起的时候，有一次聊天，你提到你童年被爸爸的朋友猥亵过，留下了很深的阴影，一度很惧怕男人。"

我解释："我那是对他有阴影！"

他微微牵唇："所以对我没有？"

我火速转移话题："虽然……但是，你偷我丝袜干吗？"

"看你穿过，很喜欢。今晚回家穿给我看？"

啊啊啊！他怎么这样！

"我还是喜欢你傻的时候！"我大声地说。

他唇角笑容扩大："那我可以装一辈子。"

1.

2 月 12 日这天，我终于攒够了钱去整容医院。

即使我知道，就算我把这副惹他厌烦的五官都择出去，按着齐熙茸的模子打造一遍再装回来，徐琛也不会喜欢我。

因为我是个山寨货。

整容真的好痛，打麻醉痛，恢复痛。好险没发生感染，痛得我生不如死，一度万分后悔，全靠幻想着徐琛见到我时震惊的表情才扛过来。恢复期过后，我瞧着镜子里那张脸，一股激动欣快的情绪冲上我的脑门。手术比我想象的还要成功，现在我恐怕是比齐熙茸的亲妹妹还要像她。

很好。

太好了。

我握了握拳，决定现在就去找徐琛。

呵呵，齐熙茸死了也才不到半年，这个宣称对她一往情深非她不可的男人就在家里操办起了派对，还请来这么多美女网红助阵，真是无耻。我一面唾弃姓徐的虚伪好色，一面四处张望搜寻他的踪迹。

这家伙皮相一贯招摇，不多时，我就在人群中锁定了他。徐琛今天穿了一条白裤子，他腿型很好，又直又长，单手插袋站在那里的时候，简直让女人恨不得拜倒在他的西装裤下。

我从服务生的托盘里端起一杯酒，平复了一下激动的心情，昂首挺胸、脚步轻慢地朝他走过去。

若我说我哪里强过齐熙茸，恐怕就是胸比她的大点，为了凸显优势，我故意穿了一件低胸的裸色短裙，不少男人都在偷偷瞄我。

徐琛似乎察觉到了什么，冷清的目光慢慢朝我扫过来。

一瞬间，我整个人似乎都冻住了，惶然的情绪交织在心头，甚至开始后悔穿了这一身衣服，仿佛这般让自己更显廉价，越发失了尊严，羞愧得几乎要钻到地底下。

我看见他蹙了蹙眉，淡色的薄唇微启："你是谁？"

我刹那回神，记起自己此刻的模样。他认不出我了。若说妆前我与齐熙茸是六分像，化妆后就是八分，徐琛见了肯定要心头巨震，神情恍惚。

我淡定不少，学着齐熙茸平时的做派扯出一个笑，轻悠悠地说："这才多久，琛哥就忘了我吗？"

徐琛的眉头皱成了"川"字。

他定是在分析眼前的人是谁，齐熙茸早在追求真爱的途中死在了空难里，总不会是诈尸了。

"啪"的一声，是酒杯摔碎的声音。

一个男人从人群中大步走来，犹如一片阴云笼罩在我脑袋上空，狠狠擒着我的手腕道："熙茸？是你？你没有死？"

我吃力地抬头，看见齐溟晦暗复杂的表情。

齐溟是齐熙茸的哥哥，曾经入选国家少年篮球队，一米九五的大高个，后来因为父母不同意他走体育这条路，无奈放弃。不过这只是对外的借口罢了，了解他的人都清楚，真实情况其实是他舍不得他妹妹，包括留在省内读大学，也是为了能寸步不离地守着齐熙茸。

齐熙茸就是在这两个怪物的夹击下，选择了素未谋面却互谙心事的网友，义无反顾地为爱远走，然后死在了追求真爱的途中。

我没想到会在这里见到他，顿时觉得很麻烦。

他抓得死紧，我使劲挣了半天，没挣脱开，吃痛地龇牙："你认错人了……放开我。"

他面色阴了阴，低头凑在我耳旁道："你这张脸……我死都不会认错的，我的好妹妹。"

他这声"好妹妹"叫得我鸡皮疙瘩都起来了。

齐溟狠瞪了我一眼，直起腰，手抓得更紧："既然你人没事，怎么没早点联系家里？先跟我回家。"

我心里一乱，没想到是这么个发展，连忙往后拖着身子不愿意跟他走："我都说我不是了……齐溟你个瞎眼的混蛋，自己妹妹都能认错……你说你还能干得成什么，快放开我……"

"等等。"徐琛道。

千钧一发之际，总算还是徐琛救了我。

徐琛的视线在我身上若有若无地逡巡："她不是熙茸。"

就这么轻易地被他识破了。

我不知该感慨他对齐熙茸感情之坚贞致使他一眼就看穿我是个冒牌货，还是感慨自己费那么多心力，扒皮拆骨的苦都吃了，却只能换来他片刻的恍惚。

齐溟扭头看我，从乍然见到妹妹死而复生的惊喜中清醒过来后，他似乎察觉出了我不对劲的地方，眼中露出疑虑和无奈："也是，熙茸的尸骨当初警方比对过 DNA，确认是她。你是谁？为什么要冒充我妹妹？"

被这么多目光充满探知欲地紧紧盯着，是我一生中少有的高光时刻。

我深吸了口气，恢复原本的笑容，笑吟吟地拍了拍自己的俏脸："我是苏葭啊，前段时间去整了个容，怎么样？漂亮吗？"

不出所料，所有人都愣住了，包括徐琛。

齐溟松开了我的手。

2.

说实话，场面有点尴尬。

我本来有点想走了，听到人群中断断续续传来的议论声又多坚持了一会儿。

徐琛的脸上一会儿青，一会儿白，他径直走向我，冷眼睨了我一阵："苏葭？"

我心头一紧，故作轻松地道："嗯？"

刚刚人人都误以为齐熙茸死而复生的时候，他都没现在这么大反应，是我整得太失败了吗？

他像是想说什么，又咬咬牙硬生生忍了回去，活活气笑了："我说怎么好几个月不见你，就是为了做这个？"

他估摸是不愿意看到齐熙茸的脸被别的女人占用了，觉得我玷污了她，所以才这样勃然大怒。

徐琛几乎是在磨牙："你是不是疯了？"

我其实很怕他，见到他这样，我腿肚子都有点哆嗦，强撑着不示弱："反正这张脸已经在我脸上了，你又能怎么样？撕下来吗？"

日日看到自己最讨厌的女人顶着心上人的脸招摇过市，再没有比这个更刺激、更让人愉快的报复了。我故意昂起头，力图让他和所有人都看得清清楚楚。

"跟我过来。"徐琛攥住我的手腕，不容拒绝地一路将我拉扯进了房间，我瞧见他阴云密布的脸，一时间提不起反抗的勇气。

房间里，徐琛来来回回踱了不知有多少圈，我瞧得眼睛都晕了，连忙拿了瓶矿泉水喝一口压压惊。他蓦地扭头看向我，好样的，吓得我差点被自己的口水呛死。

"为什么要整成现在这副样子？"他问我。

我抖了抖小脚，挪开视线不说话。

"为什么？"他盯着我的眼睛重复了一遍。真讨厌，我刚做的下巴都快被他捏碎了，"你就这么嫉妒熙茸？嫉妒到她一死就迫不及待地想成为她？"

他这句话一下子戳中了我的痛点，我像只被掐住尾巴的耗子，吱吱乱叫地炸起了毛："是又怎么样？我就是嫉妒她，嫉妒她长得漂亮，嫉妒她能被那么多人喜欢！"

他突兀地弯了弯唇，眼里有轻蔑："你以为你和她差的只是一张脸吗？"

是啊，我怎么敢跟齐熙茸比呢？齐熙茸什么都比我强。

我受创的自尊在胸口隐隐绞痛，痛得我此刻如果不做出点什么反击，整个人就要被那股悲哀的情绪淹没了："反正我已经得到了这张脸不是吗？爱慕她的人那么多，总有那么一两个想借着这张脸重温旧梦……"

我努力压抑着喉咙里的哽咽，仰着脖子呛声道："我以后还要天天顶着这张脸跟不同的男人接吻、上床，到时候……"

我知道我这番话说得绝顶恶心，毕竟我一说出口自己都开始反感我自己了。事实上果然很奏效，徐琛气得脸色发绿，凶神恶煞地恨不得把我原地处死："苏葭，你还有没有半分自爱？你知道你在说什么吗？"

看他怄得要死，我倒是气顺了许多："我脸都不要了，还要自爱做什么？"

徐琛狠狠瞪了我半晌，拉着我的手就走，一路闯了两个红灯将我带到医院，顺顺利利地找到了我的主刀医生："把她这张脸给我换回去！"

我吓得捂住脸："我不干！我死都不可能……"

医生赔着笑："徐先生不要着急，苏小姐鼻子上的假体是可以取下的，但是下颌骨和眼睛很难恢复到原状。"

我还没松口气，就听徐琛说："不论花多少钱，不要让我看见她顶着这张脸。"

半小时后，一张手术同意书放到我面前。

我涕泪交加："徐琛你就是要害死我对吗？我是绝对不会签的，如果你强迫我，我就去告你……"

他沉默了一下，冷冷一笑："你去告啊。"

这禽兽法务部里养着最顶尖的律师团队，我知道我没有胜算，一时间悲苦交加，觉得天底下简直没有人比我更惨了："你这个冷血的王八蛋……就算我死在了手术床上，我做鬼也不会放过你的……"

不知道是不是这句恐吓起了效果，徐琛冷眼睨了我一阵，当真把我带回去了。

为了保住自己这条小命，为了不被毁容，路上我苦口婆心地劝他："你想想，齐熙茸都死透了，尸体都烧成灰了，你再也见不到她了。不如你就把我当成她，好歹也是个活蹦乱跳能喘气的……"

徐琛阴恻恻地望了一眼我的脸："还不如毁了。"

我毛骨悚然。

3.

他又原路把我带回了别墅，然后脱了西服外套，不耐地把衬衫领口的纽扣松了几颗，露出白皙匀称的锁骨。

我像个受气的小媳妇一样低着头不敢看他，弱弱地说："我要回家。"

他的视线像刀子一样割了过来。

我觉得他又在惦记着给我做手术，让我毁容，我害怕得眼泪直流，磕磕绊绊地哀求道："你还想怎么样……求求你让我回家吧，大不了以后我不出现在你面前了……"

他蹙了蹙眉，几步走到我面前，将我抱起来丢到沙发上，而后整个人毫不避讳地压了上来。被他独特好闻的气息包裹着，我的心跳有些快，看着他高高抬起的手，我吓得一把捂住脸。

他深吸了一口气，强行把我的手拉开，拿帕子替我擦拭着哭得乱七八糟的脸。这家伙真闷骚，还随身带着手帕，还熏了香。相比他难看的脸色，他手上的动作还算温柔。温柔点是对的，我如今这张脸可贵了。

许是盯这张脸盯得久了，徐琛擦着擦着又开始生气，咬牙切齿地念着我的名字："苏葭。"

我生怕他一个用力把我的鼻子弄歪了，连忙用双手包住他的大手，眼巴巴望着他努力挤眼泪扮可怜。我万万没想到他会突然亲上来，慌张之下齿关紧合，差点把他舌头咬了。

这是怎么回事？

我聪明的小脑袋飞速运转着。

这个不要脸的狗男人，难道看了齐熙茸的脸就忍耐不住兽性大发了，也不管是不是正主？我当即握起拳头奋起抗争，可惜到底敌不过他力气大，被他按着脑袋把脸别过去，不让我看他。

我……我算是知道他有多嫌弃我的脸了。

我气急之下开始胡言乱语："整个容算什么……我连你的孩子都堕过……"

徐琛的动作骤然一停，将我整个人翻转过来，神情恐怖地望着我，攥着我胳膊的手青筋暴起："你说什么？"

我心尖一颤，慌忙解释："没有……我刚才胡说的……"

他仍然望着我不动，我真的好怕他露出这种表情："我没有怀过孕……我就是想气气你……"

他眼里掠过一抹后怕，重重冷哼了一声，把我翻过去继续。

4.

我咬唇苦苦坚持，渐渐回忆起我们那次稀里糊涂的初夜。

徐琛一开始是跟我在一起的。就和普通的小情侣一样，他会给我买好吃的，毒舌却耐心地给我补课，在我穿着吊带跟别的男生聊天的时候蹙起眉头，戴我强迫他戴的情侣对戒。

每次在外人面前看见他修长白皙的无名指上那一圈细细的银色，我心里就油然而生一股窃喜，仿佛我们已经悄悄结婚了，他成了专属于我的男人。

后来在阅览室，我把这种念头跟他说了。他维持着一贯的镇定，表面上没有多大反应，微微弯起来的嘴角却暴露了他的心思。我心里酥酥麻麻的，越过桌子亲了一下他的薄唇。

那是我们第一次接吻，他停滞了一瞬，抬起头来看着我，然后揉了揉我的脑袋，笑了。

那时候，我真的好喜欢他啊！

记不起是哪一天，齐熙茸从她哥哥那里受了委屈，哭哭啼啼地跑到他家里抱住他，他没有拒绝。我端着排骨玉米汤从厨房里出来，瞧见这一幕有些局促，但还是很有风度地朝他们笑了笑。

后来他就跟我提了分手。

就那样漫不经心地发了一条微信过来，说我们分手吧，连个原因都不给，敷衍都懒得敷衍。

我去他的班级找他理论，他称病告假，我就在他家门口蹲点。那天下了很大的雨，雨点砸在脸上刺疼刺疼的，我淋得跟个落汤鸡似的，一时间觉得自己很像言情剧里的苦情女主，眼泪混合着雨水，多惹人怜惜啊。

我幻想着他会心疼我，按捺不住心中的担忧从房子里出来撑着一把伞走到我面前。

徐琛倒确实是拿着一把伞出来了，不过却是为了接从计程车上下来的齐熙茸。两个人并用着一把伞从我面前走过，徐琛面无表情，还是齐熙茸有点内疚，拽了拽他的袖子让他停下。齐熙茸把手里的小花伞递给我，还朝我抱歉地笑了笑。

有伞还要人家来接，做作。

我没忍住把心里的话脱口而出："狗男女。"

徐琛的眼睛立刻就有点冷。

我骂完就跑，很有骨气地没要他们的施舍。结果回到家大病一场，吃了药都没用，爸妈又忙生意不在家，还是保姆带我去医院打的吊针，所以骨气真是个没有用的东西。

从那以后，他眼里只有一个齐熙茸，不再跟我说话，不关心我的成绩，就算我穿着比基尼跟男人说话他都不在乎，手上的戒指也取下来了，估计早不知道扔到哪个垃圾桶去了。我明白，他是真的不喜欢我了。

为什么齐熙茸总是可以轻而易举得到她想得到的？为什么她已经拥有了那么多人的喜欢，还要来抢我的人呢？我本以为徐琛本性如此，薄情寡义、朝三暮四，男人嘛，何况还是那么帅的男人。

结果人家一恋爱就是四年。跟我在一起半年就想分，却能跟齐熙茸在一起四年，看来人家只是对我薄情寡义。

我怎么能不怨恨他们？

于是我发愤图强努力学习，就是为了能时时刻刻跟个怨灵一样在他们的生活里阴魂不散。我就像言情剧里一心想破坏男女主人公关系的恶毒女配角，暗自期待他们感情破裂，皇天不负有心人，在齐溟这个坏男二的阻挠下，大学毕业典礼那天，齐熙茸决定跟他分手。

他伤心之下喝得酩酊大醉，我怀着一点坏心思，一面道貌岸然地安慰他，一面不着痕迹地一杯接一杯给他灌酒。得不到他的心，得到他的人也行。

喝着喝着我俩就滚到床上去了，我没想到的是，他的经验和技巧都十分生疏。

醒来他看到一室狼藉，脸色难看到了极点，盯着床单中间那块血迹半天没说话，显然是在懊恼于昨晚的放纵。

只要他不爽，我就很爽。

我其实也没想让他负责，哆嗦着腿套上衣服，下楼去药店买了紧急避孕药和水，然后就自己打车回去了，仿佛事情从没发生过。没多久，徐琛和齐熙茸又复合了。

5.

"苏葭，你连这种时候都能分心……"他咬牙切齿地念着我的名字，在我肩头咬了一口，疼得我一哆嗦。

混蛋。

天刚亮，趁他还在熟睡，我胡乱套上裙子找到包包赶紧跑。就在我着急手机没电也没现金发誓以后都不用苹果手机的时候，一辆银灰色迈巴赫停在了我的面前。齐溟坐在车里看着我，视线沉沉的，让我捉摸不透。

我本来不想坐他的车的，但是他问我需不需要给徐琛打电话。

……是个狠人。

虽然这两人都挺浑的，但总归齐溟对我没有那么大意见，在他与徐琛之间，我义无反顾地拉开了车门。齐溟在一旁沉默地开车，我的小心脏开始打鼓。

"苏葭？"他像是把这两个字含在嘴里细细咀嚼，我听得害怕，求他送我回家。

他笑了笑，然后就把我带回了他家，带到他妹妹的房间。齐熙茸的房间如同她的人一样清新素雅，里面的陈设依然维持着她生前的模样。齐溟从衣柜里找出一件衣服让我换上，说我裙子背上的拉链坏了，别穿了。

我忍不住胡思乱想，他不会故意把我打扮成他妹妹平常的样子，好假装他妹妹还活着吧。

从楼上下来，我见到了他父亲，一个身材高大、眉毛浓重、眼神锐利、看上去极威严的男人。

他倒是没有认错我，而是笑了笑："你是苏葭吧，我听齐溟说了。"他洞悉似的目光上上下下打量了我一阵，笑容越发和蔼，"确实和茸茸很像。她走了之后，我始终很思念她……"

他让我叫他伯父，然后把我留下来吃饭，吃饭的过程中一直体贴入微地替我夹菜、盛汤，都是一些齐熙茸在世时爱吃的……不过我和她的口味差不多。面对一个痛失爱女的父亲，我虽然讨厌齐熙茸，但既然用了她的脸，帮她稍稍抚慰一下她爸好像也是应该的。

我正坐在沙发上陪齐伯父谈心，徐琛突然来了。

他的视线紧紧锁定在我身上，像是在检查什么。我有些意外他穿的衬衫还是昨天的，而且有些皱，以他那性格和洁癖程度，看来赶来得很着急。他压着声音跟齐伯父道了声好，走过来攥住我的手，说我生病了，他要送我去医院。

齐伯父关切地问我身体怎么样，有没有大碍。

我正要开口，被他用力握紧了手制止："小流感，怕传染给您，先走了。"

直到车子开出齐溟和齐伯父的视线，他紧绷的脊背才放松下来，将车靠边停住，表情难看地望向我："你去齐家做什么？你知道你现在这副样子，会让……"

"会让什么？会让齐溟看上我吗？"我就是故意揭他伤疤，"其实齐溟也不错啊，家大业大的，对感情还很专一，不像你，而且他个子又高，这样以后我们的孩子肯定也……"

我被他的眼神吓得说不下去了。

徐琛将我拉去了他一个朋友那里，那人我认识，在时尚界挺厉害挺出名的，当过好几个一线明星的专属化妆师。他拿了我的照片让化妆师尽量往我原来的样子靠，还在我非常强烈的抗议下给我剪了头发。

几小时后，我看到镜子里的我，一下子很不能接受。

"苏小姐原本就很漂亮啊，还是时下最受宠的容颜，为什么非要整成那副清淡的样子呢？"

花了那么多钱，遭了那么多罪，一夜让我回到解放前了。

所以即使她在夸我，我心里也很难认同她的话，还是呛嘴道："我就喜欢长成那样，温温柔柔的多有女神范！"

徐琛看到我这样，才算有了点好脸色，扭头跟化妆师道了声谢。我从凳子上起身想回自己家，却被他握住了手："你去哪？"

他凭什么管我啊？我没看他，硬声硬气地说："关你屁事。"

他微拧着眉心，半晌才说话："你这样……就很好，没必要去变成别人。"

我愣愣地与他对视了一会儿。

他又想骗我。如果我这个样子就很好，他为什么要抛下我转头去和齐熙茸交往？

6.

做完造型已经是下午了，我肚子饿得咕噜叫，由于我还在生气，拉不下脸答应徐琛请我吃饭的建议，他坚持把我送到我家楼下。

这个时间已经是饭点了，今天我妈在家，保姆肯定已经做好饭了，在我下车走进住宅楼的时候徐琛一直静静地望着我，估计在等我请他上去吃饭。但是怎么可能呢，他不配吃我家的饭。

走进家里，我妈正在沙发上看新闻，见我进门，抬起头淡淡地打了声招呼。

她自小对我采取的就是三不管的教育方式，平常和我爸忙于工作，没时间搭理我，就连这次整形手术也只是想起来才随口说了我两句，我都怀疑她忘了我长什么样子了。

吃完饭，我们母女俩到阳台吹风，我妈抽起了烟，我很想找她要一根，但是忍住了，百无聊赖地望着小区里饭后遛弯的大爷大妈，视线忽然一顿。天都快黑了，徐琛竟然还没走，倚在车子旁边默默抽着烟，身形瞧着有几分落寞。

我妈也瞧见了，不以为意地说："这小子之前突然莽莽撞撞地拎着一堆礼物跑过来求我把你嫁给他，我又不是不知道他跟齐家那个小女儿的事儿，害得你多伤心啊，二话不说就把拖鞋拍他脸上把人赶走了。那个时候他也是这样在楼下站到早上才走。"

我一下子蒙了，差点以为自己听错了。徐琛还来找我妈提过亲？什么时候？

我妈十分淡定地劝我："我怕你胡思乱想就没告诉你。这男人不行就算了，天底下这么多男人呢，不行妈给你安排安排。"

过了几天我发现，齐溟好像在追我。

他送了我许多女人普遍都喜欢的东西，我拒绝了几次，他很有风度地收回去，再送更好更贵的给我。我猜想他可能是出于某种补偿心理，最爱的妹妹用不到了，便将这些名牌包包和首饰赠送给一个和妹妹相似的女人，以获得安慰。想到这里，我就欣然收下了。

由于收了他的东西，后面他再约我吃饭的时候，我就不好意思不答应了。

一段时间相处下来，我发现齐溟其实是个挺好的哥哥。我是独生女，那种作为妹妹被呵护照顾的感觉从未有过，还挺让人心动的。他问我愿不愿意做他女朋友，我犹豫了一下，问他跟现在比有什么好处？

他笑了笑，扶着我的后颈在我耳边亲了一下："这是女朋友的待遇，和妹妹不一样。"

于是我答应了。因为我沉下心来静静地想了想，我整容是为了什么？是为了和徐琛重归于好吗？不是。我是为了整容成他心爱女人的样子和别的男人在一起，让徐琛硌硬憋屈。如果对象是齐溟，那效果不是更好吗？

交往以后齐溟对我更好了，说是予取予求也不为过，弄得我挺不好意思的，也就象征性地给他买了几件礼物，虽然是刷他的卡。

这天齐溟送我回家，就着夜色掩护，他低头吻了我。

他亲完，我忍不住问他："是不是有种乱伦的刺激感？"

他嘴角似乎抽搐了一下，有些无奈地念着我的名字："苏葭。"

"好好，我不说了。"

他将我压在车子上，一手托着我的后脑勺，又亲了上来。我感觉他的吻技比起徐琛要娴熟很多，经不住开始怀疑一开始对他感情专一的评价。他掐了掐我的腰示意我专心，这一亲足足有十多分钟，我不太理解他对于亲吻的热衷，很想问问他我能不能去上厕所。

似乎是察觉到我的分心，他又一次惩罚性地揉了一把我的腰，但是这次我恐怕不能专心了，因为我看见徐琛了。

他也正看着我。

7.

我觉得徐琛大概是挺愤怒的，虽然我看不清他的表情。

齐溟的手徐徐向上攀爬，我还没打算跟他发展到那一步，但出于报复徐琛的心理，我没有阻止。

一阵冷风吹过，我突然很没有安全感，搭在他腰间的手不自觉收紧了，甚至扣进了他肉里。齐溟胸膛里发出闷闷的笑声，知道我还没有准备好，克制地将手收了回去。

徐琛就那样站在树下的阴影里沉默地注视着我们，直到齐溟驱车离开也没有任何反应。我心里有些失望。徐琛这个人还是太理性了，这张脸对于他一开始还有些效果，到后面就几乎没什么作用了。

我整理好衣服，昂了昂下巴，力图以一种十分高傲的姿态从他面前走过。黑暗中，徐琛神色莫测。经过他身侧时，一双手突然从背后架住我，飞快捂住我几乎大喊出来的嘴巴，搂着我的腰一路拐到了车里，然后抽过安全带将我牢牢绑住。

徐琛竟然绑架我！！！

我惊魂未定，徐琛一脚油门将车子开出老远，没有给我跳车的机会。望着他咬得紧紧的下颌线，还有不断上升的车速，我害怕得冷汗都出来了，这莫非是要和我同归于尽的架势……

我抓着安全带，放软声音小心翼翼地叫着他的名字："徐琛，你慢一点好不好……"

徐琛闭了闭眼，手背上青筋暴起，车速终于正常了。二十分钟后，我忐忑地望了望车窗外，想起来这是他在郊区的一处房子。

大晚上的，四下无人，我好瘆得慌。

徐琛的身体靠了过来，极具压迫性地将我困在副驾驶的座位上，一双漆黑的眼睛死死盯着我的下唇。通过后视镜，我看见自己的嘴唇被亲得肿嘟嘟的，不由暗道不妙。

他低低问我："你和他睡了？"

我心里怵得要死，奈何天生嘴硬："关你……关你什么事？"

他喉头动了动，语调是瘆人的轻柔和缓，像是在劝告："苏葭，你最好告诉我没有，不然……我不知道会做出什么。"

我本能地缩了缩脖子，手心冷汗直冒，既生气，又觉得眼前这男人荒唐得可笑，忍不住充满嘲讽地道："这是我和齐溟的事情，男人和女人之间发生点什么不是很正常吗？你用什么立场来管教我？大舅哥吗？何况他送了我那么多东西，我总要回报点什么……"

我知道他会怎么看我，整容、拜金、拿身体当筹码，自我物化得彻底，可那又怎么样？

小时候，爸爸妈妈觉得工作比我重要，将我甩给保姆照顾，两个人整月整月地不着家，连我过生日都不记得打个电话。长大了，我沦为齐熙茸的陪衬，没有人看得到我，连唯一肯为我花心思的徐琛都被她抢走了。

无论处在什么身份，我总是被忽略和放弃的那一个，哪怕当个替代品又如何？至少有人喜欢我，有人能发现我的好，那就说明我还是有价值的不是吗？

徐琛眼中似乎透出些隐约的哀伤，又像是我看错了。

他提溜小鸡仔似的将我拎到别墅内的洗手间，逼着我反反复复用漱口水漱口，到最后口腔内壁都快烧破皮了，舌头也木木的，疼得我眼眶泛泪。

好不容易漱到他满意了，徐琛又将我带到一个房间，我担心他做出什么更可怕的事情，都做好失身的准备了，他却突然丢给我一本日记本，然后冷冷地看了我一会儿，扭头出去了。当然门也被他从外面锁了。

现在什么正经人会写日记啊？

我腹诽，随手翻开瞧了瞧，谁知这一看心情霎时沉重起来。

8.

我一直以为是因为齐溟觊觎她这个妹妹，齐熙茸才逃离齐家的，却没想到另有真相。

从小到大，齐溟都是齐熙茸的保护伞，用同样年幼的身体挡在她面前，替她承受了齐父时不时的凌虐殴打。七年前，面对国家队的邀请，他放弃了可能是唯一一次逃走的机会，毅然留在了这个家。

谁能想到热衷慈善、表面正派的齐董事长却虐待自己的两个孩子。那一天，惶恐不安的齐熙茸找到徐琛求助，头一次向外人展示了自己的伤口，齐父的公司一直仰仗徐氏的鼻息过活，如果她和徐琛这个集团继承人在一起，他一定会有所忌惮。

她知道徐琛有女朋友，对我很愧疚，也很抱歉，可是她能想到的只有这个办法。如果报警的话，家丑暴露，没了徐氏的帮扶，爸爸的公司可能会面临灭顶之灾。她也将不堪众人充满鄙夷的议论和注视，所以求徐琛不要告诉任何人，否则她一定没有颜面继续活下去。

整整四年，因为有徐琛的庇护，齐父收敛了所有动作，不敢再对她和哥哥动手动脚。

她知道自己已经耽误了他太久，这四年里，他们之间并没有因为这层表面上的情侣关系生出什么暧昧。徐琛对她来说更像是一个可靠的哥哥，他对她好，只是出于责任和怜悯，可是他又能保护她多久呢？难道真的要走到结婚那一步？她凭什么让徐琛为她牺牲自己的幸福？所以毕业那天，她咬牙提出了分手。

齐父贼心不死，仅仅在他们分手一个月后，他就再次暴露了自己的真面目。但是更让人后怕的是，匆匆赶回来的齐溟用花瓶打破了齐父的头，在他捡起地上沾血的花瓶碎片想要继续时，被跪在地上流着泪的齐熙茸阻止了。

为了这种人渣毁了自己一辈子，不值得。

徐琛很快就得知这件事情，为了保护她，他们复合了。她也是后来才知道，两人分手的那段时间，他和我在一起，徐琛想对我负责，拎着礼物找到我妈提出想结婚，被我妈奚落一顿拿拖鞋赶了出去。

如果不是因为她，徐琛就可以光明正大地和喜欢的人在一起，也不会生出那么多误会和无奈，让那个女孩变得可望而不可即。这样的她，只会拖累哥哥和徐琛，还有什么活下去必要呢？

在她人生中最绝望的时候，她遇到了泽宇。

他的童年同样是在被殴打中度过的，长大的他打架逃学，将兽父打得头破血流，为此几进少管所，被不理解的人们视为不良少年指指点点。但他不在乎，后来在好心人的帮助下走了出来，成了一名专门受理虐童事件的律师。

相似的遭遇让两人同病相怜，互生情愫，她也想像他一样勇敢一次，于是就去找他。看到这里我心脏发紧，好不容易才得来的幸福，她却死在了空难里。这些年我只顾沉浸在自怜自爱中，才发现活在光环下的她原来才是最悲惨最无助的那个。

我将日记翻到最后，总算放下心来。为了躲避齐父的监视，她用泽宇为她办的新身份证另外买了一张票，并没有登上失事的那班飞机。这样一来，恰好让齐父以为她彻底消失在了这个世界上，她终于可以干干净净地重活一回。

我深呼了口气，现实当真永远比电影来得更为狗血离奇。

"这本日记是熙茸前不久从 k 国寄来的。"门开了，徐琛缓缓走了进来。

他将手插进口袋，没有继续说下去。他不说我也懂，齐熙茸寄这个过来，无非是想替徐琛解释他当年提出分手的原因和苦衷。

嗯……我能理解。就算齐熙茸的确很可怜，我也很同情她的遭遇，但仅仅是因为这些就可以那样冷酷地对待我吗？

"齐熙茸需要关爱和保护，我就可以被随便伤害吗？"我合上日记，站起身问他，"如果你当时把实情告诉我，我未必不会同意。"

既然你在那一刻已经作出抉择要放弃我，那很好，我们就此好聚好散吧。

9.

我越过他走出房间，徐琛抓住我的手。

我想了想，替他做出一个解释："你是担心我向别人泄露她的秘密，才不告诉我的对吗？"

徐琛倒是清爽利落地回答了我："不是。"

"那是为什么？"

徐琛蹙了蹙眉。

我笑了："要我原谅你也可以，你也看着我和别的男人在一起谈四年恋爱吧。好好体会一下我当初的感受。"

徐琛的脸色有些苍白。

我非常潇洒帅气地走了出去，然后站在冷飕飕的夜风里沉默了。好在这次徐琛没对我弃之不理，还算绅士地开车将我送了回去。

一路上，他都没和我说话。

回去后，我开始想方设法躲着齐溟，他约了我几次都被我找借口推了，并且慢慢将以前他送的一些礼物退还给了他。

我好心给他分了类，有哪些没拆封没用过发票也还在，以后可以送给别的妹妹；哪些可以作为藏品以后很有升值空间，或者卖二手多少价钱合适不要给人坑了，不行的话租出去也是可以的。

齐溟给我发信息：是因为那晚冒犯到你了吗？

我盯着手机屏幕，陷入沉思。他这混蛋到底是想做什么？明知道妹妹没有死，还特意把我领到他父亲的面前，让一无所知的我掉进狼坑……

想到那天齐父对我殷勤备至的模样，我真是脊背发凉。

不是亲妹妹就无所谓吧，想拿整容成齐熙茸的我当祭品献给齐父，好获得股权、遗产继承权一类的好处……我越想越后怕，哆嗦着手把齐溟拉进了黑名单。

结果没过两天，我就被他堵在了家门口。

我试图学我妈拿拖鞋把他打出去，想想拖鞋威慑力有限，又换成了拖把。齐溟被我没头没脑地抽了几棍子，疼得脸色发青。毕竟是一米九几的大个子，还没等我再下手，手里的拖把就被他夺了过去。

我吓得抱着头蹲在地上，等了半天，棍子没落下来。

齐溟蹲在我面前，温柔地替我理了理额头上翘起来的刘海，像是有些无奈："你都知道了是不是？"

我眨眨眼，调整好情绪用仇视的目光瞪着他。齐溟的眼神越发无奈，就着蹲姿把一切缘由告诉了我。

他并不知道齐熙茸是假死。包括泽宇这个人的存在，他也是最近才知道的。自小因为父亲，齐溟对所有接近妹妹的男人都抱有极强的偏见和敌意，连徐琛都是过了很久他才慢慢接受的。

或许正是因为这一点，徐琛和齐熙茸才会选择对他隐瞒。

以他对齐熙茸的保护欲和控制欲，不会放心妹妹离开他的视线转而去追随远在异国的另一个男人。在他心里，妹妹能信任和依靠的人只有自己。所以齐熙茸并未将自己假死的事情告诉他，而是想等一切尘埃落定。

齐溟自然是聪明的，很快从徐琛的反应中察觉出不对，想用将整容后的我带到齐家的方式逼他说出实情。有他在场，齐父就算有心也不敢真的对我做出什么。

这招是奏效的，之后徐琛就把一切都跟他交代了。

他对我好，是出于愧疚和弥补，这四年来齐熙茸霸占了徐琛身边原本属于我的位置，让我沦落为牺牲品，所以他才对我千依百顺、有求必应。

原来并不是因为这张脸。

"一开始的确只是想补偿。"他托起我的脸，拇指轻轻摩挲我的唇角，弯了唇笑道，"但是最近好像控制不了我自己了。"

10.

他这话让我想起了那天夜里难舍难分的亲吻，脸颊不由稍微红了红，过了几秒想到什么，又稍微绿了绿。

有一句话……我真是不吐不快。

我憋了半天，忍不住问他："你亲我的时候，真的不会像在亲你妹妹吗？"

过去我不问，是因为我不在乎他是不是拿我当作替身。在我看来，无人问津远比被当成工具人要可怕得多，我是那般卑微地祈求着一双能注视着我的眼睛。可人都是不知足的。如果我喜欢上他，总有一天我会希望他看见的是真正的我，而不是透过我在看他心中的另一个影子。

齐溟瞳色微深，似乎是在端凝我的脸："你和熙茸是不同的，她永远不会和你一样。你像一根自顾自生长的小草，总是能轻易地折下腰身，不需要给予多少养分就能存活下来，在我转过头的时候向我摇头晃脑、耀武扬威。"

他说到最后，竟然笑了。

我没想到齐溟还有当诗人的天赋，说的话云里雾里，不过我听懂了。

他说我是草，齐熙茸是花。花需要被养在温室里好好照顾，草不需要，我现在是一根假装自己是花的草。

我气哄哄地把拖把杆子横在自己面前往外赶人："我现在就去找个觉得我是花的男人！"

几个月后，齐父因中风被送进了疗养院，眼歪嘴斜话都说不出来了。齐溟踢掉了父亲在位时的左右手，安插进自己的心腹，顺理成章地成为最大持股人掌控了公司的实权，听说这背后徐琛给予了极大的助力。

没多久，齐父又由于看护的疏忽从楼梯摔了下来，造成全身多处骨折，轻微脑震荡。听说是想上厕所没人理，尿了一裤子，老人不高兴想自己去，结果酿成悲剧。

我真怀疑都是齐溟的阴谋，他给他爸做了体外造瘘手术，腰间挂了个粪袋，插导尿管解决了拉和撒的问题，齐父体面了大半辈子，晚年却是在一股挥之不去的恶臭中度过的。

……

家里给我安排了相亲，是一个家世年龄各方面都相当的男人，还挺纯情的，确认关系后连我的手都不好意思牵一下，不过也可能是对女人不感兴趣。我这人有什么说什么，直言不想当同妻，钟誉脸上绿了又绿，那之后就敢牵我的手了，搂起腰来也毫不含糊。

交往期间"偶遇"过几次徐琛，我才不相信这是什么巧合，每次见到他拽了钟誉就走。

这天，我们正在电影院看午夜场《海绵宝宝历险记》，徐琛面无表情地走进来坐在了后排。我因为太烦他了，一屁股坐到了钟誉的腿上，搂着他的脖子喂他吃爆米花。徐琛果然被我气走了。

两个小时的电影结束后我们出来，徐琛还在，他守在小吃摊边，俊美的侧颜和大长腿吸引了不少女生的注意，在我经过时递了一份刷满辣椒的臭豆腐给我。他还记得我喜欢吃臭豆腐，上高中的时候每次我吃完都要噘着一张嘴亲他，他嫌弃地仰着脖子拼命躲。

真是青涩而美好的回忆啊！可惜只有那么短暂的半年，之后的时光都是三人行。

我没接，拉着钟誉去酒店开房。

他把我们堵在电梯口，眉头拧得能夹死苍蝇，冷着脸说我不要太过分。我说，这才几个月就过分了，还有四年呢。他死死抓着我的手不放，被我男朋友打了一拳。打得好。

第二天，我们从房间出来，发觉徐琛在门外坐了一夜，胡子都长出来了。

他抬起头，眼里布满了红血丝。我亲了一下钟誉的脸，他也默契地回亲了我一口。多么配合，我更爱他了。

后来齐溟又找过我几次，我问他："如果我和你妹妹同时掉进水里你会救谁？"

这个千古难题即使是齐溟也答不上来。他能犹豫那么一瞬间已经让我很意外了，毕竟齐熙茸在他心目中的分量我很清楚，我竟然能与之抗衡那么几秒钟。

和钟誉交往一年后，我要订婚了。

徐琛喝得酩酊大醉来找我，我骗他说是奉子成婚。他盯着我看了半天没说话，视线下移，突然瞧见了我手上的戒指。那是我和钟誉的订婚钻戒。他眼底情绪翻涌，就像是某种压抑已久的东西到达了临界值，下一秒就要破闸而出。

他从口袋里掏出钱夹，然后从夹层里揪出一根项链，项链尾端有一枚银色戒指——一枚廉价的、做工粗糙的银戒，恐怕连串连它的链子都比它值钱百倍。

徐琛问我："那它怎么办？"

他的声音哑得厉害。

我看着那枚戒指，想起我在学校图书馆跟他说过的话："徐琛，你有没有觉得，戴着戒指我们就像老公和老婆？"

原来他还留着，我以为他早就丢了。

"哦，这个啊。"我笑了，扬起手把戒指露给他看个仔细，"我已经有新的了，旧的早就不知道丢哪了。那种东西，你喜欢留着就留着吧。"

说完这句话我扭头离开，没去看他脸上的神情。其实那之后，他不是没有试图和我解释过。

齐熙茸的母亲和他妈妈是很多年的好闺蜜，徐母小时候一只眼睛意外失明，齐熙茸的母亲得了抑郁症自杀后，将眼角膜捐给了她，唯一的心愿就是希望徐母替她照顾好两个孩子。这也是徐氏多年来扶持齐家的原因。

"如果察觉到你跟我还有联系，齐父一定会起疑心。他手段下作，我担心他为了牵制我，会狗急跳墙做出伤害你的事情。"

"熙茸走后，我想把一切都告诉你，你却不见了，再出现在我面前时，就是这副模样。这真是最彻底的报复，我再也见不到你本来的样子。"

隔天，我听说徐琛出了车祸，好在伤得不重，休养一段时间就能出院了。

但是我的婚事凉了。钟誉的父亲另攀高枝，要求钟誉娶一位任性娇纵、体重两百斤的女孩，否则家产就没他的份，他同意了。他说反正我也不是真心喜欢他，不值得为了我放弃一切。

我气死了，傻子都看得出是徐琛动的手脚。

我去医院找到徐琛，他很平静，告诉我那个人配不上我。他只是一试，就试出来了。

"那我的孩子怎么办？他没有父亲了。"

"我养。"

我差点翻白眼："你不配养他的孩子。"

徐琛的脸色立刻有点难看，拳头握得很紧。

"除非你整容成他的样子，这样宝宝将来才不会忘了自己亲生父亲的长相。"

徐琛眼神里好像有什么光熄灭了。

11.

他低着头很久都没有说话。

徐琛当然不会同意，我也只是想硌硬他一下，现在目的达到了，我瞥了一眼他打着石膏的腿，然后就走了。

我妈可能是年纪大了，渐渐意识到了从前对我的忽略，开始放下生意加倍地补偿我，每天给我煲汤做饭、嘘寒问暖，做着她所不擅长的家务。但是怎么说呢，我已经不需要了。幼崽的依赖心理总是比较重的，小时候我那么渴望父母的陪伴，害怕他们不爱我、不要我，现在她整天陪着我，反倒让我束手束脚。

其实仔细想想，他们已经给了我良好的教育和还算优渥的家境，父母也有实现自我的权利，不是说就必须为了我牺牲自己的人生和对事业的热忱。尤其是我妈，她不需要觉得自己必须做个贤妻良母在家里相夫教子才算对得起我。

我把这番话跟我妈说了，她愣了一会儿，笑了笑，说："你这么独立倒是让我有点失落。"

徐琛越发频繁地出现在了我的生活里，到了我跟我妈出门买个菜的工夫他都会突然出现的地步，一边很有礼貌地跟我妈打招呼，一边自然地接过袋子。

"你公司倒闭了吗？"

他看了我一眼，没说话。

"那你怎么这么闲？"

"这不叫闲。"

把菜送到家后，我妈也没留他吃饭，完完全全把徐琛当个运输工人看待，徐琛也没生气，客客气气地说"阿姨我以后再来看你"就走了。

……

一天，我穿了条挺淑女的裙子逛街，自我感觉良好，唯一的困扰就是胡吃海塞完小肚子分外凸出。结果一碰到徐琛他就拧起了眉头："你怀孕了怎么还能穿高跟鞋？"

他这摆明就是说我胖，我不高兴了，呛声道："谁说怀孕了就不能穿高跟鞋？"

他抿了抿唇，没再跟我争执，默默跟着我把商场上下五层楼逛了一圈，无论我看中什么，他都无声无息地替我把钱付了。

我懒得管他，但不可否认他刷卡的时候我对他的厌恶感稍稍减轻了一点。

有一说一，穿细高跟逛街实在很不明智。这不，下天桥的时候我的脚就崴了一下，钻心地疼。徐琛立刻把我扶到一旁的椅子上坐下，而后回到商场买了一双平底的帆布鞋。他衣品一直很好，随手选的鞋也很好看。

他蹲下身替我穿鞋的时候，有位路过的小姐姐冲我挤了挤眼睛："你老公好帅啊，对你好体贴。"

"哦，那是因为我怀孕了。"

小姐姐惊呼："哇！恭喜你们！！"

我又说："孩子不是他的。"

小姐姐脸上的笑容僵住了。

徐琛面无表情地替我系上鞋带，握着我的脚腕轻轻转了转："疼吗？"

我摇摇头。

他搀着我站起身，跟小姐姐点了点头，向停车位走去。小姐姐看他的眼神里充满了同情。

路上，我从他车里翻出我以前留下来的一听可乐，刷着手机慢悠悠喝了起来。

他蹙了下眉："少喝碳酸饮料。"

我不解地说："又不是你的孩子，你这么紧张嘛？"

徐琛握着方向盘的手指关节发白，过了片刻才放松下来："单亲妈妈会很辛苦，我可以照顾你们。"

"生一个就够累的了，我可不会生第二个。"我看着他说，"你们老徐家可能要就此绝后了，这样你也不介意吗？"

车子开出很远，徐琛才缓缓说："不要告诉我爸就好，就把这个孩子当成是我的。"

说真的，我都快被他感动了。

可是嘛……我故作伤心地擦了擦不存在的眼泪："要不是你，他爸爸也不会抛下我们娘俩。"

12.

晚上，我妈的一个老朋友来家里做客，结果出现了食物过敏，我开车送她们去医院。

路上，手机响了，来电显示是徐琛，我接了。

"接得这么快，还没睡？"他的嗓音有些疲惫，"你现在应该多休息。"

"我在去医院的路上。"

他顿了一下："为什么？"

我装出委屈的样子："呜呜，我妈要带我去打胎。"

他的呼吸似乎有些急促，克制地问我："在哪个医院？"

我怕他真的找来，随口胡编了一个。

把阿姨送进急诊科没多久，徐琛竟然赶过来了，他步履匆匆，嘴唇发白，在看见我的一瞬间如释重负，用布满冷汗的掌心抓住了我的手。那医院名字都是我看着宠物店的招牌瞎编的，他是怎么找到我的？我好茫然。

"孩子是我的。"他看着我妈，郑重地说，"我会负起责任。"

我妈满脑袋问号："孩子？什么孩子？"

徐琛皱了下眉："你还没告诉伯母吗？"

我用力握紧他的手，试图分散他的注意力："你真的想看我生下别人的孩子吗？要不然干脆堕掉算了。"

他目光望向我的小腹，眼中的情绪有些难解："不想。"

短暂的停顿后，他低声说："但是我怎么舍得？"

见他这么认真，我的玩笑反倒开不下去了。

我妈还在状况外："你什么时候怀的孕？"

眼看事态就要朝我无法控制的方向发展了，我只得老老实实承认自己骗了他。徐琛遽然看向我，整个人似乎都僵硬了，我不敢看他的眼睛，害怕被里面的冷气冻死。

过了很久，他才缓缓问我："你没有怀孕？"

我试着挣脱他的手，但是他抓得很紧，我强行按捺着心里的慌乱："是啊。"

我本来习惯性地想刺他两句，但是看到他脸上的表情，我怂了。

"苏葭。"他喉头鼓动了一下，后面的话没有继续说下去。

他肯定是想骂我。

阿姨被护士搀扶着走了出来，看样子是没有什么大碍，瞧见徐琛和我暧昧的姿势怔了一下，笑眯眯地问："是小葭的男朋友呀？"

我等着气头上的徐琛否认，却听他"嗯"了一声，彬彬有礼地说："阿姨好，我叫徐琛。"

"一表人才，一表人才。"

可能是冲着徐琛心甘情愿喜当爹那股劲儿，我妈对他的态度稍微好了一点，他再提着礼品上门的时候，好歹人和东西都能留下。可我心里还是酸了吧唧的，像是肉里卡了根刺，怎么都不能冰释前嫌。

第一次成功留下后，徐琛脸皮厚了，这几天没事就往我家里跑。饭后，他给我切了一盘水果放在茶几上，问我吃不吃，我盘腿坐在沙发上打游戏，没空理他，他也不再说话，安静地在一旁陪我妈看电视。

游戏里有玩熟的小哥哥要和我组 CP，我答应了，徐琛意味深长地看了我一眼。我口渴，用脚尖点点他的腿让他给我倒杯水，等他拿着水杯回来，我又吃起了盘子里的橙子。

妈妈看不过去批评我，徐琛说没事，拎着垃圾下楼了。

我跟游戏里的男生见面后，从酒吧回来，徐琛就站在我家楼下等我。他望着我，眼神中有一种介乎哀伤与受伤之间的东西。我没管他，拿着包包进门。

他在我身后说："到底要怎么样，你才肯和我回到从前？"

我拿出手机，发给他一张我和钟誉的合拍照。

"我还是喜欢他，可你害得他跟我分手了。"我说，"等你什么时候长成他那样，我可能就会看你一眼了。"

整整一个月没有徐琛的消息，没想到，他真的去了。我从前的主刀医师给我打电话，说徐先生在向他咨询我的审美喜好和整容建议。

我连忙驱车赶到医院，徐琛坐在诊疗室里，面前的桌子上摆着钟誉的资料和全脸各个角度的照片。各个角度都比他差远了。

我蹙起眉头："你有病吗？"

他还是那副平静的表情："换张你能看得顺眼的脸，也没什么不好。"

"可是他没有你好看啊！！"

徐琛沉默了一刻："在我心里，她同样也不如你。"

我反应了好几秒，才明白他口中的"她"指的是谁。

我瞪他一眼："你要整就整吧，随便你。"

反正我也不在乎。他是我的谁？他长成什么样跟我有什么关系吗？我只是单纯不忍心看他糟蹋了他那张脸。

三天后，徐琛来了，是我妈把他请来的。打开门的一刹那，好在他的脸还是原装的。我不知为什么松了口气，想想如果徐琛顶着钟誉的脸出现在我的生活里，我一定会崩溃又抓狂。

突然有点理解徐琛的心情了。

保姆休假去了，我妈的厨艺又十分堪忧，晚餐基本上是徐琛做的，我真的很好奇他还有什么不擅长的东西吗？那么优秀干什么？弄得我妈都开始嫌弃我了，真讨人厌。

吃饭的时候没人给徐琛夹菜，他就安安静静地吃着面前的一盘青菜，饭后还主动把碗盘收拾进洗碗机。我躺在沙发上快睡着了，被我妈拿脚踢醒，示意我下楼遛弯消消食。徐琛跟我并肩走在一起，夕阳洒在他脸上，恍惚间还是四年前我爱慕着的那个男孩。

"如果齐熙茸没有主动提出分手，你是不是就会按部就班地和她结婚，为了守护她奉献出自己的一生。"我说这话的时候不无讽刺。

"不会有那一天。"他停下脚步，目光看向我，"即使她没有选择假死离开，我也有办法可以永远封住齐父的嘴。"

"苏葭，我同样惋惜那四年。我现在只要闭上眼，都是你从前的样子。如果再给我一次机会，我不会选择用那种方式，齐熙茸的命和名节很重要，可我的感情也同样重要。

"可行的办法有很多，我却偏偏用最莽撞愚笨的那一个。那时候，我并不知道我会这么后悔。"

小路走到头了，我哼一声，扭脸走了。他在我身后站了很久，才像傻子一样地跟上来。

我摸摸自己光滑的小脸，开始思索："你说我要不要去整回来？"

他迟疑了一阵，握住我的手："算了，手术风险太大。"

"噢。"

不管怎么说，我的目的其实已经达到了。

反正他现在看见我的脸就难受。

梦到男上司

1.

卧室里，我问谈逸："今天我们可以来点刺激的吗？"

他盯了我一会儿："你想怎么刺激？"

我害羞地说："在一起这么久了，我都没有见过你最真实的样子。"

软磨硬泡了三十分钟，他才勉强同意。结果到了紧要关头，他抓着衣领不让我碰了。我着急坏了："天亮了，我马上要上班了。"

他抿了下唇，很舍不得我的样子，最终还是慢慢拿开了手。

然后我就醒了。

我伤心得下不来床，好半天才振作。其实再过一个小时，我们就会在公司见面。只是到时候，他又会是另一个态度。

我和谈逸恋爱六个月了。

在我梦里。

在此之前，我暗恋了他一年，他毫不知情。现实里我们接触很少，他对我的印象也仅仅只停留在——同公司同部门的一个女的，长得还行。长得还行是我自己加的。

事实上是，我费尽心思进入他所在的公司以来，谈逸从来没有多看过我一眼。我大概、也许、基本上不是他喜欢的类型。

这晚，我又梦到他了。

梦里谈逸状态不大对，看我的眼神朦胧，身体发软，隐隐有股酒气。

听他说是陪一个供销商喝酒，对方是香港那边的，很难谈的一个单子，他费了许多口舌才拿下，当然也灌了不少酒。

谈逸抱着我，轻声呢喃："好冷，怎么都捂不热。"

外面暴雨如注，他身体冰凉，偏偏额头烫得厉害。淋雨加上醉酒，他会生病的。梦也可能是现实的映射。

"你家住哪里？"我问。

他慢慢睁开眼睛，有片刻的迷茫，然后报了一个地址。我强迫自己醒来，随便套了件衣服，冒雨去药店说明病症买了几盒药。闹市区的车不好打，又是阴雨天，排号排到了十几位，我简直心急如焚。

好不容易赶过去，我偷偷把药放在他家门口。怕他怀疑，我用另一个手机号假装外卖员给他打电话，让他出来拿一下东西。打了三遍他才接，鼻音浓重地说了句"好"。我在拐角处躲着，等了将近半个小时才看见他打开门出来拿药。他穿着浴袍，可能冲澡去了。湿漉漉的额发遮挡了他的半张脸，看不清表情。

闺蜜知道后痛骂我蠢，傻子才会当做好事不留名的田螺姑娘。

"不然被他知道了我要怎么解释？我怎么会知道他醉酒发烧，怎么知道他家住址和门牌号？"

闺蜜骂骂咧咧："知道又怎么样？你知道吗？早上谈逸在大群里问昨晚是谁给他送的药，艾琳那个小人出来冒领了你的功劳，谈逸还跟她道谢，说以后请她吃饭。两个人都要约起来了，你知道吗？！"

我一听，也气得半死。还有这么无耻的人吗？

第二天进公司的时候，碰见谈逸和男同事聊天，内容是他对女朋友的要求。

我竖起耳朵，听到他说："太小的，没什么兴趣。"

我低头看了看自己的胸，觉得我大概是没什么希望了。后来才知道他说的是年龄。于是早上我特意穿了一件日系海军领的连衣裙来上班，因为梦里谈逸说过，他喜欢看女生穿水手服。

不是说不喜欢年纪太小的吗？男人果然都是口是心非的生物。电梯里有熟悉的男同事夸我今天可爱，只有谈逸自始至终没有什么反应。他垂眸看着手机屏幕，表情淡漠。

我有点挫败。看来上次的事情只是巧合，梦怎么可能和现实相通呢？只是日有所思，夜有所梦罢了。

我是有多喜欢他，才会连他生病都能有所感知。

2.

晚上部门聚餐，中途我上了趟洗手间，回来看见艾琳腿上盖着一件外套，我认出那是谈逸的。

心口瞬间冰凉，不用说我都明白，到底是什么样的关系才会有这种待遇。是因为上次送药的事情才对她特殊优待吗？我看着他，想解释，但又不知道怎么说才能让他相信。

已经错过时机了。

我依然梦到谈逸，梦里我和他冷战。他觉得冤枉，想方设法哄我，见没用，就把他的猫塞给我，然后又连猫带人把我抱在怀里。柔软的猫毛和他带有体温的胸膛，让我怀疑到底是否是梦境。眼前的人，真的是虚幻的吗？

就在我快要放弃的时候，竟然在自家小区门口的便利店看到了他，他也在买早餐。我一句话没说拿着加热好的便当冲了出去，事后又嫌弃自己太没用了，担心他觉得我没礼貌。

越是喜欢的人，越是不敢靠近，这就是我一直单身的原因吧。

第二天，我们又遇到了，还是同一家店。

他主动跟我打招呼，我脸都红了，突然反应过来："你也住在这附近？"

他说："刚搬过来。"

他把我的东西拿过去，一起结了账。

我受宠若惊地跟他道谢："啊，我自己来就好。"

他嗯了一声，然后说："买这么多，吃得完吗？"

我一阵懊恼，要是知道会碰见他，就少拿一碗面了。我故作镇定，撒谎道："两人份的，还有一份带给同事。"

他也不知道信没信，转头轻轻看了我一眼。他和我一张桌子吃饭，由于紧张，我一不小心把点的东西都吃完了。

谈逸抬了抬眉："不是要带给同事吗？"

没办法，我只能又买了三个包子。

今天不用挤地铁，搭到他的车了。

我想问他住哪个小区，是不是和我同一个，又怕他觉得我是想蹭车，憋到公司也没开口。听到一个男同事说没吃早饭，我就把包子给了他。对方很感动，跟我说了两声谢谢。

3.

为了赶一个方案，我加班到近八点才忙完。

经过谈逸的办公室，我发现门没关，里面灯还亮着。暖黄的灯光下，谈逸撩起背上的衣服，手里拿着一张膏药正在蹙眉。他腰肌劳损，我是知道的。

梦里我还取笑过他："年纪轻轻，腰就不好，结了婚可怎么办啊？"

他说："对付你还是够用的。"

其实我已经有点害羞了，强撑着反击："我不是那么好敷衍的哦。"

见到这一幕，我有些恍惚。

谈逸也看见了我，他开口道："可以帮我贴下膏药吗？"

"这里吗？"我在他后背摸索。

"上一点。"

"好了。"

"还有一张贴下面。"他指了指尾椎，弯下腰。

"……要把裤子拉下去一点。"我说。

"嗯。"

梦里，他后腰靠近尾椎的地方有一颗黑色小痣，原来是真的有。

贴完，他整理好衣服，拿过车钥匙："回家吗？"

我点点头。

外面风很大，吹得我耳朵嗡嗡的。坐进副驾驶，谈逸居然伸手替我理了一下头发。这是梦里的他常有的亲密动作，亲亲之前还有亲完，他都会替我理一下。我半边身体都僵硬了。

但是谈逸很自然："粘到叶子了。"

我胡乱点点头。

谈逸果然和我住同一个小区，连楼栋都挨得很近。

"到家早点睡。"他叮嘱我。

我整个思绪都是凌乱的，答应了一声，埋头进了单元楼。在床上越躺越清醒，起来做了顿夜宵吃才撑得睡着。梦里谈逸见到我的时候都无语了。

茶水间里，同事在分发零食，艾琳拿着一盘剥好的荔枝递给谈逸："补充 VC。"

我下意识说："他吃荔枝过敏的。"

同事纷纷把目光投向我："你怎么知道？"

谈逸也在看我。

我红着脸解释："就是有一次聚餐，我听他自己说的。因为我也对荔枝过敏，就记住了。"

同事长长地"哦"了一声："谈总监信吗？"

谈逸笑了一下，我尴尬地恨不得钻到桌子底下。他所有的喜好、习惯，连腰痛的毛病都和梦里一模一样。

4.

为迎国庆，公司组织了一场内部篮球比赛，谈逸以工作忙为由没参加。好多女生都挺失望，主要就是想看他的。

男同事们作为部门主力每天下午会去篮球场练球，我和闺蜜偶尔会去看，帮他们拿衣服、递递水什么的。闺蜜忽然碰了碰我，用眼神示意我看不远处走过来的人："我未来老公来了，把那谁的衣服拿好，我不能让他误会。"

闺蜜暗恋对象是人事部的，挺儒雅一男的，两人相视一笑。

"比赛的时候你不会跑去替他们部门加油吧。"我吐槽，"我们的队伍里出现了一个叛徒。"

"嘘，你看，谈逸也来了。"闺蜜回头瞥我一眼，笑道，"你还替别的男人拿衣服，你完了。"

我顿时紧张。

谈逸穿着球衣戴着护腕，帅得一塌糊涂。他都没看我一眼，一上场就投进了一个漂亮的三分球，围观群众都炸了，我还听到了女生的尖叫。

闺蜜两眼放光："就是说嘛，干吗不参加？赢了还有奖金呢……"

梦里我问谈逸："怎么突然又想到报名了？"

谈逸转过头望着我："要不是你天天跑去看别人，我会上场吗？"

正式比赛那天，领导特意跑来跟他说放放水，友谊第一。不过最后赢的还是我们部门，谈逸表现出彩，好多人抢着要和他合影，我只能勉强在大合影的时候凑个边边。艾琳穿着啦啦队的小短裙扑上去抱了他一下，闺蜜气得磨牙，催我也上。

但我没有勇气。

为了庆祝，晚上大家在酒店吃自助餐，一位男同事一边问我有没有看到他今天那个帅气的连投，一边坐到我身边拿起水杯喝了一口。我想提醒已经来不及了，那个水杯是我的……

这位男同事喝完才反应过来，不好意思地挠了挠头，把水杯还给我："没注意喝了你的水……"

谈逸从他手中抽走杯子："喝过了就不要给人家了。"

也不是什么大不了的事，但我还是不争气地悸动了很久。

5.

换季的原因，我生病了，重感冒加痛经让我下不来床，没办法向公司请了假。

吃了药嗜睡，倒是方便我梦到谈逸。我头重脚轻，鼻腔像是被两团棉花塞住，但还是抱着谈逸要和他玩亲亲。发烧烧到 39°C，整个人又热又渴，谈逸被我亲得喘不过气，脖子红了一大片，无奈地向后躲，但又不敢用力推我。

生病的人最大。他哄着我，催促我醒来，说我一整天都没吃东西了，身体会受不了，记得饭后半小时要喝药。

我依依不舍地清醒了。房间里空荡荡的，只有我一个人。天色灰暗，已经是下午了。我爬起来，发了很久的呆。

隔天回到公司，却发现谈逸不在。

问了同事才知道，他也感冒了，挺严重的，正在医院打吊针。两个人接连感冒，要不是生病期间我没和他接触，我都要以为他是被我传染了。

快到中午的时候，谈逸回来了。

在走廊碰见他，两个人面面相觑。不知想到什么，他的眼神有些飘忽，随即又恢复平常，关切地问我："感冒好了吗？"

不知道是不是我的错觉，他的嘴唇好像有点肿。我没有傻到以为那是我亲的，那太玄幻了。最大的可能是，他有了女朋友。我丧得无法言喻，甚至有一丝难堪。

中午没去食堂吃饭，下午掐着点打卡下班，没做完的工作带回家做，那天我熬到很晚才睡，梦里见到谈逸也很疲惫，疲惫得不想说话。

很快就到了情人节，当天晚上我看到艾琳晒的朋友圈，她将脸凑在一只长毛金渐层边上，嘴角挂着甜蜜的微笑。配文是：最幸福的是，二十三岁，身边有猫和你。

那是谈逸的猫。

他曾经说过，他家的猫很高冷，平常看到陌生人来家里都会躲起来，有一次，他妈妈想抱它都被挠了一道口子。现在这只猫却温驯地躺在艾琳身边，只能说明，他们很早就在一起了。

我的心脏被酸涩填满，我不能再在梦里拥有他了。这样太罪恶，像是偷偷惦记着别人的东西。

几天后的部门聚会，我们被要求男女对唱。

起哄的人太多，前奏响起，谈逸接过话筒，我连拒绝都来不及。天知道我的手抖成什么样子，那些缠绵悱恻的歌词，每唱一个字我的脸都在发红发烫，声音越来越轻，最后几乎不在调上。

曾经在年会上一展歌喉惊艳四座的我，是因为唱歌好才被推上来的。

回忆跨过山海，你可以入梦来。

如果相拥蓬莱，这份爱会盛开。

如果永不醒来，这结局会更改。

我宁愿，坠入梦的海。

……

谈逸的嗓音和他说话时一样有磁性好听，他发挥得很稳定。对比之下，我简直称得上惨烈。闺蜜后来说，我在上面像一只心虚又惶恐的兔子，全程都在躲避谈逸的目光。

任谁都看得出我的心思，谈逸应该也猜到了。但他应该不在意，毕竟喜欢他的女孩太多了。那晚在梦里，谈逸的声音格外清晰和真实，他念着我的名字，说："孟夕，你怎么不敢看我？"

我摇摇头。

他抱着我，宠溺地笑："真是胆小鬼。"

是啊，我是个怂包。现实中的我连和他搭句话的勇气都没有，却在梦里和他谈了半年之久的恋爱。我的梦那般真实，可现实里的谈逸却又提醒着我，那是一场错觉。

我一个人的错觉。

我去找了表姐，表姐在做心理咨询师的同时，也是业界小有名气的催眠师。她说，她可以帮助我摆脱梦境。

6.

催眠开始前，表姐向我确认："你真的做好准备彻底放下他吗？我是说，梦境有时是种桥梁……"

我点点头："一年多了，我想回归正常的生活。"

不能再沉溺下去了，否则，我不确定我还能不能保持清醒。

随着催眠导语的深入，我的意识逐渐模糊。梦里谈逸穿着松石绿针织衫，袖子挽至肘部，领口松垮，肩膀尤为宽阔。他皮肤白，很适合这个颜色。我想起了我第一次见到他的时候。

"谈逸，你知道吗？"我轻声说，"我很早之前就喜欢你了。"

谈逸听了微微弯唇："嗯？"

"为了能每天见到你，我面试了三次，才进入现在这家公司。"我说，"我其实是个很胆怯的人，被拒绝过一次，就会自觉离得远远的。但是我太想接近你了，这个愿望大过了我的自尊心。"

"我知道。"

"还有。"我说，不自觉带上了点委屈，"你那次感冒，给你送药的人是我，不是艾琳。那天晚上我淋了雨，第二天还感冒了。"

"我知道。"他说，"我知道是你，所以事后，我私下里揭穿了她。"

"真的吗？你不喜欢她？"

"我喜欢你。"谈逸勒紧我的腰，低头看着我，"现在呢，够不够近？"

他眼里像是有什么光芒，亮得让我心口发热："还想不想更近一些？"

我听懂了他话的内涵，心跳不受控制地加快，不知道该怎么回答。

"我说的不是那种地方。"他提醒道，语气很无辜，好像在责怪我思想不端正。

我瞪了他一眼，他在我耳边轻声开口，带着笑意："我的意思是，我们结婚吧，好不好？"

他什么都不知道，不知道我是来告别的。虽然清楚这只是梦，可是能从他口中听到这句话，我心里乐开了花，开心得尾椎都泛麻。我没有说话，谈逸的眼睛从起初的明亮，在我的沉默中一点点染上了疑惑、忧虑还有黯然。

我又不忍心了，说了声："好。"

谈逸抿了下唇："回答得真慢。"

"我也是要考虑一下的。"

他笑了，低头撒娇似地蹭了下我的脸，像他养的那只肥嘟嘟的金渐层一样："老婆都不知道心疼人的。"

我有点无语，又有点被他萌到。

我们倒在床上，侧身躺在一起。他似乎有点累，此刻难得放松下来，额头抵在我的颈腕，呼吸温热而绵长。我拍打着他的后背，慢慢哄睡他。时间不知道过去了多久，最后看他一眼，我起身离开了梦境。

催眠很成功。表姐说，我以后都不会梦到谈逸了。

我跟公司请了长假，回了一趟老家。

在老家的生活清闲又安稳，吃着老爸从农村弄来的土鸡和土猪肉，看老妈搓搓麻将，我的小肚子又被养了出来。日子回到正轨，梦里不再有他。虽然也会遗憾，但更多的是如释重负。

爸妈希望我辞职，在县城找一份轻松的工作，再谈谈恋爱，早点结婚，在他们眼皮子底下，也放心些。我犹豫了一下，说我再考虑几天。这次回来，我发现他们好像真的老了——脸上多了皱纹，眼睛愈发浑浊，只有焗了油的头发才显出几分年轻。

隔壁王阿姨给我介绍了个对象，比我大两岁，是县广播电视台的、体制内、铁饭碗，在县城有两套门面房。爸妈让我见一见，对于相亲，以前我是很抗拒的，但这次我同意了，很轻快，很自然，爸妈都有些愣神。

见了面，聊了一会儿，发现气氛也很融洽。对方衣着休闲、整洁，看久了还会发现有点帅。走出来，似乎也不是那么难。我们并排走在街边散步，随意聊着天，不曾想却遇到了谈逸。

他站在我面前，脸色和语气一样冰冷："这么久不出现，原来是想出轨。"

7.

旁边的相亲对象脸上混杂着惊讶和疑虑："出轨？"

我瞬间就慌了："你胡说什么？"

谈逸锐利的视线定格在我身上："一周前，她还亲口答应了我要和我结婚，现在却又出尔反尔。"

后面四个字，他几乎是咬牙切齿。我一震，猛地抬头看向他。他是怎么知道的？难道……他也和我做了一样的梦。可是这怎么可能呢？世界上当真有这么诡异的事情吗？

我混乱了。

直到被谈逸攥着手一路拉上车，我才在车内的暖气中渐渐回神。

"你家在哪？"谈逸问。

我不自觉抠起了手指，我这个人一焦虑就会这样。

谈逸沉默了一会儿，大手握住方向盘："你不说话，我就随便找个路人问。县城就这么大，总有认识你或你父亲的。"

我见他真的打开车门要问，连忙拉住他的胳膊："你别乱问，会让人误会的。"

"那你就告诉我。"

"你去我家干吗？我爸妈又不认识你。"

"迟早要认识的。"

"为什么要认识你？你又不是我的谁。"我急了。

空气一下子安静下来，谈逸抿唇看着我，我慢慢松开抓着他胳膊的手。

"好。"他把腿收回来，带上车门深吸了口气，像是在妥协："那带我找家酒店，我连续开了六小时的车，需要休息。"

……

酒店房间里，他坐在床上静静与我对视。

我被他看得不自在："你怎么知道的？"

他明明很清楚，却偏要问我："知道什么？"

"就是在梦里我们……"一开口我就后悔了，应该问他为什么会说我们要结婚了的。

谈逸接着我的话说下去："谈恋爱？"

我不知道该露出什么表情，只好瞪了他一眼。

谈逸笑了："瞪我的样子，和梦里一模一样。"

我咬唇："这么说，你也梦到了？"

他点了点头："从六个月前起，我突然开始频繁梦到你。梦里我们关系很亲密，你很黏我，走路的时候要挽着我的胳膊，吃水果要和我一人一口分着吃，躺着的时候要把脸埋进我怀里，连我上厕所的时候你都要在旁边一脸期待地看着。"

随着他的描述，我的头越来越低，只觉得我的脸都要丢尽了。

谈逸停顿了一下，嘴角泛起笑意："起初我觉得很奇怪，也很困扰，甚至去找过心理医生咨询自己是不是患上某种精神疾病，否则怎么会梦见自己的女同事。后来我渐渐适应了，甚至开始期待夜晚的来临，那段时间，我每天回家都很早，还被咱同事取笑了。"

"慢慢地，我发现梦境的影响力越来越强，我在梦里受到的伤，第二天相同的部位也会出现同样的伤口。我开始重视起这件事，也观察着现实里的你，想知道你是不是也和我做着同样的梦。"

我想起他生病感冒那天红肿的嘴唇，原来真的是我传染的……愧疚的同时又有点嗔怪，知道会传染他怎么不推开我……

"既然你都有所怀疑了，怎么不告诉我？"

"我也不能确定。如果随便说出梦里的事，大概会被人当作神经病关起来。"他似乎很无奈，"而且现实里的你似乎很怕我，每次没说上几句话就要跑开，宁愿喝男同事递的白开水也不愿意碰我给的普洱茶。我都怀疑是不是我平常安排的工作太多让你讨厌我。"

谈逸叹了口气："我都不敢多看你，你每次都会露出又惊又怕的眼神，让我觉得自己在性骚扰。"

我开始思考自己平常在他面前真的是这样吗？原来闺蜜每次都恨铁不成钢地骂我怂，是真的……

谈逸问我："为什么最近我们的梦忽然没有了？你这几天都在做什么？忙着和男人相亲？"

"我不想再继续下去，就去找表姐让她给我做了催眠，解除了梦境。"

谈逸定地凝视我半晌，才缓声说："不想再继续下去？"

我望着他，听见自己"嗯"了一声。

谈逸的下颌线变得有些冷，他生硬地道："你表姐叫什么名字？"

"……刘莉莉。"

谈逸挑了挑唇："又是她。"

"又？"

他起身，拿上外套往外走。

"你去哪？"

谈逸顿住步子："你的假也该收了，去跟叔叔阿姨打声招呼，我们回上海。"

我还是一脸懵："这么急吗？"

谈逸松了松袖扣："你不回去也可以。我去找刘莉莉，让她把我们的梦连接回来。"

……

兜兜转转，我还是继续了我的外乡打工生涯。

谈逸载着我直奔表姐那儿，推开心理咨询室的大门，表姐一见着我俩，立刻抄起磕了一半的瓜子准备跑路。

谈逸错身拦在她面前，表情阴森："刘医师？你是不是该给我一个解释？"

表姐笑呵呵："小谈这是又有心事啊。年轻人不要这么记仇嘛。"

直到三个人坐下来，表姐才开始解释："催眠是一门玄学，它能激活我们大脑的未知潜能。我只是在你们的潜意识里种下了一枚心锚，至于得出什么结果，就要靠你们的心去推动了……"

谈逸冷漠地说："既然是要靠我们自己去推动，你为什么又要横插一脚，擅自掐断孟夕和我之间的联系？"

表姐讪讪的："你的意思是？"

"连回来。"

"那是不是得问问夕夕愿不愿意……"

谈逸看向我，我沉吟片刻，轻轻摇头："我不愿意。"

8.
谈逸的唇线紧绷，他问："为什么？"

我低下头不说话。

虚假和现实，终归是不同的。

……

自那天之后，谈逸对我的态度产生了肉眼可见的变化。他开始给我买早餐了，还提前将车开到小区外面等我，说我以后搭他的车上班，可以睡晚一点再起。后面那个提议着实很有诱惑力，但我还是很有骨气地拒绝了。

年轻人，就应该在地铁里挤破头。

于是后来，他就把早餐放在了我的工位上，这下全部门都知道我惊人的饭量了。

早上开例会的时候，他还给我发消息，问我昨晚睡得好不好。我一下子就听懂他的意有所指，抬头望过去，恰好他也拿着手机朝我看过来。那个眼神很难描述，就是很勾人的，带着一点示弱和讨好的意味。

我心口结结实实地酥软了一把，连忙侧过头躲开他。

敢在会议上明目张胆玩手机的，也只有他了。

中午，老家的那个男人给我打电话，问我在大城市过得辛不辛苦，上海月薪一万的工资未必有家里五千块生活质量高之类的，谈逸就在一旁沉着脸。

挂断后，他语气不是特别好地说："真有出息。"

他不是一个言语刻薄的人，所以我还蛮惊讶的。傍晚，谈逸因为审批材料耽搁了，让我等他十分钟一起下班。出办公室的时候见到我，他明显松了口气。

车上，他握着方向盘问我："饿了没有？想吃什么？"

我摇摇头，他带我去超市，随意挑选了一些食材，都是我爱吃的。在梦里相处的那半年，让他很了解我的口味和喜好。我不知道心里是什么滋味，开心之余，又有点酸涩。

车子停进地下车库，谈逸打开后备箱，递给我一个小袋子，自己拎最重的："帮我分担点。"

我知道他不是拿不动，是想让我跟他回家。到了门口，我有点踌躇。这是我第一次来他家。

谈逸在玄关换鞋，回头看了我一眼："把门关上，不然猫会跑出去。"

我只能走了进去。一进门，谈逸的金渐层迈着优雅的猫步径直朝我走过来，亲昵地拿头蹭了蹭我的小腿。

我愣住了。

谈逸笑了笑："看来它也很想你。"

它也进入了我的梦境吗？所以才对我这么亲近。我恍惚地蹲下身，摸了摸它的头。金渐层翘起尾巴，舒服地打着呼噜，还在原地打了个滚让我摸它松软的肚皮。

谈逸啧了一声："这谄媚的样子，我妈都没见过。"

"那艾琳呢？"我说，"它平常那么凶，不熟悉的人根本摸不到它，为什么却肯跟艾琳拍照？"

谈逸的表情微微一滞。

我抬头看着他："是不是说明艾琳也经常进出你家？"

"什么时候的照片？"

我翻出艾琳的朋友圈给他看，谈逸的眉头渐渐拢起。半晌，他说："这不是在我家拍的，是在宠物医院。"

他把照片放大给我看背景，角落的确有一排货架，上面放着琳琅满目的宠物食物和用品："当时它生病，不吃不喝外加频繁呕吐，我把它送去了附近的宠物医院输液，在那里观察了两天。可能就是那时候拍的照片。"

我想起那段时间在梦里，谈逸的确跟我提过他的猫好像误食了什么东西。

"至于小咪为什么不挣扎，可能是陌生的环境下过于紧张，不敢动弹。"谈逸掏出手机看了看，递给我，"这条朋友圈我这边没有显示。"

我猜到，艾琳应该是仅我可见了。所以聚餐那会儿我看见艾琳用谈逸的外套盖腿，也可能是她玩的把戏。毕竟谈逸那时候好像出去接电话了，等他回来艾琳就把外套还给了他。

我一时间有点无语。我是真没想到，现实里我跟谈逸都那么疏远了，艾琳还能把我当成情敌，特意要些小心机给我看。最无语的是我还没有一点怀疑地上当了。

谈逸有点无奈："你就是因为这个才跟我赌气？"

我点点头。

他望着我没说话，我隐隐约约感受到了他的委屈。我想了想，退出朋友圈找到我和他的聊天界面，想给他发个"不气不气，我们和好吧"安慰一下。现实里我说不出来，点进去却注意到他给我设置的聊天背景——一只柴犬龇牙咧嘴地大喊着"快理我啊"。

谈逸也发现了，尴尬地把手机夺走了。我拼命提醒自己不要笑了，但是忍不住，一下子觉得他好可爱哦。

他忽然按住我的肩膀，低下头亲了我一口。唇软软的、湿湿的，像果冻，跟梦里好像不太一样。温热的呼吸拂过我的脸，弄得我有点痒，然后我们两个人都安静了一会儿。我觉得两个成年人都站在玄关像傻子一样，就跑去沙发那里坐了下来。他也跟了过来，坐在我旁边。

"你不去做饭跑过来做什么？"

"还不饿。"

他看着我。不知不觉我们又亲在一起了，这是我们第一次在现实里接吻，所有的触碰都敏感加倍，我整个人都哆嗦了一下。

没亲多久，谈逸就退了出来。他伏在我身上，喘得厉害："好像比梦里刺激。"

我"嗯"了一声，嗓音嫩得不像话。中场休息了五秒，他又亲了过来。到最后是我实在饿得不行，肚子叽里咕噜直叫，他才去做饭的。

我就很安心地坐在沙发上撸猫，等饭。

9.

晚餐好浪漫啊！他倒了两杯红酒，还特意把灯光调暗了一点。

就是他一直问我够不够吃，要不要再添一碗饭，说得我像饭桶一样。我忍不住瞪了他一眼，他就像什么特殊癖好得到满足似的笑笑地看着我。

哪怕我们都努力在拖慢进食速度，一顿饭还是吃完了。我看了眼时间，快九点了，再待下去就有点危险了，于是就跟他说要回家。

"嗯？"谈逸把碗盘放好，又洗了个手，"这么快吗？"

"已经很晚了，明天还要上班呢。"

"没关系，我起得来。"

"……我起不来。"

谈逸没办法："那好吧。"

我在玄关磨磨蹭蹭换鞋子，等着他开口说送我，但他没什么动作的样子。我有点生气，三两下换好鞋子，打开门走出去。

谈逸"噗嗤"笑了一声："我送你吧。"

"就那么几步路，不要你送。"我假装不是很在意。

他已经走了出来："几步路也要送，不然你明天又不理我了怎么办？"

两栋楼之间距离不超过三十米，也就是坐电梯的时间长了一点。谈逸始终没有说话，我就很害怕他突然开口让我搬过去住。梦里他就一直觉得我的屋子太拥挤，卧室和客厅连在一起，没有厨房，床也太小了。就这，我都有些负担不起，上海房租实在太贵了。

"真的不考虑把梦连回来吗？"送到家后，他站在门口问，"这样我们就有很多时间可以……"他点了点唇瓣，"做别的事情。"

"不考虑！"

原来他不说话是在琢磨这个！

……

夜里有点兴奋，翻来覆去折腾到凌晨三点才睡着，直接导致第二天早起的时候有种要死的感觉。可能是谈逸那句话给了我心理暗示，我真的梦到和他……

早上见面，我目光躲闪不敢看他，观察半天确定他一脸泰然，并没有入到我的梦里才放下心来。看来表姐的催眠还是管用的，即使梦到他也没关系。

勉强处理完部分工作，中午我实在扛不住，趴在桌子上睡着了。我又梦到谈逸了，地点是我家。他看着我，欲言又止。确信这只是一个普通的梦，我跳上床，放心大胆地给他展示了一下我的新睡衣。谈逸的俊脸上先是冒出一个问号，随后又缓缓变成了一个感叹号。

突然间，我被人拍了拍肩膀。

我睁开眼看见谈逸蹙着眉，耳根泛红："能不能不要在工作时间想这种事？"

我一脸懵，反应了很久才明白他的意思，倏地涨红了脸。他他他……什么时候又连起来了……他怎么都不告诉我？我好想哭。

饭点一过，大家陆陆续续回来了，谈逸轻吸了一口气，起身快步离开。

同事说总监最近好慷慨，每天请大家喝星巴克。闺蜜嘴很碎地说是沾了某人的光，嗓门还贼大，生怕我听不见。于是大家都开始讨论那个某人到底是谁，我把脸埋得低低的，生怕被提到名字。最后大家得出结论，那个人是艾琳。

原因嘛，人家腰细腿长，大波浪，最符合谈逸的审美。我还没怎么样，闺蜜先不干了，跑上去和他们争论起来。

谈逸在我工位上敲了敲，低头看着我，"给你买了点吃的，来我办公室。"

我"哦"了一声，慢慢起身跟在他后面。大家都在看我，是那种恍然大悟的表情，闺蜜还有点小得意。进了办公室，"吧嗒"一声脆响，谈逸将门反锁了起来。我不禁为自己捏了把汗。

谈逸在椅子上坐下，用下巴点了点桌子上的外卖："吃吧。"

我走到他旁边，想把外卖拿走。不曾想他揽住我的腰，一使劲把我带到了他的大腿上。

"谈逸？"感受到他的体温，我大气都不敢出。

"紧张什么？在梦里不是经常这么坐吗？"他很淡定地说，"吃吧。"

这样我哪里吃得下？食不知味地扒拉了一筷子，谈逸忽然开口："蕾丝？"

我整个人一抖："……是不是只要我做梦，你就会受影响？"

"嗯，脑子里会有画面，身体也会有感应。"

"那我以后白天不睡觉了。"

谈逸凑近我耳边，呼出的热气弄得我痒痒的，"那现在怎么办？挥之不去了。"

妈呀。

"怎么笨手笨脚的……"

"这不是梦里，我不会……"

"……算了，让我来。"

下班后，我们俩去约会，吃吃饭、看看电影，谈逸将我送回家。

他笑了一下："早点睡。"

之前还没说破的时候，他也这么叮嘱过。现在听起来，完全是另一个意思，怎么办？

……

后来，我们还是同居了。我搬去他家，发现他家女性用品一应俱全，连牙杯、睡衣都是情侣同款。

我很讶异："你什么时候准备的？还有，这个颜色好土哦。"

他俯身换鞋："搬到这个小区那天。"

这么早就蓄谋好了让我搬过来！

他抬起脸很认真地问我："土吗？不是你说喜欢粉红色？"

那也不用什么都买粉红色吧！

夜里躺在一张床上，我揣着一肚子困惑问他："我梦见你是因为我喜欢你，可是你为什么也会梦到我呢？"

谈逸放下书，轻轻瞥了我一眼："我也不清楚为什么，别玩手机了，睡吧。"

"噢。"

十分钟后，我翻了个身，在黑暗中眼巴巴地看着他："到底是为什么呀？"

他似乎有些无语："都说了不知道。"

"肯定有原因，不然为什么你梦到的不是张三不是李四？你也可以梦到艾琳啊，她天天冲你抛媚眼。"

他捂住我的嘴，无奈地笑："什么乱七八糟的，还睡不睡了？"

为了解开疑问，我自己一个人去找了表姐。

表姐正在写一篇与已逝之人通过梦境对话的论文，闻言神秘兮兮地告诉我："梦境互通这种破次元操作，只能在两个互相喜欢的人之间生效哦。"

恋爱大师的自我修养

1.

就在今天，我继父的儿子，即将在我妈热情积极的安排下搬进我租住的小屋。

我妈打电话叮嘱说，人家刚毕业，实习期工资低，又不愿意用家里的钱，让我做姐姐的多照应照应人家。我想着自己每月到手的那点微薄工资，默默点了点头。大不了一起喝西北风。

据我妈说，我这个弟弟特别优秀，985重点院校毕业，身高样貌皆是一流，要不是她和我继父成了一家人，就把他介绍给我了。我妈算盘打得真好，我很钦佩她。作为一个从小渴望陪伴的独生女，突然多出个一表人才的弟弟，我内心隐隐有些激动。

门一开，我可爱的弟弟站在外面，面无表情地和我打了声招呼："你好，我是林其。"

"我知道啊。"我露出可亲的笑容，主动替他拿行李箱，"快进来吧。"

"这是你的房间。"我把他领进卧室，"之前住这里的女生搬走后就一直空着，我刚打扫出来。"

事实是我刚发了朋友圈招租，就被我妈截了胡。

他点点头："等工资发下来，我会把房租给你的。"

我热心地帮他收拾东西，还问他饿不饿，要不要我做饭给他吃。结果人家冷淡地来了一句"谢谢，不用了"，直接进了房间，还不忘把门带上。十几分钟后，他拿着一件黑色蕾丝文胸走出来，蹙着眉头问："这是谁的？"

正在吃泡面的我满脸通红地跑过去，张着油光锃亮的嘴说："是我的。"

他目露怀疑地瞥了我一眼，我连忙补充："我去阳台收衣服的时候不小心落下的。"

他将文胸丢给我，说了声"以后看好你的私人物品"就走了。我望着他俊秀的后脑勺，发出了一声深沉的叹息，这小子对我铁定有点误会。

事情是这样的。

我从小就是一个文文静静的小姑娘，说话柔声细语，坐有坐相，站有站相，斯斯文文，乖巧听话。妈妈教育我要善于倾听，真诚待人，所以别人说话的时候我总是认真看着别人的眼睛。

我也是后来才知道，我这个样子成了很多女生眼里不受待见的"狐媚子"。特别是我看男人的眼神，水润润的，在他们看来就是"装出"一副很单纯很好骗的样子。其实我看谁都那样，因为我散光。

林其，我的便宜弟弟，不巧就在我们部门实习。

他肯定从同事嘴里听说过不少我的传闻，所以坚定地认为我的一举一动都是另有企图的操作。

我一个人住习惯了，第二天早上，迷蒙着一双睡眼进浴室。里面水雾腾腾的，我熟练地抓起牙刷挤牙膏，并打了声招呼："这么早起来洗澡啊。"

没人回应我。

我突然意识到什么，一个转身。淋浴间的玻璃门没关，里面站着湿淋淋的林其，他反应很快地抓起浴巾围住了下身。我当初被他这一系列迅猛操作震惊了，望着他滚着水珠的腹部肌肉和下方若隐若现的人鱼线……

"弟弟……"身材真好啊。

他磨牙："麻烦把门关上，谢谢。"

"哦。"

我呆呆地走出去，忽然意识到，他用了我的白茶花味沐浴露。

2.

林其顶着和我同款的茶香进了公司，并且假装不认识我。

我很上道地假装和他不熟，连他名字都记错成了米其。在卫生间门口跟他打招呼的时候，我清晰地看到他嘴角抽搐了一下。我也不是那种小心眼的人，虽然林其对我态度一般，但他毕竟是个才出校园对职场懵懵懂懂的新人，我身为姐姐和前辈，理应多照应照应他。

但很快我就发觉自己操错心了。

我实习期犯过的那些错，他好像脑袋后面天生比别人多长了根筋似的完美规避了。也不像我那会儿一天到晚被使唤着跑腿打杂，要不然就被干晾着无事可做，就连人缘也比我强，没来几天就融入进了我们部门的节奏氛围里。

倒是其他几个同期的实习生很有我当年的风采，小小的眼睛里写满了对于社会的无知和迷茫。亏我还特意把一些领导的小习惯和与几个同事的相处之道传授给他，他那时对我笑了笑，我以为是感激，隔了几天才回过味来。

他是不是觉得我把全公司的男人都勾搭了一遍？

于是之后的一段时间里，我们就成了同住一个屋檐下能不说话绝不搭腔、没有温度的室友关系。

转机源于半个月后，林其照常起床洗漱，烤了两片全麦吐司当早餐，却发觉一向喜欢和他抢洗手间的我竟然迟迟没有出房间。

出于仅存的那一点人性，他迟疑地敲了敲我房间的门。

没有回应。

等了三秒钟，他走了。

他对我这个异父异母姐姐的关心就只有三秒。

蜷缩在床上发烧疼痛一夜没睡的我，艰难地拿起手机给他发了一条微信。走到小区门口又折返回来的他一进门，看见的就是我一张蜡黄的脸，瞪着充满红血丝的眼睛虚弱地望着他。

他惊了一下："你怎么了？"

"我胃痛……"

他蹙了蹙眉。

"一整晚……"

他朝我迈开步子。

"等等，"背后的枕头被拿掉了，我抓住他的胳膊，"我现在胃绞痛……不能有剧烈动作……"

他停下来，看了我一眼。

我期待中的公主抱并没有到来，他只是把我搀了起来，然后问我："你能不能走？"

我能走，我能走叫你干啥？我瘪嘴点点头。

"等下，我换个衣服。"我走了两步，又一次叫住他。

我意识到自己还穿着一件开满灿烂菊花的睡裙。

"你自己换？"

"你有别的意见？"

于是他走了出去，我艰难地找了条裙子套上。

开门之后，他打量了我几眼，"有什么区别吗？"

"……小菊花没有了！你看不见吗？！"

林其开着我从我妈那里继承来的小破车送我去医院。

"假请了吗？"我忧心饭碗问题。

"请了。"

"哦。"我一想哪里不对，"你请的我们两个人的？"

他没搭理我。

那领导岂不是就知道我们俩住一起了，我开始担心即将到来的舆论风波。

到了医院，林其扶我坐到椅子上，拿着我的身份证帮我办卡、挂号。候诊室外，我紧张地抓着他的袖子："不会是胃癌吧？"

他看我实在害怕，缓和了语气："应该不会的。"

应该？

我脸色惨白，哽咽道："要是我不行了，以后咱爸咱妈就交给你了，你一定要好好孝顺他们……"

林其被我的悲伤感染，也微微蹙眉，很好心地没挣脱我的手。

一通检查过后，我才知道不是什么胃痛，而是胆囊炎发作。之前一直胃烧、反酸就是前兆，原因无外乎是不吃早餐、作息不规律、暴饮暴食之类的。得知不是癌症，我精气神又回来了。护士小姐姐拿着吊瓶过来要给我扎针，我怵得鸡皮疙瘩起了一身，问能不能不打针，我乐意吃药。

"这是解痉针，打完你就不痛了。"

我还是害怕，甚至有点发抖。

林其把我的脸别过去对着他，摸了摸我的头："听话。"

啊？我一愣。就在这时，手背传来细微的刺痛，一个凉凉的东西扎进了我的血管。

护士小姐姐笑嘻嘻："好啦。"

林其面无表情地收回手。

护士小姐姐冲我暧昧地眨眨眼："小男朋友好帅。"

我想解释来着，但是林其一脸"这不就是你想要的吗"的表情。一向以小淑女自称的我，忍不住在心里骂骂咧咧诅咒他。

输完液，我确实好受多了，林其忙前忙后帮我缴费拿药，还跑去医院一楼的小超市买了三明治给我垫肚子。我心里有了一丢丢感动，回家的路上情不自禁地说："要是有个能陪我看病照顾我的男朋友就好了。"

我本来是感慨自己孤身漂泊好生凄凉，没承想林其深深瞟了我一眼。

我为什么要话痨！！！

为！什！么！

把我送回家，他将矿泉水和药放在一边，说他去公司了，我醒来记得自己喝药。我沉默地点了点头，生怕一个不好又说错话让他误会。

"要不要我留下来陪你？"林其突然温柔了语调。

我张大嘴，愣愣瞧着他。他嘴角勾起一个揶揄的笑容，合上门走了。

我撑着虚弱的身体大力拍床！

3.

药物作用下，我香香甜甜地睡了一觉。

如果知道后来会发生那件尴尬到让我想连夜打包行李离开这座城市的事情，我宁愿一睡不醒。

睁开眼的时候天已经黑了，我看了眼手机上的时间起身下床，两只脚刚刚踩在地上，小腹突然涌出一股热流。一股绵绵不绝、大有破防之势的热流。我心里一凉，飞快地往洗手间跑。与此同时，门外响起按密码的声音。

"啊……啊！"是谁丢了颗珠子在地上！……好像是我前两天丢的手串……

林其听到我的惨叫，紧张地走到卫生间门口："肖宛，你没事吧？"

是的，我看家里没人就没锁门。但下一秒，门被推开了。于是映入他眼帘的就是我以一种极其扭曲的姿势栽倒在地上，手里还拿着一条内裤。我连忙把内裤藏到背后。此时此刻，我是这么庆幸自己穿了长裙，没有造成更进一步的损失。

林其沉默了几秒，然后开口问我："需要我出去吗？"

这么冷血无情、袖手旁观的人竟然是我的弟弟！

我冷笑一声，试图依靠自己的力量坚强地爬起来，结果还没动，我的腰和胯骨就钻心地疼。许是看我奋力扭动的模样过于辛酸，他默默走了进来，将我的胳膊搭在他脖子上，一手插入我的膝弯。

今天的我，终于还是获得了公主抱。

"啊……"我呻吟一声，"轻……轻点……"

林其停顿了一下，放慢了动作，一步步挪进我的卧室，将我轻轻放下来。

"等一下……我腰平躺不下来，侧着点……"

他调整姿势，将我侧身放到床上。蓦地，他收回手的动作一滞。我的屁股感受到了丝丝凉意。我猛然意识到什么，也是一僵。

"你裙子掀起来了。"他说。

一阵兵荒马乱过后，我勉强恢复了人形。我抱着一丝微弱的希望问他："你有没有看到……"

"有。"他坐在床上淡定地给我的膝盖涂药，评价道："丑丑的。"

我浑身麻木。

"胆还痛吗？"他仿佛不知道自己的话有多大影响力，自然地转移了话题。

"……不痛了。"不要你管。

"嗯。"他收起碘酒，站起身，"如果明天身上还痛，我们就上医院。"

肯定痛啊，我心肝脾肺肾都痛。

隔天早上林其亲手做了早餐给我，坦白说，他手艺不错。但是我还是为昨晚的事情耿耿于怀，以至于胃口都差了很多。

4.

我妈叮嘱我，要好好和林其相处，把他当成自己的亲弟弟看待，工作上他有不懂的地方要多教教他。

他比我懂多了，连夜安裤和成人纸尿裤不是一个东西都懂的男人，还有什么是他不懂的吗？我委婉地说："他很厉害，我教不了他。"

"那你就跟人家多学着点，姐弟俩出门在外要互相照应！"

我没敢告诉她，我最近的一日三餐都是林其做的。他每天早上准备一份便当让我带到公司，问题是菜都清淡得看不到半点油星，我最讨厌的西蓝花，每天都有！

有一天，他来我这里取数据报告，一低头瞧见垃圾桶躺着几颗熟悉的西蓝花，缓缓抬起头深深看着我。我连忙摆出无辜脸，想表明它们是"不小心"掉进去的。我本以为第二天的便当里就不会出现西蓝花了，结果还是有，而且独霸一方，林其要求我吃完拍照给他，饭盒和垃圾桶的照片都要拍。

……我含泪吃了一整碗。

新来的小帅哥请全部门的人喝奶茶，分发完毕还多出一杯来，小帅哥眼睛一扫，将多出的那杯放在了我面前，笑眯眯地说："小宛姐天天吃素，多喝一杯也不怕胖。"

小伙子刚才弯腰的动作有点帅，弄得我心脏漏跳了一拍。林其路过我的工位，目不斜视。一分钟后，我收到一条微信。

林弟弟：别喝奶茶。

然后他转发了一则胆囊炎注意事项及饮食禁忌给我。其中一条就是奶茶里面含有的化学物质、脂肪比较多，喝后不容易被消化、吸收，有可能会促进胆汁分泌增多，导致症状加重。

我发了个软妹噘嘴的表情包过去：那好吧，弟弟对我的关心真是无微不至。

他：别多想，我爸知道你生病了很担心，嘱咐我多照顾你。

……看来我们都是被迫营业。

我做的产品推送方案就被否了好多次，领导一声令下，甲方不满意就要改到他无话可说，我只能硬着头皮加班。

九点、十点、十一点……幸好还有同样命苦的姐妹陪我一起。

林弟弟发消息问我什么时候回来。

"快了快了，我一会儿打车回去。"

小破车车龄太老，被送去换减震器了。终于结束了一切，我跟同事Carrie 拖着疲惫的身体走出公司，然后就在电梯口遇见了林其。此时，他拿着一把滴水的伞走出电梯，看见我时面部表情一顿，然后停在了那里。

我一愣："外面下雨了？"

他点点头。

我大为感动："你是来接我的？"

他微笑不语。

身后的 Carrie 站出来，面露惊喜："你真的来了？"她熟稔地上去挽住他的胳膊，语气娇憨，"我还以为你不会来了。"

我在一旁呆若木鸡。

办、办公室恋情？林弟弟才来几天啊，他们俩什么时候看对眼的？我们三个站在狭小的电梯里，周身溢满了"快活"的空气。

Carrie 打了车，还很好心地问我要不要一起，先让司机把我送回家。我摇摇头，心想今夜的林弟弟该归属何方，是我那略旧但温馨的小窝？还是 Carrie 冰冷的高档公寓？结果很显然，男人是个现实的动物，他看了我一眼，撑着伞和 Carrie 走了。

连招呼都没打一声。

我望着滂沱大雨，还有距离我两公里还需十分钟赶到的滴滴车，默默握紧手机，进了一旁的便利店。就在我端着关东煮准备填补内心空虚的时候，自动门响了一声，林其竟然回来了。

他接过我手中的纸杯，对店员说一句："给她来根玉米棒。"

他自己也不吃，把关东煮送给了店员。我眼睁睁看着浓香四溢的关东煮离我远去，手里多了一根黄不拉几、甜不溜丢的玉米棒。

5.

车来了，林其跟我一起坐了进去。

"怎么就回来了？"

我的潜台词：不过夜吗？

林其似笑非笑。

我灵机一动："前女友？"

他"嗯"了一声。

这是准备复合吧？我欲言又止，纠结要不要把 Carrie 和经理有一腿、结果被经理夫人发现、目前在想方设法逼她走人的事情告诉他。

林其又淡淡说了一句："好兄弟的。"

我闭上嘴，懂了。

……

第二天上班，林其被经理劈头盖脸骂了一顿。

中午饭，我路过林其工位，发现他桌上多了一份别的项目的整理报告，这是物资部那边的工作，杂碎又繁冗，也不该由他负责。我严重怀疑这是经理看出 Carrie 对他有意思，公报私仇。

后来才知道其实是林其那晚拒绝了她，Carrie 恼羞成怒，去经理那里打小报告，说林其骚扰她。一直到下班，林其都没有离开过座位。以目前的工作进度，林其本来就忙不过来，如果经理再施压，我真有点怕他猝死。

出于对他的同情和对弟弟的爱护，我毅然放弃了同事请客吃小龙虾的诱惑，留下来帮他。整理了整整五个小时，完成的时候我长舒一口气，眼睛看东西都是花的。紧跟着我一起身，"嘎吱"一声，腰差点折了。

"你没事吧？"林其问。

"没事，但不完全没事。"我现在非常理解他对"狐媚子"的怨念了。

回到家，林其良心发现一般带我去了小区楼下的烧烤店。虽然点的都是素菜，但我已经痛哭流涕了。吃的时候，他一直笑笑地睨着我，东西没动几口。吃饱喝足，我一下子觉得他顺眼不少。

"请客吗？"

"请。"

......

好不容易迎来了周末，我翻出小裙子把自己捯饬了一番，努力化了个精致的妆容。

林其难得睡到十点起，我跟在他屁股后面走进洗手间，然后就被镜子里的自己美到了。原来我这么好看吗？

我挤眉弄眼暗示林其："姐姐这一身装备怎么样？"

林其正在挤牙膏，闻言扭过头认真端详了我一会儿。那眼神明晃晃的，看得我都有些害羞了。

林其说："刮刮胡子应该很漂亮。"

我气得鼻子都歪了，决心要用他最讨厌的方式好好报复他。

走到厨房打开冰箱，望着里面丰富多样的新鲜蔬菜，我豪气顿生："今天就让姐姐亲自下厨好好招待你！"

林其端着牛奶倚在门边，挑了挑眉："期待。"

我将一盘色泽鲜艳的番茄炒蛋端上桌，一脸自得地看着林其。他见我这么自信，夹了一筷子放进嘴里。嚼着嚼着脸色变了，端起杯子喝下了一整杯奶："你想毒死我吗？"

"咸吗？"我皱起两弯似蹙非蹙的笼烟眉，委屈地说："不是我多放盐，而是炒菜的时候很想你，眼泪掉进了锅里。"

果不其然，林其向我投来关爱智障的眼神。

我再接再厉："我做菜给你吃，你前女友知道了不会生气吧？"

他愣了一下。

"你还和我合租一个房子，你前女友知道了不会打我吧？"

"……"

"你前女友好可怕。"我怕怕地捂住嘴，"不像我，只会心疼弟弟。"

他终于受不了了："闭嘴。"

我大笑狂笑爆笑而去。

傍晚，我踩上五厘米的小细跟，准备出门和我闺蜜蹦迪。

林其叫住我："这么晚出去做什么？"

我看了眼墙上的挂钟，才六点，晚吗？年轻人，这算晚？

我诚实地回答："去酒吧。"

"不许去。"

我没听错吧？

"为什么？"我大胆提问，希望得到合理的答复。

"没有为什么。"

岂有此理。

"我还比你大两岁呢，你凭什么管长辈？"

林其从沙发上站了起来，朝我靠近。他人高马大的，天然就有一股强者的气势。

我怂了："我就是去和闺蜜聚聚，不会玩到很晚的。"

"和闺蜜聚要去酒吧？"他往前一步，"和闺蜜聚要打扮两个小时？"他继续往前，直到在我面前站定，低头嗅了嗅我颈侧，"还喷了这么重的香水。"

我那是体香！！

"我总不能一直单着吧！我都 二十五岁了！"

"去那种地方找男朋友？"他像是在讥笑。

我有些生气："不行吗？她们可以给我介绍啊！"

眼前陡然天旋地转。他！林其他！竟然把我给扛回去了！重点还是他的房间！他的床上！嗅到四周那明显属于他的气息，铺天盖地朝我涌来，包括身下柔软又异常平整的床铺，我僵住了。

林其压在我身上，蹙眉望着我。

难道青春期的他躁动不安，朝夕相处间被我的女性荷尔蒙吸引，爱上我了？这该如何是好呢？虽然我对他也有一丢丢好感，可毕竟他爸是我爸，我妈也是他妈啊！我们要是领证了，这伦理关系该怎么算啊？

"你是不是胖了？"他突然开口。

"嗯？"

"双下巴都这么厚了。"说着，他单手打开手机相机，对准了我的脸。

望着镜头里浮粉的自己，一股热血瞬间涌上我的脑门，我一个没控制住……伸出了罪恶的小手。

"啊。"林其闷哼。

呃，我本来想掐他的腰，但不知道哪根筋搭错了，一下掐在了他胸前某个……凸起的部位上。他瞪大眼睛，满满地不可置信。谁让他嘲笑我的，我这是……报复！

他压制住我的挣扎，冷冷地道："你信不信我捏回来。"

我不甘示弱："你捏啊！"

他没动。

"呵，我就知道你不敢……"

一阵安静过后，我们面面相觑。就在这相顾无言的尴尬时刻，我的手机好似救星一般响了起来。林其迅速起身放开我，我抓起手机，望着上面"妈妈"两个字，从未感到如此亲切。

接通后，我动情地喊了一声："妈。"

"宛宛啊，你和小林吃过饭没有啊？妈妈和叔叔马上就到你那儿啦。"我妈笑呵呵补充了一句让我二人心里一惊的话，"还有十多分钟吧。"

"……怎么突然就要来啊？"我拼命用眼神暗示林其。

"你们俩孤身在外打拼的，大半年也见不着一次面，想来看看你们的生活环境嘛。"

放下电话，我出了一身冷汗，我也不知道我为什么这么紧张。

林其"刷刷"编辑了一条信息发给我，撸起袖子："去把这些东西买回来，我去烧菜。"

"……不然出去吃吧？"

他看我一眼："你忘了你的病？"

……行吧，说不准看到我和林其亲如一家的相处模式，我妈就不会多想了。等等，多想？我和他本来就没什么啊。

我吭哧吭哧拎着一大兜子菜和水果回来，随手拿起一个大白馒头啃了一口补充流失的体力。林其的视线落在我手中胖胖软软的馒头上，一顿，眼中闪过什么。

我猛然意识到什么，脸上腾地燥热。

6.

很快，我妈和继父就风尘仆仆地出现在了门口。

我妈从进门起就开始感叹："小林来了以后，你这屋瞧着可比从前那会儿干净多了，窗帘洗了？沙发垫也洗了？"

"洗了洗了。"我敷衍着接过她手中的袋子，望着她身后略显拘谨的林叔，半天憋出一句，"叔叔来了，叔叔辛苦了。"

林叔笑着点点头，估计他也没听清楚我说什么，我俩望着对方傻笑。笑着笑着，我脑门上被轻敲了一记，林其俯身给两个人倒泡好的茶："去把水果端过来。阿姨，爸，坐吧。"

我妈继续夸奖林其："小林真能干啊。"

之后她的这句话，分别出现在了林其剥大蒜皮、林其要求我给他系围裙、林其大火炒菜、林其做汤、林其帮她开电视倒瓜子这些场景中。导致我后来一看到林其，脑子里就会出现：他真能干啊。而我，负责和林叔在一旁附和着傻笑几声。

终于，五菜一汤被端上桌。

我小心翼翼地问："二老在这边待几天啊？"

"我们是去三亚自驾游的，顺道过来看看你们，找个酒店睡一晚，明天就走了。"

我松了口气。

"我给你们订酒店。"林其掏出手机。

"让宛宛来就好，你这才刚毕业……"

"没关系，上个月的实习工资已经发了。"

于是我又听到了那句熟悉的"林其真能干啊"，只不过这次后面加了一句"不像我们宛宛，只会吃饭"。真的在端碗干饭的我噎了一下，林其把自己的水杯放到我手边，然后微笑着拿起一个大白馒头递到唇边，咬了一口。

"瞧你，别说了，宛宛脸都红了。"林叔笑呵呵地跟我碰了碰杯，"女儿就是要疼的嘛，以后有什么家务都让林其干，总不能让他白住是吧。"

我胡乱点点头，连忙喝口热水压压惊。

吃过饭，时间不早了，妈和林叔准备离开。等电梯的工夫，我妈又开始例行教育加嘱咐。电梯门"咔嚓"一声开了，二老走了进去。

林其牵起我的手，笑着对我妈说："阿姨放心，我会好好照顾姐姐的。"

我妈露出欣慰的表情。

妈，您欣慰早了。

……

部门聚餐，林其被那几个老缺德鬼灌醉了。

他还是太嫩了，别人喝一半吐一半泼一半，就他实诚地一口闷。若不是知道他的感情经历基本为负，我都忍不住怀疑他是不是为情所困。结果后来他告诉我，他那时候在纠结自己怎么还是栽我手里了……

Carrie 坐在他斜对面，哀怨的小眼神一直往他身上瞅，我隐隐看见领导的脸又有变绿的迹象。

最后只能由两个男同事架着烂醉如泥的林其到马路上打车。

经理问："有谁和小林顺路吗？"

Carrie 上前挽住林其的胳膊，很自然地说："交给我吧。"

那情形宛如她就是林其的女友本友，林其站在原地半阖着眼睛，好像真的醉得没有意识了。我还没来得及挺身而出救他于水火，车子一来，林其就顺势倚向我，半边身子的重量都靠在了我瘦弱的身躯上，一只手甚至搭在了我肩头："她送我就好。"

经理心情大好，和蔼地吩咐我要把小林妥当送回家，辛苦我照顾他一夜，明天迟点来也没事。

……这么用心良苦的吗？

坐进车里，我壮着胆子用冰凉的手拍了拍他俊俏的小脸："嘿！崽子，认得我是谁吗？"

"啪啪"两声，林其的半边脸红了。他慢慢睁开布满水汽的眸子，定定望着我。我一阵心虚，好在没一会儿他又安静睡去了。

司机师傅笑呵呵地问我："男朋友喝醉啦？"

"不是男朋友，是弟弟。"

"哦，亲弟弟啊？"

"不是……"

"哦，姐弟恋嘛，时髦啊！"

我虚弱地回："也不是……"

我放弃了解释。

不是亲姐弟，又住一起，算什么呢？也不是谁都像我妈那么心大的。

连扛带拽，我终于把一米八几大个的林弟弟折腾进了房间。虽然中途分别让他被玻璃门撞了头、被电梯门夹了腿、摁密码锁的时候没扶稳让他滑倒磕到了后脑勺。

所以说，年纪轻轻的干吗学别人逞强喝酒呢？希望他明早醒来发现浑身都痛的时候不要联系到我身上。

把他丢在沙发上，我拍拍手进浴室洗澡了。

好在林其酒品还算可以，除了疑似有裸睡习惯，把衣服裤子脱了乱甩之外，老老实实睡了一夜没有作妖。我捂着鼻子给他盖了条毯子。

隔天清晨，林其捂着宿醉后酸胀的额头，嘟囔着："我身上怎么这么痛……"他怀疑地看向我，"你对我做了什么？我衣服呢？"

呵，我一个黄花大闺女，能对你一个大小伙子做什么。

我幽怨地说："是你自己非要脱的……要不是我及时制止，你连内裤都保不住。我跟你在那拽了好久……你瞧瞧你裤腰带是不是松了……"

他听不下去了："别说了。"

"哦。"

林其的脸绿了又绿，把毯子往身上一裹，快步走进了洗手间。听着那绵长的放水声，我都要笑死了，昨晚喝了那么多酒，又憋了一夜，亏他腿长跑得快……林其顺带洗了个澡，胯间围了条浴巾，擦着湿漉漉还在滴水的头发出来，整个人显得冷静许多。

他往沙发上一坐："我有没有告诉你，我是个很传统的男人，看了我的……"

他停顿了一下："就要对我负责。"

这是什么虎狼之词？

我脸蹭地一热，大声嚷嚷："可我不想对你负责！！"

他一副很好说话的样子，认真看着我："那就我对你负责。"

冷静下来后，我表示疑惑："你不是讨厌我这样的'狐媚子'吗？"

他慢悠悠地说："能降得住就好。"

他以为他是孙大圣吗？

"我这种高阶混合型的，我劝你不要轻易下手。"

虽然他低头喝咖啡没有说话，但我还是从那双含笑的眼睛里看出了他的潜台词：就凭你那脑子？

好气哦，更气的是，我都已经这么努力在生气了，还是好想和他谈恋爱。

正式确定关系后，我和他开始琢磨怎么和爸妈交代……爸（妈），我和你儿子（女儿）在一起了，从此以后我们就是紧密结合的一家人……总感觉会被我妈一刀劈死。

我颤颤巍巍地给我妈打了电话，吞吞吐吐说明了情况。

没想到我妈出乎意料地奔放："你俩之间的那点事我上次去就看出来了，他连你的生理期都记得，还知道不要让你喝凉水。"

不是妈……他记得我生理期是因为……

"俗话说'子肖其父',林其肯定也差不到哪里去,你嫁个他这样的总比嫁给外面那些乱七八糟的好。行了,肥水不流外人田,我们内部消化,你林叔那边我去搞定。"

林其在一旁露出了微笑。

我瞠目结舌。

放下手机,林其的手慢慢搭在我腰间,声音有些涩哑:"既然他们都同意了,那我们……"

"不行。"

"为什么?"

"我怕你看到了又嫌丑。"

就这样,我和小我两岁的继弟在一起了,等他转正我们就订婚。

小青梅与白月光

1.

凌憕的白月光结婚了，我以为我有机会了。

我在他家陪了他半个月，看着他烂醉如泥，看着他颓废落寞，看着他逐渐清醒。他在晨光中将我裹进被子里，四肢缠上来，拼尽全力一般紧紧拥住。我试图挣脱，他却压抑地说："别动，小念。"

自从宋云念出现后，他就很久没有这么叫过我了，这个称呼成了她的专属。青梅敌不过天降。这是我每每想起都会感到窒息的事情，像被一只尖利的爪子扼住了心脏，进而拧住了我的咽喉。现在她退出了这段关系，我们终于可以在一起了，对吧。

几天后，凌憕带我去见了他的朋友。

他微微噙笑将我介绍给那人，说他虽然年轻，但人还不错，我们很合适。

那时是在静吧，流转的灯光里，我望着他，他慢慢朝我瞧过来，面容是惯常的儒雅温和。我看见他眼里有刹那的怅然若失。那一刻，我感知到的不是难过，也不是恼怒他将我推给别人，而是平静到仿佛有什么抽空了我的情绪。

这是他给我的交代。或者说，拒绝。

他已经拒绝过我很多次了，多到我习以为常，不知什么时候起，我已经不会再为他的拒绝伤心，连些微的受挫感都没有了。我早已经不奢望他会爱我，在那一瞬间，我蓦然发觉，原来我对他的感情已经消失了。

对面的男孩望着我，轻声说："林念你好，我叫宋之恒。"

和宋云念一个姓。我心想，一时间没有作声。

他没有等到我的回应，长长的睫毛扇了扇，像是有些局促，紧接着又弯弯唇笑道："是我拜托凌哥约你出来的，你不要生气。"

我突然记起来，他是宋云念的弟弟，高二那年的暑假，我还做过他的英语家教。

那时候，我害怕凌懂和宋云念走得太近，所以想方设法插入他们之间，为了能教好宋之恒而留下来，每天不厌其烦地教他背单词、记语法。他不肯背，我就在他耳边一遍一遍重复，每天早上拿着单词本去他家门口堵他，逼得他烦不胜烦，为了堵住我的嘴，他的成绩提升得飞快。

后来，他似乎考上了一所不错的大学。

我从记忆中抽回思绪，也微微笑道："所以这顿酒的意思是，你想追我？"

他的脸一下子红透了。

凌懂在一旁望着我们，端起酒杯喝了一口。

隔了一会儿，宋之恒才下定决心似地说："可以吗？"

我注意到凌懂放下酒杯，手指漫不经心地敲打着杯壁。宋之恒的视线滚烫，落在我脸上甚至有种被灼伤的错觉。我笑了笑，确定自己没有不甘或者类似于报复的情绪，平和地说："那我们试试吧。"

敲击杯壁的响声停了一下。

宋之恒一滞："试试？怎么试？"

很快他又反应过来，红着脸说："好……好。"

我说："谈恋爱这种事情我没有经验，所以先做朋友吧。"

凌懂又喝了口酒，语气带笑："的确，她没有经验。"

轻描淡写的一句话，带过了我努力向他奔赴的十五年。

三个人中，只有宋之恒没有喝酒，他说可以送我回家。

凌懂叫了代驾，目送着我坐上宋之恒的副驾，他用开玩笑一般的语气说，我最缺乏安全感，所以和我在一起后，千万不要和别的女生有什么牵扯。我熟知他的个性，并不觉得他是在嘲讽。只是到了这一刻我方才察觉，他对我，多少是有些歉疚的。

这些年我的痛苦和焦虑，以及在宋云念面前刻入骨子的自卑，他并非一无所觉。只是那个女孩更重要罢了，他还没开始选择，内心就已经有了偏向。

车子启动，凌懂后退几步，不知想到什么，抬头看了我一眼。

驶出一段距离后，我从后视镜里看到他的身影，修长的身躯倚靠着车门，指间燃起一支烟，在夜色下闪着红亮的光。

2.

和宋之恒认识一周后，他牵了我的手，送我回家时在楼下亲了我。一个符合他年纪的、略带青涩的吻。然后想看又不敢看我，有些紧张地说："明天见。"

我心口的弦像被什么拨了一下，那种触动感让我有些恍惚。如果青春期时，我爱上的是这样一个男孩，可能一切都不一样。

我反握住他温热的大手，盯着他的脸看了一会儿，笑道："二十几岁的人谈恋爱，就这样？"

他不知所以地望着我。

"去我家坐坐吧。"

宋之恒喉头动了一下。后来我发觉，这是他动情的表现。

其实一开始，我并没有打算和他走多远。

小我四岁的男孩，还是宋云念的弟弟，或许在青春懵懂时期对我有过微妙的好感，但实际接触下来，那点朦胧的好感并不能支撑他接受我的本来面目，包括我的大小缺点。

但一回过头来，我们已经认识两个月了。

他越来越多地占据了我的时间和生活，会提前问我晚饭想吃什么，下了班来公司接我，两个人一起去超市买菜，我负责洗，他负责切和炒。有一次为了方便他找我要备用钥匙，我很自然地给他了。钥匙放到他手心里的时候，我们都愣了一下。

他哑着嗓子问："要不我搬过来吧？"

我说不行，他马上说："我开玩笑的。"然后又小心翼翼地试探我，"那我可以搬到你隔壁吗？"

我不置可否，谁知没过两天，他真的大包小包地搬进我隔壁那套空置了两年之久的房子，半夜敲开我的房门，说他家燃气还没开通想借我家浴室用一下。洗完后他秀色可餐地站在那里擦头发，说他家里太乱没地方睡，能不能借我家沙发睡一夜，还再三保证他什么都不会做的。

我丢了一条毯子给他，他抱着睡了一夜。高高大大的男孩子蜷缩在我不足一米六的沙发上，显得有些可怜。我偷拍了下来，第二天在办公室看着照片忍不住笑了出来。

同事揶揄我是不是谈恋爱了，最近看着开朗多了。我有吗？不过我确实很久没有想到凌懂了，以前只要将这个名字与宋云念联系起来，心口就会涌起一股淡淡的郁痛。明明宋之恒是宋云念的弟弟，他们的眉眼那么相像。

......

这天吃晚饭时，宋之恒很可怜地问我，明天能不能陪他过生日。我这才知道凌懂妈妈的忌日和宋之恒的生日是同一天。

往年这个时候，都是我陪着凌懂度过的。我会跟公司请假，备好食材敲开凌懂家的门，两个人一整天待在屋子里哪也不去，陪他说说话，看看电影，帮他把阳台上的绿植浇浇水，然后做好晚饭等他吃完，把毯子盖在他身上，看着沙发上的他逐渐睡去。

凌懂妈妈的忌日，只有我和他记得。他有告诉过宋云念，但是宋云念并没有放在心上。母亲自杀给他带来的打击和创伤，在外人看来并不明显。那时候有传言他妈妈是出轨方，差点抛夫弃子跟着奸夫去了美国，所以他的母亲去世后，他照常上学上课，外表丝毫没有异常。

但我知道他是悲伤的，他的每一个姿势和动作，甚至连微笑的表情，都浸透着悲伤。女人其实很容易被男人的脆弱打动，就是那个时候，我发觉自己喜欢上他了。

我看着日历上标红的一点，默默删除了标记。

今天我照例请了假，陪宋之恒和他的两个同学在王者峡谷遨游了一天，午餐还是点的外卖。傍晚，我接到了凌懂的电话，他略显疲惫地问我："为什么没有来？"

"宋之恒要我陪他。"

那头一下子没了声音，半晌凌懂才缓缓问我："知不知道今天是什么日子？"

"我知道，但是今天是宋之恒生日。"

意识到这样说可能过于冷漠，我深吸了一口气，换了个口吻安慰他："你还好吧，难过的时候就出来走走，或者叫个朋友陪陪你。"

良久，那头淡淡"嗯"了一声，挂断了。

我毕竟陪不了他一辈子。

3.

隔天醒来的时候，我发现凌懂给我打了两通电话，时间显示是在半夜十二点和凌晨两点，那时我已经将手机调成静音，睡着了。

我看着那两通未接来电，想起以前和凌懂闹别扭，都是我整夜整夜睡不着，心脏像一块被拧干的脏抹布，又干又皱，又酸又涩，最后承受不住煎熬主动向他求和。我不敢给他打电话，只能反复斟酌词汇，小心翼翼地编辑成文字发给他，每一段话，每一个字眼都尽显无奈和卑微。以至于日后无论我们争吵的原因是什么，凌懂都习惯了我主动低头示弱，到时他再矜持地点点头。然后我们重归于好，恢复如初。

可是昨夜我和宋之恒待到太晚，把他赶回自己家后我随便洗了个脸，就筋疲力尽地睡着了。如果不是早上打开手机看到他的电话，我甚至忘记了昨天和他有过不愉快。

我想了想，最终给他回了一条消息：昨天睡着了，有什么事吗？

发完我起床洗漱化妆，再拿起手机时，才发现他回得比我想象中的快，只有三个字：没什么。

再次和凌懂碰面是在朋友音乐餐吧的开业酒会上。我和凌懂的朋友大多是共通的，但是这个朋友却和他磁场不合、相互嫌弃，不止一次劝我不要在他这一棵树上吊死。所以凌懂会来，我略略有些意外。

他看起来瘦了一些，端着酒杯站在离我不远的地方，张了张口，却没有发出声音。

朋友往我手里塞了盘水果，揽着我的肩膀把我带到一边："别理他，宋云念也来了。"朋友嘿嘿一笑，"我故意把她请来的。"

我明白了什么。

朋友碰了碰我肩膀，带点揶揄地说："看，他们又凑到一块去了。"

我转过头，看见身着淡雅长裙的宋云念主动走向他，凌懂站在原地，微垂着眼不知道在想什么，没有动弹。

如果是以往的我，此刻估计会坐立难安，连手指都在难堪又无望地颤抖。我恨不得放在心口呵护的男孩，却在另一个女孩面前一再妥协、退让，他对她的放纵和宠溺，让我如鲠在喉、疼痛难抑，呼吸之间甚至能嗅到从喉管里溢出的血腥气。可现如今，除了一开始生出了一些惆怅的情绪，再无其他。

我淡漠得连自己都想不明白。

朋友问我要不要去她老公那边玩把牌，我答应了。朋友却奇怪地看了我一眼，摸了一把我的手，嘟囔着说："竟然还是热的。"玩了几场，我运气不错，只输了一次，朋友对我刮目相看，"脑子很清醒嘛。"

中间，宋之恒发消息问我：什么时候回来？

我看了眼时间，说快了。

他发了个开心的表情：那我去接你。

犹豫了一下，我说好。

结束后我去了趟洗手间，出来时看见凌懂站在廊道里，眉头微微蹙着，神情有些阴郁。

我下意识去搜寻宋云念的身影，却听凌懂说："她已经走了。"他深吸了口气，略显焦躁，不知道是在向我解释还是想说明什么，"她已经结婚了，我们是不可能的。"

我没有说话，手机嗡嗡响了两声，我猜想是不是宋之恒到了，想要点开屏幕看看，却被凌懂捉住了手。

他紧紧盯着我，声音有些冷："你最近到底怎么了？"

4.

望着他的眼睛，我隐约明白他在问什么。手机响了，有朋友注意到这边的动静，探头朝我们看来。我放缓语气："让我先接个电话。"

他的唇绷成一条线，良久才慢慢放开我。

宋之恒在那头嗓音愉悦："林念我到了，在餐吧门口。"

我嗯了一声："就出来了。"然后挂断电话看向凌懂，"有什么事情下次再说吧，我……"我在有关宋之恒的称呼上顿了顿，"朋友来接我了。"

凌懂食指微微蜷缩了一下，这表示他在忍耐："……周末有空吗？"他看了我一会儿，"我们很久没有出来聚聚了。"

我沉默片刻："好。"

和上次不一样，这次凌懂站在原地，目送着我和宋之恒的车子驶离他的视线。车上，我发觉宋之恒的情绪有些恹恹的，漫不经意地开着车，连话都变少了。明明刚才还笑容满面地跟凌懂打招呼，一副男朋友的姿态给我开车门。

我好像猜到了什么，故意逗他："不想看到我吗？牙咬那么紧。"

宋之恒委屈地看了我一眼："我们现在算谈恋爱吗？"

我没想到他会这么问，不由一愣。宋之恒好像有些失望，之后一路上都没有再开口，把我送到家门口，就耷拉着脑袋掏出钥匙走向自己家的门。我有股冲动想叫住他，但最终还是按捺住了。谁知门刚一打开，我的手就被攥住了。

宋之恒脸上有掩藏不住的失落，又像是在磨牙："你就一句话都不说，你知不知道我今晚会睡不着的？"

我怔了怔："我想考虑清楚再给你答案。"

我这个人对于感情太过执拗，实在是有些怕了。

他眼中倏地一亮："就是说，你对我不是没有感觉？"

"嗯。"

他弯唇，低头在我脸上亲了一口："那你好好考虑，认真考虑。"

他后退几步，冲我摆摆手："明天早上我来找你要答案。"

进到洗手间，我拿水冲了冲脸，才发现自己嘴角一直是翘着的，脸还很红。莫名觉得有些丢人。

……

周末那天，我迟到了。

凌懂时间观念很重，以往赴他的约我都会特意提前一些，极少会让他等。

只是今天我睡得有些沉，闹钟叫不起我。醒来后宋之恒又闹了我一会儿，到餐厅的时候就迟了十多分钟。

我放下包包坐在他对面："对不起，我来迟了。"

凌懂打量了我几秒："工作原因？"

我摇摇头，喝了口冰水刺激酸乏的神经："睡过头了。"

他握着杯子的手紧了紧，"嗯"了一声。

我忽然记起，他很久没有和我单独约过了。两年前，他和宋云念分手，约我去青海散心，我连续三天几乎是不休不眠把工作完成，跟领导请假，陪他旅行疗伤。可仅仅是第二天，他就被宋云念的一通电话叫了回去，将我一个人留在酒店里。我望着日出前青海湖上方灰黄色的天空，望着汹涌起伏的铁色波浪，迎着腥涩的风走在长长的公路上，一个人休完了我的假期。

服务员拿来菜单，他其实不喜欢吃泰国菜，这算是难得的迁就。

"下午去溜冰馆？"他提议道，"我看你气色不太好，平常太缺乏运动了。还是去看电影？最近有部片子不错。"

以前这些活动都是我来安排的，我怕他和我待在一起无聊，从来没有让他费过心思。今天他难得积极，我却有些缺乏兴致，随意搅动着咖啡道："都可以，看你吧。"

说完，我察觉到了自己语气中的敷衍和冷淡。我抬了抬头，果然看见凌懂微微暗沉下去的脸色。但他依然保持着微笑："那就看电影吧。"

淡漠，这是种新奇的情绪。我不再关心他的一切，不再满脑子都是他，甚至在和他说话的时候都会微微走神，想着宋之恒现在怎么样了。我走之前，他似乎有些生气。我回过神来，一扭头，看见凌懂微绷的唇角。

看完电影，天已经暗了。

我和凌懂走在林荫小道上，傍晚的凉风吹过来，有种淡淡的温柔感。

"去我家坐坐吧。"

"我回去还有事。"我说。

"那我送你回去。"

"不用了。"

凌懂的脚步忽然停了下来。树影斑驳下，他微微勾唇望着我，声音有丝凉讽："你现在的心思都在谁那里呢？"

我没有说话。

"宋之恒？为什么每次他都能那么恰好来接你，你们……"他停顿了一下，"同居了？"

一股浓烈的疲倦感袭来，我轻声道："凌懂，我有我自己的生活，将来也许还会有自己的家庭，有我的丈夫和孩子。我不可能一直像以前那样围着你团团转。"

他身侧的手握成拳头："这么快就谈婚论嫁了？宋之恒不过是个心智不成熟的小孩，你那么认真，他未必和你一样。"

"是你把他介绍给我的，他的品性为人，你应该了解。"我说，"而且，你清楚我对感情的态度。"

凌懂眼中有什么情绪激烈翻涌，他蓦地攥住我的手，将我拉向他的怀里。从前只要和他触碰到手指，我都会敏感得脸红，可现在被他紧紧拥着，十指相扣，我胸口竟然没有丝毫波动。他退开些距离，缓缓低下头，粗重的呼吸喷在我脸上，五指紧紧纠缠着我的手，几乎要吻下来了。

我心里却只觉得陌生和抗拒，下意识偏头躲开他。

凌懂僵在原地。

5.

他生来骄傲，极少有被拒绝的时候，尤其这拒绝源于我。几乎是一瞬间，他红了眼，涩哑地叫着我的名字，"小念。"

我抬头，看见他眼中窜过一抹无措。我知道他在害怕什么，在很长一段时间里，凌懂是我整个生活的重心。

我也是爸妈疼爱的宝贝，是他们的骄傲，是千娇万宠唯恐我受半分委屈的独女，却一次次在凌懂面前折断脊梁，心甘情愿地成为一个备胎，任由他将我的情意践踏在脚底。

二十一岁那年，凌懂为了不和宋云念分开，准备和她一起出国。那个暑假，我像一具失去魂魄的空壳，连哭的欲望都没有，整日整日坐在窗口发呆。有人来和我说话，我就微微笑着回应。我自以为隐藏得很好，没有人可以看出我的落魄，却在煮面端锅时手一抖，沸腾的热水倾泻而下，洒在了我的脚上。

爸爸扑过来把我抱到浴室，打开莲蓬头用凉水冲刷着我的小腿和脚面。

"爸，我不是故意的，我只是突然没力气了。"爸爸一言不发，眼眶却悄悄红了，我的心猛地抽痛了一下。

"这算什么呢，难道离了他，你就不活了吗？"妈妈哭着骂我。

原来所有人都知道。他们将一切看在眼里，在我为凌懂的离开失魂落魄的时候，他们也在为了我的异常伤心而难过。后来凌懂独自回来了，宋云念留在国外，并在那里遇到了现在的丈夫。他们分分合合的六年里，始终伴随在凌懂身侧的，只有我。

那次的烫伤并没有在我腿上留下疤痕，却在我心上筑起了一座堡垒，那里装着我的亲人、朋友，还有我的自尊自爱。我再也没有为了凌懂忽略自己，忽略他们了，即便我仍然爱他。

大约到了此刻，他终于意识到，连我也要离开他了。

……

回到家，宋之恒已经做好了饭在等我。

他穿着白色 T 恤和灰色家居裤，身材修长，微长的刘海盖住了眼睛，有些委屈地望着我："菜凉掉了。"

一句话，就让我心软了。在一起的隔天，他就跟我坦白了。他知道我喜欢凌懂，故意求凌懂牵的红线，好让我对凌懂死心，转而投入他的怀抱。可是又见不得我难过，更怕我讨厌他，事后后悔得恨不得咬死自己。哪怕我告诉他，我已经不爱凌懂了。

不是现在，是在不知多久之前，我对他的感情就在漫长的撕扯拉锯里逐渐损耗殆尽。

但宋之恒还是有些患得患失，我与凌懂的每一次交集都会让他神经高度紧绷。他不知从哪里学来了人为制造吻痕的方法，拿个空瓶子站在镜子前对着脖子比画半天，信誓旦旦地要弄个草莓印去凌懂面前宣示主权。

我好笑地问："有用吗？"

他蹙着眉，一脸困扰："怎么没效果……"

"要不要我帮你？"

说完我就后悔了，因为他一把将我搂到了沙发上，压上来侧着脖子说："那你来。"

我脑子一热，还真就亲了上去。宋之恒猝不及防地闷哼一声，身体愈发僵硬。

"别亲了。"他嗓音有些粗哑，"再亲下去我怕我会忍不住做些什么。"

我这才意识到他耳朵红透了，喉结也在不断滚动。我连忙退开，他却仍压着我不放……

"可以吗？"他央求着。

我重重喘了口气，气弱地拒绝着："不可以……"

"好软……"他眼神烫得好像要将我化开，咬了咬我微张的下唇，将头埋在了我颈侧，低低道，"林念，你好软……"

6.

几天后的傍晚，我下了班从超市采购回来，在楼下遇到了凌懂。

已是十月深秋，空气里泛着丝丝凉意，他穿着一件黑色大衣，衬得身形修长挺拔，手中握着一杯咖啡，看见我抿了抿唇。我注意到他的指节微微泛红，小区里不让外面的车进来，他应该站了很久。

我们之间的关系从未对等过，我以为经过那天的事情，以他的自尊和骄傲，应该在很长一段时间里都不会再主动和我联系。

他走过来，眼中有疲倦："小念，我有话对你说。"

我嗅到淡淡的酒气，料想他昨晚应该又是宿醉了一场。

他早几年为了公司各种应酬，一个月下来酒局、牌局连轴转，那时候宋云念还在国外，他拼着一股劲儿想要证明自己，不知顾惜身体，喝伤了胃，被医生警告后才慢慢收敛。我瞟见他苍白的唇色，他现在喝咖啡，应该也是为了镇痛。

如果是以前，我会习惯性地唠叨他，然后从包里翻出一些苏打饼干、面包之类的小食品给他垫胃。我动了动手指，才想起我换了新包，有关他胃病的那些常备药和应急用的零食，我并没有放进去。

我沉默了片刻。

上楼后，我给他倒了一杯温水。他顺势握住我的手，张了张口想说什么。门外响起敲门声，我看了凌懂一眼，过去开门。

宋之恒穿着睡衣，头发乱糟糟的，双目朦胧地抱住我的腰："这几天太忙了，我刚醒，都没有来得及去接你。"

他这几天通宵做设计，所以我没有打扰他。身后的凌懂从沙发上站了起来，直直地望着他，宋之恒也看到了房间里的另一个人。

他顿了一瞬，笑笑："下午好，凌哥。"

我知道他有多小心眼，怕他多想，握住他的手往内拉了拉："进来吧。"

宋之恒走向我随手放在茶几上的袋子，从里面一样样将东西拿出来，其中就有一盒避孕套："买回来了？上次那个太紧了，勒得我很不舒服。"

我还没反应过来的时候，凌懂已经一拳挥向了他。宋之恒的头被打偏过去，嘴角淤青，流出一丝血来。

他用手摸了摸，笑了："凌哥，林念是我女朋友。"他说，"你当初把她交给我的时候，没有想过这一天吗？"

凌懂低头看我，面色铁青，双目赤红。

我听见自己的声音："你走吧。"

……

之后的一段时间里，凌懂时常出现在我周围。

他没有刻意隐藏自己的踪迹，只是远远地看着我们，在我和宋之恒逛街、吃饭、看电影，还有饭后围着小区遛弯的时候。宋之恒不是瞎子，有时候察觉到他的注视，会故意揽着我的腰在我唇上亲一下，然后再一转头，凌懂就不见了。

我喜欢吃经开路上的一家烫饭，汤汁浓郁鲜美，由于距离太远，外卖点不到，我也不能经常去，和宋之恒在店里约会的时候忍不住可惜了一下。但是最近每天中午，都会有人将打包好的烫饭放在公司前台，叫我去取。本以为是宋之恒给的惊喜，旁敲侧击地问过他，结果他说他一天到晚忙到脚不沾地，就算是有心也无力。

于是后来我特意掐着饭点在前台等了一下，发现是凌懂的司机。我告诉他我已经吃腻了，以后不用再送了。他点点头，叹了口气。

当晚，凌懂给我打来了电话。

手机那头传来他轻轻浅浅的呼吸声，许久没有出声。

"这周周六，宋之恒会来我家见我爸妈。"

半晌，他才开口："我没想过你们会来真的。"

"小念。"他声音转低，"……我错了。如果我说我到这一刻才发现自己错了，我们还有机会吗？"

"你真的能放下宋云念吗？"我平静地说。六年的追逐纠缠，哪有那么容易死心。

"那你呢？"凌懂突然问，"你对我的感情呢？"

我沉默着，没有说话。

这股寂静让我想起了两年前，我从青海回来，面对着重新和宋云念复合的凌懂，也是这样无望又可笑地问他："那我呢？我算什么呢？"那时他也是这样无声地望着我，沉默以对。

"我也不知道我是怎么了。"凌懂嗓音暗哑，突兀地笑了一下，"小念，你知道吗？一想到你会嫁给宋之恒，和他上床、接吻、结婚生子，你之后的人生都不再有我的参与。我的心脏就好像被什么生生割出了一道口子，疼得我整个人都蜷缩起来。"

他喃喃道："明明宋云念结婚的时候，我都没有那种痛得快要活不下去的感觉。王桢说我喝醉后，嘴里反反复复喊着小念。他本以为我叫的是宋云念，甚至掏出手机给她打了电话，直到他听见我念出你的名字。从那个时候起，我就知道我完了。"

"林念，这是你我认识的第十六年。"他低声说，"我爱你。"

7.

这三个字从凌懂口中说出来，我以为我会心潮起伏，失眠一整夜，然而事实是那晚我睡得很好很安稳。犹豫和动摇，更是想也没有想过的事情。

朋友知道后，本来准备一大兜子话想来骂醒我，让我摆正立场看清现实，结果反倒被我的冷静惊住了，犹犹豫豫地问我是不是还没反应过来凌懂在说什么。

跟爸妈提前说好要带男朋友去见他们的时候，他们其实也有些怀疑。这些年里，我对凌懂的用情程度，他们看在眼里，心有余悸。好不容易求仁得仁，终于等到凌懂回过头来找我，我却又不要了，转而另寻新欢。尤其那个人还是宋云念的亲弟弟，很难不让人觉得我是妒忌过头黑化了，蓄意报复他们。

"念念，你真的可以在这么短的时间里爱上别人吗？"朋友那天也这么问过我。

并不是这样的。

我对凌懂的失望在这漫长的时光里逐渐累积，爱上他我只用了一瞬，却花了十年的时间去治愈他带给我的伤害。宋之恒只是出现得刚刚好，他斩断了我对凌懂的最后一丝侥幸，让我可以毫无留恋地全身而退，让我发现自己还有爱上别人的能力。

"如果能被你喜欢，一定是世界上最幸运的事情。"我的生日会上，宋之恒目光柔和，说了这么一句话。

因为他是宋云念的弟弟，这几年中我们三个人的纠缠和所发生过的一切，他通通看在眼里。

起哄声中，他望向凌懂，扬唇道："还要感谢凌哥帮我牵的红线。"

凌懂与他对视，没有说话，垂在身侧的手握成了拳头。

稍后就是收礼物的环节。

以往的每个生日，我都会提前花费数日之久为凌懂准备礼物，而到了我的生日，他惯常会对我说声生日快乐，然后递给我一个红衣服的不倒翁娃娃。这样的不倒翁，我集齐了 15 个。今年大概也不会例外，我笑笑地收下，随手将盒子放到一边，没有再看。

只是今天的凌懂有些奇怪，在那之后一直看着我，欲言又止，连宋云念和他说话他都没有仔细听，瞟了吧台边的我一眼，脚步挪向我。但宋之恒抢先拉走我，在我唇上重重亲了一口。

我懵了一下，问他做什么。

他无辜地解释："大冒险要我亲现场的一个女生，还有别人能给我亲吗？"

我摸了摸发烫的脸，只想找个借口躲进洗手间。

凌懂的礼品盒一直被我放在角落，几天后才想起来拆，这才发现他送的是一条穿着玉坠的同心结。

我记起来，我第一次跟他表白心意的时候，送的就是这个。那时候还在上高中，看了几集古偶剧，傻乎乎地觉得自己亲手做的东西更有意义，于是就在他生日当天给他了。后来我问起过，凌懂却说不知道丢到哪里去了。

这条应该是新做的，绳结打得有些松散奇怪，一看就是出自他之手。

"这是谁送的？"宋之恒笑着问，随即看到礼物包装上的名字，笑容淡了。

我知道他爱吃醋，无奈道："我也不知道他怎么会送这个。"

"不喜欢？那给我吧。"他伸手接过。

一小时后我刷到一条朋友圈，宋之恒把同心结套在了西施犬脖子上。

不得不说，他真的有点坏。

1.

在我的生日上，我的妹妹和我的前男友走到了一起。他们牵着手出现，姿态亲昵。

过去在公开场合，他永远只是漫不经心地站在我身侧，靠近我的那只手插在口袋里，像是在避讳什么。他从来没有像这样牵过我的手。段洛神态自然，嘴角噙笑，是比和我在一起时要开心得多的样子。

"生日快乐，何希。"

我还记得初次相遇是在地铁上，他口袋里有东西滑落，我好心替他捡了起来，却发现包装着实尴尬，还也不是丢也不是。那时他注意到什么，转头看向我，笑容含了一丝促狭："小姐姐，把我的口香糖还给我。"

哪里是什么口香糖，分明是一盒……套套。我的脸颊瞬间发烫。

后来熟识起来，我问他那天怎么会随身携带这种东西，是不是赶去做什么不可告人的事情……我知道他没有女朋友。

段洛一脸无辜，摊手道："我可是处男。"

思绪被拉回现在。

妹妹有些忐忑，不自在地冲我扯了扯嘴角："姐，我和段洛……"

她声音很细很轻，以至于后面的内容我需要微微俯下身才能听清。段洛却拉着她后退了一步，我一愣。

不应景的，我记起了那日的尴尬情形。在段洛家，我们撞见了他爸爸和小姨在床上赤裸翻滚的场面。面对惊叫和混乱，那时的段洛面无表情，拉着我走了出去，然后在过天桥时遽然弯腰，无端端吐了出来，充满厌恶，大汗淋漓。我很难受，却又不知道说什么，只能抿着唇安抚性地拍打他的脊背。

他将脸埋在我颈弯，身体的重量靠向我，嗓音嘶哑不堪，闷闷地说："何希，在一起吧。"

却也是这个人，在交往一年后提出分手，说不想欺骗我，他并不喜欢我。

原来他喜欢的，也是我的妹妹。

他们是什么时候互有好感的呢？在我还以女朋友的身份和段洛在一起的时候。他的心不在焉、忽冷忽热，突然之间都有了最合理的解释。

还记得我第一次将他带去见妹妹，段洛双手插在口袋里，话很少，只打了声招呼，注视着她的眼里却仿佛有什么不一样的内容，然后，轻慢地弯了弯唇。我妹妹一向大大咧咧，那天却出奇地红了脸。那时的我，并没有留意到这些细节。

分手后的我浑浑噩噩，第一次明白小说里形容的天塌地陷原来并不夸张，总觉得生活里到处都是他的影子，但是那个人，怎么就不见了呢？我成了我最嗤之以鼻的那种人，从开始期盼着段洛回心转意给我打来电话，到后面抛却自尊哀求他和好，然而，自始至终得不到半分回应。那时妹妹抱着我，哭着痛骂段洛，说他不值得我喜欢。

是啊，他不值得。看着妹妹躲闪的眼神，我在心里默默道。

我该庆幸分手三个月后，我已经逐渐缓和过来，如果是之前的我看到这一幕，可能会当场崩溃。

我甚至朝他们笑了笑："你们来得刚好，切蛋糕吧。"

段洛望着我，像是能洞悉我的情绪。

2.

对于抢走了段洛，妹妹对我存有愧疚。

后来在家里，她拉着我的手，满脸内疚地说，她有尝试过拒绝……她怕我会难过，她犹豫了很久很久，甚至拉黑过他。但是喜欢一个人是没有办法的事情，就算理智告诉她这样不对，但心里还是会想着他。

妹妹盯着我，像是试图找出缓和的痕迹："姐，你能体会的对吗？"

我笑了笑："你和他是在我们分手后才在一起的，没有对不起我。"

说这话的时候，我望着她的眼睛。妹妹眼底掠过一丝慌乱，点了点头。

取得我的谅解后，妹妹开始试图调和我们三个人的关系。她故意使唤段洺去给我买奶茶，让段洺给我拎包包。在外面吃饭，她会让段洺替我把虾剥好，再放到我碗里。而段洺一一应允，他会在顶着烈日替我买来水果后，看着妹妹无奈一笑。

如果没有妹妹，我恐怕都不知道段洺还有这样温柔包容的一面。

几天后，妹妹以锻炼身体为由，拉着我去郊区爬山。

到达山脚下，我们下车，段洺已经在等我们了。他穿着冲锋衣，身姿挺拔消瘦，正低着头抽烟。妹妹蹙了蹙眉，上前嗔怪了句什么，段洺将烟头捻灭在一旁的垃圾桶上，自然地握住她的手。段洺烟瘾很重，她不喜欢，那之后，他确实抽得少了很多。我劝了半年都没有用的事情，她不过说了句讨厌烟味，就让他改掉了长久以来的习惯。

这对比多少让我觉得有些好笑和辛酸。

感受到一道视线，我抬头，看向段洺身后的男人，和他有着五分相似，但眉眼的轮廓更为立体，晨曦笼罩下有种柔和的俊朗。是他的堂哥，段祯。

段祯是我的高中同学，我们交集不多，高考后上了不同的大学，我对他的印象只剩下成绩优异，个子挺高，长得不错。他礼貌性地冲我点点头，看模样应该是记得我的。

顺着山脚的石阶往上走，妹妹的鞋带散了，她没动，只是眼巴巴地看着段洺。后者顿了一秒，含笑蹲下身替她将鞋带系好。目睹这一幕的我不禁有些自嘲，段洺在我面前，何时这么纡尊降贵过。

在这段关系中扮演着保护者角色的人，一直是我。

段洛的家庭并不美满，母亲郁郁而终，父亲在妻子去世两年后，和他的小姨子搞在了一起。或者说，段洛的妈妈在世时，这两个人就已经暗度陈仓。交往后的第二个月，我在他家陪他过生日，段洛喝醉了酒，一双迷离的眼睛凝在我脸上，像是在探究我的表情："你知道吗？有人说我应该叫我妈姨妈。"他语气淡淡的，"说我是那两个人苟合生下来的。"

那时我已经从别人口中听说过了这件事，闻言摇摇头："他们胡说的。"

段洛笑了："我妈那么讨厌我，说不定是真的。"

我不知道该怎么安慰他，只能呆呆地望着他，忍着眼眶泛起的酸意。段洛眸色沉沉地看了我一会儿，忽然将我从地毯上拉到沙发上，然后枕着我的大腿，将脸埋进了我怀里。我抚摸着他的头发，生平头一回对一个男人产生了怜悯之情。

在此之前我从没有谈过恋爱，一颗心扑在他身上，完完全全、毫无保留。

妹妹曾恨铁不成钢地骂我："姐，像你这么傻，男人是不会珍惜的。"

一语成谶。

夜深了，他拽着我的衣角，哀求我不要走。

喜欢的男生肯在你面前展现出脆弱和依恋，我说不出拒绝的话。那晚，他从背后搂住我的腰，与我并排侧躺着，紧密贴合的姿态。醒来时我与他面面相觑，段洛一动不动地睨着我，不知看了多久。

会用这种眼神注视我的男人，原来从未喜欢过我。或许，他只是需要有个人陪伴他走过那个最难熬的阶段。

山路越来越陡，妹妹不放心地回头叮嘱："我姐姐四肢不协调，段祯哥哥多照顾一下，别让她摔下去。"

段祯弯唇："我在她后面护着，放心吧。"

我太久不运动，一路爬得连喘带歇，最后几乎是被段祯拉上去的，等到达山顶，段洛和妹妹已经等十多分钟了。

段祯松开我的手，拧开瓶盖将水递给我："怎么还跟以前一样？跑几步就脸通红。"

我脸都是麻的，没听清他说什么，只顾着大口喝水。他失笑，替我将颈后汗湿的马尾拨开。山风吹过来，我通体舒爽。

不知是不是我的错觉，段洺盯着我的头发，脸色有些泛寒。

3.

下山的时候，妹妹不小心脚滑了一下，还好及时站稳没发生意外。段洺拉住她的手，轻声笑话她笨拙。妹妹气愤地瞪视，段洺见状柔和了语气，拍拍她的脑袋以示安抚。

我的眼睛突然有点发涩，想要转移视线，却发现自己做不到。

段洺有所察觉，微微侧头迎向我的目光，一瞬间我只觉得狼狈。我强迫自己举目远眺，天气很好，天空旷远无际，是很淡的蓝色。

不该在意的，我告诉自己。

临近山脚下，前方蓦然传来一声妹妹的惊叫。我和段祯加快脚步赶过去，妹妹弯腰扶着腿满脸痛楚，我卷起她的裤腿，发现膝盖淤青了一块，还有些细微的擦伤。

"怎么回事……"我刚开口，段洺眉头紧蹙，不由分说地背起她，一路朝山下走去。

我望着他们的背影愣了几秒，才缓缓站起身。段祯猝然跳到我身后，汗毛耸立地盯着地上。我顺着他的视线看过去，原来是一只毛茸茸的大青虫。我忍不住觉得好笑，没想到他看上去一副很酷很厉害的样子，胆子却这么小。

我捡了节树枝把拦路虫挑开："好啦，走吧。"

段祯强作淡然："我怕一脚过去把它踩爆……怎么说也是一条年轻的生命。"

"哎，你胳膊上……"

他神情一紧，双手齐上拍打胳膊。

"好了好了，没了……"看他还是心有余悸，我替他拂了拂袖子，憋着笑说，"你看，真的没了……"

他俊脸紧绷，有些委屈："你吓唬我。"

我发觉他跟我想象中不太一样，还挺可爱的。

段洺在路上看着我们，语气泛冷："天快黑了，快点。"

妹妹的腿伤并不严重，简单处了一下，我们在附近的农家乐吃过饭，天色已经彻底暗了下来，商量过后决定找家酒店落脚，明天早上再回去。

前台登记的时候，段洺微微垂眸不知在想什么，最后只开了三个房间。我蓦然意识到什么，心口像被什么刺了一下，细密而尖锐地疼。我低下头，心想，大约是因为时间还不够久。

酒店里有温泉，妹妹因为腿伤，只是坐在一旁和段洺喝酒聊天，喂他吃水果，甜蜜恩爱的样子。我拿开披在肩头的浴巾，穿着泳衣下水。段洺的视线在我身体上停留了一瞬，不带情绪地移开。

段祯含笑说："我记得你高中时又瘦又小，像只小黄鸡一样。"

他把手放到身侧比画了一下大概高度。

我不满："我哪有这么矮。"

他弯弯唇："女大十八变。"

妹妹打趣："怎么？老同学相见，心动了？"

她虽然在和段祯说话，余光却在观察段洺的反应。段洺神色淡淡的，似笑非笑。我忽然有些喘不过气，想说点什么把妹妹刚才的话盖过去。

"嗯，好像是有一点。"段祯回答道。

我一愣，抬头望向他。

"我就知道你这次来是另有所图。"妹妹放松不少。

段祯将手里的果酒递给我，语调低低的，有种让人熨帖的温柔："喝一杯，晚上睡得会踏实一些。"

我伸手接过，跟他道了声谢。

温热的泉水让人毛孔舒张，暖洋洋的。我闭上眼，杂乱的心绪渐渐安宁下来，不知道是不是那丁点酒精起了作用，有些昏昏欲睡，隐约听到妹妹说："我去下洗手间。"

而段祯也从浴池里出来，去外面接了个电话。过了片刻我才意识到，这里面只剩下我和段洺两个人了。

"扑通。"是有人入水的声音。

我睁开眼，看见段洺从浴池另一侧缓缓靠近我，他将一只手撑在池壁边缘，低头打量我，声音里有种莫名的讥讽："平常不是很保守吗？竟然也会穿这种露肉的泳衣。"

我不明白他对我的恶意从何而来。

他贴得太近，温热的呼吸打在我的脸上，让我很不适，我伸手去推他肩膀，却没有推动。他眼底有暗色，"刚刚段祯一直在看你，知道吗？"

我微怔，旋即皱眉，"跟你有什么关系？"

妹妹回来的前一秒，他蓦地松开手，若无其事地靠在池壁上。妹妹似乎一无所觉，笑容不改。我握了握拳，从水里出来，拿起浴巾围上，率先回了房间。

4.

酒店隔音不太好。

躺下后，我听见隔壁房间传来男女纠缠的声音，模糊而暧昧。我睁开眼望着天花板，想到了一些事情。

和段洺恋爱的一年中，两个血气方刚的年轻人在一起，不可能没有欲望。他喜欢亲我，常常猝不及防地亲上来，将我吻得软成一摊水化在他怀里，眼睛湿漉漉得看不清东西，他却戛然而止。明明忍得额角青筋鼓爆，也只是猛地推开我，将自己关进房间。

童年的经历让他有了某种洁癖，不是真正喜欢的人，他不愿意碰。到了这一刻，我终于可以确信段洺是真的爱上了我妹妹。那晚我想了很多，又似乎什么都没有想，记不清隔壁的动静是什么时候停止的，也记不清自己是什么时候睡着的。

第二天看见段洛和妹妹从同一个房间出来，我意外地平和，仿佛所有的酸涩和不甘都在昨晚消散一空。

这个男人，已经彻底和我没有关系了。

酒店五楼有早餐，段洛替妹妹端来鸡蛋和蔬菜沙拉，她最近在减肥。

"我姐姐的呢？她喜欢吃小笼包和粥。"

话音才落，段祯将一屉小笼包放到我面前，然后坐到我旁边，嗓音是初醒的暗哑："早。"

段洛顿了一瞬，默默坐下。

"昨晚有点吵。"妹妹剥着鸡蛋，语气怪怪的，"你们睡得还好吗？"

我知道，段洛在看我。

段祯笑了笑："下次再来，一定要带女朋友一起住。"

回家后，我跟公司请了假，一个人去了西双版纳，穿过莽莽苍苍的亚热带丛林，看过汤汤逝水的澜沧江，仿佛长久积压在心头的阴霾被驱散，从那场深情的幻觉中挣脱出来，会陪伴自己到老的，终究只有自己而已。

五天假期快要结束的时候，我回了V城。

从机场出来，来接我的是段洛。他打开后备厢替我将行李放进去，淡淡地说："晒黑了。"

我没有说话，坐进车子后排。

下飞机后，我收到妹妹的消息，说她今天上午有课不能来接我，段洛已经去了。

车速飞驰，几分钟后，段洛打破沉默："还有几天，就是何恬的生日。"

何恬是妹妹的名字，她比我小三岁。

"你说，我应该送什么比较合适呢？"他语调低慢，带着我熟悉的漫不经心。

我却注意到他握着方向盘的右手中指，在日光下折射出一点璀璨的银光。我曾说过想要在交往一周年的时候，和他戴那种情侣才会戴的戒指。那时他一边吐槽幼稚，一边敷衍地应允，只是还没来得及兑现，我们就已经分手了。

我沉吟了片刻："你手上的这种情侣对戒，她应该就会很喜欢。"

段洛通过后视镜与我对视几秒："是吗？原来你们女生的心思都是一样简单。"

5.

半夜，我躺在床上和闺蜜闲聊。

随手收了几张她发的表情包，打算留着以后欣赏，突然收到段祯的消息，问我回来了没有。我下意识想回个经常用的表情，一时不察，把那张刚收的图发了过去。

虽然撤回得很快，但我敢断定，那边已经看到了。聊天框上方显示对方正在打字，我的脸一下子烧得通红。

段祯：图不错，还有吗？

我：……

段祯：本来觉得你文文静静，想和你循序渐进，没想到你也会看这种东西。

我小心地回了几个字：什么叫也？

段祯：我以为你的重点会是循序渐进。

段祯约了我周末下午吃饭。

小区门外，他见我说的第一句话和段洛一样："好像晒黑了？"

我抿抿唇，有点苦恼地摸了摸胳膊和脸。

他下车，很有风度地替我拉开车门："没事，还是比我白。"

我们聊了一些高中时期的往事，比如哪个老师最讨厌，哪个干了一件让人记忆犹新的糗事，班上谁谁最受欢迎，谁谁最后在一起了还结婚了。

我忍不住感叹："那时候班上其实有好几个女生暗恋你。"

段祯笑了一下："除了你是吗？"我一愣，他接着说，"直到高二你才记住我的名字，出了学校你就跟不认得我一样，在路上跟你打招呼，你一脸茫然，让我挫败了好久。"

那时我一心扑在学习上，两耳不闻窗外事，确实不太关心班上最受欢迎的男生长什么样子。

"嗯……我开窍比较晚，以前还有点脸盲。"

段祯用力锤了一下方向盘："我还以为你对男人不感兴趣呢，早知道你只是单纯的傻，当初怎么说也要追到你。"他郁闷地说，"也不会让段洺那小子捷足先登。"

我被吓了一跳，抓紧安全带："……好好开车，不要分心。"

段祯好笑又无语地瞪了我一眼。

晚餐吃的法式西餐。

"怎么选这种地方？"

段祯一脸正经地将餐巾拉开盖在膝上："选别的地方能让你意识到自己是在跟我约会吗？"他替我倒了一杯葡萄酒，"吃的就是情调。"

我语塞。

"对了，你是不是喝不了酒？"他蹙眉，"一喝就上头？"

我诚恳地点点头。

不仅上头，还上脸。

"那你看我喝吧。"他把酒杯拿回自己面前，"记得把我送回家。"

结局就是段祯把自己灌得不轻，在服务生和我的搀扶下才跟跄上车。

明明服务生的个子更高更有劲，他还要揽着我的肩膀，把半边身体的重量都倚向我，我怀疑他在碰瓷。好不容易坐进车里，段祯漆黑的眼睛望着我，低低地报了个地址。

我踩住刹车，启动发动机，他却笑了，按住我的手："笨蛋，我叫了代驾，让他先把你送回去。"

我疑惑地望着他。

"这么晚了，我怎么放心你一个人回家。"

......

妹妹生日前夕，段洺却因为过敏进了医院，原因是吃了她做的虾。妹妹很愧疚，在电话里含着哭腔让我过去。她说段洺的爸爸和小姨也来了，在病房闹得很不愉快，她不知道怎么办。

我到的时候，恰好听见他爸爸的斥骂声："你小姨担心你的身体，你又常年不着家，她好心拉着我来看你，还给你煲了汤，你就是这么对她的？"他指着泼了一地的米饭和汤，"你的教养呢？你忘了你妈去世后是谁天天给你当保姆伺候你的吗？"

段洺眼帘低垂："能不能麻烦你们以后不要出现在我面前，一看到你们那张脸，我就想吐。"他轻声说，"真的，忍不住。"

段父气得想甩他巴掌，被小姨死死拦住，只能恨恨道："真是生了个白眼狼！"

妹妹踌躇着不敢上前。

段洺抬了下眼皮，语调轻浮："否则的话，等我小姨肚子里那个出来了，我该叫表弟，还是弟弟？"

段父勃然大怒，拿起床头柜上的水杯一把泼到他脸上，小姨在一旁脸色青青白白好不热闹。段洺顶着一头湿发缓缓抬头，视线触及病房外的我，顿了顿。他看着我，忽然笑了一下，仿佛在说"你看，我有多恶心"。

如果是从前，我恐怕会不受控制地走过去挡在他面前，抑或是替他将所有他不想看到的人赶出去，不顾及旁人的眼光，也不怕他们非议的对象会变成我。可这一次，我没有作声，沉默地转身离开。

有些人身在泥沼中，他并不需要你的拯救，他要的，只是把你拖下去，变成和他一般模样。

6.

出了医院大门，我恰好撞上才停好车从车上下来的段祯。

初秋，他一身黑色风衣，刘海微微盖住眉毛，不得不说，是那种很讨女生喜欢的俊朗和帅气。

"怎么了？"他几步走到我面前，打量了我片刻，微微拧眉，"他们欺负你了？"

"没有。"我摇摇头，"段洺的爸爸和小姨也在。"

我简单描述了一下事情的经过。

段祯沉默了数秒："段洺对你妹妹，可能不仅仅是单纯的喜欢。你们三个人的关系，映射了他对父亲出轨的怨恨。"

我微微垂下头，望着脚尖。

妹妹并不是完全无辜的，我心里很清楚。段洺的事情，我跟她提到过很多，她明知他经历过什么，是什么毁了他和他的家庭，却依然选择背弃我和他走到一起。

"你要是想谈恋爱，不妨考虑下我。我家境尚可，父母恩爱，人格健全，青年俊才。"段祯一脸认真，"最重要的是，还很长情。"

我抬起头，看到他的眼睛很亮，像倒映在澜沧江上的星星。

"好像还挺可爱的。"我第二次这样想。

……

那晚回去，我慎重考虑了一下，凌晨两点给他发去消息：好吧。

隔了两分钟他竟然回复了：什么好吧？

我说：不是要谈恋爱吗？

然后就是长达五分钟的寂静。

就在我开始后悔自己太主动的时候，段祯发来了一条截图，上面显示他将我的备注改成了"宝宝"。

段祯催促我：快快，改备注。

我不愿意：太肉麻了，而且好老土。

段祯：你要是喜欢我就不会觉得肉麻了。

我深吸了一口气，伸出颤抖的手改完备注，然后截图给他发了过去。

他立马发了个 [握手] 的表情给我。

十分钟后，他发来一条消息：完蛋，睡不着了。

我懒得理他。

7.

生日那晚，我看到妹妹戴上了同款情侣戒指。

而段洺和她却没有什么交流，一整晚都在不停地喝酒，连妹妹介绍同学给他认识，都显得敷衍又心不在焉。妹妹脸色苍白，眼圈红红的像是哭过，她抿抿唇，看见我后又强勾起嘴角。

段祯送了她一款限定版手袋，妹妹收到的时候显得很意外："怎么想起来送我这么贵重的东西？"

他抬了抬眉："姐夫祝你生日快乐。"

妹妹愣了一下，旋即笑了："所以这是感谢费。"

段洺蓦地抬眼。

我问："什么感谢费？"

妹妹压低声音："那天爬山本来只有我和段洺两个人去的。"

我悟了，凉凉地扫向段祯。段祯脸皮一向很厚，还毫不心虚地来牵我的手。

一伙人去院子里吃露天烧烤，晚风微微凉，段洺穿着白衬衣，袖子挽至肘部，等妹妹将腌好的肉串拿给他烤。我记得他很讨厌油烟，跟我在一起时，他从来没进过厨房。

段祯问我："你想吃什么？我帮你烤。"

"不用了，我不想吃。"

他看了眼不远处的段洺，很坚持："不行，你必须吃。"

"……那就素的吧。"

他一笑，拿起两串豆腐："好，你站远一点，小心被烟熏到。"

我默默退到一边，但他一看就是十指不沾阳春水的大少爷，东西烤煳了都不知道翻面，我不忍见他糟蹋粮食："还是我来吧。"

不远处，有个女同学悄悄问："这个戒指是段洛送你的吧？"

妹妹点点头，表情很甜蜜。

"好羡慕啊。"

段祯替我将垂下来的长发撩到颈后："回头我们买婚戒。"

我闻言抬了抬头，视线恰好与段洛对上。他的脸色晦暗不明，近乎阴冷。

临近九点，大家陆陆续续散了。

妹妹坐在副驾笑吟吟地说："姐姐是跟我们坐一辆车，还是让段祯哥送你回去？"

段祯揉揉我的头："我的女朋友当然我来送。"

"那行吧，我们先走了。"她摆摆手。

段洛沉默地看了我一眼，转动方向盘将车子驶远了。

车里，段祯提议："不然先回我家吧？"

"为什么？"

"因为你家不方便。"

我面露狐疑。

段祯轻咳一声："不是，我明天要出差，今晚不抓紧机会多待一会儿，你就得十五号才能看见我了。"

"那不也才三天。"

段祯哀怨的目光睨向我："我们才在一起一天，你就不想看见我了？"

于是我和段祯挤在他家的沙发上看了两场电影。

一场电影两个小时，直到凌晨两点，段祯连眼皮都抬不起来了，打着哈欠说："我记得还有部不错的，要不我们……"

我看了眼时间，叹了口气："快睡吧，下次再陪你看，我先回去了。"

他从冰箱里拿出冰水灌了一口，晃晃脑袋强行让自己清醒："我送你。"

"你行吗？"

他抬头："你问哪方面？"

……

小区门外，我酝酿了一下，打算放柔声音跟他告别，再叮嘱他好好开车回家注意安全一类的。

段祯看着我，语气很认真："都要走了，不能亲一下吗？"

我沉默了一秒："好啊。"

他一怔，我探过身，在他脸颊上轻轻贴了一下。

段祯别过脸，掩唇轻咳了一声："算了，这次先放过你，我回去了。"

我下车，看着他驶离视野，转身慢慢往家的方向走。没几步，我在楼下看到了一个熟悉的人影。

他静静望着我，白色衬衫在暗淡的夜色中尤为醒目。

8.

恬淡的月光下，他徐徐向我靠近："你妹妹说你不在，原来是去他家了。"段洛声音低缓，目光最后滞留在我的唇上，"这么久才回来……你们上床了？"

凌晨两三点，他为什么还在我家楼下？

我有些混乱，下意识抬头看了眼家的位置，灯是熄着的，妹妹应该已经睡了。

"不用看了。"他说，"她很早就睡了。"

我微微皱眉，直觉告诉我今晚的段洛有些奇怪和危险，想要绕过他离开，却不出意料地被他抓住了手。

"何希，你还没有回答我的话。"

我低下头，深吸了口气："这和你有关系吗？"

段洛握着我的手紧了紧，他的视线在我脸上徘徊良久，突兀地笑了笑，"那谁和我有关系？你妹妹？"

我望着他，没有说话。

他沉默了几秒，抬手摸了摸我的头发："生气了？"

我刚想说话，手机突然响了起来，来电显示是段祯。段洺显然也注意到了，下颌骨微绷。我趁机挣脱他的手，快步朝家的方向走去。电梯里没信号，等我出来，段祯的电话已经挂了。我攥着手机开门换鞋，想着进房间再给他回消息，却发觉客厅沙发上缩着一个人。

是妹妹。

她抱膝坐在一片昏暗中，即便听见我回来也没有抬头。

"段洺在等你吧。"她轻轻开口，"十点的时候，他给我打电话问你有没有回来，我说你不在。然后他就来了楼下，一直等到现在。"

我停在客厅中央。

"他是不是告诉你，他会和我在一起，只是因为我是你妹妹。"她声音里有了一丝颤意，"姐，你还喜欢他吗？如果他想跟你和好，你会不会答应？"

我放下钥匙，走进房间，片刻后拿来一条毯子盖在她身上。

妹妹紧紧抓着我的手，又问了一遍："你会答应他吗？"

"我对你好，是因为你是我妹妹。"我说，"你们之间的事情和我无关，不要拿来惹我心烦。的确是段洺动心思在先，可你也是帮凶，我可以接受你们的关系，但不代表我会帮你们维系感情。"

"何恬，我是你姐姐，我不是贱。"

妹妹眼里有了水光，她嗫嚅着嘴唇，最后说了一声对不起。

……

段祯不在的第二天，我竟然有点想他。但明明我和他之间，连一个"熟"字都谈不上。这未免太恋爱脑，我决定克制一下自己。

中午的时候，我在公司吃外卖，收到段祯发来的一张图，附带文字消息：路过鸡鸣寺，你说我要不要进去求个姻缘？

我回道：嗯，去吧。

段祯：你好冷漠。

我：等你回来。

段祯：我也爱你。

段祯：在我回来之前，离段洺远一点，没事不要理他。

我：那如果有事呢？

段祯：更不要理。

段祯的叮嘱很有先见之明。

临近下班，段洺发消息约我吃饭，是我们以前常去的餐厅。

我很喜欢吃那家店的水晶丸子，每周都会去一次，刚分手那段时间，我逃避性地不让自己想起和段洺有关的一切，甚至每次经过都会刻意绕开那条街。直到有一次，客户约我在那附近谈事情，路过那家店，隔着玻璃墙，我看见段洺和妹妹在里面吃饭。妹妹坐在我常坐的位置上，段洺叉起一颗水晶丸子喂给她，脸上温柔的表情我到现在还记得。

晚上，我去餐厅打包了一份丸子，回家一口一口吃完了。自那以后，再也不想吃了。因为记忆里的美好滋味，再尝进嘴里只觉得苦涩不堪，味同嚼蜡。

我没有回复，下了班，他又给我打了几通电话。我想起段祯的话，把他拖进黑名单，径直回了家。打开门，我发觉客厅里站着一个男人。

妹妹什么时候给了他钥匙？

段洺望着我："微信和手机，都把我拉黑了，就这么讨厌我？"

我低下头想了想："我大概下个月搬走，你和何恬怎么样我不管，但是在我搬走之前，这是我家，麻烦把钥匙还给我。"

"何希。"他念着我的名字，"我和你妹妹分手了，就在她生日那晚。"

他走过来，轻轻抚摸我的头发："我不喜欢她，一点也不。"

"我只是想知道，我爸为什么会背叛我妈，喜欢上自己的小姨子，还在五十几岁的时候，和她有了孩子。"他笑了笑，"我很想试试，我会不会和他一样。"

"可真的那样做了，却也并不如我以为的那样快乐。"他压低声音，"你妹妹缠着我接吻的时候，我真觉得恶心。"

我望着他的脸，突然想不起自己是因为什么喜欢上他。

"我知道你讨厌这样。"他跪在我脚下，额头抵着我的手背，"以后再也不会了，原谅我一次，好吗？"

9.

我挣开他的手，蹲下身与他平视："段洺，你妈妈会原谅你父亲吗？如果她不能，你又为什么觉得我可以。"

段洺喉头鼓动，沉默良久。

他走后，妹妹才从房间里出来。

她神情萎靡，跟我说起了她生日前夜发生的事。

那晚在他家，气氛很好，她亲自下厨做了两个菜，段洺盯着菜不知道在想什么，半晌才夹起虾仁放进嘴里，然后拿出准备好的戒指送给她。她很惊喜，也很感动，忍不住亲了他。后面的事情发生得很自然，她主动献身，以为男人会顺势接纳，段洺却猛地推开她，冲进洗手间干呕了起来。

那一刻，她好像明白了什么。

浓烈的羞耻让她想要夺门而出，却发现段洺状态不对，脖颈和脸上出现了大片红疹，呼吸困难。她突然想起来，过去我和她说过，段洺对海鲜过敏，然后就有了之后的事。

"你知道段洺有多在意你，连别的男人碰一碰你的头发，他都无法忍受。"她说，"他明明那么恨他爸爸，却还是做了一样的事情。他以为只要消除了心理障碍，你们就能好好在一起了。"妹妹冷笑了一声，"他真蠢，你怎么可能会回头呢？"

我的确不能理解他的做法，也不能理解他口中所谓的喜欢到底代表着什么。他分明知道那个时候我有多爱他，又有多在乎我的妹妹。不过还有一件事，我想要确认。

"那晚在温泉酒店，你们有没有发生关系？"

妹妹摇摇头，那夜段洺一直待到天快亮才回来，然后在阳台的藤椅上坐到她醒来。至于那天晚上我听到的声音，已经无从探究，也许是太过于难堪，让我弄混了房间的方向。

两天后，段祯回来了。

他并没有通知我，而是直接来了我家。

彼时是周末，我蓬头垢面地赖在床上刷微博，妹妹在客厅唤我："姐，段祯来找你。"

不多一会儿，门被轻轻敲了两下："何希，我可以进来吗？"

妹妹毫不留情地出卖我："进去吧，她早就醒了，玩手机呢。"

她还帮忙开了门，我倏地把脑袋蒙进被子里，下意识不想让他看到我两天没洗头邋里邋遢的样子。

床边塌下去一块，他隔着被子摸了摸我的头，声音里有笑意："怎么了？"

我闷闷地说："没怎么。"

"不想看见我吗？"他说，"我可是刚一回来就跑来见你。"

"不是……"我尝试跟他商量，"要不然你先在外面等我一下……"

蓦然间，我眼前一亮。被子被掀开，紧接着又是一黑，他也钻了进来。两个人凑得太近，彼此之间呼吸可闻，我的心脏停跳了一瞬。

"你做什么？"我瓮声瓮气。

"亲你。"他说。

段祯真的吻了上来。

湿湿软软，一个异常甜腻的吻。

不知道是不是因为被窝里氧气匮乏，我头有点晕，还有点热："别这样……我一下子接受不了。"

段祯笑了一声："那就两下。"

他又一次偏头吻住我。亲到最后，我们都热得不行，段祯想解我睡衣的扣子，被我一巴掌拍掉了。

他深吸了口气，拿被子把我紧紧裹住，默念道："这还不是媳妇，还不能摸……"

我好想打他。

后来，我和段祯又去了一趟西双版纳。旧地重游，却已经不是那时候的心境。蓝天碧水，村落和人群，仿佛心头的一场阴霾被驱散，被身边的那个人赋予了另一层意义。

我知道，一路上，段洛都跟着我们。

夜里有场大雨，我们找了一家带有宽敞院子的小客栈住宿，只开了一间房。洗过澡，段祯围着浴巾出来。我还没来得及仔细欣赏，外面突然响起一阵敲门声，频繁而急促。

段祯与我对视了一眼，走过去开门。门外站着段洛，浑身湿透，狼狈不堪。淅淅沥沥的雨声传来，暴雨还在继续。

他脸色苍白，想进来拉我的手："何希……"

段祯抬臂拦住他。

我说："段洛，你要我报警吗？"

他倏地顿住，愣愣地望着我，双目通红。

第二天早晨，我出门的时候发现他蹲在门边，一整夜都没有离开。

听到动静，段洛缓缓站起身，我曾经那么用心喜欢着的男人，形销骨立，一双眼睛布满了红血丝。我想起那一夜的自己，恐怕也是这样的心情。段祯握住我的手，把我拉向身后。

"我们订婚了。"他说，"以后离我老婆远一点。"

段洛垂在身侧的手微微颤抖，我不是没有注意到。只是从此以后，他的痛苦和难堪，都不再与我相干。

毕竟，亲疏有别。

竹马不爱我

1.

肖淮出了车祸，右腿骨折，至少要躺一个多月。这期间他生活不能自理，需要人伺候。在我妈的再三催促下，我拿着煮好的粥来到医院。

肖淮真有钱，住的还是单人病房。我禁不住感叹。

他正在看书，听到动静微微抬头，目光迎向我。不久前还信誓旦旦表示以后不会再缠着他，结果这才没两天又巴巴出现在了他面前，我站在门口，不由有些尴尬。

类似的话这些年我说了许多次，以至于到后来，肖淮对我所谓的"决心"已经免疫，从起初的冷漠愠怒到后来的无动于衷。那天我说完后，我甚至从他眼底看到了一丝轻慢的嘲意。

其实说是许多次，真正算起来也只有三次而已。每一次的失败妥协，都让他更加吃定我离不开他。但他不知道，每一次我都是真的失望透顶，我的失落和难过都是真实的，想要放弃的心情也是真实的。

这一次我是真的发现，我好像没那么喜欢他了。

我原本不想来的，但是我妈说："你工作时间自由，正好可以照顾一下小淮。这么多年邻居，小淮也算你哥哥了，两个小孩在外面要相互照应。"

我拒绝的话还含在嘴里，肖淮的妈妈又拿过电话，温温柔柔略带感激地拜托我照看她儿子。

"可是肖淮有女朋友。"

"女朋友？小淮什么时候有女朋友了？"那头很是惊讶。

几分钟后，我妈又给我打来了电话："你阿姨问过了，肖淮说他没有女朋友，你弄错了。"

我心想："他只是还不想告诉你们罢了。"

我将保温桶的海鲜粥倒出来，一瞬间鲜香溢满了整个房间。我将碗递给他，他看了我一眼，沉默地接过。

只尝了一口，他就觉出不对："是外面买的？"

我点点头，找了个椅子坐下："来得太匆忙，没来得及煮。"

肖淮微微抿唇。

"你先将就吃一点吧，下次我再给你做。"

肖淮不喜欢吃外面的食物，一来觉得不干净，二来嫌弃调料味太重。海鲜粥做起来复杂，光是食材就要四五种，还要处理虾须虾线。如果换作以前，我的确可能提前一两个小时给他做好。

不多时，陈琦来了。

三伏天，她被晒得面颊微粉，气喘吁吁，笑着说："肖淮，我给你带了粥，是我亲手做的。"

我注意到，她穿的是一条牛仔包臀裙。让我这么在意的原因，是源于第一次见面，肖淮面带欣赏地夸过她一句，"你很适合穿裙子。"对比强烈的是，同样的情景下我穿裙子，别的男生都盯着我大腿看，只有肖淮蹙着眉说，"好端端怎么穿得这么奇怪？"

因为这句话，我到现在都很少穿裙子。

那之后我苦思冥想，到底什么样的女生在肖淮眼里能得到"合适"这样的评价？最终得出结论，陈琦很瘦，腰臀比很好，再加一头黑长直发，什么样的裙子在她那里都能穿出气质。为此我刻苦减肥，把自己饿得面黄肌瘦，有气无力，终于瘦到九十五斤以下。

嘉嘉痛心疾首地骂我："你皮肤比她白，腰比她细，胸比她酥挺，还有漂亮的天鹅颈，可再怎么样男人对你没感觉就是没感觉，你还不明白吗？"

我明白，可是我没办法。她现在穿的这条裙子，和我当初被肖淮嫌弃过的那条很相像。很短，完美包裹住臀线。看到陈琦的穿着，肖淮的眼神没有任何变化。

果然，奇怪的不是裙子，只是分人而已。

"谢谢，但是我刚刚吃过了。"肖淮放下碗。

"噢，这样啊。"陈琦有些失望。

我接过保温桶："没关系，可以热热夜里吃。"

这样我就不用煮了。我打开盖子闻了一下，欣喜地想。

肖淮看了我一眼。

他们在聊天，我坐在一旁低着头玩手机。肖淮对陈琦明显体贴很多，还递了条毯子给她盖腿。

我趴在桌子上，不知不觉睡着了。

2.

肖淮不喜欢我，我一直很清楚。

我们认识得太早，我剃个板寸，天天穿着小背心跑来跑去被太阳晒得黝黑的形象在他脑海中根深蒂固。一直到初中，我都还是假小子形象，以至于对他来说我始终都是那个干瘦干瘦的邻居家的小孩，连性别都是模糊的。

哪怕上高中后我就蓄起了长发，发育后的身材也被很多人夸过，他对我的印象仍然没有改变。

最近一次感到挫败，大概是不小心听见他跟陈琦聊起我，轻描淡写地调笑："你说姚衿？兔子都知道不吃窝边草。"

然而即使如此，我都只敢拿着早餐默默站在门口，调整好心情再装作若无其事地进门。我害怕点破后，我跟他最后的那点联系也断了，卑微到连我自己都觉得好笑的地步。

几天前，我在肖淮房间撞见了只围着浴巾的陈琦。

她才从浴室里出来，一头秀发还在滴水，裸露着白皙柔滑的香肩，素颜看起来比妆后清纯不少。我们面面相觑，她面上闪过错愕，然后短促地惊叫了一声，躲在肖淮身后。

主卧的门还开着，里面是一片暧昧的昏暗，我隐约从空气中嗅到了一点恶心的咸腥味。

肖淮啊肖淮，我喜欢了十年的男孩，在今天和别的姑娘发生了关系。虽然她看上去很惊慌，但我们都清楚，狼狈的那个其实是我。

我维持着最后一点体面，镇静地递过手机："阿姨联系不上你很着急，这才给我打电话。"

肖淮看了我一眼，脸上没有太多表情，接过手机走到一旁："喂？妈我在。"

他并不在意我的想法。

我微微敛眸，将视线放低，让自己不用和她对视。

就是这个女孩，在整整一个月间，每天早上进到肖淮家里，傍晚六七点才会离开，偶尔碰见我，还会笑着同我打招呼。过去他从不允许女生进出他家，我算个例外，可如今连这唯一的例外也没有了。大概是妒忌心作祟，我总觉得她那时的笑容里夹杂着淡淡的讽刺和炫耀。

我是不是该庆幸她没有在他家过夜，没想到这么快就打脸了。

和妈妈聊完，肖淮把手机还给我，解释说："没注意到手机自动关机了。"

"嗯。"我确定没有流露出过多的面部表情，语气平常地说，"那我回去了。"

肖淮盯着我看了一会儿，神色难辨："好。"

我转过身，却被陈琦叫住了。她有些不好意思地说："昨晚喝了太多酒，衣服臭臭的，我都不想穿了，可以找你借一套吗？"她弯弯唇，"我觉得我们身材差不多。"

我顿了顿，回头抿出一个笑："可以。"

回去后，我在昏暗的房间里坐了很久，那天具体是怎么度过的我并不愿意回忆，只知道人在真正无力的时候其实没有太多哭泣的欲望。我很清楚女生在一个单身男性家里洗澡意味着什么，我不愿猜想他们之间发生了什么，是怎么发生的，但偏偏那些片段和画面不断涌进我脑子里，等我回过神来，我的手心已经被自己掐紫了。

看着掌心层层叠叠的指甲印，我突然觉得很难过很难过。那之后我就打算放下了，甚至有了离开这座城市的打算。

可谁知没过两天，肖淮就出了车祸。

……

醒来的时候已经是晚上，我迷蒙地抬起头，揉了揉发酸的胳膊："陈琦呢？"

肖淮似乎心情不是很好，言简意赅："走了。"

我还在琢磨他们是不是吵架了，就看肖淮合上电脑，捏了捏眉心："把床底下的尿壶给我。"

我愣了一下："哦……好。"

肖淮掀开被子，露出下身的蓝白条纹的病号裤。

我不敢看："需要我回避一下吗？"

他似笑非笑："随你。"

3.

夜里我要陪床，所以时不时看向肖淮，想看他有没有睡觉的打算。

十一点的时候，肖淮终于关了电脑："弄条热毛巾过来，我擦擦身子。"

"擦身子？"

好吧，车祸以后，他至少三天没洗澡了。

我拿着毛巾出来，肖淮正在解扣子。随着胸肌、腹肌的袒露，他将上衣整个脱了下来，身材略瘦但又不显单薄，肌肉线条流畅。

如果是以前，我脸已经红透了，想看又不敢看。面对喜欢的男人，谁又不是个小色胚呢？

肖淮接过毛巾，擦拭着脖颈和手臂，健壮的胸口随着呼吸微微起伏。看着看着，我竟然有点走神。

半晌，他将毛巾递给我："去洗一下。"

"噢。"我像个任劳任怨的小媳妇。

毛巾洗好了，他没接："后背。"

我会意，拿着毛巾替他细细擦洗了一遍。手底下的肌肤光滑柔韧，和女生细腻柔软的皮肤很不一样。肖淮一直没有说话，直到我擦拭到他腰间，才蓦地按住我的手。

"好了吗？"我问。

他瞥了我一眼，没有任何表示。

"下面也要擦吗？"问完我一愣。

肖淮也僵了一下，垂眸看着我，眼神复杂。

完了完了。我心里懊悔，我怎么能调戏一个有女朋友的男人呢？他肯定又要误会我了。

"要不然还是找护工吧？"收拾完了，我认真地提议。

肖淮蹙眉："你觉得我很麻烦？"

"或者以后这种事情，还是等陈琦来了再弄。"我说，"毕竟她是你女朋友。"

肖淮："她不是我女朋友。"

都在一起睡过了还不是女朋友，肖淮，你是什么时候变得这么渣了？

4.

我跟嘉嘉说了那天在肖淮家里撞见陈琦洗澡的事情，她气得磨牙，"到了这个地步你不会还对他死心塌地吧？"

我揉揉脸："我是死心了来着，本来说离开这里回南城的。但是肖淮不是出车祸了吗？我妈让我照顾他一段时间。"

"等一下，我记得我有个哥哥好像也在 A 市工作，我问问。"嘉嘉慷慨地说，"把我哥哥介绍给你吧！他长得很帅的。"

"你什么时候多了个哥哥？"

"表哥啦表哥，我让他加下你微信。"

几分钟后，有个名叫"JL"的人发来了好友申请。加上后，我们都没有说话。可能对我并不感兴趣，只是不好拒绝吧。我没放心上，很快忘了这回事。

大约一周时间，经过拍片复查骨折没有移位，肖淮才可以出院。这期间，陈琦每天都会来看他。她会给肖淮带水果，带吃的，给我省了不少事。肖淮对她很客气，事实上他对谁都很客气，只是对我不假辞色。陈琦关切地问我，需不需要回家休息下，这边她来照看就可以了。

"可以吗？"在医院我确实睡得不怎么好，肖淮有时候要起夜，有时候要喝水，一晚上我总得醒个两回。

她甜美地笑着："当然啦。"

床上的肖淮目光沉沉地扫过来，我拿起包包："那我晚上再过来。"

走之前，我看见肖淮薄唇紧抿，那是他生气的表现。

大一那年他得过一次很严重的感冒，一直高烧不退，又强撑着不愿意去医院，我背不动他，只能在出租屋里彻夜不眠地守着他，想尽办法给他降温，熬得眼睛通红。

两个人孤身在外地上学，无亲无故，那天晚上我是真的觉得很无助。好在第二天他烧退了不少，人也清醒了，睁开眼睛无声地望着我。我憋了一晚上的眼泪忍不住掉了下来，磕磕巴巴地问他饿不饿，想吃什么。那段时间流感横行，肖淮问我："不怕被传染吗？"

我很恋爱脑地说了一句："我宁愿生病的是我。"

肖淮沉默了。

如果是那时候的我，一定不放心把车祸受伤的肖淮交给另一个女生吧。

　　……

　　"小心一点。"沉浸在回忆里的我没留意到自己差点在医院走廊里撞到人，男人的食指点在我额头，防止我撞到他身上，语气没有太多责怪的意思。

　　我有点蒙地抬起头，发现这是一个很年轻的医生，个子很高，至少高出我一个头，穿着白大褂，眉眼和鼻子生得尤为优越。他对我笑了笑，又看了一眼我身后的病房，越过我离开了。

　　我突然产生了一个念头，原来别的男生也可以这么帅。

　　5.

　　晚上坐车去医院的时候，嘉嘉突然发消息给我，说她表哥已经看过我了，觉得我很可爱。

　　我：？？？什么时候？

　　嘉嘉：等他自己告诉你啦，他不让我说。

　　于是我就这样满腹疑云地进了肖淮的病房。

　　病床上坐着一个男人，额头缠着纱布，看见我灿烂一笑："姚衿来啦。"

　　"这是陈琦的哥哥，陈午。"

　　"你可能还不认识我，但我很早就知道你了。"陈午站起来跟我打招呼。

　　肖淮面无表情："车祸那天他坐副驾驶。"

　　"你还好意思提，还不是你的锅。"陈午一巴掌拍在肖淮裹着石膏的腿上，抬头看着我委屈地说，"姚衿你都不知道……"

　　"行了，你可以回去了。"

　　"你不要我说，那我可真走了啊。"陈午不情不愿地走了出去。

我拿出去肖淮家替他取的换洗衣物："那天晚上到底发生了什么？怎么会出车祸？"

他没有回答。

肖淮有洁癖，两天不洗头已经是极限，我去卫生间打了盆水给他洗，在丰沛的泡沫间细细按摩着他的头皮，肖淮闭着眼，五官惯常俊秀得让人心动。空气中有种淡淡的温情流动，只有这个时候我才会觉得，或许他对我也是有感情的。

这种感情里包含着习惯和信赖，可惜并没有我想要的喜欢。

吹过头发，我忍不住摸了两把，他发质很好，乌黑发亮，柔顺得让我这个女生都羡慕。

肖淮握住我的手腕，将我的右手攥进掌心。我骨架小，看着瘦，但其实很藏肉，嘉嘉总爱搂着我，说我软绵绵的抱起来好舒服。不知道是不是因为这样，肖淮很喜欢捏我的掌心，常常漫不经心地攥着我的手把玩揉搓，偏偏手心是我的敏感部位，每次没摸几下就让我双耳发烫，体温不可抑制地升高，心猿意马。

我不知道他有没有意识到这一点，过去我喜欢他，虽然很难受，但每次都忍了下来，甚至还会抱有几分甜蜜。可这一次，我将手抽了回去。肖淮的掌心空了，抬头看向我，眸色有些发暗。

你看，原来不喜欢他，也没有那么难。

……

隔天早上，主任医师带着几个医生来查房的时候，我又看见了昨天那个帅哥医生。他站在主任身后，见了我微微一笑。

例行问过肖淮的身体情况，主任点点头，说恢复得还不错，又叮嘱了一些注意事项就带着一群人走了。

那个医生落在最后，看了一眼肖淮的病历："后天出院？"

我"嗯"了一声。

"这么快啊。"医生的视线在我脸上晃了一圈，笑了，"姚衿你好，我是江璘。"

说完，他便走了出去。

我突然意识到什么。江璘？JL？

肖淮问："他是谁？"

我愣愣地说："好像是嘉嘉给我介绍的对象。"

6.

肖淮出院那天，陈琦也来了。

我忙前忙后办出院，她在那里陪着肖淮说悄悄话，两个人挨得很近，陈琦还把手搭在他手臂上。我叹了口气，这就是舔狗的悲哀。他们在谈恋爱，而我在琢磨怎么报销医药费。

混乱中，我把肖淮的医保卡弄丢了，急得团团转。幸好撞见了江璘，他陪着我找了一路，最终发现被护士捡到放在服务台了。他看我迷迷糊糊，亲自把我送到出院窗口办理结算手续，然后望着我大包小包的东西，问我要不要帮忙。

我有些不好意思："会不会耽误你时间……"

他弯弯唇，说话的声音很好听："是你的话，就不会。"

连故意撩我都那么可爱。

江璘帮我把行李拎到医院的地下车库，还将行动不便的肖淮扶进了车里。做完这些，他看看另外两人，又将目光转向我："那我先回去了，后续的恢复出现什么问题可以联系我，有什么疑问都可以找我。"

我点点头，心里满是感激："谢谢江医生。"

他嗤笑冲我摆摆手。

自始至终，肖淮都没有说话。

陈琦笑眯眯地问我："男朋友吗？"

我打开车门，沉默了一会儿："还不算。"

肖淮跟我是邻居。不仅小时候是，现在也是。

为了离他近一点，刚毕业的我省吃俭用，住到了距离公司二十里开外的市中心。交着每月占去我工资二分之一的房租，每天都要想着怎么才能省出第二天的饭钱，直到后面我写稿的收入多起来才好一点，如今倒是方便照顾他了。

今天，肖淮的话格外少，连陈琦在车上跟他聊天他都没有太多兴趣，不过他冷冷淡淡的样子我早已习惯，没有过多在意。

他的骨伤并不严重，已经可以自己下地洗漱了，但还是要尽量减少活动。妈妈在视频里让我看着他，别让他自己一个人在家里摔倒了。我把笔记本搬到了他家，这几天为了照顾他更新量跟不上，已经遭到了大批读者的严肃谴责。

我能说是为了照顾暗恋对象吗？有女朋友的那种，虽然他不承认那是他女朋友。她们肯定觉得我是小三。

江璘会以关心患者为由和我聊天，我也会拿询问病情当借口找他闲扯，我们心照不宣。时间久了，我很想去找他检查身体。可惜他不是妇科的，想见他我还得伤筋动骨。

有意思的是，脑震荡痊愈后的陈午经常过来，拿着他的时装设计稿和成品与肖淮讨论。原来他们想开一个主打原创设计的网店，还在初创期，把肖淮的家当成了工作室，陈琦就是他们的模特。

"其实这里就有个现成的模特，我妹妹一个人风格太单一了，有些款型她不太适合。"陈午摸着下巴打量我。

肖淮阖眸，没有看我："她不行。"

陈午无奈地朝我摊手，我弯了弯唇，没有说话。我已经不像以前那样，会因为他随口的一句评价陷入自我怀疑。

夜里，我坐在阳台吹风，老妈在和我通视频电话。

聊着聊着，她突然和我提起了肖淮，语气很委婉："感情的事不能强求，这么多年，能在一起早在一起了……"

"妈，我明白，我好像没那么喜欢他了。"

我妈愣了一下。

这是我第一次这么平静地说出这句话，以往我最难过最嘴硬的时候，也只是通红着眼眶哭喊："肖准，你真以为我离了你会死吗？放心好了，我再也不会缠着你了。"而我从没有说过，我不喜欢他了。

老妈点点头，没说什么。挂断视频，我转过身，肖准就站在我身后，面无表情地看着我。

7.

两周后，江璘终于要和我约会了。

见面当天，我特意穿了一条我觉得很漂亮的裙子。

在医院之外的地方看到江璘，我还觉得有点不习惯。他脱下了白大褂，穿着一件偏休闲风的衬衫，腰窄腿长，气质干净，一股青年才俊的气息扑面而来，我都不知道嘉嘉竟然有这么帅的表哥。

他打量了我一会儿："跟平常的风格很不一样。"

我有些紧张："我很少穿裙子。"

"嗯，穿得这么好看，是要少穿。"

我一愣，抬头看着他。他扬唇，目光温和，我突然放松下来。

接下来的一整天，我终于体会到了作为一个女生被男朋友照顾的感觉。江璘对女孩子似乎特别有耐心，中午太热，因为我随口一句想喝桃桃星冰乐，他让我在座位上等着，自己去星巴克排了十几分钟的队。

我在微信上跟嘉嘉夸他的时候，嘉嘉一脸不可置信，表示每次她说想喝奶茶吃甜品，江璘只会告诉她糖分这么高，吃多了容易烂脸，更别提亲自帮她买了。

"长这么大，他连个棒棒糖都没给我买过。"嘉嘉愤愤不平，"呵呵，你待会儿问问他万一你喝完奶茶长痘怎么办？"

等江璘回来，我一五一十地把问题转述了一遍。

江璘把星冰乐交到我手里，在对面的椅子上坐下，淡定地说："你是中性皮肤，一般来说不容易长痘。就算长了也没关系，皮肤科的东西我也懂一些。"

我真诚地夸赞："你好厉害。"

他微微弯唇。

江璘笑起来阳光、清润。最重要的是，他眼睛里有我。不像肖淮总是冷冰冰，我需要小心翼翼地迎合他的喜好和想法，将一颗心吊在半空，随着他的情绪起落。

有时候聊着聊着，我会很抱歉耽误江璘的时间："医生应该都很忙吧。"

"是很忙。"他说，"所以才想和你说说话。"

距离上次约会，我们已经有四五天没见了。我才动念头，他就发来消息：晚上要不要出来看电影？

原来一段双方互有好感的关系是这样的，不再只有酸涩的委曲求全，在我还畏怯着不敢试探时，却发觉他也在努力向我靠近。

电影结束得很晚，江璘把我送回家。

车子停在小区外，下车时他很自然地握住我的手，让我小小地心跳加速了一下，然后我自己都愣了。

"你住哪一栋？"他问。

"27栋。"我说，"大概要走一两分钟。"

他点点头："那我把你送到楼下。"

我看了眼时间，十一点半多，肖淮应该已经睡了。两天前他刚刚拆石膏，基本行动已经没有太大问题，不再需要我时时照看。

为了多跟江璘相处一会儿，我特意带着他围着小区绕了一圈，不知道他有没有看出来，反正我有点心虚。但该来的总会来，五分钟后，我们稳稳地停在了我家那栋单元楼门口。

"晚安。"我依依不舍。

"姚衿。"他叫住我，然后微微拉近距离，手搭在我腰间亲了下来。

他松开我的时候，我急促地喘息了一声，几乎是瘫软在他怀里，依靠着他胳膊的支撑才没有软倒在地上。

他的嗓音有些沙哑："小衿，你太敏感了。"

太丢人了，我整张脸都在发烧，偏偏尾椎还在不要命地泛起一阵阵酥麻。明明是个小色胚，却出生到现在都没有谈过恋爱。

江璘在我耳边低低地说："你这样，我会想再亲一次。"

我把脸埋在他肩头，假装听不懂他在说什么。

蓦地，我听见背后传来一个熟悉的男人的声音："姚衿。"

我心底一惊，慢慢转过身，是肖淮。

这么晚了他怎么还在外面？

8.

肖淮的半张脸隐没在黑暗里，看不清表情。

我有些尴尬，但还是没放开江璘的手，和他对视了一会儿，才轻声说："路上注意安全。"

江璘点了点头，又看了肖淮一眼，越过他身侧离开了。我没有说话，刷卡开了单元楼的门，走了进去，肖淮跟在我身后进了电梯。

被撞见初吻现场，就算是陌生人我都会有些窘迫，何况是从小和我一起长大的肖淮，我一下子不知道怎么面对他。

"跟一个才见过几面的男人接吻。"出了电梯，肖淮在我背后淡淡地讽刺道，"姚衿，以前我怎么不知道你可以这么随便？"

随便？他凭什么这么说？我心口突然涌上一股愤怒。

"肖淮，我已经是成年人了。"我转过身，试图用平静的语气跟他说话，"谈恋爱是很正常的事情，更别说我们只是……亲了一下。"

"才认识几天就可以亲你，那再过不久，你们是不是就该上床了？"

"就算上床又怎么样？"我气恼地说，"在你眼里我可能不算女生，但在他眼里我是！"

"砰"的一声，肖淮一拳打在了我身后的墙上。我头一次看到他这么生气，淡漠的眼睛里泛起红血丝，死死瞪着我，薄唇抿得发白。

肖淮啊肖淮，你在气什么呢？

9.

接下来的两天，肖淮闭门不出，连陈午都被他拒之门外。肖淮的妈妈又来向我询问他的情况，我把陈琦的手机号给了她，说这是她儿子的女朋友。

半小时后，房门被叩响，我打开门看见肖淮满面阴沉，举着手机质问我："为什么把陈琦的电话给我妈？"

我平静地开口："我只是让她去找该找的人。"

肖淮喉头动了动。

……

那晚过后，江璘问我，他走后肖淮有没有对我怎么样？

我说："他不会怎么样的，他只是有些担心我，毕竟是一起长大的，算是半个妹妹。"

"你真的相信他只拿你当妹妹吗？"

我沉默了。

可如果不是，那我的这些年又算什么呢？

"你和他住得那么近，我不太放心。"江璘开门见山，"我家隔壁是我朋友的房子，一直空置着，这段时间在找租客。租金方面会比你现在住的便宜很多，如果可以的话，你要不要考虑一下？"

一年前，也有另一个女孩在追求肖淮，得知了他的住处，费尽心思想要从我手里抢下他家对门的那套房子，当时合同还没签，为了肖淮，我咬牙答应了房东涨价百分之二十的要求。后来那个女孩还一直贼心不死，又骚扰了我好几次，还嘲讽说反正肖淮也不会喜欢我，让我不要占着茅坑不拉屎。

我想了想，发了条消息过去：房子你还要吗？我打算转租了。

那头很讶异：真的假的？你当初不是说死也要死在那套房子里？

也难怪她惊讶，那时候我穷得连换内衣的钱都没有，也没有想过要换个便宜点的房子。

我一边敲着电脑，一边用语音回复："真的，这房子又小又贵，我想换个环境。"

那头犹豫半天，才说了声："你可不要后悔啊！"

"但是我要跟你说清楚，肖淮已经有女朋友了，你搬过来要是为了他，可能没什么意义。"

"谁说我要自己住。"她笑了笑，"你说的那位肖淮的女朋友，我也认识。"

我愣了一下，随即意识到什么。

是陈琦想搬过来吗？

隔天，肖淮又一次敲响了我家的门。不得不说，最近他找我的频率比以前一整月加起来都多。

门开了，他神色凝结晦暗，像是想说些什么，可紧接着看到屋内我已经打包好的行李，顿了一下："你要搬走？"

我"嗯"了一声，肖淮许久没有说话。我转过身，想回去继续收拾东西，下一刻，我的手就被攥住了。

"你要搬去谁那里？"他声音很低，"江璘？"

我深吸了一口气："这不关你的事吧。"

肖淮几乎要把我的手腕捏碎，语调冷得骇人："姚衿，你知道和男人同居意味着什么吗？"

我痛得蹙眉："我已经二十四岁了，我可以对自己负责。"

10.

他往前迈了一步："这么说，你们已经发展到那一步了？"

我抿唇，没有说话。

"你喜欢他什么？"肖淮却仿佛更生气了，他欺近我，口吻冷漠得近乎讽刺，"就因为他会对你动手动脚？"

我不得已后退几步，脸因为羞恼涨得通红。

蓦然间记起高二那年，那时的自己怀揣着一腔酸涩的暗恋，不知该不该向他告白，好不容易积累起一点点勇气，却目睹了在我心里干干净净、谁也不放在眼里的肖淮，在校外的梧桐树下低头亲吻一个女生。

那一刻，我的世界崩塌了。

他的手搭在那个女生肩头，闭着眼，神情散漫却温柔。我第一次品尝到了嫉妒的情绪，也是第一次觉得自惭形秽。他不见得有多喜欢那个女生，更多的可能只是叛逆期对男女之情的好奇，可那一幕让我明白，他永远不可能那样对待我。在他眼里，我连个女人都算不上。既然这样，他又凭什么因为别的男人亲了我生气？

我抬头望着他："是啊，我喜欢他，我就愿意给他亲。"

燥热的夏天，我上身穿了一件宽大的T恤，下身是一条灰色短裤。肖淮抓着我的肩膀，手掌贴着我的后背滑进了衣服，引起一阵战栗。我是个很敏感的人，连捏捏手心都会让我脸红心跳，此刻呼吸更是停止了。

他将手放在我内衣的排扣上，盯着我的眼睛说："姚衿，这就是你想要的吗？"

我不可置信，猛地推开他："肖淮，你疯了。"

肖淮沉默地望着我，眸色一点点变得灰暗。

……

东西收拾得七七八八，搬家那天，江璘也来帮我。看见他拿起我中学时期的相片研究，我连忙藏起来。

"你初中的照片嘉嘉给我看过了。"他弯唇，"嗯，短发很帅气。"

"胡说，我要是那样你还会喜欢我吗？"

他沉吟了一下："性别不变就好。"

……

行李陆陆续续被搬家工人清空，我最后望了一圈空荡荡的房间。当初我为了肖淮来到这座城市，如今又为了江璘留下。在我们准备离开之际，肖淮的门开了。

他眼底有黛青，似乎整夜没有休息好，缓缓念出我的名字："姚衿。"他没有在意我身后的江璘，伸手握住我的手腕，"不要搬走，可以吗？"

是难得的低声下气。

我无法形容我的心情。

11.

坐到江璘的车上，他看出我情绪不好，体贴地没有说话。

肖淮突如其来的变化并没有让我动摇，我只是不明白，他到底是为什么能一边和别的女生谈情说爱，一边要求我像从前那样陪在他身边？在他心里，我究竟算什么？

搬进江璘隔壁，我们忙活大半天才把东西归置整齐，累得瘫坐在沙发上。

"饿不饿？"我问。

他"嗯"了一声。

"点外卖吧？"我累得连手指头都不想动。

他笑睨了我一眼，将我从沙发上拉起来带进他家，煮了一碗意大利面给我吃。

"现在起，我们就是邻居了。"他说，"想做什么都方便很多。"

我假装听不懂："我们要做什么？"

江璘看着我，微笑不语。

我脑子里开始想一些乱七八糟的东西，连忙打住吃面。

几天后，嘉嘉在电话里问我，她表哥对我好不好，有没有欺负我。

我说怎么会呢，江璘可是好人哪。

嘉嘉气哼哼地说，他以前谈过两个女朋友，都是在一起不满一年就分了，个个满腹怨言，说他心思根本不在她们身上，这个人看着好相处，其实最是不近人情。就连发现其中一个劈腿，江璘都很淡定，他根本不相信感情这回事。

嘉嘉说，看到我真的放下肖准她就放心了，把江璘介绍给我只是想转移我的注意力，没想到我们真的会在一起。

江璘有多少是真心喜欢我，有多少是单纯觉得需要个女朋友，或者帮嘉嘉照顾我，我其实并不介意。

我只是很想谈一段正常的恋爱。

我把对待肖准的热情放到他身上，认真观察他的口味和喜好，掐着他下班的点，烧了一桌他爱吃的菜。江璘回到家，看到饭菜愣了一会儿，才洗了手沉默地坐下吃饭。

我有些疑惑："是不好吃吗？你觉得哪里有问题，我下次改进。"

江璘摇摇头："很久没吃过这么合我胃口的菜了。"

他很温和，很照顾我的心情，但我总觉得哪里不对。和我在一起后，江璘把所有的闲暇时间都留给了我。他会陪我看电影、打游戏、逛夜市，或者拉着长期缺乏运动、体质虚弱的我去健身房，充当我的免费私教。我能感觉到他和我一样在认真对待这段感情。

但我们之间总像是隔着一层什么，我想不明白症结所在。

终于有一天，得知他彻夜未归，一直到早上六点才回来，为了赶更新熬了一整夜的我拖着困顿的身躯，煮了一碗热气腾腾的饺子端给他。

"怎么才回我消息？"我忍不住打了个哈欠，"昨晚怎么没有回来？"

他看着饺子，没有回答我。我以为他是不想说，就没有继续问，拉开椅子在一旁坐下，支着沉重的脑袋想陪他吃完。

"你对他也是这么好吗？"江璘语调低慢地问了一句。

我一怔。

"不回你消息，不回家，却没有一点怨言，还担心我没有吃早餐。"

他说，"只要想到那个人曾经也受到过这种待遇，我胸口就好像被什么堵住了。"

我和肖准的事情，江璘从嘉嘉口中听说过几回。那时候他只觉得好笑，哪里会有这么傻的女孩，对待感情认真到了让人叹息的地步。那时候只是惋惜，现在却有些嫉妒。

江璘看着我的眼睛："昨晚有台急诊，患者的五根手指被机器绞成重伤，我们花了六个小时给他实施手术，后面又忙着和家属沟通，所以没来得及回复你。"

他是在跟我解释。我点点头，想说什么，又没有说。

"我的气量好像变小了。"他扯了扯嘴角，有些自嘲，"甚至开始不自觉地比较，我在你心里，究竟能不能赢得过肖准。"

"但是我真的很喜欢你。"我努力组织语言，"我看到你就觉得开心，每天都在等你回家，为了和你多待一会儿，甚至想抛弃节操和你同居。"

后面一句话说完我就后悔了，腾地从椅子上站了起来。为了向江璘表忠心，一不小心暴露了自己色胚的本质。

"真的吗？"他握住我的手，笑吟吟的，不让我当缩头乌龟，"想和我同居？"

"……那要同居吗？"

他揽住我的腰。

"要。"

哎！又要搬家了。

12.

端午放假，我把江璘带回了老家。

我妈很高兴，毕竟江璘怎么说也是一表人才，初次登门，很懂事地给我爸带了几瓶好酒，送了我妈一个价值上万的翡翠手镯，还有一块种水不错的玉佛。他没有明说价格，我本来是嫌太贵重不敢收的，但我妈爱不释手，连带看江璘的目光都和蔼得不行。

江璘始终保持着微笑，一家人和乐融融，我只好把话咽了回去。

让我意外的是，肖淮也回来了。他身边还跟着陈午，我留意了一下，没看见陈琦从他车上下来。带个大男人回家是想出柜？

肖淮性子冷清，就连在长辈面前也不露声色，不知道是不是我的错觉，他似乎有什么心事，这次回家比从前还要沉默。好在陈午很会来事，替他接过了长辈们的盘问，几句话逗得他们哈哈大笑。

我们两家人关系一直很好，这次两个小孩一起从外地回来了，索性在我家摆了一桌，由肖爸爸和我妈掌厨。我去厨房凑了会儿热闹，被我妈嫌弃一通赶出来了，只能委屈巴巴地倚在江璘身边求安慰。江璘好笑地给我喂了瓣橘子，我又给他剥了一个，然后分了他一半。

菜被陆陆续续地端上桌，人也都到齐了。江璘用湿纸巾给我擦拭黏糊糊的手心，手指一根根地擦过去，我感觉怪怪的，耳朵有点发烫。

江璘发觉了我的异样，擦完后也没有松手，反而攥着我的手捏揉起来，指尖掠过我的掌心，好像一根羽毛在我心尖上搔过，酥酥麻麻，我整张脸都燥热起来，连忙低下头。江璘漫不经意地弯着唇，眼睛却一直盯着我，目露愉悦。饭桌上的肖淮遽然离席，面色铁青。

"小淮怎么了？"我妈端着汤不明所以。

傍晚时分，我和江璘散步回来，我妈说，肖淮在客厅等我。

见到我，肖淮从沙发上站起身，看着我说："去你房间聊聊。"

我没有动："就在这里说吧。"

肖淮抿了抿唇。

我妈识趣地招呼江璘："让他俩说，小江来厨房帮我洗洗葡萄。"

江璘温和地答应了。

客厅只剩下我和他，肖淮开口："陈琦不是我女朋友。"

我点点头："我知道，你说过了。"

"我和她也没有发生过关系。"他拧眉，"你就是因为误会了这一点才跟我赌气？”

“我不是跟你赌气。”连我自己都意外于我的平静，“我只是意识到，无论有没有陈琦，你都不会选择我。”

“花了这么久，我才认清现实。”我轻声说，“纠缠了你这么些年，你应该也很苦恼吧，我从来不敢明说，怕你会拒绝。但是肖淮，你放心，以后都不会了。”

肖淮面色煞白。

夜里回房间，我在抽屉里找到一枚发卡，黑色，很简单的款式。十七岁那年的生日，我看见肖淮从饰品店里出来，手里拿着一枚发卡，淡紫色的，镶着珍珠。就在第二天，那枚发卡出现在了另一个女生头上。而不久前，我还撞见过他们接吻。自那以后，我再也没有戴过发卡。

三天假期将要结束，返程前，陈午问我能不能出去聊聊，他有话对我说。

奶茶店里，他在为肖淮解释：“你可能误会了，那段时间店铺太忙，我吃住都在他家。我妹妹洗澡的时候，我应该还在他卧室里睡觉。有我在，他们不可能发生什么。那天夜里我们喝庆功酒，可能我喝多了吐到她身上，她自己也醉醺醺的没发现，白天醒来实在忍受不了才洗的澡。”

“肖淮他是喜欢你的，不然也不会这么些年都不交女朋友。”陈午说，“一个男人喜欢一个女人是有独占欲的，他不让你当模特，不让你穿那些衣服，不喜欢别的男人注视你的目光。”

“我妹妹也喜欢肖淮，但我很清楚，肖淮就算不和你在一起，心里也始终有你的影子。”陈午摸了摸杯子，“我不希望我妹妹活在你的阴影里。”

我沉默许久。

“你说肖淮喜欢我，可他从不在意我的感受。”我说，“我难过也好，伤心也好，他都只等着我自己默默消化，把自己治疗好了再重新站到他面前。但是一个人在感情上被亏待得太多，别人只要稍稍给出一点甜头，我就会被勾走。"

"我知道这样很没有骨气。"说出这番话，我却感觉很平静，"但既然我见识过温柔，就不想再回去了。"

出奶茶店的时候，我看见了肖淮。他安静地望着我，脸上看不出情绪。

13.

肖淮一直是个理性而自知的人。

他从未努力追寻过什么东西，学业、事业、资源，所有的一切对他来说都是水到渠成、唾手可得。我以为经过那天，肖淮应该不会再理会我了，他一直是骄傲的。

所以，那天接到陈午电话的时候我其实有些意外。他说肖淮从南城回来后状态就不是很好，不知怎么病了两天，不吃不喝。夜里突然起来想要尝试自己煮一碗海鲜粥，结果被沸水烫伤了手，材料也撒了一地。

陈午说，那晚肖淮在厨房站了很久。

我知道陈午的意思，他是想告诉我，肖淮心底对我有多在意，被一个女孩放在心口呵护了十年，就算不够喜欢，也总归是有些感情的。他只是需要适应没有我的生活。

这件事并没有在我心上停留多久，我很快就把注意力放回到了自己的生活里。

江璘让我知道，原来不用努力讨好也可以获得喜欢，原来那个人在意你的时候，会比你自己更怕让你受到委屈。原来我所有的隐忍和勉强，可以这么轻而易举地被发现。

那天我们在江边散步，阴天气温很低，风刮得又大，将我的头发吹得乱糟糟的。江璘感冒才好，我怕他冷，把他让到了外侧，还把披肩拿下来想给他围上。

江璘握住了我的手："小矜，你似乎很习惯照顾别人。"他替我重新披好披肩，又将头发放下来理顺扎好，"你也不过是个二十出头的小姑娘，至少在我面前，不用这样。"

几个玩得好的大学同学联系我想聚聚，到地方后我看见了肖淮，吵闹的 KTV 里，他一个人坐在角落里孤零零地喝酒，听到我来也只是抬了抬头。按理说他的性格，一般没兴趣参加这种聚会，在场的也没有他特别要好的朋友。

两个女同学还不知道我谈了对象，说说笑笑地把我推搡到他旁边，我被人挤了一下，不小心坐到他腿上，肖淮扶了一下我的腰。我连忙站起来，说我已经有男朋友了，过会儿会来接我回去。

几个人都愣了一下，连歌声都静止了。

肖淮垂下头，看不清表情，之后我们都没有交流。

一直到快结束的时候，我去了趟洗手间，他站在包厢门口，在我准备推门而入的时候握住了我的手。

"你还要生气到什么时候？"他声音很轻，我分不清他有没有醉，"什么时候搬回来？"

我没有说话，挣脱了他的手。

后来我才知道，我走后陈琦并没有搬进去，肖淮把那套房子买了下来。

江璘来接我的时候，在人群中看见了肖淮，神情明显一紧。但他没有表露出什么，从容地揽过我的肩膀，含笑着接受了我两个女同学的调侃和打量。

"我现在才相信你真的有男朋友。"我的下铺偷偷在我耳边说，"肖淮是不是后悔了？"

车上，我弱弱地跟江璘解释，我真的不知道肖淮也在，没有人告诉我。江璘"嗯"了一声。回到家，我又拉着他的手重复了一遍。

"喝酒了吗？"江璘问。

我摇摇头。

他脱了外套，低头吻住我。

江璘平常是个很温和的人，我几乎没见过他动怒。但接吻的时候却喜欢咬人，我第一次冷不丁被咬，忍不住"嘶"了一声，睁眼想问他为什么，他又不声不响地猛烈了攻势。后来我才慢慢发觉，他似乎只有特别开心或者特别生气的时候才会这样。

所以到底是哪种呢？

深夜，我接到了肖淮的电话。

"陈琦说你喜欢我，问我想没想过和你在一起，那时候我只觉得别扭。"他嗓音艰涩，"从小到大他们都说你是我妹妹，我习惯了我们之间的这种关系，没有想过改变。"

"所以现在，你成了别人的女朋友。"

……

车祸的原因，陈午后来还是告诉我了。

那天我跟肖淮说，以后不会再继续缠着他，会尝试和别的男生在一起。那时肖淮的反应很冷淡，漠不关心。我很难过，难得和几个朋友去了酒吧，喝完由其中一个男性朋友送我回家。

我酒量不差，看上去也很清醒，可去停车场的路走到一半突然觉得委屈得不行，蹲在地上不顾形象地哭了起来。朋友既尴尬又无措，看我哭得上气不接下气，出于同情抱了我一下。肖淮打我电话打不通，去问嘉嘉。嘉嘉怕我出事，把位置给了他，就是那么恰好地被他撞见了这一幕。

肖淮视线凝结，没留意到前方要转弯，一头撞上了路边另一辆停靠着的车子，副驾驶的陈午也遭了殃。

如果早一点让我知道这些，或许我不会那么心灰意冷。

但毕竟已经太迟了。

一　我始乱终弃了一个上神

我始乱终弃了一个上神，此刻正在被追杀。

我一身酸乏，衣衫不整，已足足被追了七天七夜，却不敢有片刻的停歇，稍有松懈便会为他的剑气所伤。

唉，意识不清之际与我这么一个"男子"共枕一夜，也难怪他要生气。

醒来后，我见他脸色不好，一双眼睛冷得掉冰碴，夹杂着三分震怒、三分沉痛、四分不可思议，我扶着嘎吱作响的老腰腼腆一笑，刚想说自己其实是女子，只是吃了阴阳转还丹，方才看上去是个男子模样……结果这厮连个解释的机会都不给，便要拿剑杀了我。

我见大事不妙，连忙跑了。

怪我，怪我贪图他身上的玄清之气，蓄意接近他、讨好他，为此兢兢业业奋斗了数百年，方才换得他一点垂怜。本来一千年的同袍之情，他已将我视为至交知己，我大可顺顺当当待在他身边蹭灵气吸，却不想……

1.

数千年前，我本是一株伴生在元复神君身旁的芦荟。修成人身后却苦于仙根不全，只得做一个法力低微的散仙。那些妖怪精灵俱不把我放在眼里，动辄调笑戏弄于我，弄得我十分憋屈，立志要做一个体体面面的上仙。

直到我又遇到元复神君。

彼时，他正与山主喝茶，眉目疏淡，一袭紫袍清逸出尘，是我心目中天界上神的绝佳范本。他周身满溢的玄清之气使我心旷神怡，宛若久旱逢甘霖，恨不得扑倒他吸个饱。

我乃是个十分聪慧的仙子，自然懂得徐徐图之、方能长久的道理。于是咽着口水按捺住自己，拘谨地福了福身子，学着去凡间茶楼听戏时戏中女子献身的口吻，娇哆哆地道："阿荟仰慕上神风姿已久，如今得见，更是情难自禁。此生唯愿留在上神身边做个任劳任怨的侍女，且不要什么月俸，只要能跟随、侍奉上神就好。"

我说得情真意切，元复却头也不抬，只淡漠道，他不喜女子侍奉，更不喜女子近身。

我悟了。

他不喜女子近身，那我就当男子好了。

正好他师父陆压道君门下不收女弟子，我便想了个法子变作男儿身，拿着娘亲留下的信物拜入他师父座下，成了他的师弟。

当初为了接近他，我付出了常人不可及的努力和厚脸皮。

我送去一盏茶，他说不必。我高高兴兴地"诶"一声，换了龙井、观音、毛尖、碧螺春等数十种上等香茗在他桌上。最后一次，我送来了蛇酒。

神君抬头看我一眼，然后我便被他一掌拍了出去，且下了命令不许我进入。

是我太冒进了，忘了上神真身是一条龙，与蛇乃是近亲，看见亲戚泡在酒里，心情怎么样也不会太好。

我反思一阵，决定从他的喜好下手。

他有只灵宠，是只刺猬，喜欢吃南山的灵果，我每日清晨吭哧吭哧爬到山顶，采摘来最新鲜的红果装满它背上的刺。畜生的心思到底比人好捉摸，它很快就和我打成一片，连神君叫它回去都依依不舍，除了我与我的红果，它茶饭不思。

由此，我有了重新进入神君寝殿的机会，又花了几百年，经历过一番患难与共，生死相依，终于被他当作了自己人看待。

神君这个人性情冷漠，不近人情，又颇为刻薄，活了几万年也没见有几个朋友。若非他长得好看，周身又充盈着玄清之气，我早就……虽这般想着，只要元复看我一眼，我便熟练地将满腹憋屈换作一个灿烂的笑脸。

唉，成为上仙的路途充满着坎坷，也许这就是上天对我的考验吧。

七日前，他在下界不慎中了蜘蛛仙的媚毒，我匆匆赶到洞穴中救他，他神智稍一清醒，立刻一剑诛灭了那以貌美闻名的绝色仙子，可如此一来，就只剩我二人被关在一处了。就在我感慨他下手真狠，一点也不怜香惜玉的时候，元复看我的眼神渐渐变得蒙眬。

他执着滴血的长剑走来，揽住我的腰将我拥进怀里。稍做停顿，他低头吻了我，手掌在我腰间游走，我本想喊醒他，可他力气那般大，我丝毫撼动不得，推了推反倒叫他搂得更紧了。

他将我压在石床上，一使力，撕开了我的衣襟。

"啊！这……"我欲起身。

元复的眸子沉了沉。我心中一惊。原来这具身体动了情，便会变回原来的模样。

2.

蜘蛛仙知晓元复修为高深，用的是世间最凶狠霸道的炙阳散，强横如元复都差点着了她的道。

我努力念着清心咒，却被元复不耐地在肩头咬了一口："闭嘴。"

我疼哭了，不是因为他咬我肩膀。谁知到了第二日早上我又自动变为了男子，醒后元复看见我一马平川的胸膛上遍布的斑驳吻痕，竟翻脸不认人，执剑要杀我。我实在逃不动了，偷偷将灵力灌入腰间的传音铃，想要向师父呼救。

许是分了神，我不慎一头撞到前方的一棵大树上，霎时间眼前一黑，撞得我七荤八素的。

元复一步步朝我逼近，煞气腾腾。见他一副被人夺了清白的幽怨模样，我捂着额头意图和他解释："昨夜师兄实则也不算吃亏，大可不必如此动气。"

谁知元复的脸色非但没有半分好转，还黑了一黑，他挥手在我身后布下一道结界，依旧执剑朝我走来。我退无可退，禁不住悲从中来，看来他是不愿承认与我有过那么一段，执意要杀了我雪耻。

"怎么说也做过兄弟，一千年的交情，师兄就当真这般厌憎我吗？"被抵在树上，我努力打亲情牌，"昨夜你睡了我的事情，我绝对不会说出去的。"

我竖起三根手指发誓，力图用真诚又友善的眼神打动他。话音方落，腰间的传音铃中忽然传出师父略显犹豫的声音："小五，你方才说什么？"

瞧见元复陡然阴沉的脸色，我抖了抖，大喝一声："紫檀！"

紫檀是他灵宠的名字。小刺猬从他怀中一跃而出，眨眼间便钻到了树冠里。他微微抬头，我趁机将他扑倒在地，离得近了，鼻尖相抵，呼吸冲撞，他一僵，眼中划过愣怔。趁着他晃神的工夫，我将定身符贴在他额头上，这是师父留给我在万不得已时保命的东西，没想到第一个用到的人竟然是他。

元复面颊微红，也不知是恼怒还是羞愤。

今日的我当真是胆大得很，知晓他不喜人触碰，历来我都本分得很，规规矩矩的，何曾敢像这样骑在他身上。也就是昨晚……算了，不想了。

我摇摇头，把脑海中羞耻的画面驱散，解下腰间的传音铃放在他身上："师父保重，小五要走了，大抵以后……都不会再回去了。"

元复身侧的手紧握成拳，死死瞪着我。

我怕时间久了他会冲开符咒，连忙爬起来跑路。

虽然勉强保住了小命，可我心中十分悲伤。事到如今，我与元复多半是要老死不相往来了。再过五百年……再过五百年，我的仙根便可复原，我就能当上上仙了。多年努力功亏一篑，我沮丧得好几天没吃下饭。

在人间游荡了数月，我又被捉了回去。

彼时，师父面目冷肃地站在因果天机轮盘前，眉头紧蹙，倒是司命老儿和气得很，乐呵呵地朝我迎来："这便是叶萃小友吧。"他眯起眼睛上下打量我一阵，点点头道，"嗯，的确生得唇红齿白，清秀可人。虽是个少年，比那九重天上仙娥天妃来也是不差的，难怪元复要动心。"

拿我一个"男的"跟群仙子比，不大合适吧。

我刚欲开口解释，就听师父陆压道君道，元复为心魔所困，动摇道心，被打入凡间历劫去了。

至于他的心魔，便是我。

他对我本是同门之谊，兄弟之情，却阴差阳错有了鱼水之欢，恼恨、憎恶与情谊两相冲撞，叫他生出心魔，若不及时干预，怕是会酿成大祸。

司命说，元复此番会为执念所困，皆因他此前从未动过七情六欲。既是因我而起，便派我一同入下界，在一旁督导规劝，助他早日参破情劫，化解心魔，重归神位。

见我略有些犹豫，司命和蔼地说，若是我成功渡得神君归位，亦可算作功德一件，届时他会在我的因果簿上重重添一笔，还愁不能飞升上仙吗？

"元复神君平日里待我那般好，我怎么能眼睁睁看着他受难不管呢？"我严肃地说完，旋即就慷慨就义了。

3.

"愣着干什么，还不去为陛下脱靴。"公公在我脑门上敲了一记，我回过神，连忙弓着身子去到元复近前。

司命为元复所书的命格，乃是一位人间帝王，年少登基，生性寡薄凉淡。他坐上皇位的第三日，太后便病重了，咽气前一直央求着想见他一面，彼时他就负手站在大殿外，听着殿内一声声的哀哭呼唤，一步未动。

据宫中的老人言，母子离心的原因，是陛下十四岁时，自幼贴身照料他的宫女为了护他被皇后仗责处死了。他便这般寡欲无求地活了二十年，直至后来，他遇见了一个叫他魂牵梦绕的女子，为她尝尽怨憎会、爱别离、求不得之苦，最终参悟人心五毒，得修大道。

那个宫女，正是鄙人扮的。而他二十岁时遇到的女子，则是西海的一位仙子。

被皇后打死后，我满心以为可以功成身退，在天上好吃好喝了几日。结果司命告诉我，元复命格有变数，且十分凶险，命我继续下凡辅助他与那位蚌珠仙子历劫。我还没来得及拒绝，就被他以事态紧急为由踹了下去。

于是这次我成了一个小太监。

甫一见面就要伺候他洗脚，我内心是很不情愿的，可我又有什么办法呢？将那两只明黄色的龙靴脱下，幸好元复的一双脚生得十分好看，用玉骨冰肌形容也不过分。

"你盯着朕的脚做什么？"元复问。

我试图用纯洁又无辜的眼神回答他。

元复蹙眉："你在憋气？"

听出这是要动怒的前兆，我闷闷地呼出口气，忙不迭地解释道："没有，奴才只是在想这水温……热不热……"

他眸光微沉："你是嫌朕的脚臭？"

没法子，我深呼一口气，挤出一个笑脸道："陛下的脚，是奴才闻过最香的。"

他睨了我一眼，这才放过我，拿布擦干净脚上的水，上床歇息去了。

我在门外乘着月亮守第一班夜，心里想着几年不见，再遇时他已长成了一个蕴藉不露、寡言内敛的青年。都成青年了，怎么还一个人睡呢？后宫的妃子都去哪了？幸亏当年死得早，不然等他长大了，我就得给他暖床了，听闻这些权贵子弟的第一个女人便是他们的贴身侍婢。

第二日清晨，伺候完元复洗漱，早朝过后我便等妃子来给他请安。等到日上三竿昏昏欲睡，没等来嫔妃，却等来了凌王。

他来此，是为与元复商议西凉和亲一事。我眼前一亮，西凉公主，那不是元复此世的真爱吗？

走之前，凌王似笑非笑地瞥了我一眼，这一眼看得我后脊一凉，将头埋得更低了些。

司命此回为我安排的身份，乃是凌王安插在皇帝身边的一个心腹，每日最主要的任务就是给元复下慢性毒药，神不知鬼不觉地搞垮他的神智与健康，力求让他活不过三十岁。凌王方才那一眼，是在提醒我，还有重病的弟弟在他手上。

"侍君是吗？"元复唤我，"磨墨。"

"是。"望着伏案批阅奏折的小皇帝，转眼六年过去了，如今的他行事沉稳，英明睿智，再不会成日关心人家宫女长没长胸了，我心中甚是欣慰。

不多一会儿，御膳房送来了几样糕点，其中就有我最爱的豌豆黄，嗅到那香味儿，我腹中馋虫大动，禁不住咽了咽口水。

"你喜欢这个？"元复两指间捏着一块豌豆黄，不知怎么注意到了我垂涎的目光，"那便赏给你了。"

我弓着身子双手接过，含在嘴里内心很是感动。元复除了记性不大好，强拿我做了解药还翻脸不认人之外，其他时候待我还是十分和善的。

我吃得正开心，元复不知何时站了起来，抬起我的下巴微微蹙眉："你这双眼睛……"

怎么了？我眨眨眼。嫌我眼睛难看吗？

"今年几岁？"他问。

"两千……"我脱口而出，差点咬掉自己的舌头，"十六。"

他望了眼我的头顶："那的确矮了些。"

过去在师父那儿，他便时常揶揄我的身高。

服下阴阳转还丹后，我虽看上去是个男子模样，但骨骼容貌却是不变的，师兄弟们经常捏着我的胳膊说细胳膊细腿的不抗揍打不了架。只有师父安慰我，以后没事不要下山就好了，在山上没人敢欺负我。

神仙打架靠的难道不是法宝和修为吗？元复生着一副弱不禁风的白

| 204 |

面小生模样，放眼六界还不是人人畏之？

在天界就算了，没想到下了凡还要遭宫女调戏，去为元复泡盏茶的工夫，三两个宫女将我围作一圈，摸着我的脸和手笑嘻嘻地说："瞧这细皮嫩肉的，这小手软绵绵的，还不如我们大呢……"

"侍君，过来。"远远地，元复站在廊下唤我。

宫女们立刻松了手，诚惶诚恐地跪下行礼。我如蒙大赦，连忙跟在他身后。

当贴身太监还是十分快活的，元复待下人不错，经常会留一些吃食给我。虽然后面往往还会接一句："多吃点，省得个头才到朕肩膀，与你说个话还得低着头。"

总管公公见皇上喜欢我，便将一干近身伺候之事通通交托给了我，比如沐浴、更衣。

元复从浴池中站起，他不喜洗澡还得一群人围观，是以整个殿内就只有我一个人。我匆匆瞥见水雾缭绕中一双长腿朝我走来，忙闭上眼睛不敢再看，哆嗦着手将衣袍撑开。

却听元复道："你闭着眼睛如何为朕穿衣？"

皇命难违，我不得已睁开眼，视线不受控制地向下。

他自然也发觉了我的注视："怎么了？"

我半天才憋出两个字："羡慕。"

总不能说嫌弃吧，不然又像洗脚一样找我麻烦让我看个仔细。元复微微挑眉，倒也颇为理解我的心情，毕竟我是个身体残缺的太监。

在他身边待了几天，我发现宫里是真的没有妃子。连伺候他洗澡的都是太监，还能有什么前途呢？难道上一世的事情对今世的他仍有影响？所以才不近女色。

我对元国皇族的未来忧心忡忡，同时热切期盼着西凉公主的到来。

4.

皇帝待我越发亲近，见我守夜时恹恹欲睡，非但没有责怪，甚至许我在一旁的耳房小憩。

醒来时，我看着身上的披风受宠若惊。

这一幕正是凌王所乐见的，他送来了弟弟的亲笔信，信上说他在府上过得很好，吃喝不愁，病也好了许多，已能下床走路了，让我不必挂念，好好为凌王做事。我心里沉甸甸的。望着手中的一小包药粉，我几经犹豫，还是下在了茶水里。

元复毫无防备地喝了下去，转身摸了摸我的头："怎的天天吃得这般多，也不见长高？"

又过了数月，元复在将军府的寿宴上遇刺了。

反正早晚都是要死的，我没多想便冲上去为他挡住了舞姬刺来的匕首，元复面上骤寒，拔出身旁侍卫的长剑反制住了刺客。刺客狠狠瞪我一眼，咬破口中的毒药，自尽了。

我原以为我又要死了，一刀正中心口，任谁来看都活不成。谁知司命说我使命在身，不可临阵脱逃，生生将我的心脏右移了三寸，又叫我活了过来。醒后，我成了皇上的救命恩人，元复守在床头亲自喂我喝药，知道我怕苦，每喝一口就喂我吃一个豌豆黄。

他眉头紧蹙，看上去比我这个伤患还要难受。

我深知此时表忠心有奇效，用喑哑的嗓子磕磕巴巴地道："奴才……奴才愿为陛下赴汤蹈火，万死不辞。"

他笑了笑，抹去我嘴角的药汁。

见他心情好，我趁机道："奴才有个不情之请……"

"说。"

"以后可以换成宫女伺候您沐浴吗？"我大力举荐，"像莲儿、明蕊，她们身上香喷喷、滑嫩嫩的，长得也好看，比奴才强多了……"

元复又舀起一勺药汁，轻飘飘地道："不可。"

于是，我就没有豌豆黄吃了。

5.

那晚的刺客，果不其然是凌王的人。

校场内，烈日炙热，他正与些个王公贵族们比箭，箭靶是活生生的人，死囚、奴才，还有我的弟弟。他头顶着一颗梨，瘦弱的身躯在明晃晃的日头下摇摇欲坠，见了我，干皲苍白的唇微微翕动着，满脸的惶恐与哀求。

凌王从一旁的箭筒内抽出一支黑羽箭，闲适地搭在弦上。他看那些人与看猫猫狗狗无甚区别，都不过是他闲时拿来逗乐的消遣罢了。我知道他这是在告诫我，告诫我坏了他的事是何等下场。

我见那小孩儿实在太过可怜，便在他拉弓之前走了过去，把梨放在了自己头上。小孩儿吃了一惊，张了张口想说些什么，被我使了个眼神止住了。凌王眸中掠过一抹异色，随即勾唇，用极缓慢的动作拉开弓箭。我知他这是想吓唬我，故而配合地红了眼眶，哆嗦起来。

有个死囚被一箭射穿了脖子，他旁边的太监吓得尿了裤子。小孩儿昏了过去，不知是害怕还是中暑，我正欲搀他，忽而被一人拦腰抱住，夹在腋下带离了校场。

那人健步如飞，寻到个院落便将我往红柱上一压，阴冷道："你就当真不怕我杀了你？"

我立刻进入状态，挤出几滴眼泪："奴才知罪，只愿王爷放过奴才的弟弟……"

"……知道我为什么选你吗？"他沉沉睨了我半晌，低头朝我凑来，声音放得愈轻，"因为你这双眼睛，同那个宫女一模一样……"

说眼睛就说眼睛，你摸我腰做什么？

"果真是个阉人，这把小腰比寻常女子还要纤柔……"他低声嘲弄我，眼中笑意扎人得很。

我此刻是个男子，被人吃了豆腐也不敢吱声，着实有些憋屈。若非凡人的命脆得很，又顾忌着神君历劫的质量，我非得一掌拍在他脑门上……

"你们在做什么？"是皇上。

凌王将手收了回去，若无其事地挪到一边："臣弟怀疑他拾了臣弟的玉佩，他又不肯承认，故而想搜一搜身……"

"可搜到了什么？"

"不曾。"凌王抚了抚袖子，"该是臣弟弄错了。"

元复望着我，我知道他在等我说话，可是我什么都未说。

小孩儿所谓的重病，实则是凌王为牵制我在他身上下了药，若有一日得不到解药，就会毒发身死。

我不敢冒险。

6.

"他碰了你哪里？"凌王走后，元复问。

我指了指自己的腰和袖子这些比较容易藏东西的地方。元复望着我的脸若有所思。我莫名有些心虚，接下来的一整日都安静得很，默默研墨奉茶，只等伺候完他洗漱就开溜。

元复身着白色里衣坐在榻上，昏黄的烛火下颜如冠玉，他捧着一本书在读，我不敢打扰他，弓着身子往后退，却听他道："伤可痊愈了？"

"……劳皇上挂心，已经好透了。"

他放下书："衣裳解了，朕看看。"

我愣了一下，有些犹豫："这……"

"有何不妥吗？"

我咬咬牙，想着他也不是没看过，衣领一拉，将左胸的那道刀疤展露在他面前。

他的视线落在我裸露的肌肤上，逗留半晌，道："离朕那么远，如何看得清？"

我磨磨蹭蹭地走过去，他遽然张臂一揽将我送到床上，随后脱了我的靴子，一同躺上来将我拥在怀里。元复温热的呼吸扑打在我后颈上，酥酥麻麻的，叫我浑身僵硬。他怀抱着我，就如怀抱着一只宠物。

"侍君身上怎么一股奶香？"他贴近我，身子滚烫。

我心口乱跳，又要结巴了："奴、奴才也不知……"

"朕已许多年没有睡过一个安稳觉了……"他叹息一声，将下颌搭在我发心，不再开口。

确认他真的睡了过去，并无其他念头，我方才松懈下来。若非知道神君厌恶此道，与"男人"睡过一回便要道心不稳走火入魔，我当真要以为他有断袖之癖了。

第二日元复醒来，眸色清亮不同以往，连心情都好了许多，下了朝回来仍携着笑意。他是神清气爽了，我可是一整晚没睡着，眼眶乌青乌青的。

许是发觉抱着我比较踏实，日后他寻机便要抱着我同睡，且还赐了他御用的浴池给我，嘱咐我将身子洗干净些，莫污了他的龙床。我从一开始的忐忑不安，到后来的面无表情。难道他当真喜欢男子吗？软玉温香的女子不抱，非得抱我一个太监。

我十分发愁。

其实喜欢男子也没有什么，只要神君高兴就好，莫要违抗本性，将自己逼出心魔。

有臣子揣摩圣意，奉上了几本历代经典春宫图，其中就有龙阳之好分桃之乐，被元复随手翻看几下弃如敝屣，并责令谁敢再把此类物品带进宫就把他脑袋砍了。他蹙着眉，眼中有那种属于直男的、不加掩饰的反感与嫌恶。我彻底放下心来，兴许他只是从我身上寻到了娘亲的味道呢？毕竟我待他这般温柔慈爱。

千盼万盼，蚌珠仙子所化的西凉公主终于进宫了。

7.

元复立在大殿前，黎明的清辉洒落在红墙绿瓦上，他微微抬眸，望着宫门那头身着华丽嫁裳的女子款款走来。

这便是他与那女子的宿命相见。

我在一旁搓着手，眼睛来来回回在他们身上兜圈，心情荡漾得脸都红了。

按司命的小本子上所写，元复对这位貌美倾城的西凉公主一见倾心，宠冠后宫，公主冰封的心渐渐被他的俊美和富有打动，二人本可成就一番佳话，奈何公主三年无子，朝中催促皇上扩充后宫开枝散叶的声音愈来愈大，连番的奏折从建国老臣手中递上来，番人女子不可为后，东宫嫡子需得是汉人血统……

凌王便趁此时机从中作梗，说出了元复当年引得西凉王室自相残杀，她的几个哥哥为了王位兵戎相见，弑父杀兄，使得西凉内乱不断，元气大伤，无力抵抗外敌，不得不将公主送来和亲的谋划与计策。

公主得知真相正值伤心迷茫之际，一转脸却得知了元复纳丞相之女为妃的消息……故事的最终，凌王领军逼宫，公主一袭红衣如初嫁那般明烈娇艳，一剑刺入了元复的胸膛，元复用最后一丝气力握住她的手，说他早知如此。二人相拥着死在王座下，成了一对喋血鸳鸯。

虽然结局不大圆满，但经历过此番磋磨波折，于元复神君日后的修行，定然大有裨益。

公主优雅而不失大家风范地行了一礼，元复亲切地将她挽起，二人相视一笑。

我欣慰极了。

然而之后的半个月，两人各据一宫，相安无事。

虽然命中无子，但也不能不过夫妻生活啊。

苦苦守候了数日，元复终于打算去往栖凤宫看望公主，命我带着一盒南洋白珠先行前去。我去的时候，公主方才沐浴完毕，松垮垮地披着一件外衫同侍女说笑。

公主打开木盒轻笑起来："这珍珠好美，多谢陛下赏赐。阿兰，为小公公奉茶。"

"不必……"

"坐吧。"

公主瞧着身娇体柔，实则十分孔武有力，一下子就把我按凳子上了。她低头瞧了瞧我，突然眼前一亮："小公公生得好生俊俏……"

"公主谬赞了，皇上龙威燕颔，英明神武……"

"叫本宫小柔就好。"她笑盈盈的，微敞的衣领秀出几分风光。

元复背着光走来，恰好便撞见了这一幕，他面色铁青："放肆！"

我吓得连忙趴跪在地上。

他行至我身侧，冷冷望着我。

元复沉着脸将我领了回去。

虽然快要死了，我仍不忘履行自己的职责，在元复面前夸奖了公主，顺便表达对美好爱情的无限向往，希望能给他一点启发。

他翻看奏折，顺手喂了我一块糕点："你喜欢那女子？"

"奴才不敢，奴才残缺之人，哪敢肖想男女之情。"

"是吗？"他若有所思，瞧向我下身，竟将手伸了过来。

这还得了！我吓得往后一蹦。

8.

一手抓了个空，元复站起身，朝我欺近。他、他怎么能这样呢？我上身变了，可是下身没变啊。可是下身没变不是正好吗？反正他又摸不出个什么。

就在我犹豫纠结的当口，元复从榻上抓起一套宫女的衣服丢在我身上："既然都觉得你像女子，那就穿上女子的衣裳看看。"

"士可杀不可辱，我堂堂七尺男儿怎能……"

"七尺？"他往我面前迈了一步，结结实实地将我笼罩进他的阴影里，"朕竟不知，你何时长到了七尺？"

| 211 |

我沉默了。

"是你自己换，还是朕亲自替你换？"

我倍感憋屈地抬头望他一眼："……奴才自己来。"

我解开腰带，脱下外袍，察觉那道在我胸腹、臀、腰上四处游移的视线，禁不住顿了顿："皇上可否回避下？"

他微微挑眉，转身回到案前继续批阅奏折。

将那身熟悉的宫装套上，我回忆了一下之前当宫女时的经验，柔柔地行了一礼："陛下，奴才换好了。"

元复抬头，目光落在我身上。

原来当宫女的好处比太监多。

就寝前，元复不再让我替他沐足了，甚至在我触碰到他脚背时僵了一僵，拨开我的手让我去一旁站着。上榻后，他也不再硬要抱着我睡觉了，十分规矩地平躺在一旁，醒来发现我抢了他大半的龙被都没说什么。

昨夜下了场雨，院中的梨花落了一地。我望着出了会儿神，也没想什么，单纯是还没睡醒。不多久就有太监拿着几枝花形尚好的梨花到我面前，说是陛下命他们折来给我的。

走着走着，我身上掉下来一块金锭。那是我的私人小金库，攒给宫外的弟弟将来娶媳妇用的，我匆忙拾起揣在腰间，忐忑地等着元复问责。

果真，他向我伸出手。

我讪讪地去摘腰间的荷包，准备全部充公，却被他捏住手指："手怎么这么冰？"

他顺势牵起我的手，继续往御花园走去。

陛下怎么开始做人了？近日他与我说话时，总是微微含笑，连语气都不似从前冷漠了。我才发现，元复笑起来颊边有枚小梨涡。看得久了，人都要醉了。只是这般拖延下去，元复何时才能渡过情劫呢？

"侍君，栖凤宫的曦妃娘娘说上次吓着你了，特意让我送些西凉特产来给你赔罪。"在门外候着，有相熟的太监笑吟吟地递了盒吃食给我，紧接着又从袖中掏出一颗夜明珠，"这也是曦妃娘娘赏你的。"

我推拒道："我不用……"

小太监啧啧两声，直接将珠子塞进我胸口："曦妃娘娘之命，你也敢违抗？"

元复挡住他的手，将我护到身后，寒着脸望向他："你做什么？"

小太监怔了怔，冷汗瞬间下来了，连忙跪在地上磕头。

元复将珠子拿在手里看了看，连同吃食一起交给了总管公公："送回给曦妃。"

我有些不安："皇上不会责怪娘娘吧。"

"看在她兄长的面子上，暂且不会。"

我听出些不对："……皇上不喜欢娘娘吗？"

元复冷笑："朕为何要喜欢她？你怎么愁容满面的？"

呵呵，我没有立刻去死已经很乐观很积极向上了。

9.

凌王找到我，要我在元复的饮食里加大下药的剂量。

看来是公主那条线出了偏差，致使凌王逼宫提前了。我看到他掩藏在玩世不恭笑意下的野心和殊死一搏的决绝。为了这一日，他俨然已谋划了数年。

皇后早年丧子，坏了身子，之后再无所出。陵王的母妃为了让他在夺嫡之争中胜过其他人，在他三岁时咬牙将他送去了皇后宫中，忍着不去见他，偶有见面的机会，也是伴在皇后身侧。他思念娘亲，噙着泪跑过去想钻进她怀中，却被她凌厉地瞪了一眼，满脸堆笑地将他推回皇后身边说，皇后教子有方，如今得见，她甚是放心。

为数不多的几次相聚，母妃总是在他耳边反复叮嘱："一定要登上皇位，成为整个大元的主人，如此才可以将我们多年的委屈怨恨尽数奉还给那些人。只有做了皇帝，才无人敢踩在你头上，才能得到你想要的一切。"

为了讨好皇后，为了赢得父皇的欢心，他刻苦研习，小到诗书绘画，大到治国韬略，功课、骑射样样皆是上乘，将自己藏在一张完美的面具下，每一步都走得小心翼翼、如履薄冰。

可尽管他已这般努力，父皇还是将皇位传给了元复——他的好弟弟。

母妃在得知圣旨的那一刻气血攻心，捂着胸口倒在冷宫的地上，死后仍未合眼。他永远记得那一幕，从那时起，他便决定，此生无论付出何种代价，都要坐上那个位子。

我与弟弟都是被他收养长大的。

我们本是淮南一带因饥荒逃难至京城的孤儿，是他丢给了我一个馒头，将我垂死的弟弟救了回来。之后我们便进了王府，他教会我识字、医理，后来元复身边的那个宫女死了，他便以我弟弟的性命威逼，让我进宫做了太监，做了他暗藏在元复身边的一把刀。

而弟弟什么都不知，在他心中，凌王是我们兄弟命中的贵人。在他染上重疾之后都未曾将他赶出府，还花费重金救治他，他是我们的恩人，我们应当好生报答。

凌王说："你的命是我给的，理应为我所用。侍君，你可知我为何要为你取名侍君？"

我再去到西凉公主房中，想要劝她认真考虑一下元复，他身高、容貌、家世、财力皆是上等，可以说是整个大元条件最好的男人了。

公主却跷着腿，笑笑地睨着我："小侍君，你说本宫如何才能安心与杀了本宫父兄的仇人共寝一榻生儿育女呢？"

我觉得她说得很有道理，于是我走了。看来凌王已经成功拉她入伙了。虽然和司命写的剧情有了极大出入，可我也不能按着她的头让她跟元复谈恋爱啊。公主有她自己的想法。

凌王给我下了最后通牒，没办法，我只能在端给元复的茶中下了猛药，他喝之前，沉默地凝视了我三秒。我惊出一身冷汗，差点以为他发现了，幸好他最终还是照常喝了下去。

我一直在等他发作，其间他拿了一支玉簪给我，我苦口婆心："皇上，奴才是货真价实的男子。"

他冷睨了我一眼，将簪子放在桌上，走了。我觉得他生气了，因为我说我是男人。男人怎么了？男人多好啊。

可能是被打消了最后一点残念，元复命我换回太监的衣服，之后就不怎么搭理我了，见了我也不说话，视我如无物。夜里，我只能老老实实去门口站班，冻得鼻涕眼泪一起流。然而白日元复见了我也只是蹙了蹙眉，将我调去了远一点的地方不要碍他的眼。

好现实的男人。

苦等三日，元复终于毒发了。

我怀疑他有了耐药性。

御医很快查到了病因，我被揪了出来。元复坐在床上，唇色雪白，面色亦是呈现出病态的青灰，视线落在我身上，涩然的，辨不出情绪。

"是你吗？"他问。

"当然是我。"我点点头。

他眼神却清明得很，并无意外，分明早已知晓一切，只是多少有些失望。

"押下去吧。"他道。

侍卫将我钳制住，粗鲁地拽起，我听见他低低地补充了一句："好生看管。"

10.

我被关在监牢中睡了几日，听两个狱卒议论说，皇上病重，然而膝下无子，他的几个弟弟皆不大中用，唯剩凌王庸中佼佼，应是会传位给凌王。

而凌王送了信给我，说我弟弟已经安然无恙，大概是劝我安心去死的意思。

又过了一阵，司命告诉我，元复立下传位诏书，死后将由四王爷之子元胥继承大统。

这是在逼凌王动手。凌王必然按捺不住，今夜子时便会领着一队死士潜入皇宫，里外勾结刺杀元复，篡改遗诏。他的帮手，正是西凉公主。

我让司命帮我逃出监牢，直奔皇宫而去。

我到的时候，这场逼宫大戏已进入尾声，大殿之上躺尸无数，元复坐在高高的主位上，静默地望着持剑逼近的凌王和公主。他面色如常，哪里还有半分病重的影子。凌王此刻应当看出了端倪，眼中闪过疑虑。

我下在元复茶中的，不过是使他气色削减，瞧上去呈病颓之势的微毒罢了，休养一阵便可自行恢复。而凌王交代我让皇上每日饮下的一杯毒酒，我都自己喝了。

我与弟弟幸得凌王搭救才成活至今，救命之恩不可不报，他教会我识文断字，通晓事理，如师如父。可陛下亦待我极好，两厢冲撞，无破解之法，只能以自己的性命相抵。

所幸我总归是要死的，早死晚死都得死，怎么死不重要。

就是毒发时颇为煎熬，时不时就要吐一吐血，只能偷偷用帕子裹住，弄得我都没有胃口吃饭了。

银白的月光铺洒在殿前，大殿内静谧无声，夜风浮动，掀起一股无形肃杀之气，元复的声音徐徐响起："公主是为父兄而来，可你以为你的仇人，当真只有朕吗？"

西凉公主神情一怔，脚下因而滞了一滞。凌王目色微寒，暗藏于袖下的短刀掷出，直朝元复心口而去，最终"哧"的一声，插在了我的胸口上。

司命浮在上方，一脸恨其不争地指着我："你竟不惜突破禁制，动用仙法……"

元复目眦欲裂："你来做什么，我不是让他们……"

凌王亦是瞪大眼睛，僵立在了一旁。我"哇"地吐出一口血，阻止了他继续说下去。房梁上跳下几个黑影，齐刷刷挡在我与元复身前，紧接着大批将士乌压压地涌入殿内，将凌王和他的死士围困起来。

元复的一双眼睛红透了，用发颤的手将我拥入怀中："传太医！"

看到他眼尾那一点濡湿，我叹了口气。君王之泪，岂能为太监而流。

"奴才愿为圣上赴汤蹈火，万死不辞……"我冲他笑笑，努力伸出手，想要抚平他眉间的皱痕，"圣上要知晓世间真情尚在，不要对旁人失望，更不要让自己失望……"

这样，才能早些重回神位啊！

我想起什么："对了，奴才的弟弟还在凌王手中。希望奴才死后，您能将他救出来，将奴才这些年积攒下的财物转交给他，让他在京中置处宅子过安生日子……千万……"我口中不断涌出血，说话愈发艰难，"千万别让他当太监……"

元复脸上哀痛愈浓。我叹了口气，嘴角不禁浮现出了微笑。

我终于要死啦。

11.

本以为神君历劫定然难以成功，叫我白白辛苦一番，是以垂头丧气了许久。未承想一段时日后，司命前来告诉我，神君归位了，此番在人间走了一遭，获益良多。

他回到天上，头一个指名要见的，便是我。我听完，立马就找了个由头溜了。先前在蜘蛛洞结下的梁子还没解开，若他还对我怀恨在心，要杀我解气怎么办？

司命没有违诺，此事一了，当即去天帝面前为我美言，说我在人世历经两次生死，以己性命渡得元复通了情窍，将一场劫难消弭于无形，舍身忘我，劳苦功高。天帝闻之有理，大手一挥替我修补了仙根。苦尽甘来的我去娘亲坟头烧纸，告诉她我终于成了一个体面风光的上仙。一阵大风刮来，我仿佛看见娘亲欣慰的笑脸。

常言道，躲得过一时，躲不过一世。

去司命家中喝酒的时候，我一个不慎，和元复打了个照面。我装作进错门，扭头就走。未料想他竟追了上来，还十分不知避嫌地攥住了我的手，我使劲拽都拽不回来。

"你在躲本君？"他低沉着嗓音道。

我心中苦闷得很，哪怕我已经成了上仙，人家动一动手指我照样得灰飞烟灭。是以我只能装傻，笑呵呵地转过脸道："恭喜神君历劫归来，小仙如今已不在陆压道君门下，是以神君归位之时，才未能及时前去道贺。"

元复蹙了蹙眉，拿那双黑曜石般通透好看的眸子沉沉望着我，不自觉绷紧了下颌骨，似乎听了我的话心情不是很好。

"此次我下凡历劫，命势出了差错，幸而得你相助，才未以失败告终。"他顿了顿，又缓缓道，"往日之事，暂且不提。你可以回山，继续同我一起在师父座下修行。"

没想到元复这么大度。

他态度颇为诚恳，我心下一宽，默默盘算了一下，我本是为了接近他才拜在陆压道君门下，如今我已做了上仙，已不大需要他身上的玄清之气了，有何理由再继续赖在那里呢？何况陆压道君所修的道法过于霸道，与我相冲，不过是念及我娘当年对他的一药之恩才勉强收下的我。

于是我回绝了元复的好意："不必了，我觉得做个逍遥仙人就很好。"

他蹙眉，喉头动了动，似乎想说些什么。良久，他才在我的强烈暗示下放开我的手。我还是怀疑他想打我，只是在司命家门口不好意思。

从司命家中出来，我偶遇了上神泽歡，我也是后来才知，原来下界的凌王便是他。

我还记得此人倨傲得很，除了天帝谁都不放在眼里，与元复更是死对头，事事与他针锋相对，明里暗里斗了万把年都分不出高下，就连一同在凡间历个劫也是命中宿敌的身份。过去我身为元复的小跟班，连带着被他嘲讽了数回。

我原打算默默离开，没想到他竟停下步子主动与我打招呼："小芦荟精？"

精什么精，没看到我身上这饱满的仙灵之气吗？我清咳一声，道明了自己不俗的身份。

他唇角笑意愈深："本君回到天界后，对你可是挂念得很。"

"挂念？"我疑惑地问完，旋即意识到他在下界夺位失败，我可能要负七分责任，他本就不愿在元复面前落下风，所以他说这句话的意思是……

我讪讪苦笑："人间之事，上神切莫放在心上。"

他"嗯"了一声，指尖挑起我的鬓发："既已不在陆压道君门下，你此去何处呢？"

我当然是回生养之地让那些曾经欺负我的小妖小怪们看看，我如今的身份有多么让他们高攀不起！

泽歊噙笑目睹我在合涧山耍了一番威风，逼着那些小妖精把过去抢劫我的财物法宝通通还了回来，还一脚踹裂了据说无人可破、其实日久老化的山主留下的守洞结界，引得那些小妖目露崇拜，一口一个上仙无上威能，还给我倒酒捶肩扇扇子。怕山主回来找我麻烦，我威风一番后急急忙忙领着泽歊溜之大吉了。

路上看见一个缺了半只耳朵的兔子精在哭，哭得眼睛通红通红的，我刹住脚绕了回来，把他们上缴来的东西统统倒进她怀里，让她以后遇着欺负她的妖怪就报我的名号。

芦！荟！上！仙！

飞到一半，踹结界的那只脚疼得飞不动了，还是泽歊将我带回的天界。

他降落的地方，却是在他自家寝殿后的一处温泉边。水雾蒸腾，我拍拍他的肩头示意他把我松开，我好施个法回自己家，还没等手诀掐完就被他捉住了手。

"你还要将自己的女儿身份隐藏到何时？"他道。

我瞪大眼睛。

"若是天界知晓你刻意欺瞒，可知会有什么后果？"他一双桃花眼含笑将我望着，"不若嫁与本君，届时你的罪责会由本君替你解释。而且当上神夫人，莫不比做个寻常仙人威风吗？"

我被他说服了，最后那句话深深打动了我："好。"

泽歅眸中泛起愉悦的笑，亮亮的，连眼尾都微微弯了下来，他撑住我的腰身，在我唇上轻柔地贴了贴。我记起那夜的元复，在我经受不住哀求着唤他的名字时，也曾露出这般的表情。

莫名的，我心口一悸，身子也随之发生了变化。泽歅趁机喂了我一颗药，将我拉开些许，仔仔细细地将我浑身上下瞧了一遍："这是阴阳转还丹的还阴丹，既然变了回来，以后就不要再做什么男子了。"

12.

成亲那日，泽歅宴请了四海八荒，我过去的师兄弟们也来了，俱十分惊异我竟然是个女子。

"连师父都骗过去了，小五可以啊！"他们大笑着，熟稔地想要推搡我，可随即意识到什么，又讪讪地放下手，一脸古怪地打量我道："瞧着你如今这副娇滴滴的模样，我们都不习惯了。"

我拍拍大师兄的肩，预备拿酒敬他们，却被泽歅劈手夺过了酒杯。

他横身插进我与大师兄中间，笑吟吟地望着我道："新娘子今夜可不能醉着进洞房。"

他仰头，将酒一饮而尽。

我身着繁复艳丽的嫁裳，当着九重天一众仙卿的面，缓缓走向仙台上长身玉立的泽歅，欲要将手交到他伸出的手中。

"等等。"一个冷质的声音在空渺偌大的琉清殿中响起，是元复。

他自背后握住我的腕，微微往后一带，我退后几步，动弹不得。

我转头问他："你做什么？"

他低头看着我，掷地有声地吐出两个字："抢亲。"

我第一反应是他要抢谁的亲？泽歅？这么刺激吗？

他深深瞧我一眼，抬眸望向我身后，淡漠道："我知你事事皆要与我相争，旁的我都不在意，可小五，你不能碰。"

泽歡沉默半晌，唇角挑起一抹轻慢的笑："你又怎知我不是真心？"

元复的视线转向我："你当真想嫁给他吗？"

他问这话时，眼底掩着些什么，语气略有几分艰涩。我垂头看见他手中握着一根普普通通的翡翠玉簪。在凡间时，他也曾想把这个交给我，那时我告诉他，我是个货真价实的男子。此刻我望着那玉簪，倏尔记起，这是我还是他贴身宫女的时候，他十四岁诞辰那日赠给我的。

我忽然生出些迷茫。

司命星君出来打圆场："泽歡上神身为龙族，族中历来便有个规矩，成婚当日需得以测心石相验，若彼此之间皆为真心，方可成就大好姻缘。既神君与仙子有了疑问，不如就将测心石请出来吧。"

"是啊，就将测心石请出来吧。"一众仙卿皆在台下附和。

龙族长老捧着测心石走到我二人中央，我与泽歡相对而立，割破指尖将血滴在上面。泽歡紧紧盯着石头，元复的指骨捏得泛白，周身气压低得可怕。

许是瞧出了我贪慕虚荣的本性，此番成婚为的不过是一个上神夫人的头衔，随着鲜血沁入石面，测心石一动不动，还是一块灰扑扑的石头。

司命叹了口气："看来上神与仙子并非彼此命定之人。"

元复眼中这才有了神采，他牢牢握住我的手，唇边的笑容藏也藏不住，欲带我离开。泽歡攥着我的袖子不放，复杂沉暗的目光凝结在我脸上，半晌才磨了磨牙，握紧拳头将我的袖子甩开。

我心想，他大抵是不甘心输给元复吧。

13.

有一说一，知道我是女子后，元复温和了很多，飞身前往下界时不再强迫我给他背剑了，甚至在我做作地说风太大吹得脸疼的时候，侧身替我挡住风，将我的头按进了他怀里。

我幸福得想流泪。早知如此，我早就告诉他我是女儿身了。也不会辛辛苦苦、任劳任怨地做了几百年小弟。

元复竟然将我带去了蜘蛛仙子的洞穴。

我磨磨蹭蹭不敢进去，他带我来这么不堪回首的地方做什么？

元复问我："还记得在那榻上发生过什么吗？"

我不上当，立马装傻充愣地摇摇头。

眼前一花，未料想元复直接动用仙法，将我二人挪到了洞穴内的床榻上，且我还跨坐在他腿上，两个人面面相觑。嗯，这个姿势……

就在我心猿意马、想入非非之际，元复扣着我的腰，眸光幽深："为何没有早些告诉我？你可知……那日之后我……"

"嗯？"我愣了一下，意识到他在问什么，用手比画着那日他追杀我、我逃命不及的情形，"我是想说来着，但是我一停你就……"

元复抿唇："是我错怪你了。"

"没关系。"我宽宏地拍拍他的肩膀，宽慰道，"做不成师弟，还可以做师妹嘛。"

他一顿，掀眸望了我半晌："是吗？"

然后深情地吻了我。

在我窒息之前，他缓缓松开了我，我竟从那双禁欲清冷的眼眸里看出了几分欲求不满的味道。

他拆下我沉重的凤冠，将那支玉簪插进我发间，低声道："你什么都不在意，只当作在人间演了场戏，可你知晓那宫女死后，我每日都是怎么过的……"

他面上携着淡淡的悲戚，叫我莫名胸闷。

我不知他会这般难过，我想着他日在天界总会相见的，何况只是区区一个宫女，便是难过又能难过到几时呢？可是那时的他，并不知啊！我心里难受得很，禁不住低头在他唇上轻轻啄了一下。

元复一僵，喉头滚了滚。

我有些害羞，想要从他身上下来。元复拦住我，视线自我丰腴的上身一扫而过。

"真的是女子吗？"他的指尖勾住我的腰带，轻轻一扯，衣裳便散开了，"我要检查一下。"

我到底是从上神挚友变成了上神夫人。

断指

一

1.

天帝白衣染血自蛮荒归来，身后跟了一位女子。

那女子同我生得一模一样，连左手的断指都一般无二。我立在众人前头迎他，问天帝，"她是谁？"

"她是我天界的功臣，千年前仙魔大战，为保全三界毅然牺牲性命的上神，少綦。"

众仙家哗然。

哦，是她。我知她是谁。

当年天帝为将我塑成她的模样，生生裁断了我一截尾指。我那时怕痛，哭着求了他很久，可仍没能挡住他下落的匕首。我的眼泪滴在他手背上，引得天帝蹙了蹙眉。他抬头望着我，轻柔地拭去了我眼角的泪。

于是那之后，我再也不能流泪。

因为上神少綦性子坚毅，几万年来从未有人见过她落泪。

可此刻，我觉得天帝骗了我。他将复生的少綦如珠如宝地拥进怀里的时候，她分明便湿了眼眶。那泪珠滴下来，晶莹剔透，楚楚动人，我瞧着很是羡慕。于是我试图伸手去接，少綦却蓦然寒了面孔，锋利的视线瞟向我。

她问："她是谁？"

天帝没有看我，半晌才道："无关紧要之人。"

少綦未曾回来时，天帝抚着我的发，说我是他的妻。少綦回来后，我便成了他口中的无关紧要之人。

2.

云缪神君从下界带回一只白毛妖兽，原是要给自家坐骑当媳妇的，可谁想那心高气傲的火麒麟瞧不上它不说，还一口咬断了人家的后腿。我蹲下身将它抱起，眼见它在我怀中奄奄一息，便问云缪可否将它送给我。

云缪与我不和，这是整个天庭都知晓的事情。他居高临下地瞧着我，惯是不屑的语气："你要这个残缺的丑玩意做什么？"

残缺吗？

我无意识地摸了摸我左手的断指，笑道："遭云宫太空了，我一个人有点寂寞，想来养个活物，可以陪陪我。"

少綦既已归来，我自是不便再与天帝同住。否则以她眼里揉不得沙子的性子，定然会与天帝生出嫌隙。于是我便搬去了西边一处偏僻的宫室。

云缪眸色沉沉，我从里面瞧出了点隐约的怜悯。

他拂袖，转过身冷冷道："左右不过是个灵窍未开的畜生。我可以送你，但是救不救得活就看你自己了。"

将小白抱回如今的住处，我拿来伤药，抬起它的后腿想为它处理一下伤口。小白勉力挣了挣，力气极其微弱。

我总算知道火麒麟为何会咬它，原来这东西是个公的。

3.

在我的精心照料下，小白总算保住了一条小命。

想来是它太过感激我，每当我为它的后腿上完药，它黝黑的眼中总会涌现出感动的泪花。我摸摸它的脑袋宽慰它，以后咱娘俩就在这天界相依为命，我定会待它视如己出。

云缪同他的火麒麟出现在我院中的时候，我清晰地感觉到怀中的小白抖了一抖。云缪大抵不曾想过天界还有这般破落之所，下了坐骑便蹙着眉四处张望。

我做了个请的手势，而后抱着小白坐在石凳上。云缪嫌弃地拂了拂凳子，才慢悠悠坐下。

"天帝为复原少綦的上神之体，从地府寻来一味灵药，可使断肢重生，白骨生肉。"他意有所指地瞥向我的断指，"那灵药还有残余，念在往日的情分上，若你去求，兴许可以求来一二。"

我抚过小白光滑的皮毛，没有说话。

4.

传闻那灵药生在地府浊灵沼泽之中，等闲之人若想取之，必然要受皮肉消融、万灵噬魂之苦，便是天帝从中走了一遭，一双小腿出来时也只余森森白骨。此等深情，少綦估计也十分动容，遂答应了与天帝在三生石上结契。

这是仙魔大战后，几千年来天界头一桩喜事。

这原本没有我什么事，想来少綦也不愿见到我。以己度人，若是我复生归来瞧见一个女子冒用了我的容貌，代替我日日与我的情郎厮守，我大抵也是很讨厌她的。于是那日我本是规规矩矩地守在我的遣云宫中安安静静地撸小白，却被少綦的侍女半推半请带到了地府。

彼时天界一众仙家皆在，奈何桥边，三生石前，少綦与天帝各执着一把匕首，只待将掌心割破，鲜血沁入其中，化作二人的名字篆刻在石碑之上，便可缔结下生生世世的姻缘。

我被带到少綦跟前，她浅浅扬唇，执了我的手走向那石头："传言三生石可观万物原形本真，你如今的脸由天帝捏造而来，不想知晓自己本来的面目吗？"

她在同我说话，我却瞧着她的左手尾指，果真已经好端端长了出来。玉指芊芊，很漂亮。一语尽了，我立在三生石前。

碑面如湖水一般波纹荡漾，须臾之后，渐渐显露出一个女子的模样。

5.

那女子眉若远山，身着青色襦裙，同我现在没有什么两样。众人俱是屏息，就连天帝也微微蹙眉。

"为何三生石上的菡萏仙子同上神一模一样？"有人问了出来。

少綦惊疑不定，天帝目光沉沉，睨了我许久方道："她乃暮夜池中的莲藕所化，本无长相。"

"原来是这样。"众人这才恍然大悟。

少綦眸底浮现出一丝隐隐的轻鄙，她这般骄傲的女子，最是瞧不上我这等失了自我的人。

"恭请天帝与上神刻名。"

那二人的血滴入石碑，背后有人拍了拍我的肩，我回首，瞧见云缪无甚表情的脸。他的食指在我额头上一点，有什么凉凉的东西在我眉心化开："如此，你便与她不同了。"

我有些疑惑，正待开口问他，忽听一人爆出惊呼："这是怎么回事？"

只见三生石上神光闪烁，震荡开的神力将众仙骇退几步，石碑上缓缓出现了我与天帝的名字。

众仙家面露惊愕，纷纷回头朝我望来，我亦低头瞧向我腕间。

是了，天帝曾与我结下姻缘契。只是不曾想这三生石认定了一生一世一双人，天帝与我定下了姻缘，便不许他三妻四妾。此刻那符文在我腕间发热发烫，似是警告一般。

少綦将绑着红绳的匕首掷在地上，铁青着脸冷冷道："天帝这是何意？这天后的位子既早已允了旁人，又何必要来戏弄于我？"

天帝神色晦暗，他道："我不知此事。"

6.

他不是不知，他只是忘了。

千年前他只身闯入我族秘境被恶兽重伤，我见他还有一息尚存，生了恻隐之心，便将他背进了我的小屋中。我族中人乃莲沼灵气所化，没有性别，就连长相也是模糊的。

我生来就长在这一方逼仄无趣的秘境中，他是我这千万年来见到的第一个人，我与他在月下把酒交心，听他讲那些我无缘得见的广阔天地、奇趣轶闻。我为他变作了女身，又任他将我塑成了少綦的模样。

菡萏这个名字，是他为我取的。我本名叫阿薄，但是无人得知。天帝说我是什么，我便是什么。我本体为何，姓名为何，其实不太重要。

那夜他醉了酒，将我揽进怀里，低低唤着少綦。我听在耳中，当他念错了，便仰起脸认真地告诉他，我叫阿薄。他微微扬唇，垂头在我耳边，语调清晰地叫出了我的名字。我那时未曾深想，也不知少綦这二字，将会成为我毕生的噩梦。

我原以为我会同先祖及其他族人一般，守着这片莲沼直到诞出下一个婴孩，待她生出灵识，将体内的莲心交予她，再寻个宽敞的地方默默死去，结束这平凡寡淡的一生。可他说，他会带我出去。

我愣了一愣，遂坦诚地道："我族中人历代皆受了诅咒，要永生永世困于此处，如若踏出一步，必定元神溃散而亡。"

他神色凝重，执了我的手，涩然道："我会有办法的。"

我瞧他眉心发紧，似是个十分困扰的模样，便洒脱地拍了拍他肩膀宽慰他："昊天兄不必为此发愁。你曾道君子之交淡如水，只要心中情谊尚在，即便你我以后天各一方，不能再像此般把酒言欢，亦不会改变你我的交情。"

他低声重复我的话："君子之交？"

我郑重地点点头，他却蓦然低头吻住我，撬开我的唇齿，温热的舌尖相抵。我望进他那双深邃的眼瞳，对他此番行事略有疑惑。

他道："这是夫妻之事，说白了，就是夫妻之间才能做的事。"

端月十六，天狗食月，是三百年来唯一出秘境的机会。

他立在无厌崖上，海风掀飞他的衣袂，在满月皎洁清辉的笼罩下，恍若谪仙一般清冷孤绝。也罢，他本来就是神仙。

临走前，他曾问我，没有什么想对他说的吗？

我言语向来匮乏，也想不出什么可衬此离别之景的诗句，遂干巴巴地摇了摇头，他便没有再说话。我很想安慰他，可我到底是不能同他一起离开的。

天边那圆满的银盘缓缓被阴影笼罩，月食出现了。

我抽出长剑，要出这秘境，自然是没有那般轻巧的，彼时结界破开之际，会有大群喜食血肉的海鸟前来阻拦，我要替他挡上一挡。

伴随着翅膀扇动的声音，乌泱泱的鸟群遮天蔽日一般将我与他撕扯淹没，我执剑奋力为他清出一条血路，眯起眼睛抬头想看看他走了未走，却听到耳畔一声疾呼："阿薄！"

一只正忙着撕咬我胳膊的海鸟被银剑斩落，他张臂拥住我，将我护在怀里。

我早已被咬得没了知觉，也不觉得很疼，只催促他道："结界快闭合了，再不走就来不及了。"

他面色肃穆得紧，一言不发地拿剑斩鸟。

我道："我没事。"

他低头看了看我，眸光一厉，掌中的剑飞旋而上，震出数道剑光，鸟尸如雨一般落到地上。

"阿薄。"他唤了我的名字。

我稀里糊涂地回神，却瞧他身子往后一倒，直直地跌向黑沉沉的无厌海。无厌海吞噬世间万灵，任你是天尊大佛，也断无生还之能。我连忙拉住他，海风干燥凄厉，将我的双颊吹得通红。

他便那般任我拉着，漆黑的眼里瞧不出一丝恐惧，甚至低低道了一句："我还以为，你对我全无在意。"

我费了九牛二虎之力方将他拉上来，累得气喘吁吁，他倒着实淡定得很，掀了衣袍坐在我身侧，静静望向头顶的月光。

我遗憾地道："时辰过了。可惜，若非你失足跌下悬崖，应当可以出去的。"

他淡淡道："是吗？"

末了，又轻声道："傻子。"

7.

那一次，他是故意跌下去的。

他曾愿为了我永生留在秘境。

他说他喜欢我的性子，他说他喜欢我。

他说天地之间再也找不到第二个阿薄。

下一个月食来临时，已是三百年后，他终是寻到了破除我身上诅咒的法子，问我可否愿意和他一起走？

这法子其实颇为残酷，需得跪在忏灵窟内受九日寒暑之刑，直至木蝉脱壳，生出金翅，入我体内替我解咒。整整九日，他跪在我身侧陪着我，一步也未曾离开，深入骨髓的饥寒与如能将人烤化的暑热，我所历经的苦楚，他亦一同承受。

金蝉入体那一刻，我倒在地上，身体因疼痛无意识地微微颤抖。

他攥住我的手，喉头鼓动，我看见了他眼底浓重的愧疚："阿薄……"

我咧嘴笑了笑："原来这便是舍不得……"

因为舍不得，他愿抛下一切为我留在这里。

因为舍不得，我愿为他离开这生我育我之所，打破祖祖辈辈恪守了千万年的族规，随他踏上那未卜的前路。

我与他一同出了秘境，在情意最浓重之时，与他在三生石上刻下彼此的名字。

我那时，并不知他是什么天帝，也不知我倾心相待的夫君，在跌入秘境前曾为忘记少綦服下过陨情丹。陨情丹碾断情丝，泯灭爱欲，他忆起少綦，却忘了我。

那之后的我在他眼中，便只余那张与少綦一模一样的脸。

他曾说过喜欢我的性子，后来却又最厌恶我的性子，因我一颦一笑、一言一行，皆与他的少綦不同。

8.

"我不知此事。"

天帝的话一出，众仙议论纷纭。

"我不管你在三生石上做了什么手脚。"少綦将剑尖指在我的咽喉，嗓音冰寒，"要么解契，要么死。"

结契需得两相情愿，解契亦是。

倏忽之间，一坨白色毛团从角落里一跃而起，气势汹汹地向少綦扑去。是小白，它见少綦拿剑对着我，心里一急冲了出来。少綦蹙了蹙眉，抬臂一拂，小白便被她的袖子打飞，重重地跌在地上。它摇摇晃晃地想要爬起来，却因只有三条腿而显得分外滑稽。

少綦还欲往它身上再补一剑，我攥紧袖子底下的拳头，高声嚷道："我是天后，上神若杀了我，怕是要经受一遭玄火焚身、天雷淬体之罚。"

少綦果真怒了："这么说，你是不肯？"

我笑笑："天后是何等的尊荣，这天底下恐怕没有哪个女子不心向往之。怎可说放下，就放下？"

天帝道："我不知你何时竟变得这般虚荣。"

我垂了眼帘，笑容不改："是天帝过去对我误解颇深。"

少綦初醒，身子尚弱，天帝怎忍心见她受此天罚，遂放低姿态，问我如何才肯解契。诸位仙卿在看我，云缪亦在看我。

我垂眸想了想，低而清晰地道："我要你从浊灵沼泽中取出的肉芝。"

那便是云缪口中可使断肢重生的灵药。

天帝似是未料到我的要求会这般简单，他的视线落在我左手的断指上，凝睇片刻方沉声道："好。"

回到天宫，拿着天帝赏赐的肉芝，我匆匆赶往遣云宫。

云缪跟在我身后："我以为以你趋名好利的性子定然会牢牢抓着天后的位子不放，好叫少綦永生矮你一头，不得正名。"

我点点头："确实有这么个想法。"

"那为何没有这么做？"

"怕她杀不成我，便一怒之下杀了我的宠物。"

眼见我将肉芝一分为二，一半喂于小白服下，一半揉碎敷在小白的断腿上，云缪惯来淡漠清高的表情一僵，显得有些不可思议："你费尽心思讨来灵药，却是为了救治这个畜生……"

那肉芝果真是个奇物，不过是眨眼的工夫，小白的后腿竟然真的长了出来。

我还未及惊喜，云缪一把攥住我的左手，阴沉着脸道："你自己的手呢？就不顾了吗？"

我倒不知他竟然这么关心我，费了些力气才将手抽出来，不甚在意地道："一根手指罢了，怎比得上一条腿。"

小白被少綦打出的伤还未好，身子尚且不能动弹，它竭力抬起头看我，黝黑的眼睛湿漉漉的，似是有些复杂。

9.

小白的伤养好了，云缪与我带着它一同出门。途径暮夜池，我驻足观望。这片池塘同我的莲沼很像，是以我颇为喜爱来此。

云缪道："你可知此地，是天帝与少綦的定情之所。"

"哦？"我摸了摸荷叶，倒还未听说过此事，那莫不是得立个碑纪念纪念。

"所以他才选了池中所生的你，塑作少綦的模样。"云缪垂眸瞧了瞧我，淡淡道，"可傀儡终归只是傀儡，你怎及得她万一。"

傀儡。

这词用得极好。

小白蹦蹦跳跳地跑过池塘，足上的淤泥甩了他一身。云缪低头望向自己的一身白衣，面上青青红红。我清咳一声，替小白向他道了个无甚诚意的歉。

"是不是在幸灾乐祸？"

我摆摆手转身欲走，却被他捉住了手。

也罢，他历来就是个小心眼的。

我解下腰间的系带，扯开外衫无奈妥协道："我将衣裳脱给你穿就是。"也省得他堂堂上神却身着脏衣四处行走，叫旁人瞧去坠了他云缪的名头。

云缪瞳仁骤缩，拦我的手："菡萏！"

拉扯间，我不慎一脚踩在他足上，污了他的白靴，他果真愈发恼怒，攥着我的手不肯放。

远远的，一个低沉的声音道："你们在做什么？"

我抬头，看见了天帝。

许是我与云缪的模样太过狼狈，亦许是他今日本就心情不佳，天帝眉心微拧，沉沉地望着我们。

云缪依旧是那副波澜不惊的模样："寻常玩笑罢了，让天帝见怪了。"

我整了整衣衫，向他行了一礼。

"我倒不知，云缪神君与菡萏何时竟这般熟络了。"

他二人你来我往，寒暄了好一会儿，我听得走神，不知不觉竟随他们行至了紫金阙。紫金阙是如今少綦的寝宫，席间酒宴正酣，她坐在上位，手边斟着一杯桃花酿。

原来今日，是她的生辰。

我尚有些愣神，云缪已拉着我在后方随意寻了个位子坐下。天帝不再管我和他，一箱箱的珍奇异宝抬上来，那其中有少綦曾穿过的宝甲、使过的兵器，亦有和璧隋珠、吉光片羽，还有一幅画。那画卷展开的时候，众仙俱吸了口气，惊叹不已。

天帝眸色沉暗。

他未识出那画，那画是他为我作的。

那时才浇过一场春雨，桃花在枝头开得娇嫩，我在树下瞧那井边的绿蛙，心想若将它炒成一盘菜，放上几个辣子，该是极好下酒的。我在这厢思索晚饭，他在那厢却作了一幅画像。末了，他将画像赠予我，我欣赏一阵，问他这画中女子娇俏得很，可是他的相好？

他望着我的眼睛，说画中的女子是我。

而今众仙称赞着画上的少綦风度娴雅，楚楚可人，我亦不觉有错。这副面容，本就是她的。

云缪端起酒杯喝了一口，平静地道："还不及我这衣服上的泥点自成一派。"

我听着好笑，与他碰了碰杯，仰头将酒一饮而尽。

他嗤道："喝那么急做什么，还怕有人和你抢不成。"

说着，往我碗里夹了一筷子菜。

10.

传闻少綦的尾指，是千年前天帝赴不周山巅除灾兽祸斗时，少綦为护他断在了祸斗口中。此后天帝每每见之，心中的愧疚与怜爱便加重一分。少綦断下的那截尾指，至今被珍藏在他的识海之中。

而我被他执刀生生割下的尾指，却不知丢弃在了何处。云缪将那段过往告诉我的时候，我便回了这么一句。

他问我，可否是心有不甘。

倒也并非什么心有不甘。只是我从前那般喜欢他，他这样对我，我总归有些神伤。

小白的腿伤好了，性子也活泼不少，遣云宫太小，它待不住，我不愿总是拘着它，也就由它去了。我等了三日也不见它回来，心头略有些担心，便出了遣云宫寻它。

我在云海霞光间看见了天帝。他负手立在云端，遥遥望着天际，眉宇间有一股难辨的情绪，竟透着几分落寞。他所望的方向，正是我的遣云宫。可不待我自作多情，少綦便从云海那头走了过来。

她身着流彩云纹烟罗裙，倩影窈窕，比绚烂的霞光更为清丽夺目。我方知天帝眉宇间的不是什么落寞，而是对于心上人失而复得的恍惚和怀念。

小白在我脚下轻轻叫了一声。我不再看那二人，弯腰抱起它转身离开。

11.

我与小白偶遇了云缪和他的火麒麟。小白后腿隐隐发颤，表情却矜持淡定得很，毫不露怯。我见它如此懂事，心中十分欣慰，不愧是我儿子。

暮夜池畔，司夜仙君问云缪倾心何种女子。

司夜素来如此八卦遭人嫌弃，果然，云缪淡淡回道："司夜仙君不做月老，真是屈才了。"

他的火麒麟走下桥头，舔了舔我的手，我又听到云缪的声音："自然是少綦那样勇猛果敢的女战神。"

当年少綦的恋慕者无数，上至天界下至妖魔两界，皆是各方霸主，否则天帝也不会苦恋不得。云缪从前那般讨厌我，亦是怪我冒用了他心爱女子的容貌，偏偏又是我软弱无为的性子辱没了她。

我了然。

火麒麟又亲昵地舔了舔我手心，痒兮兮的。过去这神兽待我如同它的主人一般高傲冷淡，爱搭不理，今日却这般热情，叫我有些受宠若惊。

小白在我脚下瑟瑟发抖，我知它害怕，便抽回手，退后半步与火麒麟保持距离。

远远的，云缪看了我一眼，眸间挟着些莫名的情绪。

12.

半夜，我被一团毛茸茸的东西闹醒。我原以为是小白，故而闭着眼一把把它搂进怀里，想让它安静些。

片刻后，我察觉出些不对劲，小白的脑袋没有这么大。我起身揭开夜明珠上的布，借着荧荧光辉，我对上了火麒麟红色的兽瞳。小白趴在地上摆出攻击的姿势，警告性地低鸣了一声。

我松了口气，它大抵是趁云缪不注意偷跑出来的。

我将它赶到地上，弄了个垫子给它睡觉，预备收留它一夜，明早再把它给送回去。安抚好小白，我又渐渐睡去。

隔日，火麒麟不知何时又跳到了我床上，还将爪子放在了我的……好在我心胸比较开阔，没跟一只宠物计较。

我备好早饭，心血来潮喂了个包子给火麒麟，这厮垂着大脑袋乖乖从我手心吃了。小白对它的敌意还很大，喉间不住发出低低的怒吼，背上的毛都炸开了。我转身安慰它，大约是有些吃醋还是怎么的，小白生气地别过脸，四条小短腿跑得飞快。

走之前还碰翻了我手中的茶杯，将茶水泼了我一身。我叹了口气，起身找了身衣裙换上。一转头，却发现火麒麟不见了。

13.

云缪带来了一坛女儿红，说是凡间顶有名气的酒。

他那里好东西还真不少。

我饮下半盏，醇香甘甜。

槐花树下，我与他对饮几盅，酒意微醺之际，他状似无意，问起我背上的云纹是什么意思。

哦，那是我族中人的印记，我族世代由莲沼灵气所化，无形无质，如水雾一般，故而是云纹状。

我解释到一半，突然觉得奇怪："你怎么知道我背上有云纹？"

云缪不动声色，替我将杯子斟满："这女儿红在凡间有个典故。若家中生的是女儿，就酿酒埋藏，待女儿出嫁，就掘酒请客。"

我听着听着觉得不对味，问他是不是想来替火麒麟提亲，我是不可能把小白嫁给它的。云缪手一抖，壶中的酒洒出几滴，他抬眸望着我，像是有些无奈。一道白影从我面前晃过，小白又被气跑了。

我喝多了，眼中天地颠倒，子夜非夜，星辰不是星辰。云缪与我并排躺在地上，枕着胳膊，眯眼遥望着这九重天的无上风光。我突然怀念我的家乡，怀念那万年不变的光景。从前只觉那里的日子寡淡无味，可此刻却这样渴望回到过去。

云缪轻轻握住我的手："会有那一天的。"

他说，他会带我回去。

我知这是酒后胡话，当不得真，不过还是很感动。

14.

天界立后大典那日，我正在喝我酿的酒。

这是我从家乡带出来的唯一一样东西。我已许久不曾尝过这酒，我怕我嗅到酒香，便会忆起与那人在秘境中度过的时光，忆起那时会心一笑的默契，忆起他口中所说的情投意合、两情相悦。

往日种种，他已全然抛到脑后，再无挂念，若只有我一人孤孤单单地睹酒思人，多少显得有些可怜。

可今日不同。

整个天庭，大抵只有我这般清闲。

我瞧见九霄云殿上方漫开的紫光，和回荡在天际的祥乐凤鸣。云缪来了，告诉我少綦如愿以偿，成了天后。我想，如愿以偿的是天帝。

我原以为，我会就此被他们遗忘，此后安安稳稳待在我的遣云宫，过上喝喝茶喂喂小白的逍遥日子。可天命终究是不愿放过我。少綦在册封大典前长睡不醒，老君说她识海破碎，皆因体内缺少了一灵，若不能及时寻回，恐是会元神溃散，再无醒转之时。

约莫是瞧见天帝面色太过骇人，老君话锋一转："好在那一灵此刻便在天界，不难寻找。"

天帝沉声道："在天界何处？"

老君将目光转向我："便是在菡萏仙子识海之中，只需从仙子那处取出，重新归入上神体内即可。"他叹了口气，"只是那灵在千万年间已与仙子融为一体，若是强行取出，怕是要引得识海混沌，伤及仙根，此生修道无望。"

我足下虚软，踉跄着退了几步。

天帝朝我看来，面色极是冷漠。老君虽然哀悯，却也觉得并无不对。无人问我是否甘愿，也无人在乎我是否甘愿。

天帝向我伸出手："菡萏。"

千年前，少綦机缘巧合之下进入我族秘境，那时她算出了自己的劫数，故留下一灵在尚是婴孩的我体内，为他日埋下一线生机。她死后，天帝寻着那一缕少綦的气息追到秘境。之后陨情丹发作，他失了记忆，倒在我的小屋外。

一切的一切，都是冥冥之中注定的。

天帝低低道，似是规劝一般："菡萏，天道轮回，拿了旁人的东西，自然是要归还的。"

可我不明白。

她自作主张将那一灵留在我体内温养，千万年间与我生出联系，如今又要将我的识海撕碎、斩断我的仙根，以成全她的安然。

我不懂，这算什么天道轮回？

老君道："若是能救得天后，也是功德一件。"

"她是死是活，与我有何干系？"

众仙似是未料到我会反驳，一时俱有些惊异。天帝望着我，眼中似有失望。

他抬起手，我识得那双手，便是它执着匕首生生截去了我的尾指。如今它亦探向我额间，识海撕裂，灵台嗡鸣，是我此生不曾经历过的痛楚，比起断指，还要疼上百倍。我瘫软在地，冷汗如瀑。

天帝轻声安抚："好了，菡苕，已经好了。"

他伸手抚过我眼角，我畏怯地朝后缩了缩，惶恐地瞧着他，他的手指一顿。

文曲星微阖了双目，无甚起伏地道："菡苕仙子本就是天帝为寄托对上神的情思而生，既上神已然归来，何不就此抹去了她，也省得在上神心头留下疙瘩。"

天帝起身，许久未语。

百年前，我养过一只白毛灵宠，极是机灵聪慧，连火麒麟都对它俯首帖耳，却因误饮毒酒死了。那毒，原是一个妒忌我的仙子使计下在我酒里的，却叫它做了我的替死鬼。我很是难过，可我流不出泪。于是云缪及众仙都以为我铁石心肠、薄情寡义。

此刻我趴在地上，眼眶涩疼，面色煞白如纸，亦是流不出一滴眼泪。

我早已不能流泪。

无论是为自己，还是为旁人。

15.

我不再管身后那些仙家的眼光，支着摇摇欲坠的身子回到我的遭云宫。

一片干枯的槐树叶飘飘荡荡地落在我脚边，我蓦然发觉，小白不见了，庭院内没有了它的气息。我忍着混沌的识海寻遍各处，仍无所踪，回到那方空落落的院子，我愣了半晌，突然明悟。

我生来便是形单影只，以为它也同我一样，一厢情愿地想与它一块守着这仙宫做伴，也算聊以慰藉。可它大约有更重要的事情要去完成，有更重要的人要去守候。伤好了，便不再需要我了。

我躺在屋中的木床上，浑噩之间，觉得即便这样活下去也没什么意思。识海混沌，我的后半生大抵会越来越糊涂。仙途无望，我本来也无甚本领，无望便无望吧。

少綦不愿我生作她的模样，我亦不愿。可惜，从未有人问过我愿与不愿。

天帝来看过我，他立在我床头，告诉我只是仙根受损，他日觅得良药，并非不能修复，可少綦错过这一次，却是再无生机。我没有开口，亦没有看他。

他说得对。

断一根手指不会死，仙根受损亦不会死，我该是无甚可怨。

天帝在我床侧站了许久，默然不语。我收敛心神，不再管他。蓦地，他一把抓起我的左手，语气隐隐地竟有几分凌厉："你的断指为何还未好？"

这般责问似的架势，倒让我摸不着头脑。

是以，我没有搭理他。

天帝喉头鼓动，半晌方艰涩地问我是否恨他，是否……后悔？

我不知他问出这话是何意图。若是往常，我兴许还会装上一装，为自己谋条后路。所幸如今，我已是将生死置之度外，惧无可惧。

是以，我掀了掀唇："我此生最后悔之事，便是将天后之位让给少綦，让自己落得如此下场。"

天帝走了。

他没有一掌将我劈了，我很意外。

我骗了他。

我最后悔的，是不该在小屋外拾回他，不该将自己搅入他与少綦的恩怨情仇。我区区一介法力低微的散仙，在这些上神的爱恨纠葛里，赔了感情不打紧，这下怕是连命也要赔上。

16.

少綦醒了，康健更胜以往，封后大典得以继续。

云缪来时风尘仆仆，狼狈不堪，身上还遍布着深深浅浅的伤口。我识得那伤痕，是为守境恶兽所伤，同天帝当年一样。他竟寻去了秘境。他神色复杂，指腹抚过我额间的朱砂，那是他在奈何桥畔的三生石前为我种下的。

"如此，你便与少綦不同了。"这是他那日说的话，我听在耳中，记了许久。

人人都将我视作一个缺失灵魂的傀儡，只有他，瞧出了我心中那一点悲凉和失落。

云缪问我，是否心怀怨恨。

他同天帝，连说出的话都如出一辙。

他说，他已知晓了一切。天帝是爱我的。陨情丹断情绝爱，注定忘却所爱之人，从他忆起少綦而忘记我的那一刻起，便已不再爱我。

云缪说这话时，目光紧盯着我的脸。

我唇角牵出一抹笑："我早就知晓的。"

自他执刀截去我尾指后，我便已想通了这一切。

可是要我如何相信呢？信他千辛万苦寻到秘境出口，却在只差临门一脚之际为了我而放弃时；信他与我相拥在无厌崖上坐看汹涌的潮汐，将刻有我二人姓名的酒坛埋入树下时，心中爱的仍是少綦。

那些曾立下的誓、曾说过的爱语，皆是假象，一个他恋慕着我的假象。

在他忆起少綦后，将我当作她的替身，朝夕相对时，心中所想所念的亦皆是少綦。期望纯粹的喜欢，是否是我的过错？是我太过贪婪。你看，那些天荒地老、生死与共的誓言，都是不能信的呀。

唯一一次，我从云缪眼中看到了痛楚。

17.

云缪说小白身上有魔气，才会被火麒麟咬伤，如今养好了伤，十之八九是逃回魔界了。

原是这般。它定是不好意思告诉我它的身份，才会不辞而别。其实不必如此，我对妖魔鬼怪都无甚偏见，况且它从未伤害过我，还在少綦执剑抵着我的脖子时，跳出来保护了我。

那时候我很感动，此生肯对我以命相护的，除了它，便是我的前一只灵宠。所以我将讨来的灵药为它续了断肢。如今它伤愈，回到它该去的地方，我亦觉得很好，我本就是个无用的主人，护不住自己的灵宠。

云缪日日守在我身侧，看得出平常是个被伺候的主，笨手笨脚，喂个粥把我嘴唇都燎起泡了。我很想告诉他我已经没几天活头了，不用这么费事。

云缪说，他已将陨情丹的解药喂予天帝服下，天帝会记起我的。

是吗？

18.

他似是怕我不信，将我带去了天帝面前。

少綦在瑶池边就着一树桃花自斟自饮，眉宇间的利落风流是寻常女子所不能及的。而天帝在看她，眼神中的欣赏之情溢于言表。即便我就在他目力所及之处，他也未留半分余光给我。

我笑了笑，问云缪："你看天帝这一腔深情，此刻倾注在了何人身上？"

云缪眉心紧拧："不该如此，莫是那解药无用？"

我摇摇头，踱步离开："解药并非无用，只是即便这陨情丹解了，天帝心中所爱之人，也未曾变成我。"

19.

这几日我的神志愈发浑噩混沌，时常在睡梦中被幻象所扰，醒来的时间愈发短了。

我要在我忘记自己是谁前回到我的家乡。若是连自己也将自己当作了旁人，岂非太过可悲了。

走之前，我将伴了我半生的灵玉留予了云缪。

他为秘境中的瘴气所伤，那毒虽不至于让上神殒命，却总归也是要头疼耳鸣些许时日的，若是再看见些七七八八的幻象生出心魔，便太不划算了。这灵玉可驱散瘴毒，明心静气，于识海混沌，也是有效的。可惜少綦那一灵已在我体内扎根太深，浑若一体，失了它，我迟早都会落得像当初的少綦一般元神溃散的下场。

所以这玉于我，已是无多大用处。

我从未告诉云缪，他为我做了那么多，我很感激。过去虽有些不愉快，可他已算得上我在这天界唯一的朋友。不能当面与他道别，我很是遗憾。我须得尽快赶回家乡，若死在了秘境之外的地方，我族后人失了莲心，怕是要断子绝孙了。

20.

时隔数百年，我终于得以回到秘境。

打点好一切，我立在无厌崖上，金色的霞光带着暖意温柔地覆盖在我身上，脚下是汹涌的浪潮，夹杂着滔天的声势席卷而来。我阖上双目，鼻端嗅到这方天地间熟悉的灵气，那是我生之本源，连灵台处的刺痛都削减了几分。

腕间的符文隐隐灼痛，是姻缘契。

竟未能解开吗？不过没关系。

我垂眸看了看，用刀子生生剜去那一块皮肉，纵身跃入黑沉沉的无厌海中。

我这一生，做自己的时间寥寥，冒用了旁人的样貌，替了旁人的位子，不伦不类，不清不楚，终是难以善了。我生于微渺，死后亦然。这天地之间，再也寻不到我的影子。

崖边不知何时来了个白袍少年，他目眦欲裂，伸出手试图抓住我，却仅能够到我的衣角："阿薄……"

那声音粗嘎沙哑，蕴藏着巨大的绝望。我望见他黑曜石一般纯净清澈的眼睛，莫名知晓，他是我的小白。果真，他趴在崖边厉声嘶吼道："阿薄，我是小白，我没有死……"

原来是它……真好。

这世上，总算还有一个人记得我的名字。

21.

我被埋在这莲沼之中已有百年，每日餐风饮露，风吹雨打，狼狈不堪。

小白时常会来查看一番我的生长发育状况，看看骨头有未长岔，肥瘦是否匀称。我瞧他如今生得挺拔清俊，与从前那副白胖软和的模样多有出入，不由得很难相信他真是小白，要求他变回去给我看看。他没理会我，起身拍了拍手上的土，说是受不得我的轻薄，才不得已化作人形。

轻薄？我何时轻薄过他？

他凉凉地睨了我一眼。

那日他奋不顾身跃下悬崖，在我彻底淹没前将我救起，可无厌海的海水已将我的肉身变作死躯，皮肉腐化，所幸只要灵魄尚在，莲沼便能为我再生一副躯体。

我醒后，为他的一腔情义感动，不大好意思再嚷嚷着寻死觅活，遂问起他的身份。云缪说他是魔族中人，可魔族怎会沦为我的灵宠？

小白坐在我身侧，语调清淡地讲述了自己身为魔尊次子夺嫡失败，惨遭兄长暗害追杀，九死一生逃出魔界又不慎落入我魔爪的悲惨身世。

对于"魔爪"这一形容，我表示不予置评。那时我将他当作小公主一般精心照料，每日洗得香香软软抱在怀里睡觉，还给他剪指甲扎小辫，难道我对他不好吗？

又过了百年，我终于长出一身新的血肉，拥有了再一次选择性别的机会。我在魁梧大汉与风流书生间纠结许久，考虑到如厕习惯问题，还是选择了成为女子。

小白在一旁如释重负，松开了攥得发白的拳头。

对于相貌问题，我认认真真描了一张仕女图给小白。小白接过后沉默不语，眉头紧蹙，连夜画了一幅女子的画像，画工较我精湛许多。

我将脑袋探过去看了看，沉吟道："原来你喜欢妖艳……"

容貌与身段塑成后，我低头瞧了瞧胸前，觉得小白捏的时候藏了私心，画上哪有这么大。

小白问我，心中是否存有怨恨。只要我想，他会陪我一同站在天帝与天界众人面前。

我摇摇头。我生来便是软弱无为的性子，只要他们不再来打扰我与我在意之人，这便很好。在那人眼里，我早已堕入无厌海底化作虚无，再不存于这世间。

22.

遣云宫内，天帝立在海棠树下。

桌上放置着一坛酒，酒坛上以极亲昵的姿态篆刻着一双名字，随着日久年深，已经模糊难辨。

"你可知那酒坛上刻着的女子是何人？"云缪神君缓缓行至他身前，一同望着那坛酒。

天帝未语。

云缪眼中泄出一丝了然，像是遗痛，亦像是嘲讽："想来阿薄这个名字，你还不曾记起。"

"她与我，与菡苕，有何瓜葛？"

云缪扭头："答案我早已连同那杯酒送到了你手中，可你终归是没有饮下。千年前你为放下少綦，从陆压道君那里求得陨情丹，他告诫你'执念太深，终是自苦'。这话，如今你可还记得？"

天帝唇色一白。

"执念太深，终是自苦。"随着陆压清正的声音回荡在耳畔，那块刻着他与那女子姓名的符文在他腕间神光一现，渐渐褪去。

云缪亦看见了这一幕，他瞳仁震颤，负于身后的手紧握成拳，死死攥住掌中的灵玉，唇角却勾起一抹极凉的笑："传闻只有真心相爱之人才能将名字篆刻于三生石上，你与少綦迟迟不能结契，而与菡苕的姻缘却在你亲手抹去后又再度生出，难道你就从未思索过其中的缘由吗？"

云缪眼中讽意愈盛："一块石头都能窥破的东西，你却蒙昧不知。而今她以性命相抵，解了这契，你该是称心如意了。"

他转身离开这破落的庭院，天界最冷漠不近人情的神君，脚步竟有些踉跄。天帝垂眸望着空荡荡的腕间，那二字隔了这许久，终于从他口中说出。

"阿薄。"

番外

妖界，洄水河畔，闹市纷杂。

传闻这河中的水由世间的眼泪汇聚而成，用来烹煮成茶水别有一番滋味，我喝完一杯，只觉得与寻常雨水无甚区别，还不如酒来得浓醇甘烈。

小白倒是喝得慢条斯理："这茶水中蕴藏着风露清愁，万般怨怼。若是旁的女子，只怕是嗅一嗅茶香便要抬袖落泪。像你这般粗枝大叶，当然难以品出其中的妙处。"

确如小白所说，不远处的渡仙桥上，一貌美女子眼眶微红，只凭着一股骄傲矜持强忍着不曾落泪。

而她面前的男子神情冷漠，毫无半分怜香惜玉之情。来往的妖族百姓自发地围绕在他们周围。那女子眼中升起不耐，握在剑上的手紧了紧，转身从桥上离开。那与她对峙的男子立在原地未动，看来是不曾打算把人追回来。

一场好戏还未开场就结束了，周围的妖悻悻散去，只有我仍盯着那人。

男子徐徐转身，视线恰好与我对上。那目光深邃冰寒，正是天帝。而方才那女子，自然便是少綦。看来我走后，天帝和天后的感情倒也未能长长久久地太平和顺下去，我心中不由感叹。

小白寒了脸，拉起我匆匆离开茶摊。

"怕什么？我如今变得这般妖里妖气，他如何认得出我？"我问。

小白转头盯了我片刻，咬牙切齿地说："你莫忘了你的眼睛。"

我的眼睛？

我倒不知我的眼睛有何特别之处。

再见是在蓬莱岛主的寿宴上。

我与小白之所以能来此，皆因小白前不久回魔界悄声无息地继承了魔尊之位，这便是他平白消失了那么久的原因。小白在席间与那些惺惺作态的神仙们推杯换盏，而我则四处寻找阿渺。

她几百年来从未出过秘境，乍一来到外界便犹如那撒欢的马儿一般，动辄不见了人影。不知不觉寻到了一处庭院，我嗅到饭香，猜想着阿渺那个馋猫是否在这里偷食，忽然听到隐隐的说话声，便走到拱门旁瞧了一瞧。

"你如今瞧着我这张脸，心中想的却又是谁？"那女子冷冷讥笑道，"这世间最可笑的事，莫不如我竟做了我替身的替身。"

我听罢，只觉这些仙家上神惯不能安生度日，非要迂回折腾一番方才能称得旷世情缘。

我本欲离开，却叫小白坏了事："阿薄，你可寻到阿渺了？"

庭院内脚步渐近，一人遽然擒住我的手腕，身上散发出浓重的威压，将我这法力低微的散仙压制得灵台嗡鸣、动弹不得。

竟是天帝。他面沉如水，一字一句道："他方才，唤你阿薄。"

他怒目切齿，仿若在念仇人的名字。我不知我与他之间的仇怨竟到了如此深刻难消的地步，哪怕我已经死过一回，彻底归还了那副皮囊，还不足以让他释怀。

我初时有些慌张，旋即想到自己已不是他心上人的模样，遂放松许多，坦荡地抬起头来望着他："我的确叫阿伯。因自幼长在乡下，算是那里书念得比较成功的，是以乡亲们都称赞我博文广知、博学多才。也因我面貌生得颇为沧桑，故而常常被唤作阿伯。兄台可是曾听说过我的大名？"

天帝面色忽青忽白，瞧着我的目光冷厉，少綦自他身后步出，奚弄道："便是听到一个名字就引得你心境不稳，方寸大乱，天帝不觉可悲吗？"

天帝徐徐松开了我。

少綦望着我，我颔首朝她笑笑，十分客气。

"娘亲。"阿渺从院子里奔出来，奔到我怀里，嘴边糊满了酱汁和糕点渣。

我拿帕子替她擦脸，又想到自己此刻是一副男装打扮，遂咳嗽一声，沉声道："叫阿爹。"

天帝本已走出几步，闻言又回头看我。我连忙拉着阿渺走向小白，天帝却倏尔抓起我的左手。五根纤纤玉指俱在。天帝面上闪过愣怔，颓然地松了手。

我与小白一同出了院子。

我在莲沼中重塑了肉身，形容样貌皆变，那截断指自然也长全了，只是旧疾尚在，与旁的手指相比，不甚灵活罢了。

岛主盛情难却，邀请我们游岛。

蓬莱仙境不负盛名，所过之处莫不美轮美奂，薄雾缭绕下的亭台楼阁、池馆水榭仿若画中景。

天帝与少綦站在船头，倒是一对璧人模样。

途经柳树丛中时，一只金蝉从我袖中飞出，转眼便不见了踪影。我心中暗道不妙，金翅木蝉喜食树汁，这岛上又是灵木如荫，它如何忍得？天帝果真认出了那木蝉，想来，他已记起了一切。

碧海苍穹间，他的目光凝聚在我身上，一步步朝我走来。那步履沉缓，却又极快，快到我连逃跑的念头都没来得及生出。所有人皆在看我们，小白眉心紧拧。天帝望了我许久，金翅木蝉吸饱了树汁正欲回到我体内，却被天帝握在了掌中。

他问："这木蝉你从何而来？"

我不欲再狡辩，那已是无用。

"是你。"他的声音有几分艰涩，"你还活着。"

"天帝便不愿放过我吗？"我漠然地低头望望自己，"天后的容貌与灵魄我皆已还予了她，该是无甚亏欠了，天帝还想找我要什么呢？"

天帝的眼里多了些我看不懂的东西："在你眼里，我寻你就是为了这些？"

我说："理应如此。"

天帝面色煞白如纸。

他将手伸向我，似是想触一触我的脸，我识得这双手，便是它亲手斩断我的尾指，撕碎了我的识海。我犹记得那痛楚，刻入骨髓，非死不能忘。小白袖下的手掐指作诀，蓄势待发。可那手，终是未落到我脸上。

我道："天后姿容绝丽，我当不得这副面容，已消溶于无厌海中。"

"……你跳了无厌海。"他似是不可置信，不知是不敢相信，还是不想相信。许久，他方放开金翅木蝉，眼中有钝痛，"是我负了你。"

"你的确负了我。"我道。

他握住我的手，我知他要做什么，慌忙想要挣脱。阿渺朝我扑来，死死抱住我的腰："娘亲别走！"

天帝望着阿渺，眼底闪过疑虑。

"阿薄！"我眼前最后的景象，便是小白苍白的脸。

……

天帝将我与阿渺带回了天界。

他问我，阿渺为何唤我娘亲？见我许久未语，他又忍耐着问我，阿渺是我与何人生下的孩子？

我道："我与小白已是夫妻。"

天帝眼中隐有血色，几乎将我的腕骨捏碎："不可能。"

我从未骗过他，可他却不相信我说的话，我只好告诉他："若你不信，去三生石上一看便知。"

他甩开我的手，拂袖出了太微玉清宫。

我在天上待了已有半月，小白定然急坏了。我只怕他贸然率领魔族兵将杀上天庭，魔族固然骁勇，可到底天帝才是六界之主，彼时寡不敌众，白白断送性命。

天帝每日都来看我，待我睡下方才离开，于是我每天都在装睡。

阿渺指着墙上的壁画问我："娘亲，那画上的女子是谁？"

这画，正是少綦诞辰那日天帝所赠，如今却挂在了我的房里。天帝望着我，我知他在等什么。

我摸摸阿渺的脑袋，"那是天后，天地之母。"

阿渺"哦"了一声，评价道："看上去傻乎乎的。"

天帝的唇色瞧着又黯然许多。

这是何必呢？我叹气。

我牵着小阿渺在天庭中游荡，天帝在我身上下了禁制，无论我去何处，皆逃不出他的掌心。是以他不再将我拘在太微宫中，随我四处闲逛。

不知不觉，我来到了我过去的住所——遣云宫。与我想象中不同，遣云宫一改往日的荒凉，院中焕然一新，连那棵老槐树都生长得格外蓬勃。宫内新添了两位打扫的小仙娥。"这遣云宫如今住的是何方神圣？"我问道。

小仙娥相互对视一眼，摇了摇头："这宫中的故主是天帝心尖上的人，寻常仙家连靠近都靠近不得，如何有人敢住进来？"

我沉吟一阵,问她们是否将少綦当作了遣云宫的故主,毕竟她们长得一模一样。

左边那位小仙娥又是摇头,叹息道:"天后是天后,菡萏仙子是菡萏仙子,后者早已仙逝了。"

右边的小仙娥指着树下的石桌:"犹记得云缪上神告知天帝仙子故去那日,天帝面色铁青,一口血喷在那桌上的酒坛上,又慌忙拭去,也许是用力过猛,又或是那酒坛日久年深已然脆弱不堪,竟生生碎在了他怀里。"

她叹气道:"天帝在原地愣神良久,方从地上拾捡起那块刻着他二人名字的碎片,小心地收进怀里。"

左边的小仙娥道:"传闻天帝是因服下陨情丹才忘记仙子的,想必他那日定是记起了一切。可是仙子已死,悔恨已迟,所以才更加悔恨。"

阿渺好奇地奔到槐树旁,摸了摸石桌上的棋盘,竟连棋子的摆放都与我走之前一般无二。

我问:"仙侍可知云缪神君如今在何处?"

小仙娥道:"自仙子走后,云缪神君便去凡间游历了,已许多年不曾回来。"

我颔首谢过她们,随后带着阿渺离开。天帝在太微宫中等我,我在廊下站定,低声问他:"可是觉得愧对于我?"

他道:"是。"

"可我与小白、与阿渺过得很好,已不在乎你对我的愧对。"

天帝注视着我的眼睛,似是一瞬间灰败了下去。

我想到了千年前的自己,得知自己只是少綦的替身时,也是这般的神态和心情。我道:"我知道,你已去看过三生石了。"

……

那石碑上,刻的是我与小白的名字。

一 命 煞
一

1.

早有人一语断定，她是他宿命中的煞。

宗门长老说，你二十七岁那一年，会有一个女子爱上你。她将成为你修仙路上最大的阻碍，彼时你将道心不稳，道基崩塌，多年苦修毁于一旦，再难翻身。

他本是天之骄子、少年英雄，宗门内外仰慕他的女子何止百千。即便他信，也不知该如何寻觅长老口中所说的那个人。但许是冥冥之中自有指引，宗主十年前流落民间的女儿找到了，举派欢腾，万众伏首，恭恭敬敬地迎她归来。电光火石之间，他无端知道，是她。

宗主苦苦寻觅女儿多年，现今失而复得，自然是捧到了心尖上。而她继承了父亲的智慧和秉性，行事利落，巧思善谋，资质也是罕有的上乘，回宗短短十几载就博得了众师兄弟的爱戴。

愈是这样，想除掉她就愈发难。

她待他，也确实与待旁的男子不一样。面对他时，眉眼柔和，语气格外小心，偶尔不经意肌肤相触，她陡然无措，又顾着大家风范，抿着唇佯装无事，唇角却又禁不住小小雀跃起来。

她每一时的变化、每一寸的女儿心事，他通通看在眼里，让他暗暗握了拳，如鲠在喉。

2.

那一日，连绵半月余的阴霾和雨水散去，山河清隽，群鸟起落。

宗主和两位师兄在山门前等他们，等了许多时，在看到衣衫残破的两人相互搀扶着归来的那一刻，面上笑意尽褪。那一次除妖的任务，死了七人，只有他和她活了下来。那七人是她入门之初便结识了的，年岁尚幼时的嬉闹玩乐，练功练到大雪埋了半边身子的刻苦，月下饮酒交心，多少次在虎口险境中同进同退，如此挚友，通通死在那场蹊跷的除妖任务中，连尸体都化作一摊血水，消弭无形。她亲手做了他们的衣冠冢，掌心擦过白晃晃的剑刃，血洒坟头起誓，穷毕生之力也要找出元凶，还他们一个公道。

做完这一切，她整个人摇摇欲坠。他迈前一步，挽住了她的腰。她颤了颤，扭头看他，目光哀婉，缓缓将脸埋在他胸前，泪水浸透衣衫。他扶着她的后脑，喉头细微鼓动。

这是第一步。

第二步，是栽赃陷害她入魔，再用预先准备好的所谓证据，证明那七人之死是她所为。

她对他信任如斯，想要在她的住所和吃喝里动些手脚，实在是再轻易不过的事情，轻易得让他在计谋得逞的时候，失去了应有的快意。

作为徽元宗刑堂堂主，这场对于宗主之女的刑讯，理应由他主持。她是被人拖上来的，受过鞭刑和水刑，整个人已是遍体鳞伤，有看不过眼的弟子替她披了件外衫，稍稍遮掩了惨状。

堂下有人窃窃私语，赞叹沈堂主为人刚正不阿，这位可是宗主唯一的女儿……

宗内几位长老是看着她长大的，纷纷目露不忍地撇开脸。然爱之深责之切，毕竟那一日，有弟子亲眼看着她狂性大发，险些要了宸殊性命。

他命人将在她屋内搜出的魔门宝物炼魂鼎呈到案上："你可还有什么说的？"

被炼魂鼎所伤之人，会在极短的时间内膨胀爆裂而死，尸骨无存，确与那七人死法一致。

与那七人关系要好的不止她，一时间，群情激愤。

她银牙染血，仍然执着地跟他解释："宸殊，你信我……"

计划进行到这一步，早已没了退路。

因她自始至终矢口否认，二则也找不出她杀死七人的动机，她被暂时关押在仙玦峰的断崖上。

看守的弟子憎恶她，每日只肯给她一个干巴巴的馒头果腹，连干净的水都吝啬。他来时穿着一袭青色长衫，脚上踏着银白锦靴，在牢房前驻足片刻，缓步而来。

"琅然。"他抬起她的下颌，于是她便看见了他的眼睛，漆黑深郁，惯常藏着她看不懂的情绪，"你还好吗？"

他从腰间拿出一颗丹药喂进她口中，入口即化，清凉甘甜，连皮肉的痛楚都减轻许多。

"一朝从被宗门寄予厚望的核心弟子沦为人人唾弃的魔物，不好受吧？"他轻轻触了触她的脸，替她撩起额前的发丝。过去，他从来没有待她这般温柔和顺过。

半晌，他微微阖眸，似是笑了："我同你一样，不愿有这一天。"

她便以为他是在替她难过，竭力触向他放在膝上的手，艰难地握了握。他抬头望了她半晌，横抱着她起身，跨出了牢房的门。她攥着他胸口的衣服，温顺又不解。

夜幕低垂，星河似乎近在咫尺，有山风凛冽地刮过，夹杂着血腥气。

很快她就明白了，那是凶兽口中的气味。

她猛地推开他，眼见那凶兽红了眼，全然无视了她直奔他而去。而他又丝毫没有反抗之意，她急忙扑上去以身相抵。肩膀被凶兽的指甲划开一道血口，来不及感受疼痛，她伏倒在涯边，目眦欲裂："沈宸殊！"

他坠入悬崖的那一刹，看见她不顾性命地冲过来，绝望地试图去抓他的手。

这个人，怎么可以这么傻呢？

3.

她白了脸，一时只想随着他一起跳下这万丈悬崖。可恰好赶来的看守弟子撞见这一幕，忙捉住她："你、你竟把沈堂主推了下去！"

她被重新押上刑堂，沈宸殊的父亲眉目阴戾，声声诘问像一串响雷炸在她耳畔，震得她灵台剧颤，一句话也说不出。

三日后，在宗门弟子的全力搜救下，他被找到了，谷底布满毒虫蛇蝎，这一摔，他丢了半条命。他回来了，带回了真相，指证是她谋害的他。那一日，他念着同门情谊去看她，本是想劝解一番，结果被她寻机暴起推下山崖，为的是掩盖罪证，杀人灭口。宗门起先还对她杀害同门一事心存疑虑，现在却是确信了。

面对他的指控，她满心的不可置信。那人站在父亲身后，身形消瘦，透着一股病气，需得人搀扶才能勉强站立，他低垂着头，没有与她对视。

众长老经过商议，决定对她处以灼心剔骨之刑来告慰已逝之人。

此刑是指将有罪之人的胸腹剖开，让五脏六腑置于烈日之下暴晒至死。若是那天天气足够好，还会有成群的飞鸟嗅着血腥气前来啄食她的内脏。被宗门施之此刑的人，六百年来也只有三个，都是穷凶极恶、罪盈恶满之徒。

提议这般处置她的，正是沈宸殊的父亲。

他终是抬起头望向她，她跌坐在地上，神情灰暗，从前水润灵动的一双黑眸只余空洞。

行刑那天，他也在场。

她是个清清白白的女儿家，负责施刑的弟子拿着匕首站在她面前，竟是满头大汗不知如何下手。在他父亲的催促下，弟子咬咬牙，伸手去拉扯她的衣襟。而她低垂着头，木头一般无动于衷。

他直直盯着，看见衣裳底下露出的那一片藕色兜肚，不由捏攥起拳头，骨节用力到泛白。

行刑却戛然而止。

原因是外门弟子带回了一个消息。宗主不信自己的女儿会残害同门，亲自前往大偃谷考证，结果不幸遇到妖族袭击，身殒道消。

听到宗主身死的那一刻，他遽然看向她。

她眨了眨眼，发觉自己竟是一滴泪也流不出。只是心里有什么东西彻底碎掉了，从此坠入无尽的深渊，再没有解脱的可能。

那七人尚且尸骨未寒，如今宗主又死在了妖族手里，宗门上下人人哀痛，对她的处刑一事也暂缓了。却未料到丧礼那日，妖族会联合妙元宗的人对他们大举进犯。宗门本就元气大伤，而今前有妖族群狼环伺，后有妙元宗虎视眈眈，抵御艰难，不过半日就折损了数以百计的弟子。

就在此时，昆山派的少宗主前来求娶于她。少宗主坦言若是她肯嫁给他，他自是不吝施以援手，两家同仇敌忾，退敌只在顷刻。暂代宗主席位的长老沉吟片刻，正要替她做主，昆山少主一摆手，说要听琅然亲口告诉他愿与不愿。

她被带出牢房，在峰顶的汤泉中洗净身体，被梳妆打扮成从前的模样带到长老面前。须发皆白的老人低叹一声，说倘若她对宗门和宗主还有些情谊，就答应那位昆山少主，这是她能为宗门所做的最后一点贡献。

屏风后有人影挪动，她知道他也在。

半响，她微微点头，道了一句："好。"

4.

短短三日，有了执正道之牛耳的昆山派鼎力支持，宗门一转颓势，将盘踞在山门外的妖邪势力一网打尽。

那一日，昆山少主秋寒禹见了她，当着一众长老堂主的面，悠悠扬了扬手中的折扇嗤笑道："听闻你倾慕你宗门中一男子多时，日思夜念，非他不可。你父亲临逝前不久，还曾答应替你去问一问他的心思，若他也属意于你，便做主将你二人的婚事办了。我来此是想亲口向你问明，你嫁我，当真是出自本愿？"

沈宸殊垂下头，薄唇抿出苍白的颜色。

她不知他是从何处听来了这些，在门中长老紧张的注视下轻声开口："少主所闻却是有些言过其实。我过去的确对一男子有过好感，可那只不过是年少无知，犟嘴胡闹罢了。且不论从前如何，你只管放心，我既嫁了你，便是你的妻子。与你生同一个衾，死同一个椁，此生再不作他想。"

沈宸殊瞳仁骤缩，一双狭眸死死望着她。

她神色疏淡，仿佛说出口的是再寻常不过的话。

他还记得一年前那个多雨的春日，梨花树下的小姑娘垂着头不敢看他，一只手却紧紧攥着他的衣袖不放，用无比认真的语气小声而坚定地告诉他："宸殊，我也讨厌那些腻人的情话。可我……我说过的话，字字句句，绝无违心。"

那如今呢，也是如此吗？

一切原本进行得很是顺利，结亲的喜帖已发往各大门派，二人皆属正派之中天资傲人的少年英才，此相结合也实属众望所归。再加之徽元宗宗主初丧，徽元宗为妖邪魔门所祸，亏得昆山大义相助方得留存，使得两宗的情谊更为牢固了些。

然而就在事事妥当只差成婚的前两日，她先前入魔残害七名师兄弟，之后更是亲手将沈宸殊沈堂主推下万丈悬崖险些致其丧命的消息却传入了秋寒禹父亲的耳中。其父骇然拍案，直呼昆山定容不得此等恶徒，更遑论娶她进门，做昆山的少夫人。

彼时秋寒禹在众人的逼视下为她作保，说此事疑点纷纷，现有证据不足以取信于人，他已着手调查，来日定会给诸位一个解释。只有一事，婚礼不能推迟。

昆山宗主冷冷质问："倘若当真是她所为呢？届时你置我的颜面于

何地？你要这修真界如何看待我昆山？你与她不过数面之缘，怎知她为人如何，就这般言之凿凿相信了她！"

是啊，连朝夕相处数十载的人都不信她，凭什么他会信她？

出得门外，冷风呼啸，他抚了抚她失去血色的脸，低低笑道："怕什么，不是你说的吗？生当同衾，死则同椁。如今你我尚不能合盖一条被子，我怎舍得让你一个人死了。"

她掀眸望着他，死寂已久的心口忽然涌过什么。

就仿佛这个人在她面前猛然间清晰起来，不再是一个陌生而遥远的影子。

5.

在秋寒禹的坚持下，二人终是如期成亲了。

洞房花烛夜，她坐在榻上苦等了许久，脖颈已被沉重的凤冠压得有些酸乏。直至后半夜，一对红烛几乎燃尽，那人方姗姗来迟。门"嘎吱"一声被猝然推开，凄清的夜风灌入，她察觉到他有些粗重的鼻息，和略显不稳的步伐。

他默然在床头立了片刻，方伸手揭开她的盖头。

她抬眸，撞上他漆黑明澈的眼睛。他笑了笑，端起两杯合卺酒坐在她身侧，而后引着她的手与他交杯对饮。

"琅然……"用低沉醇厚的声音念着她的名字，揽着她的腰将人压在床上，刚垂头欲吻，神色忽地一变，蹙眉显露出几分痛楚。

"怎么了？"她看出他腰上有伤，想要触摸却被他捉住了手。

他不在意地扬唇笑了笑，睨着她的双眸道："为夫方才受了宗主几杖，伤在腰上，不便动作，今夜怕是要辛苦娘子了……"

她一怔："你挨罚了？"

是因为她吧。

他将额抵在她温香的颈间："挨上几棍换得美娇娘入怀，我当真乐意之至……"

昆山的断骨杖可不是好受的，宗主竟然狠得下心。

她抿唇，飞快去解他的腰带："让我看看你的伤……"

他慢悠悠地笑道："娘子这般主动，倒是让我有些没想到。"

衣裳脱得七七八八，他低头吞掉她的声音深吻了一阵。风抚过脊背，他蓦然打了个寒战，抬起头没好气地道："等等。"

他下床，将大敞的房门一把阖上。

小夫妻新婚宴尔，尚不能温存几日，析水之岸的蟾月宫宫主发来请帖，邀他赴自家儿子的百日宴。

两家有些姻亲关系，宫主夫人是他姨母，苦于不孕多年，五十岁的年纪方得一个大胖小子，宝贝得不行，俨然就是蟾月宫下一任继承人。姨母自小甚是疼他，当亲儿子看待，他不到场是无论如何说不过去的。

秋寒禹在院子里焦躁地踱步一阵："怎么偏偏撞上这个时候？"

届时徽元宗也会派人前去，如无意外就是沈宸殊。

他怕勾起她伤心事，更怕二人见了面牵扯出麻烦，只能磨着牙将人抱住狠亲一口："待我送完贺礼就回来。"

这一等便是半个月，秋寒禹是被抬上昆山的。听闻他返回途中遇到妖族残党，对方心存怨恨，不惜自爆内丹也要重伤于他，多亏徽元宗堂主及时相助，方保住一条性命。

他躺在担架上满脸阴霾，一条伤腿包扎严实，被弟子小心翼翼抬进院子。她却是松了口气，初听消息，她还以为他身殒了。

她迎上前，被他握住手，眉头仍未松开，她宽言劝他："所幸只是伤了腿，休养数日就好。"

他咬牙："不好。"

话音才落，一双白色锦靴踏入院门。

救他的人，是沈宸殊。

6.

同行的师弟朝她行了个揖礼，含笑道："师姐面若桃花更胜从前，看来这个少夫人做得很是舒心。"

难得有在那些事过后不对她心存恶意的同门，她略一颔首算作回礼。

沈宸殊双眸凝睇着她，面上看不出情绪。宗主亲自向他奉茶致谢，二人在堂内提起那日的情形。聊至一半，沈宸殊忽然面露痛楚，捂胸咳出一口暗红色的血，他也受了内伤。

于是顺理成章，宗主将他留下来休养身子，每日灵丹妙药供着，权当还恩。

秋寒禹得知后恨恨地咬了咬牙，唾了一声"无耻"。而后便将琅然拘在了屋子里，不许她踏近沈宸殊歇息之所一步，更是在自家院外加派了许多人手防止二人见面。

对于秋寒禹防贼似的做法，她有些好笑。但她也乐得顺他的意，每日守在他身旁细心照料，只望他早日康复。

他答应过她，会帮她洗清冤屈，报七位师兄和爹爹的仇。那时他握了她的手，眼里是全然的坦诚和怜惜。她识得那样的坦诚，因为被背叛和辜负过，于是愈发觉得可贵。

沈宸殊在昆山待了半月有余。

这期间他安心于疗伤治病，除了每隔三日需到秘境内的药池里浸泡调养便很少出屋子，似乎当真是迫于伤势才不得已留下的。

就在今早，秋寒禹终于等到他向宗主请辞的消息。他稍稍放下心来，恰逢今日是凡世的乞巧节，宗主强留了沈宸殊一夜，酒宴相待，权当送别。

酒过三巡，宗主抚了抚须朗声笑道，自家小女语棠如今已到了要嫁人的年纪，前前后后拒了好几门亲事，外人皆说她眼高于顶，我和她娘也发愁得紧。直到几日前才得知，无怪乎她瞧不上旁人，原她心中仰慕的是沈堂主这样年少有为的英才。

这话说得不可谓不直白。沈宸殊宿在昆山这数日，每日三餐皆由秋语棠亲自端来放在门口，青年坐在案后执笔作画，偶尔对她道一声谢。少女揣摩着他的喜好换了数件衣裙，精心装扮，不知那人可否一顾。

席间沈宸殊半阖眼眸，微微一笑，未做应答。那抹笑，让少女心中悄然升起了一丝希冀。怎可料到，仅是几个时辰后会撞破那样不堪的一幕。

7.

琅然不知自己是怎么了，在这浓墨似的夜色里，如木偶一般被那丝若有若无的幽香牵引着来到了覆梓池畔。

池水灵气充裕，淡绿色的灵力浮于水面，闪着荧荧光辉。青年身躯赤裸，黑发如瀑，于水中缓缓睁眼，看见她并无意外。每隔三日，沈宸殊便会于此地浸泡整夜，以做疗养调息之用。

他瞳孔内异光闪烁，摄住了她的心魂，让她不知不觉便步入水中，向他靠拢。

清凉的池水淹没了腰身，她陡然回神，扭身想要回到岸上，却被蓦然捉住手腕带入那人怀中。

鼻尖抵着他胸口湿润的肌肤，她愕然抬头，与他对视了一瞬便挣扎着想攀上岸沿。男人的胳膊紧扣在她腰间，费力拉扯间，衣衫湿透，曲线毕露，他神情微一愣怔。

她知晓自己的狼狈，下唇紧咬，然那人却未打算就此放过她。

"啊！这是少夫人？您怎么会……天哪……"耳畔响起瓷碗摔碎的声音和婢女的惊呼。

兵荒马乱间，她分明看见了他眼底一瞬的冷漠和清醒。

8.

"琅然……"沈宸殊附在她耳边，嗓音低得仿佛一阵风就能吹散，"你当真忘得了我吗？"

她想起那日宗门大堂内二人就他跌下悬崖一事当面对质，他亲口指证，字字句句，从此万劫不复。她还未开口问过他，为何要那么做，为何一心想置她于死地。她直直望着他，终是未能听到他的答案。

昆山宗主在沈宸殊体内查出了燃情香，此香催生情欲，惑人神智，若剂量用得足够，便是他这等修为也无法抵抗。众人早对她倾慕沈宸殊一事有所耳闻，想来是嫁作少主后情意未泯，想借着这最后的机会勾引献身于他，便使出如此下作的手段……

"不知廉耻！"昆山宗主愤然拂袖，让人将她押了下去。

他本就对她在徽元时的所作所为心存忌惮，是秋寒禹一意要保下她，还对外瞒下了她所犯下的恶行。短短数月间竟又发生这等丑事，断没有再容她的道理！

四日后，她才再次见到秋寒禹。

她还记得那一夜，他看见她后霎时变得极为难看的脸色。她想解释，解释自己是受了陷害。仙玦峰断崖是第一次，覆梓池是第二次。沈宸殊精通医理，尤擅炼香，但是没有人会听。在他们眼里，沈宸殊的话比一个与魔勾结残杀同门之人的话要可信得多。

秋寒禹一言不发，掏出信纸摊在她面前，而后咬破她的手指，攥着她的手在纸上摁下了一个鲜红的指印。她饿了许久，视线涣散，瞧不清楚上面的字，可也猜得到，那大约是休书。

她的丈夫也不信她。

隐隐地，她听到秋寒禹冰冷的声音："拿去给我父亲。"

下一刻她便被人从地上抱起，那怀抱无比熟悉。她试探着叫了一声他的名字，那人喉头滚动，目光落在她脸上，将她揽得更紧。

"对不起。"她听见低低的三个字。

9.

沈宸殊离开了昆山。

她还是秋寒禹的妻子，昆山的少夫人。

她不知秋寒禹拿什么和宗主做了交换，不知他付出了多大的代价，只知连日来他回来得越来越晚，神色疲惫，身体也肉眼可见地消瘦了不少。那日他将她从地牢里带回来，她没有喝他喂过来的水，强撑着最后一丝气力，用嘶哑的嗓音将事情的经过一五一十地告诉了他。

他亲了亲她苍白脱皮的唇，握紧她的手，声音亦是沙哑："我是你丈夫，无论发生什么，我都信你。"

不多时，她从昆山宗长老那里知晓了一切。

秋寒禹违背父命，与她结下了连命契。此契乃秋家秘术，唯至爱亲人可结。连命契又名情痴契，一旦秋氏子孙与所爱结契，那人日后受伤甚至是丧命，皆由他代受。

他在宗主面前赌咒起誓，沈宸殊心怀叵测，绝非善类。假以时日，他必会查清真相为她洗脱罪名，如若不然，便与她一同偿清冤债。

宗主气急败坏，偏又无可奈何。

难怪那之后昆山无人再敢动她，原来那日他递来的不是什么休书，而是一纸契约。

她问："为什么？"

为什么肯为她做到这种地步？

秋寒禹含笑："为夫对你一番痴情，可昭日月。"

一月肇春，距离结下连命契已有数月之久。

秋寒禹从大揠谷发回秘讯，他找到一位散修，曾目睹她那七位师兄殒命的过程，他在竭力说服那位散修同他回宗为她作证。信尾则含糊不明地写了一句：若我所料不错，元凶便是你那徒有其表的旧情人。只是我百思不得其解，你除了嫁给我，还有哪里得罪过他？

10.

这话让她在窗前枯坐了许久，直至婢女小心翼翼地触了触她肩膀，问她怎的脸色这般差，是不是受了风？

许是猜到她心绪难平，夜间秋寒禹便来信叮嘱，他已设法"说服"了那位散修，在带人回山的路上。他让她不要轻举妄动，一切等他回来。她握住腰间他临行时赠给她的玉，指腹碰到一片凉寒，心头不知怎的一悸。

屋里的下人知道少主快要回来的消息，皆十分高兴，将床铺被褥换了新的，玉瓶中也插上了几枝九畹花。她计算着秋寒禹的脚程，想他大约还要多久才能到，时不时便要抬头朝门口看一看。婢女正笑话她思夫心切，有男弟子走过来道了句"师父有令，徽元宗沈堂主在的这两日，少夫人不可出屋子"，而后面无表情地阖上门，在房外看守。

她攥了手指，说服自己，是因为沈宸殊才这样惶然。

暮色渐染层林，婢女送来晚饭。说起沈堂主这次来，送了二小姐一件重明鸟羽制成的仙衣，极是美丽，二小姐很是欢喜。

重明鸟羽衣？那东西可是万金难求，贵重的很。

她夹了一筷子青菜，门倏尔从外被推开，男弟子拱手道，宗主请她去衔月楼有事相告。随那弟子行至半路，她蓦地停住脚步，胸口似是突然缺了一个口子，有什么极重要的东西在悄然离逝。

她抬头望向澄碧旷远的天空，神情恍惚。

那是连命契的感应，与她谛下契约的那人，已经不在了。

11.

秋寒禹死了。

但是秋宗主找到她，并不是为了这件事。沈宸殊此次上昆山，除了为秋语棠赠上一件重明鸟羽裳，更重要的，则是来拆穿她的身份。

陡一进门，秋宗主便施威压使她弯了双膝跪在殿上，赤红了眼睛厉声责问："毒妇！你说，禹儿的死与你有没有关系？"

他果真出事了。

她脑中一片恍惚，握紧腰间的玉佩方安定几分，奋力抵抗威压抬了头去看。那人立于秋寒禹父亲身旁，背负双手，睥睨的目光落在她身上。她忽而好奇他此刻的表情，可待真正看清了，才知道那张脸上没有表情。

"他是我丈夫，我为何要害他？"她低声道，"且他出事的时候我正坐在房中，如何害得了他？"

"你哄骗他与你结了连命契。"秋宗主眼神冷厉如刀，"你无须对他动手，只需你服毒，那毒性自然会反噬给他。你冒充徽元宗宗主之女的事情你当真以为天衣无缝无人知晓？先是将发觉你身份有异的同门师兄尽数谋害，之后因担忧身份暴露，竟连养育你十数年的孟宗主也一并除去。怪我未有先断，引狼入室，累得禹儿也……你害了那么多人，究竟所图为何？"

冒充？

原来这便是他的后招，彻底将她碾入尘埃再无翻身之力的后招。

她匍匐在地上，再没了从前不屈的傲骨，有透明的水珠滴落，一滴两滴。他无声地于长袖下攥紧了拳头。须臾，她徐徐起身，脸上却没有一滴泪，沈宸殊眼中暮霭沉沉。

她迎着他的目光，像是在笑："我也想知道……你所图究竟为何呢？"

……

未多时，她非徽元宗主亲女，乃是个冒名顶替之辈的消息传遍了各大宗门。数桩罪名齐下，桩桩罪无可恕，在徽元与昆山门下众弟子义愤填膺的声讨中，她被推上了处刑台。

沈宸殊坐于高台上，神情莫测，瞧不出喜怒，望着她如望着一个亟待除去的祸患。她跪在地上，掌心轻轻抚过那块玉佩上的刻字，而后小心地收进怀里，担心待会血污会将它弄脏。

先受断骨杖三十，再施之九天玄火，挫骨扬灰，神魂俱灭。

只是可惜，生同一个衾，死同一个椁，却是不能了。

12.

她似是做了一场深长悠久的梦，醒来身处一个空旷的大殿中，四周空无一人。

她不知自己身在何处，不知自己是人是鬼，不知别的人成了鬼是否也跟她一样毫无做鬼体验。又恍然想起自己受了九天玄火魂飞魄散，按理说做不成鬼。她独自在榻上茫然了许久，方等到一个人。

那人遥遥望着她，一双白色锦靴不染纤尘，他说："琅然，你醒了。"

他走来，拥住她，是过去从未有过的甜蜜和温存。清淡的吻落在她额间："你已不是我的命煞，我终是……瞒过了老天。"

她望着他，冷静地开口："沈宸殊，你说什么？"

他轻抚她的脸，将长老当年的预言告诉了她。

一切都有了解释。

她初入徽元，她以为他的冷漠和疏远是因为自己太过弱小，修仙门派最忌讳的便是软弱和无能。于是她便拼了命地修行练功，终是可以和他比肩，那人眼中的忌惮却愈发浓重。可是少女情思含糊了判断，那人愈是忽冷忽热，她愈是放不下他。如何能料到，她对他的一腔情意却引火烧身，焚尽了前途和尊严，祸及至友血亲。

"原来这便是你弑师屠亲的理由。

"可是沈宸殊，那也是你的师兄弟，朝夕共处，一起长大的情分，你怎么下得去手？

"还有我爹，他待你如亲子，十年前你为尸妖所害，中了蛊毒，眼看着就要成为那尸妖害人的傀儡，是他以身相替引那蛊虫出来救了你。你指使魔修伤他的时候，可有想过他当年是如何赌命救你的？

"数年的舐犊之情，同门之谊，皆抵不过一句荒唐的预语。"

胸口气息激涌拼撞，似乱刀凌迟着跳动的脏器。

后悔吗？怎么可能后悔？终有一日登达仙途，那些人和事在永生的冗长岁月里渺小如沧海一粟。他鼓动喉头，将那一口血腥咽了下去。面前的女子脸色煞白，双肩隐隐颤抖。只有这个人……只有这个人……

他做了从前无数次想做却不能做的事，揽住那不盈一握的纤腰，俯身去吻她的唇。她却是倏尔笑开了，眼神冰冷尖锐，他僵住。

"你这么恨我，为什么不杀了我？

"为什么他们死了，却只有我活着？

"沈宸殊，你竟自私至此。"

13.

沈宸殊到底是不能寸步不离地守着她。

好在她如今修为尽失，形同废物，寻常的仙门侍女便能看住她。他每日回来得极晚，那时她已睡下了，他便沉默地坐在榻旁。

自她初醒的那日过后，就不愿跟他说话。他将她软禁在这不见天日的宫室中，除了他和那位寡言的侍女，再见不到旁人。一连几日，她水米不进，不言不语。侍女劝她，首座当初为了将她救下来不惜动用禁术，如此深情，她莫要辜负才是。

深情？好一个深情。既然他那么想要她活着，她怎么能让他如愿呢。

宫室里连个能伤人的利器都找不到，连茶碗都是木制的，她只好尝试着咬舌自尽，却因没能做到面无表情被侍女及时发觉救了下来。夜间沈宸殊回来了，捏开她的下颔看见她嘴里的伤口，面色沉暗。

侍女跪在地上瑟瑟发抖，极是惧怕："首座，是阿箫看顾不善……还望首座能饶阿箫一条性命。"

"好。"沈宸殊拔了她的舌头。

血淋淋的，猩红色的一条肉。她从不知，原来人的舌头有这么长。

他蹲下身，掌心抚上她失了血色的脸，温言劝慰："你不该这么傻。"

曾经隽秀骄傲的青年似乎成了一个遥远的泡影，如今的他生得一副歹毒心肠，不近人情，面目全非。

"终有一日你会明白我的用心，我在等那一天。"他道，"命煞已破，你我前方是一片坦途，我愿与你同修，共享万年仙寿。那些过去的，不必沉湎。师父曾教导我们争天道，逆人伦，悖命循心。这是师祖千年前立宗的道心，你都忘了吗？"

她默然许久，缓缓开口："沈宸殊，你已然入了魔障。"

他用了傀儡香，她便不能再伤害自己，只是神智由此变得浑噩，一天之中有大半时间都在昏睡。她吃不下东西，身体到了极限。他拿来续命固本的灵药，将她挣扎的手束缚在背后，以口渡进她口中，强迫她咽下去。有时候她清醒了，他便将人抱到窗旁的书案后，就着一树凤凰花执了她的手作画。画的是山水壁人，是他寄盼的此生。

许是她安静依在他怀中的模样太过乖顺，竟让他生出了几分久违的惬意，微微笑道："琅然，我辞了这徽元首座，再不理那些俗事杂务，带你去四海云游可好？"

她唇色浅淡，默然不语。

他知道她喜欢一个人的样子，柔和的嗓音，面对他时才有的温软和亲近，还有眼底难以掩藏的爱慕。绝不是现在这样，充满着疑虑与讥讽。他握紧她的手，指尖用力至发白，告诉自己她只是为怨憎所困，只要有足够多的耐心，时间可以耗损尽一切执念。

14.

可惜她只怕是活不到那一日了。

那是一个寻常的下午，沈宸殊执着一卷书在看，伴着窗外如火明烈的红花楹，身后的案几上烹煮着一壶明前茶。风有些凉，他似是察觉出什么，缓缓回头。她趴在案几上，如过去很多时候一样恬静安然地沉睡，此后再未醒来过。

日日夜夜，他眼睁睁看着他从天道手中夺来的生机在她体内寸寸陨灭。

如何能甘愿呢？此生除却道法修行，唯余这一点执着。哪怕倾尽所有，也势必要得偿所愿。不得已，他亲手打破徽元宗山顶的结界，请那位隐世已久的长老出面，只要能救她，哪怕她会忘掉一切。唯有忘记，她的神魂才可以从那几乎将她拖垮的怅恨沼泽中解脱。

长老低低叹道："我未料到当年一句规语，竟致使你造下如此恶业。"他摊开手，掌心躺着一块晶莹剔透的玉石，"本不必非得置她于死地，这里有测心石，只需她心中无你，自然可以避过此煞。"

沈宸殊垂了眼睛，指尖轻轻撩开她的额发："我知晓。"

她苏醒的那天，是秋寒禹的忌日。

沈宸殊从阿箫焦急的比画中得知此事，匆匆赶回大殿，看见她呆呆地坐在廊下的石阶上，抬头瞧见他，先是怔了一怔，而后竟是扬起一个纯然灿烂的笑。如当初那个刚入门的小丫头一般，无惧无畏。

她已许多年没有那样笑过。

她什么都不记得了，好奇自己的身世，他面不改色，淡淡解释她是先宗主流落在外的独女，后先宗主故去，便将她托付给他照料。

"以什么名由呢？"

他掀眸望着她。

"总要有个名义吧，你是我义兄？还是叔叔？莫不是我干爹吧。"

"我是你丈夫。"

她眨了眨眼，沉默了。

他不易察觉地绷直了脊背："怎么？不高兴？"

她悄悄打量他一阵，蓦地上前一步抱住他的胳膊，笑道："你能长得这般好看，我可真是十分高兴。"

夜深，她穿着一身白色里衣，亦步亦趋地跟着他，小小声地道："我们不是夫妻吗？理应睡在一起才对。"

他静默一瞬："好。"

他躺在床上，感觉身侧的人往他边上挪了挪，又挪了挪，像他幼时养的小狐狸一样缩进他怀里搂住了他的腰。

一夜难眠。

隔日天还未亮，她揉揉惺忪的睡眼，挣扎着随他一同起身，亲手替他系上衣袍。他低头吻上她的唇，她未同从前一般惊恐抗拒，而是微微酡红了脸。

她问他："女孩子应该矜持一点对不对？"

处理完宗门事务回来，她已做好了羹汤在凤凰树下等他，巧笑嫣然地问他："我是不是很贤惠？"

她与他并肩躺在石头上，望着夜幕之上的闪闪繁星，脚下是万丈高崖，山风极烈。他翻身替她挡住，她忽然低低叹道："为什么我无法修行呢？一介凡人之躯，又能活得了多久？几十年后我死了，你该怎么办呢？"

她哼了一声："你肯定又会去娶新的。"

他覆在她身上，吻了吻她羞红一片的颈侧："不会。我会与你共享仙寿，届时我在哪里，你便在哪里。"

所谓禁术，祭献己身气运与之牵绊，此后她与他在天道眼中便是一体，她亡，他亦不复存在。她躲着他的吻，笑吟吟地道："看来我父亲对你定然有极大的恩惠，你才肯为了我牺牲至此。"

如果未有经历那些卑劣的算计和陷害，如果二人不是命中宿敌，或许如今的生活才是真实的。

她会成为他的妻子，会在他受伤虚弱时成为他最踏实的依靠，会用那样坚定而信任的眼神注视着他，会语调缱绻地低低念着他的名字，那是她的真心，他曾经拥有过的真心。

15.

一月后，沈宸殊向外宣布婚约。

她将会以先宗主亲生女儿的身份嫁给他，而从前那位冒充之人已在九天玄雷之下化为虚无，再被人提起时，只余一句"多行不义报应不爽"。

成婚在即，妖族与魔修再生事端，他身为徽元首座，需得前往大揽谷率领一众弟子歼灭作恶的残孽。他放心不下她，可局势紧迫，刻不容缓。临行前，他摸了摸她的头，嘱咐她安心待在这院中等他，不要乱跑。

她答应了。

此行进展顺利，魔修首领瞪着一双猩红的血瞳，膝行到他面前试图继续那次的交易，未及开口说话便被他一掌毙了性命。他漠然地收回手，抬头望向为妖气所笼罩的天空。

距离离开，已有十日。只是十日而已，他心中竟如此不安。剿灭完百十名魔修，他将处置剩余妖族的事务交托给了手下弟子，独自匆匆赶回徽元。他满以为步入院内便会被她扑个满怀，却见阿箫比画着道，说夫人今早去了他的书房，到现在还未出来。

他行至书房外，看见她捧了一幅画细赏，神情娴静认真，他走到她身侧抱住她，低声问："你在看什么？"

她笑意盈盈："原来我从前是这副模样。"

他"嗯"了声，放下画拥着她出去。房门关合的瞬间，那幅画燃成灰烬。

闺中之乐，非他所作。

婚宴前夕，阿箫将凤冠霞帔送进屋子，她轻抚那大红的蜀锦，似嗔非嗔地道："原来你是在诓我，我们根本不是什么夫妻。"

他阖眸道："你爹亲口将你许配给了我，差的只是一些虚礼罢了。"

她笑笑："是吗？"

大殿隐没在缥缈的云雾间，天际漫布着七色祥云，白鹤绕柱来贺。他执起她素白的手，二人迈过层层白玉石阶来到祭台前，正要双双跪地叩首向天地盟誓，她却倏而松开了他的手。她掀开盖头，微微抬首，八方宾客掀起一阵惊呼，先宗主真正的女儿竟与那孟琅然生得一模一样。

"若我当真这么一直浑噩下去，你打算哄骗我到何时？"她扬起袖子看了看这身艳丽如血的嫁衣，唇角笑意愈发嫣然，"沈宸殊，你瞧着你我如今这副模样，竟不觉得荒唐吗？"

他立在那处，低低唤了一声她的名字："琅然。"

"哦，是了。"她似是记起什么，从怀中掏出一块玉捧到他面前。

那玉剔透无瑕，名为测心，可试出她对眼前人的真心。她抬起头，一双眼睛淡漠得没有声息。他望见她手中纯净的白玉崩出无数裂纹，顷刻之间化作齑粉消散于他二人之间。

她却欣喜地摊开空荡荡的手心向他自鉴："你看，我心里已经没有你了，可以放过我了吗？"

"爹爹和师兄们可以回来了吗？"风拂过她的衣袖，指甲里的毒针掉落，清润的瞳仁变作灰白，生机渐渐离散，她那般诚恳地哀求着，"还有他……他原本可以有大好前程，却死得那样糊里糊涂。沈宸殊，你把他还给我好不好？"

16.

道心不稳，道基崩塌，一身修行毁于一旦，再无翻身之机。

这是那位长老曾立下的断语。

他又何尝不是她宿命中的煞？

"首座！你的手……"台下弟子惊慌地叫道。

他低头，看见那霸道的毒素从指尖蹿升，转瞬之间，他的半只臂膀就成了紫色。以己身之气运联结起了性命，她死了，他又怎么能活呢？他抬手挡住门下弟子的靠近，蹲下身吐出一口夹杂着内脏碎片的黑血。

她对自己竟然那么狠，这毒来之迅猛，腐蚀血肉五脏，如毒火炙烤，又如热油煎熬，人死后，当如一堆被人皮套着的烂肉，丑陋不堪，恶臭熏天。她是拼得自己的一条命，也要让他落得这样一个狼狈难堪的下场吗？

真是傻。

眼睛已经看不清东西，在毒素侵蚀下千疮百孔的骨头不足以支撑他的身体，他倒在地上，目光没有焦距地望着天空。原本以他的修为，并非压制不了这毒。长老当年的话，终是应验在了他身上。可笑的是，这结果正是他一手算计来的。

终是他自食恶果。

……

"恭喜辰泽帝君与菱韵仙子归位。"司命老头捧着小册子笑眯眯地俯身作揖道，"二位经过此世一番磨砺，历苦历难，历劫历毁，想必已是胸中通透，大彻……"

菱韵打断他的陈词滥调："禹寒上神呢？"

"哦，禹寒上神已在暮夜池边等待您多时，他……"

菱韵摘了司命盘子里的一颗葡萄，道了声多谢便走了。

司命将目光挪向一旁默然伫立的帝君，眨了眨眼道："呃，这菱韵仙子许是心急了些，这才忘了跟你打招呼。毕竟她在凡世跟禹寒上神是……"

"我知道。"帝君拂了拂袖子，转身走了。

帝君惯来以冷面示人，也不大瞧得出喜怒，众仙早就习惯了，是以也未当回事，扭头又说说笑笑去了。

说起那菱韵仙子乃是个菱角所化的闲散小仙，平日里瞧着没心没肺的，唯独对帝君殷勤有加。数百年前还十分有幸救过帝君一命，因此折损了仙根。眼瞧着是晋升无望了，帝君有意提点她，便带着她一同下凡历劫。

而那禹寒上仙跟菱韵仙子是臭味相投，每日正事不干独爱垂钓，暮夜池里的鱼基本都被他俩祸害过一遍。因担心菱韵走后他一人无趣，二话不说也跟着一起跳了下去。

说起来也是司命老头的错，这三人历经三世，前两世，帝君对菱韵不过是不理不睬，冷淡了些。头一世做驸马娶了旁的女子将仙子抛到脑后，第二世醉心权位之斗将身为舞姬的仙子送给了当朝皇帝。好在那皇帝是禹寒上神所化，二人在世时尚算和睦恩爱。只不过帝君是个惯常见不得人恩爱的，把人送过去没几年就篡位砍下了禹寒上神的脑袋，仙子没多久也追随他去了。

这一世最为折磨，帝君修的是无上至尊道，便是生身父母碍了他的路，怕是也眼都不眨地一并斩杀于面前。司命将她安排做帝君的命煞，那下场之惨烈，他们都不敢看……

经历过如此一番磨砺以及摧残，仙子瞧着比从前无甚改变。该吃吃该喝喝，只是不再那般厌烦禹寒上神的靠近，还更主动了些，没事就往他殿里凑凑。倒是帝君愈发叫人猜不透，时常失魂落魄地站在暮夜池畔，一站就是一整天。

那一日王母摆宴结束，帝君于殿前抓着菱韵的手不放，惹得菱韵一张脸青青白白。他们看了很久，才确定那不是欲拒还迎，是当真恼了。他们推了个耳朵伶俐又擅传音的小仙到前面，这才隐隐约约听到他二人的对话。

"都是些凡人一厢情愿的痴妄罢了，帝君竟未悟透吗？"

帝君阖了眼眸，不再开口，只是眼尾的一点朱砂愈发红得滴血。

菱韵仙子识时务地转身离开，未走出几步便听帝君道："既知凡世所见只是痴妄，你又为何至今对他念念不忘，那般亲近于他。"

菱韵仙子不曾回头，掩唇轻咳了一声道："帝君多想了，我并非因为什么凡世所见。只是我从前不喜欢他油嘴滑舌，以为此人太过轻浮，不可取信。如今看来，若他只对我一人油嘴滑舌，倒也没有什么不好。"

她定了定神，又道："帝君带我下凡是为报恩，好免去与我的牵扯。如今恩也报了，我已晋为上仙，便该遂了帝君的愿，不必再有交集。帝君说，我说的可是？"

她走后，帝君的拳头握了许久，唇色苍白得叫人心疼。

天天以生

1.

与他成亲那日，她顶着满头沉重的珠钗傻傻坐着。

过了许久，方才听见房门开启，那人踏着喜靴走来……她紧张地掐住汗湿的手心，想着待会儿要望着他笑，要像娘亲教的那样，用此生最温柔的声音唤他一声"相公"。而她的丈夫却连盖头也懒得掀开，毫不犹豫地执剑刺入她的腹部，掏出血淋淋的内丹转身去救他的心上人。

重病的宋府二小姐醒了，府上连日以来的阴霾一扫而空。宋二小姐的爹娘更是喜极而泣，下人皆道是姑爷救了二小姐。彼时宋府一片喜气，她却孤零零地躺在血泊之中。

过了三日，那人来了。她坐在椅子上慢悠悠地喝茶，除了唇色苍白些许，似乎并无异常。

他望着她，说自己来兑现承诺，迎她入门做谢夫人。

她笑笑："那内丹滋味如何？那内丹上染的血，是否拭净了？若是宋府的二小姐及宋家的人再有需要，我这里还有一颗，是我母亲的，灵力更为精纯。你何时想要，也好早早告知我一声，我有个心理准备。"

他沉默片刻说："天天什么都不知，你莫要怪她。"

半晌，她突兀一笑，喝着茶轻飘飘地道了一句："是吗？"

"我会弥补你。"

"你可知内丹对妖来说意味着什么？"

他狭长的凤眸睨着她，从前她只觉得那双眼睛好看，幽深澄澈犹如一汪深潭，望多一刻便要陷进去。他常常默然无声地望着她，那时她以为是他喜欢她，如今方知，他是在看宋夭夭的救命灵药。

接近她，讨好她，陪着她在这山中过了三年清苦的日子，在所有人恐慌着、尖叫着、举着火把和刀剑要将她驱逐出村时，默默握住她的手。这一切都是因为，他要救他的夭夭。

多深情，若她不是那个牺牲品，恐怕都要为之落一落泪。

谢忧淡淡道："没了内丹，你尚能活着，但是夭夭却等不了了。她今年不过十六，却已有五年的年华缠绵于病榻，还未有机会好好望一望这世间，我不能眼睁睁看着她死。"

好一个不能眼睁睁看着她死。

他对那女子情意深重，却要拿她的性命修为来咏颂，他可曾想过这样并不公平？哦，是了，从来人妖殊途，她是妖，妖的性命如何及得上人命。

她从椅子上站起，身子略微晃了晃，不着痕迹地扶着桌沿站稳，笑吟吟地望着他道："不是要请我做你的谢夫人吗？走吧。"

他抿唇，向她伸出手，她却未动。

"谢忧，你可曾见过哪个女子是自己走进婆家的？"

一顶红轿，当着泷城所有百姓的面，将她送进了谢家的大门。那是一场迟来的洞房，她面无表情地望着他，谢忧一件件剥去她的衣裳，修长的手抚摸过她的肌肤，抚及腰腹的那道伤时，略微停顿了一瞬。

她不可抑制地发抖，男人覆在她身上，用被褥盖住两人的身体，在耳边低声问她："冷吗？"

她闭着眼侧过脸，掐着手心勉强止住战栗，她知那不是寒冷，是刻入本能的惧怕。妖是极纯粹的，他伤过她一次，她此生都难以忘却那种痛苦，便是心忘了，身体也会记得。

十一月，泷城下起了大雪，飘舞的雪花如柳絮一般洁白轻盈，而原本被预言要死在冬日里的宋夭夭却一天天康健起来。她在院中见到了那个姑娘，娇小的身子裹在玉粉色的斗篷里，衬得脸只有巴掌大小，鼻尖冻得通红，却只顾嬉笑着在雪地里与婢女玩闹。

谢忱站在廊下，目光追逐着她的身影，眼底的那份温柔是她不曾有幸见过的。

老夫人怕她着凉，故意虎着脸训斥了一句。宋夭夭吐吐舌头，张开双臂在漫天飞雪中扑进谢忱怀中。男人稳稳地接住她，揉搓着她红通通的小手，温声问她："冷不冷？"

一转头，却瞧见她似笑非笑的脸。男人一顿，缓缓松开宋夭夭的手。

时间一晃便是两年，她的肚皮丝毫不见动静。府中有了流言蜚语，公婆自是不虞，时而便要提溜着她的耳朵训诫一番，言语间对她颇多不满。

她不急不缓地倒了半盏酒，端到鼻端嗅了嗅酒香，方幽幽道："生孩子又不是我一个人的事，谢忱无能，我又能如何？"

那天夜里，谢忱面上裹挟着疾风骤雨，将她重重压倒在榻上。奈何她内丹被夺后元气大伤，竟是只能做那砧板上的鱼肉。结束后，他从她身上离开，似才发觉她已是满身狼藉，神情一怔。

她没有余力再与他辩驳什么，闭着眼睛昏沉睡去。

第二日，男人穿戴妥当，坐在床边默然望了她许久，方才离开屋子。

她缓缓睁开眼。

三个月后，她依然未能有孕。

公婆开始四处物色才貌适宜的女子为谢忱纳妾，千挑万选之下，方才寻到一位妙人，胸有成竹地领到他面前。谢忱微微蹙眉，还未开口说什么，宋夭夭便已昏倒在了屋外。

她望着谢忱抱起她，公婆慌忙唤下人去请大夫。妙人则惊恐地捂着小口，一副手足无措的模样，只觉看了一场颇有意趣的闹剧。

夜间，谢忱回来了，神色颇为疲惫，想是宋夭夭跟他闹了许久。她心觉好笑，未去管他，自己坐在桌旁斟了杯浊酒。只是她好心不去烦扰他，他却见不得她一人清净。男人紧握住她的腕，杯中的酒液晃了晃，撒出两滴："对于今日之事，你就没有半分在意吗？"

2.

在意？

她仿佛未听懂他的话，缓缓抬头望他："纳妾是你谢家之事，是你谢忱的事，我在意或不在意，原没有什么打紧。何况那是你母亲的要求，难道我不许，你就当真会听我的吗？"

谢忱眸色沉了又沉："两年前，嵩王抬妾进门请你我前去吃酒。席间你曾警告我，你眼里揉不得沙子，断不会与旁的女子共侍一夫。"

她似是方才记起，低头抿了口酒，漫不经意地道："是吗？"

那一昏，使得宋夭夭在谢府上调养了很长一段日子。长到冰雪消融，泷河两畔枝头见绿，几乎是一整个冬日。看得出府中上下的人都很喜欢这个姑娘，谢老夫妇更是将她视若亲女，百依百顺，宠爱备至。

一月孟春，老夫人身边的婢子前来唤她，说是她房中的湘儿打了宋夭夭的贴身丫头。待她进到堂中，看见老夫人难看的脸色和眼眶红红的夭夭，不知道的，还以为湘儿打的是她。

湘儿见她来了，委屈地唤了声："夫人。"

她低头看她一眼，俯身搀住她的手臂："起来。"

老夫人呵斥："你是反了天吗？让她跪着！"

湘儿腿一弯，她施力将人扶稳，淡淡道："如今事端尚未理清，为何我的婢女跪着，她的婢女便可以好端端站着？要跪便一同跪，要站便一同站，才算一个公平。"

老夫人皱眉，余光扫了一眼身旁的婆子，那婆子便上前讲述了事情经过。

原来今日府中新进了一批云锦苏绣，按规矩老夫人挑选过后，余下的便该是夫人的。可宋夭夭看中其中一匹胭脂色、缠枝花纹的锦缎，命丫鬟去取，湘儿哪里肯给，是以才有了这番争执。

兴许是她听完，面上的表情让宋夭夭有了几分窘迫，于是宋夭夭往她身前凑了凑，嗓音是江南女子惯有的软糯："我见姐姐平日里很少穿红色，料想姐姐应不会喜欢这匹云锦的颜色和式样，压了箱底未免可惜，才想要来做两身衣裳……"

她抬眼："你唤我什么？"

宋夭夭一怔："我……"

"我见你平日唤我丈夫一口一个谢哥哥唤得甚是亲密自然，到了我这里，无论如何也该唤一声嫂子。"她越过宋夭夭，走到托着布匹的下人跟前，葱指挑起那匹锦缎端详一阵，而后随手端起一杯茶水泼在了上面，"我的确不喜欢这颜色，但既是我的东西，便是我不想要，旁人也不配得到。"

宋夭夭的脸霎时苍白如纸。

谢老夫人寒声道："你说的什么胡话，一匹云锦罢了，便是让给夭夭又如何，谢家还亏待过你吗？！"

她转头，瞧见谢忱站在门外，目光分外幽冷。她唇角挑起一抹讽笑，慢慢放下手。

入夜，那匹绯红锦缎还是放到了她房中的桌上。

与之同来的还有谢忱，自三月前，他们便已分房而睡。跳动的烛火将那张脸照映得晦暗难辨，她心头有几分讶异："你怎么来了？"

谢忱道："你我是夫妻。"

她笑意稍减，是啊，她怎么会忘记，他是她的丈夫。

夜风凄冷，她起身阖上房门，而后走至桌旁，素手搭在缎面上轻抚："谢忱，你瞧，这云锦像不像我那日穿的嫁衣？"

她语调柔和缱绻，谢忱的脸上却失了血色。

她尤记得那一日，他拔剑离去，而她倒在床上，流出的血同身上的嫁衣一般鲜红艳丽。生机寸寸抽离，她睁着眼，执着地盯了那背影许久，直到视野逐渐昏暗，他也不曾回头看过她一眼。

那一幕成了她永生的噩梦，夜间她再度惊醒，浑身的衣衫被冷汗浸透。谢忱俯身望着她，眉心微拢，在她睁眼的刹那，看到一抹惶悚和惧怕。

他吻去她眼角的泪水，低声问她："香薷，你梦到了什么？"

她垂目不语，手足隐隐发颤，不能自控。于是他也沉默，竭力将她拥进怀里。从前二人席地幕天，睡在湿寒的草地间尚不觉得冷，为何如今共宿在家中绵软的床榻上，双臂缠拥，仍觉得寒意彻骨？

第二日谢忱从她房中出来，这在下人眼中成了二人重归于好的佐证。饭桌上，宋夭夭面色憔悴，食难下咽。老夫人瞧着心疼，向谢忱使了个眼色，示意他夹些她爱吃的菜，谢忱未动。

饭后，一碗苦气浓郁的药汁被端到她面前。

3.

大抵是眼瞧着给谢忱纳妾无望，老夫人又将主意打到了她的身上。为了叫她怀上孩子，每日差人送来各式各样的汤汤水水，还要让婆子亲眼盯着她喝下肚才罢休。她并不拂老夫人的意，只是就算她喝了，也不会有什么效用。

又是半载，什么生子良方都试了，老夫人自知逼她无用。谢忱每日打理完生意，回家还要听母亲拿子嗣一事唠叨。

当初他一意孤行，非要将那来路不明的女子娶进门，已是辱没了门楣，如今又三年无所出，是要让他谢家成为泷城的笑柄吗？老夫人越说越气，拐杖杵在地上震了三震，到底是舍不得打在孙儿背上，将自己关在佛堂内一整日滴水未进。

谢忱在门外跪了一整日。

这一切她看在眼里，她在等，等谢忱跟她开口。

初春寒意未褪，她趁夜剪下一枝沾露的红梅插进玉瓶中，吩咐湘儿放在窗口，风一拂，满室幽香浮动。有些微的脚步声传来，那人停驻在她身后，她知是他，没有回头。

"少爷，您的腿……"

"无碍，你出去吧。"男人伸臂揽住她，她听出他声音里的疲惫，"香薷。"

她说："听说你今日陪着老夫人水米未进，该是饿了，我让湘儿端些饭菜来。"

二人已许久没有这样好好说过话，他沉默片刻，道了声"好"。

她亲自为他布菜，盛了一小碗南瓜粥放在他面前，而后拿着酒杯坐在一旁慢慢啜饮，酒意浮上面颊，一双杏眸如秋水潋滟。他握住她放在桌上的手，掌心温热有力，如六年前二人初见时那般。

背负长剑的青年从路旁搀起摔倒在泥浆里的她，待看清她的脸，好看的眉头微微蹙起。他将她带回客栈，洗了澡、换了身干净衣裳、又吃了一顿好的，她便下定决心要跟着他了。他嫌她累赘，甩了她先走。

那时她初入人世，还看不懂脸色，又因是妖，是以跟他马后行了十几里地，并不觉得吃力。到最后，他索性下了马，站在路中间一脸阴霾地等她。她开心地加快了脚步，待到近前一下没刹住，直直撞进他怀里。

他扯着她的胳膊拉开她，鼻端嗅了嗅："什么味道？"

她骄傲地挺起胸脯："我是香薷，我们当草药的身上都是香喷喷的。"

他抿唇，眼神里多了些什么："你是女子。"

彷惘山中多妖，恐是那时，他便起了念头。

谢忱说："香薷，为我生一个孩子。"

她掀眸望向他，半晌，将手从他掌心中抽出，徐徐起身走向一旁的窄榻。夜风吹拂起她浅绿色的裙裾："你想要孩子。可是谢忱，妖与人生子，有悖天道，是要折损半身修为的。你谢家和你谢忱如何值得我殒去半生修行？"

4.

他不值得。

谢忱也清楚他不值得，所以他连饭也未吃，转身出了屋子。当晚他在何处睡的，她并不知道，也不关心，她只知他离开的时候，唇色极是暗淡苍白。

几日后她途经水榭，看见老夫人握着宋夭夭的手，面容慈祥和蔼，温声询问她的心思。

宋夭夭在谢府住了一年，已到了出嫁的年纪，几乎所有人都默认，她会嫁给谢忱。何况她三年无子，且怠于侍奉公婆，对于操持府内事务更是毫无兴趣，谢忱再娶，实属理所应当。

宋夭夭双颊染上一层薄粉，羞怯地垂下头："谢家哥哥对夭夭恩重如山，夭夭……全凭姑母做主。"

谢忱立在一旁，看不清神色。

夜幕之上悬着一轮孤月，凄寒的月色倒映在深井之中，仿佛触手可及。

"你在做什么？"男人语调清寒，她寻声看去，看见谢忱隐没在黑暗中的一张脸。

"夫人，您快下来，千万别想不开……"湘儿的声音在抖。

她低头，看了看足下一潭黑沉沉的水。其实她原没有那个意图，只是瞧着这水中月甚是清幽婉约，不知不觉便坐到了这井侧，想借着这水吸一吸月华中的灵气。

她望着谢忱平静无澜的面容，这人已有半月没来她房中。若非今夜湘儿将他请来，怕是等到她被休弃了，也等不来他的一句话。

她忽然起了玩闹的心思，藕白的足尖撩拨着水面，荡起圈圈涟漪："倘若我从这里跳下去，尸体被泡得水肿发白，极是丑陋。你可会良心有愧？你与宋夭夭夜里想起我，可会噩梦不断？"

他微微蹙眉，眸底是破碎的月光："香蒡，不要胡说。"

"我是妖，妖是淹不死的，但如果掉下去的人是宋夭夭，情况就不同了。"

这句话终于逼得他冷了脸："你是在威胁我吗？"

她抬起下颌，脖颈在月色下玉一样光洁，唇角惯常携着笑意："谢忱，我知你是一脉单传，为了宋夭夭娶了一只妖，你以为是没有代价的吗？"

她嗓音轻慢，才好让他一字一句，听得清楚明白："你可以娶宋夭夭，可以娶旁的女子，但是她们，都不会有机会生下你的孩子。"

这世间的情意大抵都是如此脆弱反复，从前她满心盼他过得快活顺意，唯恐他哪一刻哪一时皱了眉头；她盼着早些嫁给他，生一个她与谢忱的孩子，相夫教子，孝顺公婆；待到百年之后，做一对白发苍苍的恩爱老朽。何止半身修为，就是为他死，也是甘愿的。

可事到如今，却恨不得他断子绝孙，家宅不宁才能消解怨气。

5.

那一夜过后，她回到了彷惘山上。

"一开始我就告诉过你。"祁周容色寒凝，说出的话也毫不客气，"人妖本殊途，那人心思太重，不可全心依托，你不该将自己的命门告诉他。"

她点点头，十分诚心："怪我没有听你的。"

他惯来难讨好，闻言只是冷哼一声："你信不信，你走后不出半年，那谢忱就会将宋夭夭风风光光迎进门。"

虽自见面后这人便一刻不停地挖苦她，望着他那一身伤，香薷只觉愧疚。

祁周是她叔叔，只是这叔叔与她那不知姓名的父亲属实无甚关系，乃是伴生在她本体旁的一条黑蛇，仗着妖龄较长诓她喊他一声叔叔。

祁周同谢忱不同。他面冷心软，知她内丹被夺后，甘冒被毒兽吞噬的风险，从黑浊沼泽取来乾苓草炼成灵丹助她恢复修为。谢忱也少见笑颜，即使她常常伴在他身侧，那人也是孤独的。他看她的眼中藏着深重的心事，于是那偶尔的温柔才愈发让人心颤。

后来才知，连那偶尔的温柔也是假的。

谢忱上山那日，祁周正望着满院紫红的葡萄思索是酿酒还是晒成干。

素知狐狸钟爱葡萄，原来蛇也喜欢，于是这山中便种满了葡萄。香蕈尝了两颗，觉得滋味不错，只是她素常只爱荤食。

祁周低低冷道：“你来做什么？”

谢忱只望着她，语调清和：“我来迎我夫人。”

6.

祁周曾问她：“既知他的面目，为何还要嫁给他？”

那一日，祁周扬起手，灵力在指尖凝聚，杀意未敛。她自葡萄藤架上一跃而下，轻瞥他一眼，正待走进屋内。

谢忱的声音从她身后响起：“湘儿中了妖毒。”

她脚下一顿。

谢府内，她坐于床头扶着湘儿颈侧看了看，掌心贴着那块发黑鼓胀的肌肤，将其中的蚀气吸入了体内。其他人只知她祖辈行医，善治奇疾，见湘儿醒了纷纷大喜，直呼夫人华佗再世。

此行使命已了，她未言语，起身朝屋外走去，宋夭夭拽住她的袖子，急切地道：“姑母她也……”

她喉间有了哽意，被丫鬟拍了拍背，才将话说清：“姑母也为那妖怪所伤，至今未醒……”

她看宋夭夭一会儿，唇角凝出一个笑：“哦，是吗？那真叫人遗憾。”

她素来不喜欢别人拦着她，此时自觉语气已然十分明显，宋夭夭却依然紧抓着她的袖子不放：“你曾是谢府的媳妇，为何却对姑母的生死这般冷淡……何况救人于你不过举手之劳，为何救得一个丫头，却不肯救我姑母？”

她面上笑意渐淡：“救人一事，本该随着施救的人的心意。丫头也罢，你姑母也罢，我想救就救，不想救，也无人能逼我。”

宋夭夭瞠目：“……你竟如此没有良心。”

谢忱屏退左右，房中只余三人。

他将事情的来龙去脉告予了她。三月前，泷城来了一只恶妖，先是家中牲畜接二连三地死去。再之后，那妖连人也害，官府花重金从昆仑山上请来数十位道长皆是不敌，而今已无人敢来。他请她来，原是为了除妖。

他倒是打得一手好算盘。

她翻起桌上的茶杯，为自己斟了一杯："谢忱，你莫忘了那妖才是我的同族。你们人族不耻同类相残，我们妖也是如此。"

"可是他枉害人命。"

她掀眸："道法万千，汲取人之精血修炼不过是其中一个法门罢了，如何成了你们口中的歪邪？若此法真为天道不容，你不也拿了我的内丹去救宋夭夭，你与那妖，又有何不同？"

许久，他启唇："香薷，你是何时变得如此是非不分。"

7.

主张去除妖的却是祁周："泷城中的那只妖是贪图宋夭夭身上的妖丹而来，他或许知晓将你的内丹从她体内取出的办法。"

她原以为那颗内丹已与宋夭夭融为一体，倒未想过还能取出。

祁周对谢忱道，那妖行踪隐秘，若想诱捕他，需得以宋夭夭作饵。一边是泷城百姓，一边是宋夭夭的安危，谢忱沉默了许久。

他犹豫的这段时日，祁周便在谢府住下了。香薷自请下堂，已不再是谢夫人，不能再与谢忱同房，便与祁周一起住在了偏院。

"在遇到你之前，我与祁周就已同吃同住了数百年，便是于礼不合，也已不合多时。"

谢忱眸色深暗："他是男子。"

她笑道："听说那恶妖这几日又连伤三人，比起我，你更应忧心你谢家女眷的安危才是。谢忱，你有未想过为何那妖所害之人皆是年轻女子？即便你舍不得将宋夭夭置于危难，那妖迟早会再找上门来。届时，你们无人能护得住她。"

到了这一刻，他终该明白那妖物是被什么招惹来的。

8.

那妖其实也不见得有多凶恶。昆仑山的弟子会折在他手里，一是因这些人学艺不精，法力低微，又惯常只会纸上谈兵。像此刻一般，那些被谢府请来助阵的仙门弟子，望着在院子里头现了真身的蛤蟆妖，黑沉沉的腐蚀之气萦绕在它周身，俱是两腿发软，无一人敢上前。至于二，则是这妖确有些立身的本领，她起初不察，被它舌头上的勾刺伤了肩膀，蚀毒入体，吐出一口腥甜的血来。

不过也仅止于此罢了，祁周将她扶到一旁歇息，因要留着它的舌头说话，是以多纠缠了些工夫，才将那妖擒住。蛤蟆妖起初十分不服，笑话她身为妖怪被凡人夺了内丹不说，如今还反帮着这些人来坑害同类，委实为妖不耻。

祁周拿拳头揍掉了他两颗牙，他才好好说话："你虽承你娘亲的内丹保住了性命，可那终究是旁人的东西，用不成你自己的，此生怕是仙途无望。至于你那妖丹，数百年的修为在里头，凡人承受不得，终酿大祸。"

祁周笑得斯文："你费了这番力气，定有办法将香薷的内丹取出来是不是？"

蛤蟆妖哆嗦了一下："本……本座当然有办法。"

他所说的办法，就是将自身妖灵汇入宋夭夭丹田内，使得她炼成半妖之体。届时再如法炮制，破了她的命门，把妖丹掏出来便是。

祁周听到此处，即刻从腰间掏出匕首，朝宋夭夭走去。

香薷拦住他，从他手中接过匕首："我来。"

她往前一步，宋夭夭便颤巍巍地退后一步。

"你从前与我说，有主之物，我不该伸手去抢，即便一时抢到了手，也不会有什么好下场。"她望着宋夭夭道，"你说得不错，他放在你身上的东西，我想要拿回来。"

宋夭夭本就生得羸弱，此时身着一袭粉色襦裙，抖得像风雨中的莲花，未退几步就跟跄着跌倒在地："不要……不要……谢哥哥……"

她料想是宋夭夭怕痛，遂和缓了语气道："左不过腹下破个茶碗大小的洞，我出手向来利落，不会让你多痛。你本该死在三年前的冬日，是谢忱让你多活了这许多时日，世人皆道因果循环，你今日即便死得痛苦了些，也是报应罢了。"

宋夭夭面色煞白，翕动着嘴唇流下泪来。她尚未动手，她便哭得如此动情，而她新婚那夜被自己的丈夫亲手执剑剖开胸腹，却也没能流下一滴眼泪，也许是这世间的男子皆爱女子梨花带雨的风情，那人尤甚。

若她当日也能哭得这样柔弱，兴许谢忱就不会走得那般绝情了。

她拔出匕刃，却被人拦住了。

谢忱挡在宋夭夭身前，垂眸望着她，是决然庇佑的模样。

9.

"凡人寿命不过几十载，待夭夭死后，你自可收回你的内丹。"

她牵了牵唇，扯出一个笑："我为何要等？"

他眉目沉沉，微蹙着眉，念了一声她的名字："香薷。"

"谢忱，我有没有说过，我恨你。"她轻声，"比起宋夭夭，还要齿痒百倍。"

他亦是低声地道："我知道。"

"若你再挡在我面前，我便将你和她一同手刃了，也算成全了你们。"

他盯着她面上的笑，再望进她眼底，却是一丝笑意也无，再不似从前那般，含着喜悦和依赖。自他夺了她的内丹过后，她的笑容便一直如此。

"妖物休要胡来！"为首的昆仑弟子大吼一声，"我等师兄弟定不会让你伤了谢公子与宋小姐的性命！"

祁周无甚情绪的视线朝他们那边瞥了一瞥，几位昆仑弟子感到周身一股阴风袭来，紧张地面面相觑一阵，为首的弟子梗着脖子道："我知晓尔等的厉害！今日你等若敢在此伤我昆仑一人，他日我昆仑势将穷尽举派之力将尔等诛杀！"

说来好笑，方才除妖之际，这群正派弟子纷纷躲在后面大气都不敢出。如今妖已伏诛，到了她为自己讨回公道的时候，这些人倒纷纷执剑上前，满脸正气凛然，仿佛个个肩负除妖大任于己身。

祁周笑了一声："说得好，那我便将你们都杀了。"

此时，鲜血与惨叫混在一处。祁周本就不是多纯善的妖，他性情冷酷暴烈，年少时因一时之气屠遍了隔壁狼妖王的山头，白骨成堆，血肉横流，那时的惨状至今仍流传在众多小狼之间。虽不至嗜杀，却也容不得挑衅。

香蒿握着他的手臂将他拦住时，他的手指还在抖，那双眼睛，已然成了蛇类猩红的竖瞳。

"你答应过我娘，不再妄造杀孽。"

再如此，到了戾气不可压抑的时候，或散去人形，神智不复。

走之前，她瞧见宋夭夭瑟缩在谢忧怀里，蒙着脸，而他的手安抚性地搭在她肩头，看不清面上的神情。

她忽然有一句话，想要问他："时至今日，我还没有好好问过你一回，当日你为了宋夭夭伤我、辱我、背弃我。你心中，可曾有过一丝一毫的后悔？"

谢忧垂目不语，片刻后，薄唇开启："不曾。"

10.

不曾。

那二字随风落入耳中，她心中倏尔平静了。

原来，她执着了那般久、不甘了那般久，为的不过是终有一日，能从他口中听到这句话的答案。

她想要为年少的自己做个了结，为她的一腔衷情要个说法。

"那……那妖怪的眼睛又变了！快跑啊！他要杀人！他要杀人！"

残余的昆仑弟子爆出一声惊呼，连滚带爬地四散奔逃。

香蕈回头，看进祁周一双冰冷的蛇瞳，赤红如血，阴戾森然。他拿着滴血的长剑，一步步走向谢忱和宋夭夭："我替你杀了他们。"

他周身黑气隐现，是入魔的征兆。

"祁周。"她握住他的手，犹疑不定，"你的眼睛……你是怎么了？"

他眸中黑气更盛，却是轻巧地勾了勾唇："你舍不得？"

他五指冰凉，冷硬如铁，她不禁将他握得更紧："我没有舍不得，只是你……"

"他煞气入体，魔心已生，若是今日再犯杀戒，怕是再无转圜之余地，届时人间又将生出一个大魔头，芸芸众生又要遭殃了。"一旁的蛤蟆妖幸灾乐祸地道。

她抿唇，冷冷地朝地上的蛤蟆妖看去："你知道怎么救他？"

"知道呀。"蛤蟆妖笑嘻嘻，"趁着他还没成魔前杀了他呗。"

看着她挥起长剑，蛤蟆妖连忙敛了笑补充道："看他方才动那么大的气都是为了你，你应当就是那始作俑者吧。你赶紧劝劝他、哄哄他，把他哄回去睡一觉就好了。"

那时她满心都是如何让祁周恢复神智，尚无暇去思考蛤蟆妖话中那句始作俑者的含义。

安知日后得知时，会那般心疼他的过往。

她说了许多，祁周纹丝不动，那双竖瞳里倒映着谢忱和宋夭夭的脸，泛起澎湃的杀念。

"祁周……我好怕。"说来好笑，便是谢忱当日刺了她一剑，亲手剜去了她的内丹，她也没有这般害怕过。她知道拦不住他，只能紧握着他的手，"他们的生或死我并不在意，若是杀了他们能让你恢复如常，便是我亲手做给你看，我也是甘愿的。"

谢忱骤然抬头。

他看见那个女子指节用力至苍白，竭力抑制着嗓音里的颤意，流着泪说："可我不愿让他们毁了你，那并不值得。"

11.

兴许是她十数年也不曾掉过一回眼泪触动了他，祁周闭上眼，周身魔气消散，人也昏了过去。

那蛤蟆妖看起来知晓不少事情，香薷离开前，将他也一并收走了。

她不明白，蛤蟆妖明明说他睡一觉就好了，为何她守在他床前几天几夜不敢合眼，却迟迟不见他醒来。

蛤蟆妖被她放到火堆上烤得皮焦肉脆，方才为她指了一条明路：想知晓救人的法子，唯有带祁周去见他的师父，无谬仙尊。

仙尊住在西域的雪山上，三人临行前，谢忱来到了她屋外。

她坐在祁周床边，专心致志望着他的眉眼，身后，谢忱站在门外，一袭雪白长袍，肩头落了些桃花瓣，恍然间，还是六年前的春日。

幼时，因他顽劣难训，害得那个成日跟在他脚边、无比信任他的小姑娘跌入湖中，被水妖掳去瞎了一双眼睛，此后终生不得健康。

随着年月愈深，那双眼睛被宋家重金请来的高人治好了，可对宋夭夭日渐衰弱的身体，高人却无能为力。她终日缠绵病榻，少见清醒的时候，即便清醒了，面对的也仅有一方狭窄的宅院和苦口难咽的汤药。

夭夭，原是家人寄盼着她体貌安舒、容色和悦而取的名字，却因他一时的贪玩好乐，毁了她的一生。

他为此愧疚难安，发誓一定要找到法子治好她。就算不能，他也要让那妖付出代价。彼时，他是那般厌恶那些同她一样的妖怪，觉得他们不过是为了害人而生的怪物罢了。

得知她是妖的霎时，恶念已生。

12.

她终是抬头，起身，浅绿色的裙裾在足边浮动宛如蹁跹的舞蝶："你与我说这些，是为了告诉我你娶我不过是将我当作宋夭夭的药引？谢忧，你当真以为我不舍得杀你吗？"

他语调转得极淡："我不会娶一个药引。"

他迎着她的目光，望着她手中的长剑，面色一如平常，寻不到一丝惧意："你过去那般傻，对我言听计从，全无防备。你将自己的命门告诉我，引着我的手去摸，说妖的这里最为脆弱，便是凡人也可轻易伤得。你说你身上有两颗内丹，一颗是你自己的，一颗是你娘的，那是你娘为凡人所伤，死前拼下命来留给你的。"

她停下步子。

他徐徐开口："但是她并没有告诉你，她为什么会被一个凡人害了性命。你和她一样，你们母子，都是这般傻。"

她沉默片刻，弯唇笑道："你说得不错。这样听下来，的确要怪我自己太蠢。"

他道："那三年里，我有许多次机会可以夺取你的性命。我只要得到你的内丹就够了，没有必要，将一个恨我入骨的女人娶进家门。"

春日里，清风旋绕在指间，桃花落了一地，他柔和的目光望入她眼底："我娶她，是因为我倾心于她，哪怕终有一日，她会将剑尖指在我的咽喉。"

13.

无谬天尊所居之地设有结界，自雪山脚下便不可再使用法术。她将祁周背在背上，迎着足以将人掀倒的大雪强风一步一步艰难前行，蛤蟆妖一脸哀怨地跟在后面抱怨连连，到后面舌头都被冻僵了，总算捂着嘴不敢吱声。

风雪太大，失去法力的他们与凡人无异，因体力耗尽，她不慎脚底打滑从雪山坡上栽了下来。她将祁周护在怀里，用力抱紧他，原来失了法术她会这般怕冷，会这般怕疼，锋利的石刃在胳膊上割出一道血口，却没有血流出来。

终于滚到山坡下停了下来，她小心地放下祁周，起身查看他身体的状况。祁周双目紧闭，俊朗的眉宇和睫毛覆上了一层寒霜，他为什么还是没有醒来？如果他醒来，看到她如今惨兮兮的模样，定然会蹙着眉斥责她不懂得照顾自己。

她伏在他身上流了会儿泪，蛤蟆妖小心翼翼地戳了戳她的肩膀，问她还走不走，天要黑了。

无谬天尊端坐于宝殿之上，见到她背上的男人叹了口气，道他终于还是走到了这一步。

原来早在六年前她将谢忧带到彷徨山，带到他面前时，他便已动了嗔念，煞气盘于天灵，识海不得清明。后来拜入无谬天尊门下，师父替他稳固道心，摒除恶欲，那几年极少见到他，不是没有原因。

她被谢忧一剑剜去内丹那日，他煞气入体，生出魔心。于是他被无谬天尊困在诛邪塔上，每日受锻魂炼体之痛，以达明清神智，泯灭爱憎。原来他消失了三年，不是因为气她执迷不悟嫁给谢忧，亦不是气她毁了自己，而是被关在那令三界魔神都闻风丧胆的诛邪塔上，受心魔折磨之苦。

三年方出得塔来，却还是忍不住来见她，是因放不下她，担心她被一介凡夫俗子骗得修为尽失性命不保。后来又因昆仑弟子犯了杀戒，因谢忧对她的辜负再生魔心，他为她做了那么多，却从来没有告诉她，他对她有着那样的心思。

她问无谬天尊，如何才能将祁周唤醒，唤回他的神智。

"他既因你入魔，执着为何，贪念为何，怨恨为何，你应最是清楚明了。"她还欲再说什么，无谬天尊已拂袖转身，垂目道，"万法皆缘，缘生即孽，孽由心起，劫因欲生，苦因乐苦。你回去吧。"

彷徨山上，竹屋。

夜色如墨，她仅留下一支红烛，在半室晦暗中除去凤冠金钗，身着嫁衣蹲至榻旁："祁周，你知不知道，我原本很讨厌这衣裳的颜色。我恨谢忧负了我，恨他不怀好意，恨他在新婚之夜拿着我的内丹去救别的女子。"

榻上的男子毫无声息，她将脸贴在他温热的胸膛上，低低絮语："可我穿着这身衣裳嫁给你，却只有满心的欢喜。衣裳有什么错呢？错的是我识人不清，愧对了你对我的情意。"

眼角泛起潮意，润湿了他胸口的那一片衣料，她抽了抽鼻子，觉得若是祁周醒来瞧见定会笑话她，她几时这么爱哭过："我以后都听你的，定不会叫你再犯什么心魔。你要的，我都给你好不好？"

烛泪滴尽，灯火湮灭，祁周终是没有听见她的声音。

14.

蛤蟆妖在院中晒过月亮饮完夜露，呱呱叫着蹦跶进屋，瞧见她一副如丧考妣的模样，化成人形撇撇嘴道："想救他，也不是完全没有法子。"

她倏尔睁眼，扭头道："什么法子？"

蛤蟆妖背着手在房间里踱步："那无谬老儿故弄玄虚，含糊其词，无非是因为此法不大人道，有损阴德。"

她蹙眉："到底是什么法子？"

蛤蟆妖盯着她沉默了几秒，颇为严肃地道："他需要一个炉鼎养护灵魄。那炉鼎需得非人非妖，人的躯体承受不住他的灵魄，而妖又会与他排斥。最好的人选，便是那夺了你内丹的宋夭夭。"

他顿了一顿，接着道："她体内有你的气息，祁周定不会排斥她……只是她是女子，祁周若待在她体内，彼时阴阳不调……"

"不行。"她听出他话中有话，"还有没有别的办法？"

"有是有。"蛤蟆妖连连瞟她，眼神躲闪，似是担心她暴起伤人，"你让她与谢忱生个儿子，在那孩子满月时将祁周的灵魄放入他体内，养个十数年，待戾气散了再取出来不就得了。"

"届时那孩子会如何？"

"不会如何，没了祁周的妖灵加持，顶多就是变回普通人……"

她扭头就走。

"哎，若是你不甘愿让那二人结合……"

"我没有什么不甘愿。"

再入谢府，府中人皆不似上回那般夹道欢迎，兴许是因为她上回来时还是妙手回春的医女，这回却成了人人憎恶的妖物。

只有湘儿哆嗦着立在墙边，看见她怯怯地喊了一声"夫人"。

"谢忱在哪里？"

"在琼花苑陪宋小姐……"

"好。"

那二人坐在百花园中，春光无限好，宋夭夭肩头披着一件藕色荷花斗篷，看见她的一瞬间面上颜色尽失，险些跌坐在地上。

她上上下下打量了宋夭夭一遍，目光落回她脸上："你瘦了。"

宋夭夭惊悸地后退几步："你……你又是来害我性命的吗？"

谢忱搀住她的胳膊，幽凉的视线瞧向香薷。

"你的性命，是谢忱从我这里偷来的。"她笑笑，"既不是属于你的东西，叫你白白拿了去，我心头总归有些不畅，总要设法让你还来才好。"

"你想做什么？"谢忱语调清淡。

她的目光在二人脸上徘徊几瞬，双目微阖："我要你与宋夭夭成亲，生一个儿子交予我，待到十五年后，我会将他安然无恙地送还给你们。"

许久，谢忱方才低声开口："不可能。"

"为何不能？"她蹙眉，是不能理解的模样，"我如今已不想要宋夭夭的命，你们还有什么可犹豫的呢？"

宋夭夭咬了咬唇，憎恨地望着她："自然不可能，那是我与谢哥哥的孩子，我们凭什么交给你？"

"凭什么……"她轻喃了一声，旋即拂袖，一股劲风将二人齐齐甩到廊下的墙壁上。

谢忱捂着胸口闷哼一声，嘴角溢出一丝鲜血。

她霎时移动到二人跟前，微俯下身："我给你们三天时间考虑，若到时候你们还是不肯……"她瞥了一眼谢忱，"是不是谢忱的孩子，其实并没有什么打紧。"

谢忱闭眼，指骨攥至泛白，掌心皮肉淤紫。

15.

出了谢府，蛤蟆妖跟在她身后："你就不怕他们跑了吗？"

她抬手，在府外设了一层结界。

三日后，谢家与宋家大门外张贴了大红囍字。宋夭夭携着十里红妆，风风光光嫁作了谢忱的正妻。

洞房花烛夜，宋夭夭身着凤冠霞帔，盖头未掀，垂着头端坐于喜床上，双手略拘谨地交叠在膝上。

此番景象倒是让她想起了三年前的那晚。只是彼时她母亲早逝，身边只有一个不知身在何方的祁周可以算作亲人，不像宋夭夭这般，有双亲和姊妹为她送嫁。那时她独自坐在彷惘山间的竹屋中，担心谢忱进来会不会嫌新房过于寒酸，会不会嫌她的妆容不够好看，又觉得他不是那般拘泥于外物的人。此后她做了他的妻子，二人住在一处，她便不会再像这样孤孤单单。

几乎是在她现身的霎时，谢忱的一双眼便望向了她，他坐于桌前，面前放了两杯酒，那是他与宋夭夭的合卺酒。

她瞧了瞧他身上的喜服，三年前那一剑刺得太快太痛，叫她没来得及看清他扮作新郎的模样。如今一见，倒也配得上俊美无俦四字。她来此，原是为了确保这二人成婚一事稳妥无虞，此刻放下心来，自是不好再做那不知事的打搅了他们。

她收回打量的视线，想了想，随了凡人的礼数将一罐桃花酿放在桌上，弯唇贺道："还未恭喜你二人喜结连理，这是祁周十年前埋的酒，也算佳酿，权当我的贺礼。只望你与夭夭日后同心同德，儿孙满堂才好。"

谢忱眉目沉沉，不辨喜怒，瞧着却是少了几分新喜之人的鲜活和喜庆。

她笑意吟吟，回身推门，夜晚的清风伴着月色迎面拂来："我盼着你们早生贵子。"

他说："香蒿，你以为我的感情是什么？"

她脚下一顿。

她原以为他是舍不下他与宋夭夭的孩子，却未料到他心中想的却是这些。

当真是可笑。

她转头，面上的嘲讽刺痛了他的眼睛："谢忱，你最好祈祷你与宋夭夭生的是一个儿子。"

16.

一年后的午夜，宋夭夭临盆。

她候在产房外，听见房中传来宋夭夭痛苦的哀叫，一个时辰后，房门打开，她从稳婆怀中接过包裹在襁褓中的婴孩。

稳婆笑道："恭喜恭喜，夫人生了，是个小少爷。"

那孩子双眸纯真灵动，瞧见她便笑呵呵地挥动嫩藕般的小手，让她不由自主露出了笑容。

候在一旁的下人们心中不禁有些奇怪，为何夫人生了儿子，上任夫人十分高兴，少爷却冷冷清清地立在一旁，面上瞧不出什么情绪，仿佛那孩子与他不甚相干。

香蒿怀抱婴儿行至院中，正欲离开，却蓦然被从天而降的巨网罩住。

她认出那网，是专缚妖精的捕妖网。网的四角立着昆仑弟子，正往那网中灌输真气，其中一人喝道："妖孽！这捕妖网乃我宗门宝物，你既进得这网中，便是法力全失，三日后才可恢复。我劝你还是莫做困兽之斗，乖乖束手就擒为好。"

香薷抬头看了看那网，伸手去撕，一阵炙热的灼痛袭来，她轻"嘶"一声。

昆仑弟子又道："你若不听劝，非得强行突破此网，此网便会变得炙烫无比，且会不断收拢，直至将你绞成碎尸。"

说到最后那四字，昆仑弟子嘴角牵出了一丝冷笑。

"你们拿如此阴毒的法子对付我，不怕伤到我怀里的孩子吗？"

"孩子？"宋夭夭的声音响起，她肩上披着斗篷，在下人的搀扶下拖着产后虚弱的身子缓缓走至廊下，居高临下地望着她，"你以为我和谢哥哥当真会把孩子给你吗？"

她怀中，赫然抱着一个啼哭不止的婴孩。

"你抱着的，不过是我花钱买来的替身罢了。"宋夭夭满脸讥嘲，"也怪你自己蠢，竟分不清新生儿和足月婴儿的区别。"

香薷看了看怀里白胖的婴孩，尚不知自己面临着什么，傻兮兮地咧嘴笑着。

"一年前你与那妖怪合力伤我昆仑弟子数人，如今又恬不知耻来夺谢公子与谢夫人才出生不久的孩子，当真是恶毒猖狂之极！今日新账旧账，我等便一笔一笔跟你算来！"

随着时间的流逝，她体内的法力与灵气被那捕妖网汲取殆尽。

香薷望向院中围拢着她的众人，每个人俱是一脸麻木，似是俱觉得她罪有应得。她笑了笑，目光最终定在宋夭夭怀中的婴儿身上，抿紧唇，一步一步朝她走去。她每走一步，那网便收紧一分，她肩头与面颊上已烙下了不少焦痕，因体内灵力震荡，她嘴角流出一丝鲜血。

宋夭夭勾着唇，微抬下巴睥睨地望着她，满眼轻鄙与快意。

"妖孽！你这是自寻死路！"老夫人站在人群前头震了震拐杖，当真老当益壮，中气十足。

昆仑弟子狞笑一声："执迷不悟，我看你是不知道这网的厉害。众弟子听令，收网！"

"等等。"是谢忱的声音。

17.

谢忱掀开网的一端，在众人的惊讶和劝阻声中徐徐迈步朝她走来。那网对凡人无用，未多时他便走到她身侧。

香蒿站在原地未动，她原以为谢忱是为了取她怀中的婴孩而来。这孩子本就无辜，她不想因自己平白连累了他，是以已做好把孩子交到他手里的准备。男人的气息临近，却见他俯下身，将她整个人拥在怀里，用肉体替她隔绝了捕妖网的伤害。

她蹙了蹙眉。

"谢少爷，你这是做什么……"昆仑弟子愕然道。

谢忱的声音在她耳畔响起："她已经没有法力了，你们把捕妖网收回去吧。"

"这……"昆仑弟子有些迟疑。

老夫人却急了："忱儿！你怎的这般糊涂，竟去维护一个害你妻儿的妖孽，还不快出来！"

见谢忱不听，她只得跺跺脚，对一旁的昆仑弟子道："快将那网收起来！仔细别伤着我孙儿！"

昆仑弟子面面相觑，总不能将谢忱连同妖物一同碾成碎尸，只好咬牙散去真气，将网收了回来。月光皎洁如白练，谢忱清淡的目光掠过她的脸，将伤痕累累的她打横抱起，朝院外走去。

"谢忱！"宋夭夭嗓音凄厉，"你要带那个妖物去哪里？！你莫忘了我是你妻子！我怀中抱着的是你儿子！"

谢忱只作未闻，抱着她走出院子。

香蒿在他怀中低低道："你又骗了我。"

谢忱眼底似有什么情绪掠过，垂眸望向她。

蛤蟆妖从院墙外一跃而入，它化作原身，口中吐出的腐蚀之气灼伤了一众昆仑弟子的眼睛。霎时间，哀号遍地。香蓠从谢忱怀中挣脱，将那不知是谁的孩子递给他，转身回到院内径直朝宋夭夭走去。

宋夭夭已被院中的景象吓得面无人色，连连后退，惊怖惶恐地望着她："你……你不要过来，不要抢我的孩子……"

见香蓠走到近前，她眼中闪过一抹决绝，将怀中哭泣的婴孩高高举起而后重重摔下！

"我的儿！"老夫人凄嚎一声，眼睁睁看着她刚降生不久的重孙摔向地面，然后……出现在了那个女人的怀中。

四周皆静，所有人都被惊得屏住了呼吸。

"我未料到你竟有这等魄力，为了掐断祁周的最后一丝生机，为了报复我，竟连残害亲子的事情也做得出。"香蓠因强催妖力，此刻丹田灼痛破裂，吐出一口黑色的血来。

她面无表情，用手背擦了擦唇角，垂目望向怀中的婴儿："我原念着你是这孩子的母亲，想留你一条性命。听闻你幼时被水妖弄瞎了眼睛，你家人便花重金买通道士将别人的眼睛换给了你，想来你秉性如此，惯是喜欢抢夺别人的东西。这世间有万般美妙，你这样的人，怕是不配瞧见。"

"我不是，我只是不愿他落到你手里……"宋夭夭哆嗦着手，惶然不安地跌坐在地，她抬头，"你这话是何意……你要对我做什么……啊！"

伴随着宋夭夭撕心裂肺的哀号，她将一对眼珠丢在地上。

蛤蟆妖问："走吧？"

她点点头，化作一阵清烟消失了。

由始至终，再也未曾望过谢忱一眼。

18.

待怀中婴儿满月后，香蓠用灵器护住他的体温，与蛤蟆妖一同去雪山请无谬天尊将祁周的灵魄取出，放入了那孩子的体内。

蛤蟆妖说："你可要为他取个名字？"

坐在石桌旁喝酒的她手一顿，片刻后道："就叫祁候吧。"

他本是为祁周养灵而生，非因他自己而生，亦非为他父母的期待而生。若是日后他不喜欢她取的名字，再由他自己做主吧。

如此一晃，便是数载光阴。

祁候妖不妖，人不人，彷惘山上的那些精怪都喜欢欺负他。或许是有祁周的魂灵在身上，这小子的性情很是孤僻暴戾。那些妖来招惹他，他便挥着拳头打过去，哪怕对方与他实力悬殊，是以他身上常常带着大大小小的伤疤，叫香薷十分头疼。

这一日，二人坐在葡萄架下，她拿着伤药为他处理胳膊和脸上的伤。他同祁周一样，明明最是怕疼，却宁愿咬牙硬忍着也不吭一声，嘴唇抿得发白。

"知道疼，下次还要打吗？"

祁候垂着眼睛："打。"

她叹了口气："你同那人的性子真像。"

他抬头看她一眼，骤然握了握拳，起身走了。

香薷望向头顶翠绿茂盛的葡萄叶，唯有一点，祁候同那条蛇不一样。他从不吃葡萄，也不喜欢这漫山遍野的葡萄花。

八月十五，是人间中秋赏月的日子。她挖出了一坛祁周埋下的桃花酿，原想找蛤蟆妖喝酒，那家伙却不知跑到哪个水塘里吸月华去了，她只能一人坐在院子里自斟自饮。祁候半张脸隐没在黑暗里，站在葡萄藤架下看着她不说话。

"又去与人打架了？"

"不曾。"

"那是怎么了？"她思索一阵，觉得他左右还是个孩子，这山中日子清苦，又被其他小妖视作异端孤立排挤，今日正是俗世百姓阖家团圆的日子，他心中定然孤独，遂和蔼了语气问，"是想念你在凡世的家人了吗？"

祁候不语。

她念着自己亏待了他，从座上起身，行至他跟前摸摸他的头："别怕，再等些日子，你会和他们团圆的。"

她语调转低，在浓墨般的夜色里有些缥缈："我也会与他团圆的。"

祁候抿唇："他们说，等到我十五岁时你便会将我送走。"

她一顿，低头与他对视片刻，并未骗他："是。"

他拳头攥得发白："为什么？"

"我答应过你父母，有一日要将你完好无缺地交还给他们。"

少年的眼眶隐隐泛红："那我宁愿我永远长不到十五岁。"

她沉默一阵儿："祁候，泷城谢府是你的家，那里有你的爹娘，你的爷爷，你的亲人，他们都盼着你平安长大。"

"可是蛤蟆叔说，我的母亲在我刚出世时便要摔死我。"

"那是因为她恨我，她怕我带走你。"香蒿摸摸他的脸，"她恨我，恨到迷失心智，但她定然是爱你的。"

祁候冷声："我知道我是因为什么才被生下来的。"

她闭了闭眼："是我亏欠了你，你恨我也是应该的。"

"……我从未恨你。"少年漆黑的眼眸望着她，"我爹娘曾那般待你，我只怕……你心中讨厌我。"

她搂住少年的肩膀："祁候，你是我半颗妖丹所化，与我同本同源，你承了祁周的魂灵，是他的恩人，更是我的恩人。若你不愿回你父母身边，愿意与我们在一起，我很高兴。"

"……小娘。"

19.

十五年期限已至。

蛤蟆妖说，祁周的灵魄养得如何，心中戾气是否平息，他们这法子是否有用，还是未知数。若放归本体，祁周魔心尚存，届时祸一祸人间倒是还好，若是灵魄离体太久，被本体排斥回不去了，那可就真成了她

| 301 |

害了他。

香蕈听得脸都白了，蛤蟆妖又咧嘴笑了："开玩笑的，瞧你吓的。"

祁周醒了。

他缓缓睁眼，视线先是略带茫然，而后轻轻落到她身上。

她还未想好是该哭还是该笑，正望着他发愣，便见他微微一笑，用粗哑难听的嗓子唤她一声："小娘？"

一旁的祁候瞪大眼睛。

蛤蟆妖附在香蕈耳边解释，怕是祁周的魂魄在祁候身体里待得太久，记忆产生了混乱，分不清自己是谁了。

"那怎么办？"香蕈小声与他耳语，"过去我叫他叔叔，如今他却喊我小娘，这辈分怎么说？"

祁周道："我才刚醒不久，你就这样将我晾在一边吗？"

"哦。"她连忙端过一旁的茶水，小心地递给他。

祁周看了她一眼，仰头饮了下去。

还好，除了刚醒时那惊天动地的一声，其余时候祁周再没喊过她小娘。

他此番醒来，性子倒是比从前收敛不少。有那不要命的大妖前来约架，想趁着他初醒虚弱之际在众妖面前耍一耍威风，他也只是打断了对方的鼻梁和几根肋骨，没少胳膊没少腿，让那大妖全须全尾地回去了。

香蕈和彷惘山头的其他精怪，对此俱是十分惊讶。

祁周蹙了蹙眉："怎么，我以前很残忍吗？"

何止是残忍，简直是残暴。

众小妖，大气都不敢出。

祁周负了手，遥望着远处起伏的山峦："这段日子要尽量太平些，少些事端。不然到时候办婚事，怕是没人敢来参加，冷冷清清，成什么样子。"

香蕈："婚事？"

祁周斜睨了她一眼："你以为那时候，你穿着嫁衣趴在我身上哭哭啼啼唠叨那么久，我没有听见吗？"

"……哦。"

祁周醒后第十日，大婚，万妖来拜。

后记

数年后，二人去泷城中的茶楼听书。

说书先生扇子一展，笑道城中有户姓谢的人家不久前丧妻，听闻那夫人是自己跳入湖中淹死的。她生前为婆家和丈夫所鄙弃，成婚后没两年就疯了，整日便念叨着"水妖要剜她的眼睛、孩子没了"之类的浑话。

"所幸那谢家少爷还算讲良心，没将人家给休弃了去。只是听说那府老夫人去世前留了遗言，不许那宋家姑娘死后葬入祖坟，说她是谢家的罪人。你们可知其中因由？"说书人抬高声调，在众人的催促声中慢悠悠捋了捋胡子。

二人不欲再听下去，从茶楼中出来。

途经谢府门口，遇见一白发丛生、气度不凡的中年男人从马车上下来。香薷与他对视了一瞬，未多留意，而那人却在石阶上站了许久，直到身侧的人喊了他一声："老爷。"

1.

第一次，被几个下人用粗糙肮脏的手压在地上，让暴怒的忧姬用钳子拔掉指甲的时候，何渠还会惊慌失措地向那个男人求救。可随着钻心的剧痛从指尖窜入心脏，那个男人只是淡漠地看了她一眼，嫌她的惨叫太过刺耳，让人捂住了她的嘴巴。

"别让她的血弄脏了你的裙子。"男人坐在上方，手里拿着本经文平静地翻阅。

何渠一直知道程寅是狠毒的，可从未想过有一天这种狠毒会落在她身上。

毕竟过去，身为人人敬畏的国师，在她面前却是毫无架子、体贴入微，任她予取予求。唯一能惹怒他的，只有在何渠弄伤自己的时候，即使只是擦破了点皮都不行。后来，何渠才明白，他的温柔和包容是给这具壳子里的另一个人的。

他精心呵护了她二十年，只是为了把这具壳子完完整整、毫发无伤地交给忧姬，让她用得满意。时机成熟后，程寅就把她的魂魄抽离出来，随意地放到了一具刚刚过世的女尸身上。

换魂之术有违天道，折损福德。为了减轻术法反噬，何渠这个壳子的原主人，还得在世间再活十年。

异魂获得身体控制权之初，需要承受七日万蚁噬心之苦，浑身奇痒无比。为了防止忧姬弄伤自己，程寅用轻软的绸缎捆住她的手脚，寸步不离地守了她七日。

那几天，忧姬尖利的哀号响彻整座宫殿，一张脸狰狞而痛苦，咬伤了上前安抚的程寅。

程寅到底是见不得心上人受苦，翻遍了古籍终于找到一个解决办法。离躯体原主的魂魄越近，躯体产生的排异反应就越小，痛苦自然也会减轻。只是原主的魂魄受到吸引，会排斥现有的，拼命地想要回到原本的躯体内，这样原主的痛苦势必会增加。

程寅没有半点犹豫，差人把何渠带到寝殿，怕她怀恨在心伤害忧姬，用铁链缠着她的脖颈将人锁在柱子上。那时何渠已经抓得自己满脸血痕，衣不蔽体，裸露在外的肌肤遍布红肿的抓痕。看到程寅的那一瞬间，何渠满心欢喜，以为他是来救她的，直到看见榻上那个熟悉的女人。

那分明是她的样子。

何渠来不及深想，这几日毫不间断地折磨她的痒意，和仿佛被人剖开肚皮、把五脏六腑用刀子搅烂的痛苦，一下子尖锐了两倍。而奇迹般地在床榻上不停打滚咒骂的忧姬，瞬间安静了下来。

程寅拿着帕子擦了擦忧姬的脸，声音是何渠熟悉的、饱含关切之情的柔和："好点了吗？"

"程哥哥？"得以摆脱疼痛的忧姬终于清醒了过来，她愣愣地看着程寅，喃喃自语，"程哥哥，我……我真的活过来了？"

程寅唇角含笑，眼眶微湿，俯下身将脸埋在忧姬颈侧，良久才轻轻地"嗯"了一声。

泪水夹杂着额际流下来的冷汗模糊了视线，何渠听着他们的对话，看着他们相拥的情景，而她自己则眼泪鼻涕流了一脸。

她以为这是她此生中最狼狈的时刻了，其实还远远不止。

忧姬恨她，恨她享受了程哥哥那么多年的宠爱，恨她夺走了她二十多年的人生。忧姬看着在乱石堆中打滚、利用疼痛止痒、浑身鲜血淋漓的何渠，脸上是毫不掩饰的恶毒和怨怼。

"你知道这些年我是怎么过的？我被困在你的身体里，能听能看却不能动，程哥哥对你那么好，你知道我有多嫉恨你？"

痛痒到了极致，何渠神思恍惚，仿佛灵魂剥离肉体，清醒地将忧姬的话一字不落地听入耳中。

她想起程寅在数百个童子童女中独独看中了她，将她领回神殿，替她沐浴更衣，照顾她的饮食起居。花了一整年，将原本面黄肌瘦、弱不禁风的何渠养成了珠圆玉润的模样。

她早先的印象中，程寅常常是冷着张脸不苟言笑的，除了细心妥帖些，待她与旁的人并没有什么两样，眼睛望着她的时候，穿破那层深邃的黑暗，是完全的淡漠。

可有一天，忽然就变了。

外人都说程寅不喜人近身，除了那双手，何渠再没触碰过他的其他部位。

听下人说她遭歹人毒害，足足昏迷了十日，御医轮番来了一遍，说的话如出一辙："圣女体内仅剩一线生机，恐回天乏术。"

下人说生平第一次在国师脸上看到了恐惧。

但国师毕竟是国师，即使是恐惧，也透着股阴狠的劲。只是这次阴的不是别人，正是他自己。程寅用三十年的修为，救回了她的命。

醒来时，何渠躺在程寅的怀抱中。

他这个姿势不知保持了多久，见她睁开眼睛，程寅眸光闪烁了一下，如释重负地微微一笑，然后晕了过去。

何渠从来不知道，程寅还能有那么温柔的表情。

由此，何渠彻底对程寅打开了心扉，她是真的感激这个男人。

他将她从饥寒交迫的窘境中带出来，赋予她尊贵的地位，赋予她作为一个人的尊严，更给予了她新生。

直到今时今日，何渠才明白过来，恐怕那次所谓的毒害，其实是程寅将忧姬的魂魄植入了她的体内，为异常反应做的掩饰。幼小的躯壳负担不起两个魂体，差点就因此夭折了。而程寅真正想救的，自然是那具壳子里的忧姬。

何渠闭着眼睛，她的血肉之中像被灌入了毒液，寸寸浸入，寸寸腐蚀，痒得让人恨不得一死了之。

可程寅早有准备，他有一万种方法可以续她的命。

2.

几日前，她有心寻死，在他面前撞翻了案上的花瓶，颤抖的手甚至捡不起瓷片。程寅端庄持重地坐在主位，静静地等着何渠用瓷片割破喉咙，直到血喷了一地，方才缓缓踱步至她身边。

"何渠，你当有此报。"他的声音清润，温柔起来简直能把人的心揉碎，像现在说着残忍的话，也是悦耳的，"这许多年，你能过上锦衣玉食、万人敬仰的生活，都是拜忧姬所赐，你既承了她的情，自然是要偿还的。"

程寅蹲下身，指尖在她伤口上掠过，沾了几滴血。

何渠的瞳孔已经涣散了，身体微微抽搐，喉咙里发出断断续续的杂音。程寅站起身，表情淡漠如常，像是说着无关紧要的话。

"她需要你活着，你便不能死。你若再敢动轻生的念头，我就要罚你了。

"何渠，你知道我的手段，别忤逆我。"

对于程寅来说，众生皆是蝼蚁，他可以随意操纵他们的喜乐、生死。何渠以为得到了他的爱，就得到了一切。事实也确实如此。但可惜，何渠除了那副皮囊，于程寅没有任何价值，甚至没有活着的必要。

等忧姬发泄完怨气，何渠已经奄奄一息了。

程寅将手指搭在她的腕上，脉搏微弱，他的眉头微微蹙起。

忧姬虽放肆无礼，但也是怕程寅的，她知道何渠的死活事关她能否继续用这具躯壳存活于世。现在人被她玩成这样，她还是有些心虚的。

"把她送进闭室。"程寅示意下人把昏厥的何渠抬走，看到忧姬低头认错，模样可怜，到底是没忍心斥责，"我要替她疗伤，你先回去。"

闭室里有一口药泉，忧姬几乎是瞬间就想到了他要做什么，不由面露不甘："程哥哥你真的要给这个贱女人……"

程寅不愿从她口中听到粗鄙之语，低声呵斥："忧姬！"

但随即又想到她这些年耳虽能听口不能言，其中的苦闷可想而知，性情变得尖刻也情有可原。程寅自觉语气太重，指尖轻柔地抚过她的眼角，将鬓发撩至耳侧，这是他们过去常有的亲昵举动。忧姬的眼中却未生出太多感触，犹自满怀怨毒。

过了太久，她大约是忘了。

程寅的心中掠过一丝淡得看不见的失落，他揉着她的耳垂，轻声诱哄："听话，她活着才能替你受罪。"

忧姬回想起觉醒之初承受的痛苦，不由打了个冷战，木愣地点了点头："你说得对，我可不想再尝一次那种滋味……"

她推开程寅，转身急匆匆地走了。

直到她的背影在转角处消失不见，程寅才收回目光，缓步踏入闭室。

何渠被随意丢弃在药泉边上，她面色惨白，衣衫褴褛，血污混合着泥沙糊在伤口上，浑身上下几乎找不到一块完好的皮肤。这些都是外伤，倒是小事。程寅替她褪去衣物，在脱掉裤子的时候，动作微顿，这是一具陌生的躯体。

"渠儿。"何渠的指尖微微颤了一下，程寅没有察觉。

他将赤裸的何渠抱入水中，眼看着她毫无知觉地沉了下去，不疾不徐地解开自己的腰带。

何渠醒来的时候，身上的刺痒感竟消失了大半。水汽氤氲间，她缓缓睁开双目，看见的是程寅近在咫尺的脸。她骇然地后退了一步，却发现脚下虚浮，原来是浸泡在水中。

程寅的目光在她脸上逡巡了片刻，张口吐出四个字："还有三天。"

何渠退到了浴池边沿，翻身想要逃跑。程寅没有阻止，目光落在她光滑的后背和雪白的臀瓣上，瞳孔微缩。乍然离开泉水，皮肤上立刻烧起一阵抓心挠肝的痒意。何渠猛地瘫软在地上，控制不住地扭动，摩擦着冰冷的地面。

程寅踏着台阶步出水面，披上一件外袍，衣襟大敞。他看着脚下的女人，可能是因为闭室里的湿气太重，他的嗓音略带沙哑："这药泉虽能止痒，但一旦离开水，痒感反而会加重。"

何渠已经把重新恢复光洁的皮肤挠出道道血痕，她只听得见前半句话，扭过身就要爬回药泉。

程寅蹲下身，擒住她的手腕，声音低沉如同蛊惑："想彻底摆脱痛苦吗？"

何渠瞬间猜出他要说什么，瞪大眼睛惊讶恐惧地看着他。修为到了程寅这种境界，连鱼水欢爱都有了疗伤祛毒之效。

何渠难以置信地摇了摇头，她用力咬破了舌尖，借着疼痛恢复些理智，口齿不算清晰地道："忧姬才是你的爱人，国师这么做，不觉得是在背叛她吗？"

彼时，忧姬因换魂痛苦不堪的时候，程寅不是没想过用这种方法救治她。至于为什么没做，大约是由于程寅不习惯，所以他宁愿用另一种更为麻烦、且副作用极大的办法。程寅望着她，虽然样貌变了，但神态、气息却仍是何渠的味道。

他少见地微微一笑："反正一直都是你，不是吗？"

何渠尽量把自己蜷缩起来，明明已经难过到了极致，她仍是不愿哭出来，鼻尖憋得通红，小声哀求道："求求你……不要再碰我了。"

程寅的动作顿住了。

这是何渠第一次拒绝他。

或许是出于报复，或许是真的毫不在意。那之后，认定他们孤男寡女共处一室必然生出苟且之事的忧姬，要当众对她施以棍刑。何渠是真的怕了，她乞求地望着主座上的程寅，希望他能念及那么一点点旧情，替她拦下忧姬。

但是她忘了，他们哪有什么旧情。程寅连眉头都没皱一下，仿若事不关己。他非但没有阻止，甚至还提醒道："不要让她的血弄脏你的裙子。"

忧姬是极厌恶她的，何渠的存在时时刻刻都在提醒着她那段地狱般的傀儡人生。虽然现在何渠的一切都成了她的，可被剥夺的时间却回不来了，包括那些美好而难忘的回忆，也都是何渠和程寅的，不是她的。尤其在程寅望着她，口中却念着渠儿的时候，忧姬恨不能立即将她除之而后快。

偏偏程寅事事顺她的心，遂她的意，唯独在这件事上拒绝了她："十年，十年之后我就能骗过老天爷的眼睛，让你用她的身体无所顾忌地活下去。到时候，她任你处置。"

程寅说这话的时候，用的是一贯云淡风轻的姿态，腰间甚至还佩戴着何渠亲手缝制的香囊。天青色，里面填的是何渠春日里采摘的小野菊，淡淡的苦味，比不了那些名贵的香料。

忧姬仍是满脸不甘，竟还要再忍她十年吗？

程寅抬眸，温厚的掌心包裹住她的素手："你既已归来，我们便寻个吉日早些将亲事办了，也算了结前世的一桩夙愿。"

忧姬这才有了笑容。

3.

湖畔垂柳依依，何渠怀中捧着卷书在读。这是她旧日的习惯，身后的小婢女与她同看，许多字不识得，小声问她意思。

不远处的石亭内，程寅正与当朝宰相对弈。他怀里躺着忧姬，身着一袭嫩黄色襦裙，秋高气爽，太阳势头还猛，但程寅挡得严实，她眯着眼偷偷地笑，一派稚纯烂漫。宰相年近四十，面白无须，屏气凝神地等着程寅落子，对方却显得心不在焉。

宰相顺着他的视线望去，柳条被微风抚动，一个身形羸弱的女子大胆地脱去鞋袜，将一对雪白的赤足踩进湖边的淤泥里。她身后，面容稚气的婢女扯着她的裙摆不敢放，急急地道："淌走便淌走了，左右不过一本书，小姐你别下水。"

何渠撸起袖子，捞起书翻看了一下。纸页粘连，墨迹糊成一团，她毫不在意地揣进怀里，又回到岸上。

宰相呵呵一笑，感慨道："这女子竟有几分圣女当年的风采。"

忧姬闻言心生愤恨，她的裙子是怎么回事？程哥哥给她的待遇竟与自己相当吗？

程寅微微侧目，见她提着鞋往这边走来，神情疏淡地落下一子："东施效颦。"

这句话随风灌进何渠的耳朵里，她的步伐略一停顿，没有退却，依然从他们身侧走过。

途经练武场，都是些赤膊上阵的少年儿郎，汗水在阳光下闪着光，只有一人不合群地穿着短褐。能进得了这里的莫不是皇亲国戚、名门将后，由程寅亲自教诲成材，若何渠还是圣女，他们便该称她一声师姐。台上两人你来我往打得精彩，何渠驻足观看了一会儿，忽然身形一转，踏上台阶。

"觅儿，你在这儿等我。"她吩咐道。

穿短褐的夏鱼避开一拳，往后翻了一个跟头，同时袖中射出一支暗箭。何渠虽换了具躯体，但多年习武的本能尚在。她一个箭步上前，擒住江洛的右臂意图助他避开。

但她显然高估了自己的力气，一拉之下男人的身形丝毫未动。何渠反应很快，抬起他的胳膊，旋身躲入他怀中，堪堪避开了直射过来的短箭。江洛的手下意识扶在她腰侧，何渠挣了挣，没挣开，抬头看了他一眼。

谁知夏鱼见没得逞，气急之下催动弓弩，竟又射出一支短箭，夹杂着凌厉的风声"嗖"地袭来。江洛这下早有防备，一抬手就将箭拍在了地上，巨大的冲劲震得他虎口发麻，向来无波无澜的脸上也有了恼怒。

夏鱼忌惮地后退了一步。

何渠被江洺的铁臂禁锢在怀里，青年后知后觉地低下头，他的眼中还带着未消的煞气，在看到何渠的一刹那凝固了。

她沉默了半晌，吐出一个字："疼。"

江洺的脸红了红，逃也似地松了手，并与她保持了一段距离。

何渠揉了揉被抓痛的胳膊，抬头扫了一眼呆若木鸡的一众男子。

一群精壮的汉子围着一个柔柔弱弱的女儿家，原本剑拔弩张的气氛突然显得旖旎起来。何渠目光所及之处，一个两个不知怎么地都低下了头。她沉吟了片刻："现在比武场允许用暗器偷袭的吗？"

"姑娘不知，这姓江的王八蛋是个不择手段的小人，夏鱼的哥哥就是被他……"韩将军家的小公子义愤填膺地站了出来。

"住口！"夏鱼低斥一声。

在场的汉子都知道夏家长子是夏鱼不可提及的伤疤，脸色一变，全都噤了声。江洺脸上的怒色也收敛了不少，表情显得有些复杂，欲言又止地望着夏鱼。何渠对其间的隐情没有过多兴趣，转身欲走，袖摆却被江洺拉住了。

何渠怔了怔，回过头，静静地望着他。江洺握了握拳，视线飞快地在何渠白嫩却沾满污泥的脚丫上瞥过。他蹲下身迅速脱下自己两只布靴放在她脚边，垂着头不大自然地说："就当是报答姑娘的恩情。"

"男人的脚都很臭的。"小觅在何渠耳边窃窃私语。

那双布靴除了鞋面沾了些灰，看得出是新做的。

何渠抬起脚，鞋很大，很通畅地踩了进去，里面还带着男人的体温，她道："谢了。"

江洺望着她的背影，忽然有种奇怪的感觉从足底升起，酥酥麻麻地融入骨血。

入夜，程寅做了一个梦。

梦里忧姬跪倒在他脚边，狼狈地攀着他的腿缓慢地爬起身，那一张面庞上满是血污，连眼睛也是灰蒙蒙的："你怎么舍得对我这么狠呢？"

他喉咙哽塞，一个字也说不出。

于是忧姬失望地垂下了头，她拍了拍他的肩膀，转过身，步履蹒跚地离开。

他一度以为她不会回来了。这个女人自他懂事起，始终陪伴在他身侧，他不知她的来历，自然也不会清楚她的去向。再见面时，她站在城墙上，城下是大片的死尸，有守卫将士，但更多的是无辜百姓。那个女人从来喜欢色彩艳丽的衣裳，今天却穿了身灰扑扑的粗布麻衣，一张素净的脸，几乎让人认不出来。

她很快将目光锁定到他身上，两人遥遥相望，他听见胸口传来擂鼓般的心跳声，他知道那里压抑着巨大的喜悦和微弱却徘徊不去的恐慌。他等候着她过来，像从前的许多次一样。她果然迈开步子，徐徐靠近。

近卫却如临大敌，一拥而上，死死地将他包围在最中央。

程颂说："国师小心，就是这妖女在两天三夜里疯狂屠杀了近两万人。"

他愣怔了一瞬，低低地嗤笑："她哪里来那么大的本事。"

被几十白刃虎视眈眈，忧姬却如闲庭散步一般地穿梭其中，士兵们哪里经得起这样的挑衅，暴喝一声将她捅成了筛子。

程寅赫然睁开双目，额际冷汗涔涔。

不，她不是这么死的。

怀里的温度提醒着他这是现实，程寅亲了亲忧姬的发顶，心中稍微踏实了些，耳畔忽然无端端响起她前世说的话："程寅，无怪乎你百般算计于我，当真是我瞎了眼。"

她那时，用的却是前嫌尽释的口吻。

他披衣而起，踏着月光和夜露，无端走到了何渠屋外。看着房门口那双明显是男人穿的黑靴，程寅目光微凝。

门豁然敞开，清凌凌的月华洒了一地，床榻上的何渠赫然睁眼，望见程寅立在房门外，面容比之夜色更为清寒。他的视线淡淡地在屋内逡巡一圈，又落在她脸上，什么也没有。侧塌，枕边，都无那男人的痕迹。他再次瞟了一眼地上的黑靴，转身离开。

何渠指节发白，无意识地揪住了身上的锦被。

4.

季春七日，是程寅定下的良辰吉日。

前世那个女人俯身蹲在他面前，将被打落的木剑交回他手中，微微弯唇对满头大汗、牙关紧咬的他道："反正你总是要娶我的，打不打得过我又有什么要紧。"

在他与和昌公主的成亲宴上，她一身白衣，手无寸铁，却引得所有侍卫骇然提刀，忌惮恐慌地围在她身侧不敢妄动。

她的目光划过他与和昌公主的喜服，又落在他们相执的手上，她惯常爱笑，让人瞧不出她是真心欢喜还是难过，低低道了一句："季春七日，的确是个好日子。恭贺程小公子当上驸马，只盼你日后前程无忧，得偿所愿。"

他终是如她所盼得了无上前程，却直到她死前，才知晓自己心中真正的愿想是什么。

所幸，不是没有机会弥补。

在那之前，还有一件事要做。

程寅在铜盆里净了手，拿起匕首朝她走来，下人自觉架起何渠的手臂。她眼看着他步步逼近，整个人瞬间被巨大的恐慌席卷。程寅撩起她鬓间的碎发，指腹摩挲着耳垂，与温存的动作呈对比的，是他右手紧握着的匕首，锋利尖锐，泛着森寒的冷芒。

他似是在安慰："闭上眼睛，很快就好了。"

何渠眼前一片血红，她听到皮肤被割裂的响声。觅儿跪在地上，不停地磕头求饶，抬眼看见这血淋淋的一幕，眼前一黑晕了过去。

圣女自幼由他一手抚养长大，在天下人的眼中与他有师徒之谊，情同父女。若是二人结合，必然引得朝堂争论，百姓不耻。程寅如何忍心让爱人遭受非议，所以，他将她的脸与忧姬交换，巧妙地置换了二人的身份。

此用心，不可谓不良苦。

下人端来新的水，他在水中将手上的血迹洗净，蹲下身轻抚她的脸颊，目光居然是平静而温和的："这方是你原本的模样，你该是欢喜的。"

皇帝圣驾亲临，何渠恢复了圣女的身份，理应相迎。

大抵是婚期将近的缘故，程寅一贯淡漠的脸上多了些生气。他站在楼阁上，着一袭绛紫色长袍与皇帝一同倚窗而立，龙章凤姿，贵不可言。

天高日暖，竹林苍翠，那样和煦的春风吹拂过肩头，程寅一双狭长幽暗的眸子看向她的时候，何渠有一瞬间的恍惚。

多少年了，他的容颜没有一分一毫的变化，时光如同凝结在他身上。这个人，这双眼，仿佛依旧是她幼时亲近信赖的模样。

当年周朝将倾，是国师以一己之力击退敌军，使城中万千百姓免遭涂炭。是以程寅地位之尊崇，连皇帝见了也要让他三分。他属意将忧姬册封为正一品禾昌郡主，如此一来，既使得皇家与国师更为亲近，也给予了忧姬皇妹的尊荣。

"禾昌？"忧姬似是有些愣神。

皇帝笑道："正是。"

程寅微不可见地蹙了蹙眉，他品了口案几上的茶，语调轻慢地道："既是我的夫人，即便无甚品阶，也无人敢对她不敬。"

皇帝面上笑意稍滞，仍是颔首附和道："……那是自然。"

忧姬却微抬下颌，满意道："禾昌这个封号我很是欢喜，程哥哥，你便应了皇上吧。"

程寅望着她，眸色沉暗。

5.

皇帝走后，忧姬缠着他的胳膊小声与他耳语。程寅面色不虞，并不像以往那样温和纵容。

忧姬怔了一怔，低声喃喃："你果真还是不愿意娶我的是吗？"她豁然起身，指向一旁默然独坐不闻他人事的何渠，难掩恨意，"见到那副脸孔又回到了她身上，你便动摇了对不对？"

程寅眉心微拧："忧姬。"

"若你要证明给我看，"忧姬凄然笑道，"就将她打入水牢，待我和你大婚完了再将她放出来。"

"她如今既恢复了圣女身份，你便是耍性子，也该顾忌着些国师府的颜面。"程寅隐有不悦。

"只不过在水牢关上个把月而已，你还心疼了？"忧姬眼波如水，隐隐含着凄惶之色，"程哥哥，你说过会补偿我的。这句话，加上前世你足说了两回，转眼间却又被其他女人蛊惑了心智吗？"

程寅见不得她难过，总会让他想起那些不堪的、令人追悔莫及的往事。

"若你肯回到我身边，我会倾尽所能对你好。"这句誓言默默埋在心头，埋了许多年，不曾说给她听。

"她不过是我为盛你魂魄所用的傀儡。"程寅语气稍缓，"一个容器罢了，你大可不必与她置气。"

"若只是一个无用的傀儡，便是任我处置又如何？也好叫她长些记性，别忘了谁是才正主，谁又是冒牌货。"

后面这两句话，忧姬特意加了重音，目光凌厉地瞧向程寅，程寅便不再开口。

"将她押入水牢。"忧姬命令下人，嘲讽地瞥了何渠一眼。

何渠近乎执拗地看着程寅，那个人的表情无一丝一毫松动。他过去待她有多宽怀温厚，如今就有多残忍冷漠。何渠被关在水牢里的二十几日中，程寅前来探望过她一次。

黑沉沉的水一直漫至下巴，那张袒露在外的脸被一只只水蛭吸饱了血，待水蛭脱落回水中，眨眼间又有新的蚂蟥填补空隙。程寅大概是来看看她有没有失血而亡的。

他似乎说了些什么，何渠眯缝着眼睛，只瞧见他薄唇翕动。因为水蛭堵塞了耳道，耳朵里嗡嗡作响，并不能听得清声音。

她的手脚被锁链所束缚，动弹不能。起初身上被叮咬的部位还会痛痒红肿，纵使池水冰寒刺骨也不能削减半分，何渠只能咬着舌头，用直冲脑门的尖锐疼痛转移注意力。

太冷了，连血液都流得格外缓慢。

到了第三日，从胸口生出玉质的温润感受，丝丝缕缕地汇入四肢百骸。得益于此，何渠灵台一片清明。她心中揣测，这水蛭大约有致幻的作用，叫她看到了许多荒诞古怪、又似曾相识的景象。

清醒时再欲深究，却什么也记不起了。

程寅从随行的婢女手中接过药碗，亲自下了水池，扣着何渠的下颌灌入她口中。

"这是给圣女补血续命用的，每日午夜服下一帖，不得延误。"语毕，程寅拖着一身沉甸甸的湿服，步履仓皇地出了牢门。

狱卒发觉，他的脸色竟比在水中浸泡了七八日的圣女还要苍白。

6.

何渠被放出来的时候，忧姬与程寅已是成婚在即。

忧姬临时改了主意，要让她以圣女的身份亲眼看着他们拜堂成亲、步入洞房，好让她彻彻底底死心。这实在有些多此一举，因为就在何渠出水牢的当日，皇帝便下旨要将她纳为贵妃。而圣女之位，将由新的幼女继任。

何渠忽然明白，程寅为何不惜让忧姬承受换脸之痛，也要置换她与忧姬的身份。

国师是不老仙身，圣女却是肉体凡胎，若是衰老病死，未免有失国体。是以历届圣女都是正值芳华的少女，年龄大了便要同寻常妇人一般嫁做人妻。圣女之尊，求娶之人上至帝王，下至达官显贵。

何渠那具身体，已经二十三岁了啊。他怎会舍得将辛苦救回来的恋人拱手相让呢？

觅儿不清楚她这段时日的去向，只觉她整整瘦了一圈，愈发形销骨立，身子单薄得一阵风就能吹倒似的，连皮肤都是极病态的苍白。

她禁不住红了眼眶："圣女，可又是国师对您做了什么？"

何渠牵了牵唇，拭去她眼角的泪："我这不还好端端活着呢嘛，你哭什么。"

是啊，活着。

哪有那么多铮铮傲骨，宁死不辱。若是能活，拼了命也要活着。

"待圣上接您进宫便好了……待圣上接您进宫便好了。"

夜色渐浓，说是替她去端滋补的乌鸡参汤的觅儿迟迟未归，何渠担心她被刁难，起身去寻。

明日便是国师的大喜之日，府内的侍卫都撤走了，换上了武艺更为高深的暗卫，埋伏于各个隐秘处。何渠一路行至主院，竟一个人也没见到。

水流潺潺，何渠耳聪目明，注意到一个人屈起一条腿坐在河岸旁的大石头上，遥遥望着忧姬的寝宫，揣着酒罐子对月独酌。他听到动静，转头看过来，脸上还带着几分未来得及掩饰的伤怀，赫然就是那天在演武场脱靴给何渠的男子。

江洺神色一凛，连忙起身给何渠行了个常礼。

何渠脸上凝起笑容："清风明月饮浊酒，江侍卫好雅兴。"

江洺一时不知该如何应和，只能僵硬地扯了扯嘴角。他原本对这位人传广施善行的圣女是存着几分敬畏的，但随侍程寅左右的这段时日，却听闻她对偏院那位名唤忧姬的姑娘百般刁难、酷刑加身，心里面很难不生出些芥蒂。

两人之间的气氛正僵，忽听夜鸟惊起，院内传出女子的哭声。

江洺脸色一变，几步窜到门边，正要推的时候，被何渠给拦下了："不可，里头住的是国师未过门的妻子，你想做什么？"

江洺双颊微红，急急地张口辩驳："我是担心……"

何渠不等他说完，一脚蹬在院外的一棵歪脖子树上，借力攀上了院墙。这一瞧之下甚觉有趣，她怎么也没想到，还真有人敢惦记程寅的媳妇儿。

忧姬平躺在院中央的祭坛上，衣裳已经脱得七七八八，肩膀和大腿在月光下白晃晃的。而祭台下站着个男人，一身夜行衣包裹严实，正低头与她说些什么。

院子里静得出奇，程寅外出与朝中官员喝酒，直至现在还没回来。那淫贼显然是图谋已久，掐准了时机，为的就是在新婚夜前夕玷污新娘，好让国师蒙羞。只待天一亮，仆从涌入这院子，忧姬满身被蹂躏后的痕迹就叫所有人看了去。

她翻墙而入，江洺紧随其后，望见这一幕，双目赤红，撸起袖子就想冲上去救人，何渠拉住他："别莽撞。"

江洺扭头深深地看了她一眼，咬牙忍下了。

离得近了，方听到那淫贼口中在嘀嘀咕咕些什么。

"你以前不是厉害得很吗？这一世竟无用至此。"淫贼笑了笑，"我还以为你会面无表情将我从头到脚鄙夷奚落一通，惹得我跳脚发怒，结果竟也如寻常姑娘家一般只会哭哭啼啼，真是无趣。"

江洺心乱如麻，见何渠抬目观看，竟兴致勃勃，耐着性子低声询问："圣女是否有把握制服那歹人？"

何渠说："急什么，这不还没开始吗？"

淫贼唠叨完，用一把短刀挑开忧姬的腰带，剥开衣衫，露出白嫩的肚皮，而刀尖一转，划至忧姬脐下二寸，正欲再向下。江洺左脚发力，腾跃而至，一柄银剑的剑刃擦着淫贼的脸颊掠过。

何渠叹了口气，慢吞吞站起身朝他走去。她眉清目冷，再加上身材瘦长，随意地披着一件外袍，行止间自有一股模糊性别的萧疏轩举之气。江洛担心忧姬的安危，放不开手脚，只能被淫贼牵着鼻子走。长剑很快被打飞，折断了的剑头拐了个弯，回射进了他的肩胛骨。

淫贼嘴角微勾，正欲补上一刀，何渠拍了拍他的肩膀："没用的，忧姬与国师情投意合，早非处女。"

她何时出现在他身后的！淫贼受惊不小，猛然回身，大掌含着澎湃的力量重重地击打在何渠胸口，另一只手则将匕首推入了她腹部。

何渠喉头一甜，险些吐出一口血，亏得咽得及时。

她却轻巧地笑了笑，在淫贼惊疑不定的注视下，袖下的手指暗甩，一片叶子裹挟着风声割破他胸口的衣服刺入心脏。

淫贼脚下一颤："这一招……莫非是你？"他愣怔地望着她一阵，又看向祭台上的忧姬，"怨不得……我竟寻错了人。"

他表情几番变化，不顾嘴里涌出的鲜血，倏而大笑出声："那程寅妄自尊大，自以为能从天道手底下留人，却未料到反被天道戏弄了一把，错把鱼目当珍珠，我真想瞧瞧他得知真相时追悔莫及的模样。"

7.

酒楼内的程寅心头传来一阵异样，他停了饮酒的动作，看向国师府所处的方位，在三位同僚诧异的挽留声中离席而去，顷刻之间就进了府门。

这头何渠微微蹙眉："你说什么？"

淫贼对程寅的气息极为敏感，当下便有所察觉，他轻睐了她一眼，从袖中掏出一卷竹简丢到她手里，颇富深意地道："这是溯命简，是你从前遗落在我那儿的东西，也是你心上人予你的信物。溯命简记录着时间之河中的众生相，可通前世今生，若有一日你想知晓始末，便将它打开吧。"

语毕，翻墙奔逃。

何渠望着手中陈旧无华的书简，垂目不语。

江洺脱下外衣盖住忧姬的身体，有些手足无措地扶她坐起，哑声道："夫……夫人，您还好吗？"

忧姬总算缓过些精神，身子软弱无力地靠在江洺怀中，不忘将一双泪意阑珊的眼睛恶狠狠地瞪向她："你不是巴不得我死吗？说吧，你到底安的什么心？"

何渠收了竹简，温温和和地笑着："夫人说笑了，我之性命全系于夫人一身，岂能袖手旁观？"

若是忧姬出事，程寅还会让她活吗？

院门被一股巨力轰开，程寅几乎是霎时便到了近前。他紧张地凝视着忧姬，后者适时地凄然一笑，晕了过去。

江洺早在程寅进门的那一刻松开了环抱忧姬的胳膊，捂着肩胛骨的伤口跪倒在地："属下护卫夫人不周，请主上责罚。"

程寅一语不发地抱起忧姬，利落地离开了这所院子，连眼角的余光都没分给旁人一个。

江洺安静地伏首，视线追逐程寅的脚步，眼中掠过一丝黯然。

何渠摇摇头，捂着腹部的伤口往回走，血溢出指缝，洒了一路。

回了房间，正碰见因为找不到她而焦头烂额的觅儿，来不及多说什么，她用尽最后一丝气力爬到床上，总算能安心地闭眼了。

那一路的血脚印红得刺眼，觅儿慌慌张张地去请大夫，结果得知忧姬以心神受刺激为由，把所有御医都留在了她的屋里。她想不到别的法子，只能去求程寅。程寅坐在床头，忧姬躺在他膝上，黑发如泼墨一般倾泻，他禁不住用手去碰，好一副温情脉脉的画卷。

觅儿跪在地上，既畏惧，又有一股压制不住的愤慨："我家小姐是为了救夫人才受的伤，危在旦夕，求国师请大夫为其诊治！"

程寅指尖盘绕着绢凉的发丝，沉吟不语。

忧姬喉间哀婉呻吟，纤细的玉指揪住了他的衣袍。

程寅开口，问的却是另一人的事情："忧姬伤得怎么样？"

为首的御医也看得清这两人在程寅心中孰轻孰重，当下回道："夫人之伤不在表面，还需与众位御医探讨一二，再开药方。"

程寅微微点头："有劳了。"

十几位御医退到外室，其中一位看不过眼，经过觅儿身边时暗暗劝道："再等等吧。"

觅儿急道："可小姐等不了了，夫人的命金贵，我家小姐的命就下贱吗？"

忧姬大怒，夺过婢女手中的药碗掷向她，喘着气道："哪里来的贱婢！主子们的事轮得到你碎嘴吗？"

觅儿抹了把溅在脸上的药汁，还欲再行争辩。

程寅说："你回去吧。"

觅儿被两个奴婢推搡着出了房门，天色将明，是清澈好看的蓝色。她踉踉跄跄地扶着门廊边的柱子跪倒在地，终于忍不住掩面哭泣。

辰时，程寅总算带了人过来。

何渠双目紧闭，双手置于腹部，是安详的模样，嘴角却溢出一丝血痕，怎么也擦不干净。

御医把完脉，又查看了伤势，面露难色："圣女伤得太重，又拖了一晚上，更是伤入五脏，恐怕随时可能丧命。"

程寅一派的云淡风轻，不见丝毫忧色，只慢声道："很严重？"

"是。"

"那你回禀皇帝，待她养好了身体，再行婚嫁之事不迟。"

何渠的伤已非御医能治得了的，觅儿送走那位须发皆白的老人前，他站在门口，神色颇多犹豫。御医最后还是张口问道："圣女不久前是否受过水刑？"

觅儿愣了愣，回想起昨天乍见何渠惨白的脸色："我……不知。"

"我方才为她诊脉，湿邪已深入骨髓。现在虽然不显，可以后每逢阴雨霉湿天气，全身关节都会疼痛难忍。最怕的是……胞宫受寒，寒凝血瘀，进而影响子嗣。"

程寅正在喝茶，许是刚沏的茶有些烫手，他哆嗦了一下，茶盏摔在地上，发出"啪"的一声。

8.

御医走后不久，皇帝便来了："朕听闻圣女伤势严重，心中甚感担忧，特带了一位高人前来为圣女治伤。"

程寅轻慢地抬眼："高人？"

"是啊，此人医术高明，且擅玄术，凡世医者眼中的不治之症在他这里皆能妙手回春。"

皇帝语音方落，那位高人便自他身后走出，执着一柄挂着玉坠的折扇朝程寅躬了躬身，笑吟吟地道："小人柏梓桑，见过国师。"他顿了一顿，再度朝程寅身侧的忧姬颔首，唇角笑意扩大，"见过国师夫人。"

忧姬莫名觉得此人的气息颇为熟悉，熟悉得让她生出不适，微蹙了眉心疑虑地睨着他。

柏梓桑不以为意，依旧嗤笑道："烦劳二位带我去看一看伤者。"

何渠榻前。

他将手指搭在她脉上，沉吟许久未语。

程寅道："高人可有法子使她醒来？"

柏梓桑收了手，掩了掩袖子，笑道："圣女沉疴痼疾，加之如今心脉受损，便是神仙来了也回天乏术。"

程寅陡然沉下脸："这便是陛下所说的高人？"

柏梓桑不惧不怒，反倒是语带探究地道："不知国师是忧心圣女的安危，还是忧心圣女若是死了夫人也要赔上一条命呢？"

换魂之事断不该有旁人知晓，程寅眼底掠过一丝杀意："你是谁？"

柏梓桑微俯下身，指背轻轻抚过何渠苍白的脸颊："我是她的一位故人。”

程寅瞧着他的举动，面色不易察觉地冷了一冷。

“若圣女当真这般凄凉死去，国师日后，只怕是要悔恨终生。”

“她不过是一个河渠边捡来的孤女，连名字都取得这般低贱，若非程哥哥，她早已曝尸荒野，哪里还能活到如今。”忧姬凉凉道，“左右已找到新的圣女，她死便死了，我与程哥哥会为她寻一块福地葬了，也算全了她救我的恩义。”

柏梓桑看了她几眼：“夫人这寡薄的性子倒是从未变过，好说也是曾恩爱了数载的枕边人，国师就未想起哪位故人吗？”

忧姬脸上闪过一抹惊慌：“你胡说什么？”

程寅袖下的左手紧握成拳，神色晦暗。

“鱼目混珠，以假乱真。”柏梓桑淡淡道，“若是爱她，又岂会不知她的品性心性。程寅，你就从未有过怀疑吗？”

忧姬抓住了程寅的袖子，仰头哀怜地望着他：“程哥哥，这人来历不明，怕是有古怪，你莫要轻信他的胡言……”

程寅缓缓道：“你说什么？”

柏梓桑眸间浮出讽意：“我笑你枉费心机，费尽周折救回来的心上人被你弃如敝屣，反倒对一个假货珍爱有加。你的一腔愧疚皆用在了前世加害她的人身上。程寅，我若是你，断不敢再活着出现在她面前。”

忧姬头一次见程寅露出如此惶怖的眼神，他紧紧盯着榻上无知无觉的何渠，神情晦冷骇人。国师府上方黑云涌动，偶有紫色雷电劈裂天空，下人们纷纷躲在屋檐下，畏惧地望着这天降异象瑟然发抖。

半晌，他吐出四个字：“绝无可能。”

他低声说，更像是在说服自己：“我识得忧姬的魂魄，她不可能是她。”

柏梓桑眼中讽意愈盛：“我把这东西留给她，原是想等她将来自己发觉，如今只怕是没有命看了。”他伸手，从何渠怀里掏出竹卷，“此乃天界神器溯命简，滴血上去，前世种种，自见分晓。”

"……我知你是谁了。"忧姬退后两步，骇然地指着他道，"他便是昨夜轻薄我的淫贼，便是他伤了我……程哥哥，你快将他杀了……"

程寅垂眸凝视那竹简，未动。

忧姬难以置信："难道你宁愿信这淫贼，也不愿信我吗？"

柏梓桑却笑道："这便是你视若珍宝的女人。你瞧瞧她，惺惺作态，愚蠢怨毒，哪有半分她从前的影子。"

程寅瞳仁紧缩，终是将指尖血滴了上去。

殷红的血滴湮没无痕，竹简漾起一层薄渺的白光，将屋内几人裹入其中。

榻上的何渠眉心动了动。

混沌之间，她似一缕被带入时光秘境的幽魂，见到了许许多多的幻象。

她看见一个身着青衫的女子站在海棠树下，面前的男童绷着张小脸，紧张戒备地望着她，她不在意地笑笑，伸手掀开他的袖子。小小的手臂上生着一枚极狰狞的胎记，如同被烈火灼伤过一般。男童的身体立刻颤抖起来，似是极抗拒别人看到这个丑陋的印记。

她却轻柔地抚过那处，喉头微动："你瞧，我终于找到你了。"

男童是宁王的庶子，乃是宁王酒后乱性与一个卑贱的浣衣奴生下的，他出生后不久，母亲就被善妒的王妃寻了个由头杖责处死了。宁王子嗣不少，光儿子就有六个，对他也不甚在意，他自小住在荒芜破败的院子里，冬天穿的是破了絮的夹袄，夏日吃的是馊了的饭食。

她轻易折了虐打他的下人的手臂，在那几人的哭号惨叫中蹲下身说："程寅，从今以后，再无人敢欺负你。"

她名唤忧姬，武艺奇绝，且身负仙法，一人可抵千军万马，举朝上下无不对她且敬且畏。皇帝亲临宁王府，想请她入宫为帝师，她牵起他的手，淡淡道："我只做他一人的师父。"

于是宁王终于正眼瞧见了他这个儿子，自此他锦衣玉食，仆从如云，再也不需要在苦寒难熬的冬日里将身子缩进她怀里，在后背那只素手缓慢拍打的节奏中才能安然睡去。

他最恨旁人议论他的娘亲，哪怕拔了那碎嘴下人的舌头也不能解恨，可这一次当面侮辱娘亲的，是他的长兄——宁王府的长子嫡孙。他回到那处荒凉的院子，坐在廊下的石阶上抹眼泪，小小的拳头握得死紧。

又是她立在他面前，言语清淡："哭什么，你娘亲是浣衣奴，他娘亲又高贵到哪里去，都不过是浊骨凡胎的凡夫俗子罢了。"

似是担心惹得他难受，她补充道："虽是这样说，不过你娘亲的德操定然淳善高尚些，不然如何有机缘诞下你呢，说不得她死后就可位列仙班了。"

男童垂眸不语，拳头捏得愈发紧。

是吗？若是娘亲死后便成了仙子，又为何眼睁睁望着下界的他受尽冷待和欺凌，从不施以援手？

年岁渐去，那个躲在她怀里哭泣的小小少年长大了，再不会轻易掉泪，便是连话都少了许多，在官场沉浮中愈发内敛深沉，看不出城府。

他说："姐姐，你会帮我对吗？"

他想做世子，想要兵权，她通通如了他的意。

"我不是什么姐姐，我是你的妻子。"

已是青年的程寅未说话，呆然望了她半晌，她才欲说些什么，譬如解释一下二人之间的年龄差，青年便将她揽进怀里吻了她。

那是一个极莽撞的吻，灼烫的气息不知收敛，隐隐战栗的唇，还有颈侧暴突的血管。

那时她以为那是因为他的青涩紧张，却殊不知那一吻中的勉强。

终于，他位极人臣，从前欺压嘲弄过他的人皆被他踩在了脚底。连他的父亲和曾经不可一世的兄长都需得仰他鼻息过活，他稍微施以眼色，他们便吓得两股战战，惶惶不可终日。

忧姬问他："如今的你可欢喜？"

他垂眸掩下眼中的猜忌，弯了弯唇，握住她的手，低声问："为什么是我？"

她依旧如儿时那般轻抚他的脸庞，噙着笑道："过去你所为我做的，今时今日的我不足以报之万一。"

宣和十五年，异象四起，皇帝昏庸无道，民不聊生。反军一路势如破竹，锐不可当，直至兵临城下所用不过数月，纷纷高举长枪叫嚷着让躲在程寅身后的狗皇帝出来受死。

他说："忧姬，再帮我一次。"

"你想要千秋大业，万载功勋，我都给你。"

于是那一次交战由一个女子逆转乾坤。传闻她面如修罗，嗜杀成性，所过之处血肉横飞、哀号遍地，没有留下一个活口。那三日里，京城上方遮天蔽日的黑云为血腥气所染，连落下的雨都是红的。

她踏着尸山血海归来，得知的却是他新娶的消息，那女子正是大周的长公主——和昌。

她特意换上了一身白衣，仿佛这样旁人就瞧不见她身上沾的血。她只身来到二人的婚宴，那个曾经依偎在她怀中方能睡去的少年，曾经战栗而小心地亲吻她的男子，如今身着喜服满面漠然地望着她，那双狭长的凤眸略带残忍，似乎想要看清楚她有多难过。

她护佑他半生，不惜造下杀孽，可得到的结果却是，被那人连同公主揪住她的要害，亲手诛灭了她。他布下上古大阵，将她的仙身占为己有，由一介凡人摇身一变，成了大周不老不死的护国之师。

他问她："你知不知，每夜让我忌惮入骨难以安枕的，不是朝中那些手握重兵的老朽，而是你。"

"若不能完全攥在手心为我所控，终究难以放心。"

……

她死后，各地反军纷纷缴械归顺。

程寅党同伐异，先斩皇族，后屠重臣，举朝上下无不自危。皇帝被囚于深宫之中郁郁而终，年仅九岁的太子继位，事事听命于他，朝政由程寅一手把持。他终是权倾天下，得偿所愿，却成日在王府小院的海棠树下静坐，一坐便是数日之久，且不允许任何人踏足这院子。

那树生得枝叶繁茂，挺拔壮丽，却再也不曾开过花。

又是经年，那人已被世人淡忘，史官将镇压反军的功绩记在了他身上。于是百姓便只知他以一人之力使大周免于覆国之祸，感恩戴德，称颂他为一国之师，护佑大周风调雨顺、国泰民安。

9.

过去苦苦追寻的一切如今皆唾手可得，他却日渐失了兴致。

若是无甚可求，那活着的意义又是什么？

他空守着这漫漫长日，直至有一日，他再次来到那所院子，却发现和昌命下人将那棵海棠老树砍了。小院变得极为空旷，唯剩下一个光秃秃的树桩立在那里。他看了良久，久到原本满眼挑衅的和昌面露惶恐。

他望着她，极轻地问："为什么？"

"……你问我为什么？"和昌笑了，声音却在颤抖，"那个女人已经死了！是你我联手杀了她，而今你还守着这树有何用呢？程寅，你不觉得荒唐吗？分明我才是你明媒正娶的妻子，你却日日望着这棵树，我偏是要砍了它……"

剩余的话被他的手掐灭在了喉咙里，和昌瞪大眼睛，从程寅的表情中断定，他是真的起了杀心……窒息的恐惧将她淹没，在她断气的前一刻，程寅松开了手。她匍匐在他脚下呛咳不止，永生难忘他方才望着自己的眼神。

程寅望着掌心随风飘落而来的叶子，他终于知晓自己想要什么。

皇坛前。

和昌目眦欲裂，嗓音凄厉地道："你竟想复活她，你可知她是什么人？你以为你这般陷害她，即使她活过来，还会像往日一般对你痴心不改吗？她定然恨毒了你，届时你我都会丧命在她手里……"

他望着手中她所赠的重名鸟灵羽，垂眸不语。

那日之后，和昌便被打入冷宫之中禁足。

堂堂长公主怎堪受此大辱，可如今大周已是程寅只手遮天，皇帝敢怒不敢言。

设阵招魂那日，和昌披头散发地闯了出来，她面容枯槁，衣衫凌乱，哪里还有皇女的雍容气度："你疯了！你竟要拿自己的命盘做阵眼。程寅，你何时竟成了那舍身忘我之人？你亲手诛灭了她，现在又做出那深情来给谁看呢。"

程寅不曾理会她，他竖起灵帛，手中十柄招魂幡猎猎而起围绕阵眼急旋，此等禁术，一开启便引得天地色变，无数游灵惊嚎。

和昌痴痴望着这一幕，她流下泪，眼中浮现哀楚："好。我追随你两世，偏两世你都执着于她，那我呢？我又算什么？"

溯命简中最后的画面，便是"忧姬"自刎了在了阵前，诡异的是，她唇角竟然微微含笑。

"我吞下的是她的命石，待百年后转世轮回，忧姬便是我。"她口中絮语，"……和昌，本就不该有什么和昌……"

"看清了吗？"柏梓桑的声音冲散了幻境，"斗转星移，日落月升，直至此生，连她自己都信了自己是忧姬转生。这个女人对你的一片痴情，真可谓感人至深。"

和昌双眸怔然，恍惚摇头，她抓紧程寅的袖子，执着地向他解释："不是的……不是的，定是这淫贼耍了什么招数……"

程寅忆起这些年与何渠在一起的日夜朝夕，那些相处间的默契和熟悉，他以为只是源于她体内忧姬的魂魄。忧姬复生后性情迥异，变得任性刁钻，却是她依旧如故。他越发频繁地在她身上见到前世那女人的影子，这其中的蹊跷和端倪，他不是没有察觉……

可是如何能承认，如何敢承认，他对她做下的一切……已经无可挽回。

他伫立良久，方才低声问道："如何才能救她？"

柏梓桑慢悠悠地摇了摇折扇："已经太迟了。"

程寅掀眸看向他。

柏梓桑视线下移，瞧见他袖中有血滴落，一滴、两滴，想是几乎将拳骨捏碎，他心中不屑，扬唇笑了一笑："为今之计，只有拿和昌的命换她的命，你可愿意？"

和昌跌跌撞撞地向屋外奔去："不要……我宁愿死……"

程寅五指虚握，隔空揪住了她的后颈："你说。"

"不难，只需剖开和昌的丹田，从中拿出忧姬的命石归于她体内，将她残缺的上仙之魄修补齐整，这区区凡人之躯所受的伤自然于她无碍。"

和昌脸色煞白。

程寅目光瞥向她，淡漠得再不见一丝情绪，他抬臂将人拽到近侧。

柏梓桑"啧啧"两声："也不必如此血腥，将溯命简置于二人中间指引命石择主，若何渠当真是忧姬，命石自然归体。我方才只是想试一试你罢了，未料国师竟这般的全无犹豫，利落绝情。"

程寅冷冷看他一眼，将和昌按到榻上，迫使她与何渠并排躺下，而后将竹简放入其间。神光大起，那本不属于她的命石自和昌额心脱离，在空中闪烁一阵，飞入何渠天灵之中。

不过须臾，她面目便生出变化，容貌恢复至了七分。

忧姬天人之姿，生得蛾首蛾眉，唇如朱砂，容色绝艳。

柏梓桑视线一烫，不甚自然地挪开眼。

"真的是你……"程寅喉头鼓动。

柏梓桑凉凉笑了一声。

程寅想要伸手去触她的脸，及近前，指尖却颤抖着未能落下："她何时能醒？"

"命石融合需要时间，左右不过半日的功夫。你还是担心担心你自己，待忧姬醒了，以她的性子，定不会同那个假货一般对你曲意逢迎。"

10.

榻上，何渠再度陷入幻境，那命石携着许多尘封已久的记忆，在她脑海中乍然复苏。

原来数千年前，她乃是天界一位骁勇善战的女将，剿灭魔族无数，连魔界那位自负天资的少主在她的手下尚不能扛过五招。此般威名赫赫，树敌亦是不少。

就比如那位魔界少主，自打当年落败之后便一直怀恨在心。哪怕仙魔两界如今已化干戈为玉帛，一片祥和景象，他仍不能释怀，寻机便要对她一通言语挑衅，烦人得很。

那时的她有一位心上人。

那人是临泽帝君，是她的师父，也是她的主人。万年前在阴灵沼泽拾起被怨灵噬咬奄奄一息的她，旁人皆劝他莫要理会这样一只被同族视作不祥之兆、转而遗弃的单瞳重明鸟。

是帝君救活了她，之后更是将她留在身边亲自教导，她的一身功法皆为他所授，是以三界之中难逢敌手，过去将她当作异端驱逐的重明鸟族也再度接纳了她。

帝君虽然严厉，却也会在她受伤之时轻拧眉心，难得卸下男女大防为她上药疗伤。他曾劝她卸下将军之责，天界多的是想立功的勇将，可她不想丢他的脸，她既承了他的衣钵，便要做出个样子。

何况她也有私心，她想瞧瞧他为她担心的神情，想象幼时那样安静地趴在他膝头，等待那只大手抚过她的脑袋。

可她也知他是她的师父，他不可能对她动情。

何况他还是那般冷清的性子，这几万年来，怕是从未有一人走进过他的心，只有那千羽阙的流筠仙子还与他说得上几句话。

而今四海升平，已许久没有战事，她一个闲散将军，无事便去司命那里逛逛，翻翻他殿内的话本，瞧着人间八苦甚是有趣，便生出了下凡的心思。

她一贯是个风风火火的性子，念头乍起便已下到凡间。四处游历一阵，随手解决掉了几只害人的小妖，正觉无甚滋味，竟又因为貌美被出巡的皇帝纳进宫当了妃子。她身上杀伐之气太重，一般很少有人能够记起她是女子这回事。如今难得被人贪慕一番美色，倒让她觉得新奇得很，是以便随他去了。

她的真身是只鸟，鸟都是极爱美的。她爱慕帝君，也有极大一部分原因是他生得过于俊美，很难让朝夕相处的人不生出邪念。

是以，她自然也是喜欢华服美饰的，皇帝对她疼宠有加，摸透了她的心思，从各处搜罗来了珍奇异兽的皮羽给她做衣裳，东海的珍珠、西域的琼璧，连她寝宫中照明用的都是人间至宝夜明珠。

皇帝知晓她与凡人不同，有飞天遁地之能，怕她有一日会厌烦困于宫墙之中，竭尽所能地讨她欢心，甚至连朝政都顾不得，每日伴在她身侧。

三年后的一日，皇帝抿着发白的唇，慎之又慎地开口问她，可愿留在宫中伴他终老？

她愣了一愣，想着他一介凡人左右不过活个几十载，于她不过转瞬而已，况且这皇帝待她还算尽心，便答应了。

皇帝紧握着她的手，眼里迸出极浓烈的欣喜："那你可愿与我成就夫妻之实？"

她蹙了蹙眉，因不是很明白这夫妻之实是怎么个实法，在她犹豫的当口，皇帝便当她答应了。

帝君便是这个时候出现的，在皇帝进洞房之前，帝君攥着她的手腕将她带回了天上。帝君脸色铁青，她从未见他如此过，一时只顾新奇，连害怕都忘了。

帝君将她带进寝殿，寒下脸来问她："你可知你犯下的过错？"

她有什么过错，她不过是耐不住寂寞在凡间走了一遭，她为天界立下战功无数，连这点权力都没有吗？

眼见她不以为然的模样，帝君眸中掠过失望，将她关在殿内："那你便一人待在这里，待你反省过了，我再放你出来。"

天上一天，地上一年，对于帝君来说，她消失不过三天而已，她却是三年没见过帝君了。甫一见面便遭到一通训斥，说完全不恼是不可能的。她愤然往帝君榻上一躺，蜷缩着身子睡了过去。

不知过了多久，身上沉了一沉，似是有人替她盖被，她嘟囔一声，那人一顿，拿手轻轻触了触她的脸。

直至后来，她方知她的出现在凡间惹出了怎样的祸乱。

皇帝不见了她，寻遍皇宫无果后，将自己关在她过去的居所内闭门不出，整整七日，前来劝慰的皇后妃子连同老丞相皆被他轰了出去。

经过此事，性情本就阴沉的皇帝愈发敏感多疑。因知她真身乃是一只鸟，他不顾朝中百官联名劝阻，掏空国库请来天下道士猎捕鸟妖，为此施行暴政，不理民怨民苦。一段时间后，国境内的鸟妖几乎都被擒到了他修建的地牢中，只可惜，仍无所获。

他一一看过去，无一妖是她。

蓦地，他的脚步一停，瞧向角落里一名被折磨得遍体鳞伤的女妖。那女妖的眉眼轮廓与她生得极像。他命道士把她抓出来，扣住她的下颌抬起，眸底掠过异光。

他挑出其中羽毛最为鲜艳油亮的一批鸟妖，拔光其羽翼命巧妇编织出世间最华贵斑斓的衣裳，让那女妖穿在身上立于城墙之上受万人瞻仰，而后对众妖施以酷刑，以滚油浇身，掏空五脏六腑暴晒于日光之下。

本已在人间隐没声息以求共存的妖族怎堪这般侮辱，一时间，无数妖怪精灵涌入周国百姓之家屠戮生灵，更有一批妖精直逼皇宫。

那些恶事虽非她所为，却是因她而起。天帝要降下九天玄火施罚于她，是帝君为她求情，道她性子纯良，此番懵懂下凡竟成了诸多祸事的源头，皆因他这个师父管教无方，他愿一力承担下所有责罚。

天帝念及她过往的功勋，答应了。

九天玄火是什么？是灼灵噬体之苦，是帝君从前拿来征战魔界的东西，多少魔君被炙烤得灰飞烟灭，如今竟被拿来惩罚他自己。

他虽是帝君，未死在那重重烈焰之下，可身上也留下了数道无法褪除的烧伤。

她抚着他小臂上的伤，只觉此生从未如此难过，比之初次上阵时被魔兵一剑刺入心脉还要难过百倍："我知错了……我真的知错了，帝君不该替我的……"

帝君抬手抹去她脸上的泪，温声道："本就是只秃了毛的鸟，若是再留些伤疤，就更难看了。"

重明鸟羽时长时落，是以在她幼时，常有仙家嘲笑她是只丑丑的小秃鸟，她为此还哭了许久。

原来他都知道。

她怔了一怔，眼神转厉："我去杀了他，只要杀了他，妖族便会平息怒气。"

"哎！小鸟儿不可。"司命从殿外走来，"人间帝王的气运与紫薇星相连，只要帝星未陨，天界便不可任意干涉其生死，否则届时天象大变，人间怕是要生出更多乱子。"

"那怎么办？就这样眼睁睁看着他残害我鸟族，眼睁睁看着妖族为害百姓吗？"

"小鸟儿若想弥补过失，不如便下凡遂了那皇帝的心愿，左右不过几十年他便要入土了。你再对他一番劝诫，让他对妖族致歉，晓之以理动之以情，若是妖族还敢耍横，你便让帝君往他们面前站一站，他们定会知道好歹的。"

她蹙了蹙眉，还未说话，便听帝君冷冷道："不可。"

司命还欲再劝，帝君已下了逐客令："此事我自有分寸。"

司命走后，流筠仙子也来了，瞧见帝君手背上的灼伤直流眼泪，对她也生出了几分怨怼，冷冰冰的不再与她说话，拿出止痛生肌的灵膏要为帝君涂抹。

她心头黯然，转过身想为这二人腾出地方，却被帝君叫住。

"才惹下这般祸事，你又想去哪儿？"他敛下容色，对流筠道，"多谢仙子赐药，交予忧姬便好。"

流筠僵了半晌，才道了声好。

她一面往他胸口涂药，一面向他低低地保证以后不会再胡闹了，也不会再痴心妄想，对他生出不该有的心思。

他沉默片刻，问她："何为不该有的心思？"

她一下子卡了壳，绞尽脑汁思索怎么才能敷衍过去。

他却叹了口气，一吻印在她唇上："我不是怪你，只是怕你没有识人之明，反倒害了自己。"

她呆呆道："哦，那你亲我是什么意思？"

他看了她一会儿："这是代表亲近的意思。"

"那我可以亲司命吗？我和他也很亲近。"

他在她额上轻敲了一记，眉眼却是柔和了不少："不可以亲司命，也不可以让司命亲。懂吗？"

11.

那妖，却不是那般好解决的。

妖王与众妖为害百姓，肆意屠戮，人间已是满目疮痍。这本就是她惹出的祸端，天帝便派她下凡平息这场风波。

她立于宫墙之上，面色是见惯生死的淡漠。皇帝身着玄色龙袍站在宫道内，身后跟着大批侍卫军，一双眼睛死死盯着她，像是唯恐眨一眨眼她便会再度消失。

她的衣袂随风翻飞，双眸睥睨，全然不见他的影子。

京城上空妖气漫天，宫墙外聚集着以妖王为首的大批妖怪精灵，士兵们为众妖身上的煞气所震，一个个握着兵器瑟瑟发抖。

她微微抬起手，便是一道疾风过境，将城下眼露嗜血贪念的众妖掀翻在地。

妖王为了维持风度，生生挨下这一股劲力，他抹了抹唇角的血，冷笑道："天界这心却是偏得厉害，分明是这狗皇帝凌虐我族后辈在先，你们却惯会偏帮这些无耻的凡人。我妖族遵守三界条例，苟于山野之间安分守己，只是这一再的退让倒是让你们以为我等好欺负。"

"自然是知晓你妖族受辱在先，不然你以为你们还有命好端端站在那儿吗？"她道，"是为雪耻还是借故生事你们很清楚，这段时日你妖族残害了多少无辜百姓？他们又做错了什么？"

"可那些鸟妖又做错了什么？左不过是他杀我族人，我便杀回去罢了。"

她笑了笑："莫不是非要将这大周变作你妖族的领地才肯罢休？"

妖王神色一暗。

"你妖族所为天帝皆已知晓，他心中自有定数。劝妖王你见好就收，莫要惹得天帝发怒，再现一遭千年前的惨剧。"

妖王面上青白交加，他权衡一阵，阴鸷地瞧了她一眼，与众妖一并消失在了宫墙外。

她步入宫道，皇帝攥住她的手，指节泛白至微微颤抖："你终究还是来了。朕做的这一切，都是为了引你出来。"

她抬眼，看见他身后跟着一名女子。那是被他擒获的数名小妖中唯一幸存下来的，身着一袭流光溢彩的霓虹羽衣，极是艳丽夺目。

"她是不是很像你？"皇帝轻声道，"这衣裳，你穿着定然更美。"

她蹙了蹙眉，倒是没瞧出她与自己有哪一处相像，甩开了他的手，道："你这收割我鸟族性命做出的衣裳，我瞧着只觉厌恶，更遑论穿着。你为一己之私罔害生灵，这笔账天道迟早都是要与你清算的，望你好自为之。"

不远处，帝君浮于流云紫霞之间，静静望着她。

她心下一定，径直朝帝君走去。帝君瞧了一眼地上的皇帝，执起她的手，她自是不会拒绝。

"陛下……"女妖瞧着皇帝此刻的面色十分害怕，小心翼翼去挽他的手臂，柔声道，"您还有我……还有禾儿……啊！"

皇帝将女妖甩脱在地上，袖下的手攥至青紫。

当年三界之战平息后，佛祖曾断语千年后必将有一场浩劫，只是未料想到这浩劫竟是由她引出来的。妖族之后，魔界伺机生乱，这场勉力维持了数千载的安宁被彻底打破，蛰伏已久的魔族卷土重来，弱小的凡人成了仙魔两界交战下的牺牲品，人间生灵涂炭，血流成河。

她跪地请命上阵，帝君冷下脸："若非你私下凡间埋下祸根，三界岂会变成如今的模样。来人，削去忧姬将军之职，收了她的令牌，押入天牢以思己过。"

她难以置信："帝君……"

男人恍若未闻。

帝君重披战甲，挂帅三军，然魔族筹谋多年，又有妖族助力，如虎添翼，天兵天将折损过半。眼见不敌，帝君以己身为祭，重启天机神盘。霎时间，无数妖魔在天机神盘下灰飞烟灭。她费尽心思逃遁出来，望见的便是他神力尽散、身殒道消的一幕。

此后这世间，再也没有对她倾心爱护之人了。

她伏倒在地，双眸怔然，身上的数道伤痕皆是为逃出天牢受结界阻挡留下的。若是那人还活着，定会眉头轻蹙，如同过去许多次那样。

他心疼她，不愿她做这个将军，她是知道的。可如果不做这个将军，那样寡薄淡漠的人，如何还会在意她，怕是早就将她抛在脑后了。拿一点痛楚来换他的瞩目，她一直觉得无比值得。

若是知晓有一日，他会因她造下的恶业而死，她何不早早地死在战场上呢。

身侧的小将迟疑地递上一卷竹简："将军，这是帝君赴身天机神盘前吩咐我交给您的，说是日后……"

小将一语未尽，身子便被她周身暴涨之灵力所形成的气浪打飞，手中的竹简掉在地上。

魔军已经降了，可她竟想催爆仙灵与剩余魔族同归于尽。

魔族少主捡起地上的竹卷，眼见势态不妙，涨红了脸高声叫嚷道："忧姬！以帝君的福泽和修为，未必没有留下一线生机，若是你死了，这天下怕是再也无人可以救他了！"

她眸中金芒渐敛，渐渐恢复清明，缓慢起身，一双眼直直望向他。

12.

眼前的幻梦如海市蜃楼般崩塌消散，何渠醒了。

她甫一睁眼，柏梓桑便将脑袋探了过来，紧张兮兮地瞧着她。

何渠顿了顿，开口道出了她清醒后的第一句话："梓桑？"

柏梓桑眼睛一亮："你的记忆都恢复了？"

"恢复了。"何渠起身下榻，接过他递来的茶水喝了一口，"也记得你昨夜妄图凌辱我的事情。"

柏梓桑面颊一红，尴尬地摇了摇手中的折扇："我是听闻你竟鬼迷心窍到了与程寅那厮相好的地步，想来看看你是真糊涂还是假糊涂。若是真糊涂，与其便宜了那厮，倒不如便宜我。"

屋外响起沙沙的脚步声，程寅踏入屋内，与他同来的，还有被下人架着手臂的和昌。她鬓发凌乱，被踹弯双膝强摁在地上。

多熟悉的一幕，数月前，和昌初醒之时，便也是这般命人将她押住，而后施以棍杖之刑。

程寅兴许也想到了那一日，眸底沉暗。

何渠走到她面前，抬起了她的下颌。

瞧见她的模样，和昌脸上浮现出惊恐和畏惧，她竭力向后躲避，不愿看她："为何你竟与我那般相像……"

"与你相像？"何渠道，"我本就生着这副样子，何来与你相像的道理？"

"你胡说……分明我才是忧姬。肉身可以不再，魂魄还能出错吗？"和昌双目赤红，几乎声嘶力竭，"我记得我与程哥哥所经历的一切，程哥哥……你还记得我为何要唤你程哥哥吗？"

——"为何不许？你是觉得我为老不尊，会惹得宫宴上的那些大臣们笑话？"那时她身披妃色薄纱，顶替了楼兰舞姬，要在夜宴上为荒淫好色的皇帝献舞。

他望着她在薄纱勾勒下不盈一握的腰身，和裸露在外的大片香肩，难以抑制地冷凝了脸色。

她却笑了，将身子靠向他，柔柔揽住他的手臂："那我此后也学那些寻常女子，唤你一声程哥哥可好？"

这一幕，恰被躲在罗帐后的和昌瞧见。

此后数年，牢记在心。

和昌竭力将头扭向程寅，惶急地想要向他自证："你瞧，这称呼的由来除了你我，断无旁人能知。"

何渠笑了一笑："和昌，你可知记忆是会骗人的？"

"千年前，你是我鸟族中一只小妖，因与我生得有几分相像被程寅留在身边。他杀尽你的同族兄弟，拔下他们的羽毛给你做衣裳。你却枉顾血海深仇，真心实意爱上了他。此后生生世世，你都想成为我。

"终于，在成为和昌公主后，你寻到了机会。

"程寅生性多疑，他忌惮我入骨，你将我鸟族的命门告诉他，二人合谋陷我于死地。程寅得了我的仙身，你却得了另一样东西，那便是我的命石，使得我被抹去记忆，而你却受了那命石的影响，与我越发相像。

"和昌，你拼尽一生只为活成旁人，甚至连自己都骗了过去，不觉得可悲吗？"

柏梓桑踱步至二人跟前，悠悠道："程寅，如今你可信了？"

良久，他方涩然道："原来一直以来，我都错了。"

"是了，你心心念念、逆天改命也要救回来的女人，早已随着轮回转世来到了你身边，你却无一日真心呵护过她，反而易体换魂，将那和昌公主的魂魄塞入她的躯壳，还放任这女人对她用尽歹毒手段。你眼睁睁看着她受尽折磨与欺辱，生生折短了她的阳寿。你瞧，她如今已是百病缠身，就连站在那里，身上每一寸骨头也无不在隐隐作痛。"柏梓桑不无嘲讽，"程寅，这便是你对她的爱吗？"

殿外满天阴云黑沉沉地压下来，让人想起百年前忧姬死的那日，也是这般的乌云晦雨，不见天日。

幽微的风拂动她的袍角，程寅双膝着地，跪在了她面前。大周高高在上呼风唤雨的国师，便这般卑微狼狈地跪在了一个女子足下。和昌神情怔然，不可置信地望着他。而她垂眸，满面的无动于衷。

他沉沉道："前世今生我皆负了你，你该是恨极了我。"

何渠眼中掠过一丝嘲讽。

她蹲下身，睨着他的眼睛："怪我没有看清，程小公子的野心从不止于称王拜相，你怎甘于一生受制于一个女子，你想凌驾于众生之上。你要的，是我的命啊。"

帝君曾道她没有识人之能，到头来会害了自己，还真是一语成谶。

程寅张了张口。

他原想解释，解释她死后他便已悔过，余生都在寻复生她的办法。在将误以为是她的和昌灵魄塞入她体内之前，他没有一刻是得以喘息的。当他真的将一切尽数握在手中，心中却只有一个念头，他要她回来，活生生地伴在他身侧。这份入骨的思念甚至强过了他幼年受尽欺凌时，对于权势和报复的渴求。

可望进她眼底，却一个字也说不出。

末了，终是艰涩道："是我醉心权位之斗，辜负了你的情意。"

"情意？"她却笑了，起身居高临下地望着他，"程寅，我对你从未有过什么情意。"

程寅遽然抬首。

"你当真以为我那时是为了你吗？程寅，你可曾记得你我初见之时我对你说过什么，你可曾记得我数度对你提起的前世过往。纵是我对你有万般好，不过是因为你臂上的那道疤，错使我将你当作了他。"

程寅瞳孔紧缩，唇色暗淡，一字一顿，"你说什么？"

"看来你与和昌果真天作之合，连自欺欺人的本事都如出一辙。"

她抬袖一拂，溯命简便自动展于他眼前。

小臂上的疤痕似在灼烧，疼痛难忍。程寅脑中被强灌入了帝君的记忆，让他目睹了她与那人所一同历经的千千万万年。

重明鸟破壳即是少女，他解下披风盖在那赤身蜷缩着入睡的女子身上，随后起身，命侍女拿来衣裳替她穿上，可才迈出一步，便被一只软软凉凉的小手攥住了衣角。鸟族皆有雏鸟情结，无奈，他只得做了她的师父，将她放在身边亲自教导。

再后来，她慢慢知晓了男女大防，不再整日缠在他膝头做尽娇憨之态。她努力不坠他的名声，成了长年征战、威名赫赫的将军，即便被一刀劈碎了肩胛骨，也咬紧牙关说不痛。

她扭头偷偷瞧了他一瞧，眼睛亮晶晶，似是在笑。

那些埋于心底、不知名的情愫，渐渐地有些难以按捺。既然难以按捺，那便不必按捺。

程寅望着帝君记忆中的一幕幕，她与那个男人，曾经竟那般亲密。

原来她对他的依恋和温柔，可为之付出一切的深情，皆是因为将他误认作了那人。他为她的深情所惑，掏出了自己的一颗真心，可最后方知，她所做的一切都是为了旁人。

"我爱的不过是你手臂上的那道疤，是你身上帝君的影子。"何渠嘴角浮起嗤笑，"那疤是他替我受刑所留，毕生难消，我每每触之，便会念起他对我的恩情。若非你身上有着与他相似的疤痕，你在我眼里，什么都不是。"

程寅记起前世，她那般轻柔地抚触他臂上丑陋的伤疤，眸底携着令人动容的温软。

她曾一遍遍执着而笃定地告诉他："你我本是夫妻，你将来是要娶我的。"

那些话听了太多次，他早已信以为真。

究竟谁比谁更可悲？

真气逆流，似有千万柄无形的毒刃在五脏六腑间划动拼撞，程寅生生呕出一口血来。

何渠淡漠地瞧了一眼地上的血，五指成爪扣于程寅颅顶，便要碾灭他的魂魄夺回自己的仙身。

和昌说得不错，她醒来第一件事，果真是要取他性命为自己报仇。

程寅咽下口中的血腥，自嘲地阖上眼。

"且慢。"却是柏梓桑制止了她。

何渠余光瞟向他，示意他给她一个解释。

柏梓桑正色道："他能救帝君，还不能死。"

"帝君？"何渠嘴角牵出一抹嘲谑，"千百年前，你也曾告诉我帝君还有救。"

柏梓桑掩唇清咳一声："我那时骗了你，是想为你留下一个念想，省得你当真破罐破摔与我魔族来个玉石俱焚。我诓你帝君有一线魂魄或许已转生为人，是想给你时间缓一缓，在漫漫人世游历一遭解开心结，可谁知你竟寻错了人，还被一介凡人夺了仙身。"

他叹道："因果循环，自有定数，程寅便是那皇帝的转世。"

何渠蹙眉："可他手臂上为何会有与帝君一模一样的疤痕？"

"是和昌，她趁众人注意力皆在你身上时捡了帝君殒后掉在地上的命石碎片，想要以此回到程寅身边。程寅请道士施法将碎片嵌入他的额心，于是他转世后便承了些许帝君的命格，甚至连模样都与他有几分相似，也不怪你会认错。"柏梓桑道，"不过也亏得有她，方才为帝君现世留下了一线机会。"

何渠的手颤了颤。

"帝君残余的神志历经千年，已经愈发微弱，若你再迟些记起，他怕是就彻底消散在了程寅脑中。"柏梓桑道，"若想召回帝君散落在天地间的其余魂魄，需得以不周山为阵眼，上仙骨血作引，一颗仙心为祭，方有一丝可能。"

他嘴角牵出一丝笑："那程寅便是个现成的祭品。"

13.

何渠胸中大恸，她猛然攥住柏梓桑的袖子，指骨紧了又紧，用力至青白，方才缓缓道："你不曾骗我？"

她喉头有难以察觉的颤意。

柏梓桑柔和了目光，轻轻道："不曾。"

"你竟要拿程哥哥去换你的帝君……"和昌厉声道，"亏你天界之人向来以正派自居，竟也会使出如此阴毒的法子。你这般……与他今世所为又有何区别？"

柏梓桑眉心一拢，才欲开口，却见何渠松了他的袖子，转身面向她："你大抵不知，我乃重明鸟所化。我族中人最是小肚鸡肠，睚眦必报。别人负我一分，我必还以十分，非此般不能解恨。"

她徐徐步向和昌："你放心，我一贯公平，不会厚此薄彼。程寅做了我师父的祭品，你加诸我身上的桩桩件件，我都还记得十分清楚，定会逐一奉还。"

"你……"和昌面色紫胀，说不出话。

程寅闭上眼。

……

不周山乃苦寒之地，终年飘雪，寻常凡人经受不得。

程寅被柏梓桑以捆仙锁束缚在大荒之隅，为了唤醒帝君的神志，每日灌下一碗接一碗的洗魂汤，使得他神智混沌，再以溯命简将帝君的记忆强行汇入他的识海之中，逼得他一遍遍反复回忆帝君与她的那段过往。

他看见帝君将练功练至昏迷的忧姬从雪地里抱起，放到榻上悉心照料。她发了高烧，总算流露出几分幼时的娇态，嗫嚅着将滚烫的脸蛋贴在帝君的手心，而帝君不曾拒绝。

他看见她如何从一个鸟族弃儿成长成天界战将，亦看见帝君长久注视着她的目光。如师亦如父，此乃天道人伦。可那又如何呢，束缚帝君的从不是天道，而是她的日渐疏远和回避。

转机，却是那人间的皇帝。

他看见他的妒忌与惶然，立在现世镜前望着二人在皇宫内相携的景象时紧攥的手。那层薄纸终究被捅破，他很欣喜。在那冗长无趣的岁月中，从未这般欣喜。

程寅脑中尖锐嗡鸣，冷汗浸透额发，手臂上的伤疤刺痒灼痛，似由毒火炙烤，那汲取他精血的玉器在他胸口散发着莹莹光辉。可这一切，皆比不得识海中的景象让他肝肠痛断。

她脱去帝君的衣衫，蘸取药膏涂抹帝君肩膀脊背上的灼伤，下手极轻，眉宇之间尽是愧疚。

他垂下眼帘未语，半晌，沙哑道："你可知你在做什么？"

她不甚理解他的意思："为师父上药。"

他微微叹息："你这般模样，怕是被人占了便宜都不知道。"

她骄傲地轻抬下巴，淡淡道："我竟不知这天上地下还有谁敢占我的便宜。"

他沉默地睨了她一阵："就是这样，我才不放心。"

天旋地转，他将她压在身下。肢体拥缠，耳鬓厮磨。

她红了脸，喘息着道："这便是占便宜吗？"

"若是夫妻，就不算是占便宜。"

她愣了一愣，悟出些什么："大约这就是皇帝口中的夫妻之实。"

"从未有人教过你这些吗？"

她思索一阵："也不是。柏梓桑曾拿了一些册子给我，我翻了一翻，不甚明白，便向他请教过几回。"

"梓桑？"

她答："就是那魔界少主。"

帝君扣住她的腕，一吻烙在她颈间。

"……你这样是在占我便宜吗？"

"我不算。"

原来这便是她前世口口声声念着"你我本是夫妻"的来由。

程寅冷汗如瀑，体内真气胡乱冲撞如绞，却低头噙出一抹可堪悲凉的笑。

14.

模糊的视线内，他瞧见何渠白色的裙裾，沉缓地漫步至他身前。

"你倒是意志强悍，若是换作常人，怕是早已浑浑噩噩神智全无，你却能由始至终保持清醒。"她道。

他竭力抬起头，声音低得似乎一阵风就能吹散："这是否比将我粉身碎骨，更能让你痛快百倍？"

"我痛不痛快都无甚要紧。"何渠淡淡道，"我只盼着，他能回来。"

程寅喉头微鼓，脏腑愈痛，那心口汲血的玉的光泽就愈亮："连报复都不算吗？"

他道："你可知，我想救的人，想穷尽所能弥补的人，从来是你……"

她唇色浅淡，极是凉讽："你与和昌对我做尽猪狗不如之事，还妄想着我醒来会和你和好如初吗？程寅，你未免天真得过了头。"

她道："今世我伴你半生，你却仍将和昌与我弄暴。可知你即便是爱，爱得也不过是一个虚妄的表象。"

程寅面色煞白，汗珠顺着他的下颌低落，脖颈处青筋鼓爆，眼底霎时一片虚无。何渠心中轻鄙，转身欲离开，却听他低低地道："我如何不知晓，我非你要寻之人。"

她顿住脚步。

"你从不知，平白受到你那般对待，我心头有多惶恐难安。你也从不知，我有多恨你。"

她看着他时，永远是带着怀念的，像是透过他在望向另一个影子，却从未有过他。如何能不嫉恨，她的温柔和优待，她待他的万般好，皆因那段他所不知的过往。他惧怕极了。怕她发觉他非她所寻，怕她离开，怕到寝食难安，日夜煎熬，数度从榻上惊醒，冷汗涔涔，掌心血肉模糊。

梦中她冷漠决然的样子历历在目。每每思及此，他便痛入骨髓。他与和昌成亲那日，她闻讯前来赴宴，眸中是掩饰不去的伤心，但那伤心里，又有多少是为了他。他对她有多少依恋，便有多恨她，恨到亲手策划一切，欲置她于死地。可她真的死了，他又不计代价地将她复生。

若是再来一次，她会完完全全属于他，再无那些荒谬的掺杂。

他嗓音沉哑："我最恨，你将我当作你的帝君。"

何渠走后，柏梓桑出现在了他面前。他惯常捏着一柄折扇，只是那扇子上的玉坠，此刻却已附着在了程寅胸口。

"此世她为你一手养大，视你于她有再造之恩，尊你敬你，若是假以时日，未必不会倾心于你。只可惜，你不曾珍惜。"柏梓桑道，"你将她看作养魂的容器，待那和昌复活便将她一脚踹开，弃如敝屣，更纵容和昌对她百般刁难。"

眼瞧着他面上血色尽褪，柏梓桑微微笑了："程寅，是你一手毁了与她今世的可能。"

……

这是和昌被丢进化骨池的第七日。

化骨池见字生义，便是腐蚀肉身，唯留白骨一具。偏柏梓桑灵药无尽，能吊着她一口气不死，第二日卯时重新生出血肉，奇痒无比，周而复始，求死不能。和昌被锁在池中，一汪池水皆被她的鲜血染红，她是真的怕了，平生从未感受到如此彻入骨髓的恐惧与痛苦，不住哀声乞求何渠放过她。

何渠淡漠地道："这不过是抵了我在水牢中受水蛭噬咬之痛。还有杖刑、钳甲、换魂之苦，你还没有经受过。"

和昌眼露绝望，哀声道："杀了我……求求你杀了我……"

这叫声却引得小皇帝身旁的侍卫江洛不忍。

"圣女为何要狠心为难一个姑娘家？"他躬身拱手，极力压抑着愤怒，"您就算是怨恨国师，也不该将这恨意转嫁到无辜女子身上。"

"哦？"何渠轻慢地笑了一下，走到他面前，"你说我为难她？"

江洛顿了片刻，仍是道："是。"

倒不知这傻小子对和昌用情至深。

何渠敛了笑意："既然你这般心疼她，不如就替她受过吧。"

江洛咬了咬牙："好，只望您就此收手，放过她。"

觅儿在一旁欲说些什么，何渠已带着人走了，无甚表情地道："随他去。"

15.

那夜过后，程寅心境大乱，使得帝君的神志终于有了再现之机。

如今只需击败守卫不周山的黄兽，以此山为阵眼，将凝萃了他精血的灵玉打碎，混入寒暑之水，再献祭程寅的一颗心，便可立阵复生帝君。

何渠立在和昌跟前："今日是帝君归来的日子。"

她道："亏得有江洛肯替你承受皮肉溃烂之苦，你方有机会亲眼看见程寅被剜心做祭的这一幕。"

和昌身着湿衣匍匐在地，红透了一双眼："你真狠……可笑他对你却是一片痴心。"

"痴心二字从你们这般人口中说出，当真是辱没了它。"

……

寒暑河畔，何渠收拢五指，灵玉在她手中化作齑粉，荧荧散落进流淌奔涌的河水之中。蕴藏其中的仙灵惊动了守山的神兽，倏而之间地动山摇，天际传来震耳欲聋的咆哮声。

柏梓桑站在她身侧："这改天换命的复生大阵，十万年间也只有龙王麟钧曾有过一试，可他终是不敌神兽之威，人未救成反让自己也丧命在了它们口中。如今的你失了仙身，法力仅余五成，忧姬，你就不怕吗？"

何渠语调极低："五成，也够了。"

柏梓桑眸色复杂，负在身后的手紧扣成拳。

她依旧同过去那样，不曾变过。

护山的神兽有二，身着黄色盔甲。自共工怒触不周山、天柱断裂后便守卫在此，历经千古不灭，有无上威能。二兽来时遮天蔽日，身上溢出的神力引得狂风大作，沙石飞溅，方圆数里草木衰败，何渠便迎着这一股疾风腾跃至半空，掐指作诀，引来天雷劈向它们。

神兽吃痛，旋即暴怒，口中吐出滚滚黑烟蒙蔽二人视线，巨爪迎头向她拍来。

"接着！"柏梓桑甩出长剑，朝她喝道。

渡沉剑在空中飞旋几圈落入她掌心，那是她在天界用惯的兵器，转生后不知遗落在了何处。如今重回她手中，剑锋发出欣喜的嗡鸣。

有了它，才算有了几分胜算。

那注定是一场鏖战。二兽皮糙肉厚，极其扛揍；而她此世又是肉体凡胎，被神兽一掌拍中，便是头昏脑涨、耳目淌血。亏得柏梓桑在关键时刻替她挡下了攻击。

何渠从地上爬起，抖了抖衣袍上的灰土："数年未见，你倒是长进了许多。"

柏梓桑冷哼一声。

能一口吞吃龙王麟钧的神兽自然了得，何渠生生被撕扯下了一只手臂。

柏梓桑目眦欲裂："忧姬！"

血滴在山下的程寅眼皮上，他抬目看去，只觉眼前一片血雾蒸腾，唯见那女子独臂握剑刺向黄兽眼球，一副豁出命去的样子。

他握紧了拳，口中发苦。她这般模样，都是为了那人。心口涌起淡淡的悲凉和无奈，他知那不是他的情绪。是她的帝君。

危急关头，皇帝领着一批凡世的修仙者匆匆赶来。众道士在山脚布下剑阵，霎时间万剑齐发，铺天盖地地袭向二黄兽，连觅儿来了，红着眼眶撕心裂肺地叫道："小姐！"

虽此等凡刃只能伤到皮肉，却足够让它们分神，何渠与柏梓桑抓住机会，合力执剑捅入黄兽最脆弱的眼中。黄兽痛呼，其声如啸，震得山脚下的凡人双耳流血，纷纷弃剑捂头。

"尔等违逆天条犯我不周，而今又重伤我兄弟二人，就不怕届时天帝降责吗？"黄兽道。

何渠收了剑，不顾尚在流血的断臂，道："我本无意冒犯，千年前临泽帝君为救三界于水火，以身作祭开启天机神盘击溃魔军，自己却落得身殒道消的下场。还望二位神君网开一面，容我借贵地一用，将帝君救回来。"

二黄兽对望一眼，沉默须臾方道："我等耳闻帝君以身赴死护佑苍生，心中亦是敬佩万分，只是这天规到底是天规，若是天帝追查起来……"

何渠道："神君只管放心，罪责由我一力承担。"

黄兽颔首，双双消散。

何渠落到地上，断臂尚在淌血，她拖着渡沉剑，一步一步走至程寅面前。

他静静望着她。

"程寅，我这颗心你用了数百年，是时候还给我了。"

渡沉刺破他的衣衫、肌肤，穿透肋骨，程寅面色灰败，视线逐渐模糊，直至再也瞧不清她的面容。

"江洺！"被捆在另一侧的和昌大声呼喝道。

心头泛起一阵凉意，何渠低头，看见一柄白刃自她胸口穿过。而后，重重抽出。她徐徐回身，江洺一副道士装扮，持剑的手还在抖。她眨了眨眼，脚下一颤，勉力方能不倒下去。

她低声开口："为了和昌？"

江洺握紧手中的剑："是为忧姬姑娘。"

"你便是这般报答圣女的吗？"觅儿冲过来扶住她，流着泪大喊，"亏得那日她还曾在夏鱼手底下救过你，你赠的那双臭靴子，至今还摆在圣女房中！"

"靴子……"江洺喉头颤了颤，脑中浮现练武场那日，那女子将一双赤脚踩进他的鞋里，"怎会是圣女？我分明记得她的模样……"

"你与国师一般，都是瞎子。"觅儿哭道，"你看到的那张面孔，是国师亲手从圣女脸上剥下来换给她的。"

江洺心神巨震，愣愣地望着何渠，又望向她胸口的剑伤。原来一直以来，他都护错了人。

柏梓桑赤着眼自人群后走出，伸手拧断了江洺的脖子。江洺眸中水色隐现，似是想说什么，终是未能说出口。

何渠未再理会，她转身，再度抬起渡沉剑，在和昌声嘶力竭的叫喊中亲手剜出了程寅的心脏。那心剔透玲珑，原是她的一颗仙心，却平白在他人胸口跳动了数百年。

程寅唇角溢出鲜血，眼前浮现幼时海棠树下，一袭青衫姿容清丽的女子执起他的手，浅笑盈盈地道："你瞧，我终于找到你了。"

那时心中已隐有预感，他不会是她要寻之人。这些年来，他已自欺欺人了太久。

何渠从脚边捡起一块石头，施法将其变作一颗鲜活跳动的心脏，重新放入他的胸膛内。

她漠然垂眸："你将带着这颗石心被困在厄罗幻境中，历经人生最惨痛惘恨之事，循环往复，永无脱身之时。而和昌会伴在你身边，受我鸟族万鸟啄食之苦，欲死不能，永生不灭。"

……

何渠醒来正是晨光初绽，日出有曜。她从榻上支起身子，恍惚片刻方觉不对，垂头一看自己的右臂不知何时竟又回来了。

柏梓桑说是帝君将她抱回来的，可是帝君人呢？他竟不曾守着她吗？何渠心头一震，旋即想到一个可能。莫不是梓桑骗了她，帝君根本不曾回来。

她唇色煞白，仓皇之间竟滚到了榻下。

柏梓桑恰好赶来，放下粥碗将她扶起，在她的逼问下支吾一阵方无奈说了实话。帝君为了修补她的仙身，生生融去了自己半副神骨，此时正在偏殿休养。

她下榻欲走。

柏梓桑拉住她："他定不愿让你瞧见他如今的模样。"

何渠顿了顿，仍是挣脱了他。

无怪她醒后觉得身轻如燕，体内灵气充盈，脉络通畅，修为竟比在天界时还要高出几分，原来竟是帝君将神骨融给了她。

神骨，他可知神骨是什么？

她步履不停，到最后几乎小跑起来。拐过重重回廊，她脚步蓦然一停。帝君身着白衣立在她跟前，此情此景，让她眼眶发烫。为了等这一刻，她几乎精疲力竭。

男人微微弯唇，似是在叹息："我就知道你不会听话。"